HEARTCRAFT

BROKEN SOULS - BAND 1

DARE YOU TO LOVE ME

YULE TYREN

Yule Tyren

BROKEN Souls

Dare you to love me

©2022 Heartcraft Verlag
Kirchweg 15, 35085 Ebsdorfergrund
1. Auflage
Text: Yule Tyren
Bildlizenzen:
Natalie Hof – **stock.adobe**.com

ISBN: 978-3-98595-193-2
Bestellung und Vertrieb: Nova MD GmbH, Vachendorf
Druck: PRINT GROUP Sp. z o.o., Polen

Bibliografische Information der Deutschen Nationalbibliothek:
Die Deutsche Nationalbibliothek verzeichnet diese Publikation in der Deutschen Nationalbibliografie; detaillierte bibliografische Daten sind im Internet über http://dnb.d-nb.de abrufbar.

TRIGGERWARNUNG

Wenn Finsternis dich erregt und Verbrechen nicht abschreckt, bist du hier vollkommen richtig. Denn ich bin die Finsternis, die dich einfängt und dein Herz vergiftet. Die folgenden Seiten könnten an deinem Moralverständnis nagen. Hier gibt es keine Werte, denn unsere Welt ist in Dunkelheit getränkt. Hier gibt es keinen Märchenprinzen, sondern nur den tiefen Abgrund. Gewalt, Blut und explizite Szenen. Du willst trotzdem spielen? Dich fasziniert der Gedanke? Dann willkommen auf der dunklen Seite.

PLAYLIST

Sam And The Womp – Bom Bom (Radio Edition)
Rihanna – Where Have You Been
JONY – Love Your Voice
Picture This – Unconditional
Michele Morrone – Hard For Me
BM – Broke Me
Stray Kids – Hellevator
The Boyz – Hypnotized
The Boyz – Maverick
Jackson Wang – Titanic (ft. Rich Brian)
We Three – Half Hearted
Monsta X – Love Killa
Ateez – Deja Vu

EINS

BLAKE

Die Bustüren schwangen mit einem ohrenbetäubenden Quietschen auf und verschafften mir endlich die Erlösung, dieser stickigen Pissbrühe zu entfliehen. Diese 16 Stunden Busfahrt von Atlanta nach Chicago waren das Schlimmste gewesen, was ich in den letzten Monaten erlebt hatte, und fuck, es hatte so einiges gegeben, das einem eine Gänsehaut bereiten konnte. Nicht nur, dass die verdammte Klimaanlage in dem verfickten Gefährt ausgefallen war, nein, die Sonne hatte mir während der Fahrt die ganze Zeit direkt ins Gesicht geschienen. Durch die glühende Hitze auf viel zu kleinem und überfülltem Raum hatte der Typ neben mir in einer Tour geschwitzt und irgendwann wie ein ekelhaftes Schinkensandwich gerochen, bei dem das Verfallsdatum weit überschritten war.

Statt die Treppen zu nehmen, sprang ich mit einem Satz aus dem Bus, schwang die schwarze Sporttasche über die Schulter und atmete tief ein. Eine Stunde länger da drin und ich hätte kurzen Prozess gemacht.

Langsam trottete ich auf den Parkplatz wenige Meter von mir entfernt zu, suchte ihn nach Scotts SUV ab und entdeckte ihn direkt neben der Schranke. Er lehnte süffisant mit einer Kippe im Mundwinkel und seiner schwarzverglasten Sonnenbrille auf der Nase am

Kühler. Fuck, ich musste mir eingestehen, den Scheißkerl zumindest ein bisschen vermisst zu haben. Vom Aussehen her hatte er sich kein bisschen verändert. Die dunkelbraunen Haare trug er immer noch wie früher – an den Seiten kürzer als auf dem Oberkopf, wo er sie mit Gel aufgestellt hatte. Seinen Dreitagebart würde er ebenfalls nie freiwillig abrasieren, denn ich hatte ihn einmal ohne gesehen und Himmel ... Dadurch sah er aus wie ein Zwölfjähriger.

»Hey«, begrüßte ich ihn mit einem Fistbump.

»Schön, dich wiederzusehen.« Seine blaugrauen Augen blitzten auf und grinsend klopfte er mir auf die Schulter und nahm die Sporttasche. Mit schnellen Schritten lief Scott um das Auto herum, öffnete den Kofferraum und schmiss sie hinein. »Ja, es hat was, nach fast zwei Jahren endlich wieder in der Heimat zu sein«, pflichtete ich ihm bei, denn 24 Monate an der Seite von Cooper zu stehen, hatten sich angefühlt wie 30 verfickt lange Jahre. Wir stiegen beide in den Wagen ein, Scott startete ihn und ordnete sich in den Verkehr auf der Hauptstraße ein.

»Wie war es in Atlanta?«, fragte er und hielt den Blick starr nach vorne gerichtet.

»Ganz nett. In der Nähe meiner Bleibe war 'ne riesengroße Wiese, auf der ich immer Blumen gepflückt habe«, von Scott kam ein genervtes Stöhnen, doch ich fuhr fort, »Echt ... waren wunderschöne Sträuße, so mit all–«

»Blake ...«, unterbrach er mich und bog an der nächsten Kreuzung ab.

»Fuck, was willst du verdammt nochmal hören? Wie viel Spaß es gemacht hat, den Leuten meine Faust ins Gesicht zu zimmern, weil sie nicht bezahlen? Du weißt ganz genau, wie die Scheiße abläuft, also steck dir den Smalltalk sonst wohin.« Keine 15 Minuten zurück und schon hatte ich die Schnauze von Chicago wieder gehörig voll. Gerade Scott konnte sich doch denken, wie die Scheiße da drüben abgelaufen war, denn er arbeitete selbst für meinen Onkel, vertickte Drogen und kümmerte sich darum, neue Kunden an Land zu ziehen, die den Stoff über die Stadtgrenze hinaus ins ganze Land verteilten. Mino war der Drogenbaron Chicagos. Jeder besaß ihm gegenüber Respekt – oder wohl eher Angst –, denn mit ihm legte man sich nicht freiwillig an. Er wusste, wie man die Menschen dazu bekam, pünktlich abzuliefern oder treu zu bleiben. Die Massaker, die auf sein Konto gingen, waren überall im Munde – und scheiße, er kannte dahingehend echt keine Grenzen oder Skrupel.

Meine Eltern hatten sich wohl für ihren ältesten Sohn eine bessere Zukunft gewünscht, denn meine Kindheit spiegelte das komplette Gegenteil von meinem jetzigen Leben wider. Doch ich hatte mich nie wirklich zugehörig gefühlt in dieser liebevollen und warmherzigen Familie, wie Mom den Alltag bei uns zu Hause gerne beschrieben hatte. Ich hatte rebelliert, mich nachts durch mein Zimmerfenster rausgeschlichen, Alkohol getrunken, Drogen genommen und war auch mal einige Tage weggeblieben. Noch heute kann ich die weinerliche Stimme meiner Mutter hören, als ich nach Hause gekommen war und alle völlig versteinert mit einem Bullen am Esstisch gesessen hatten. Allerdings rührte sich bei dem Gedanken daran absolut nichts in mir. Das damals war nicht das Leben, welches für mich bestimmt gewesen war. Und Reue existierte für mich nicht. Nach vielen Gesprächen und ohne Änderung meines Handelns in Sicht hatte mich Mino zu sich geholt, um mir Gehorsam beizubringen. Ich sah meine Eltern nicht mehr.

Schläge und Erniedrigungen hatten dazugehört, von denen meine Eltern mit Sicherheit nichts wussten. Aber er hatte schnell gemerkt, dass bei mir ein Wimmern oder Flehen ausblieb, weshalb ich für sein neuaufgezogenes Geschäft wie geschaffen war. Ein gefühlloser Handlanger, der vor nichts zurückschreckte. Was wollte er mehr? Seitdem hatte ich bei ihm gelebt, mit Ausnahme der letzten zwei Jahre.

Aufgewühlt zog ich die Zigarettenschachtel aus der Innentasche meiner Lederjacke, nahm einen Glimmstängel heraus und zündete ihn am Zigarettenanzünder in der Mittelkonsole an.

»Im Auto wird nicht geraucht«, merkte Scott mit belegter Stimme an und trommelte mit den Fingern aufs Armaturenbrett.

Wie ich diese penible Art hasste, wenn er doch selbst schon so einiges auf dem Rücksitz seines Autos getrieben hatte. Die Betonung lag auf ‚getrieben'.

»Ist mir scheißegal.« Um die Aussage zu unterstreichen, hob ich die Beine, legte die dreckigen Sohlen meiner Stiefel auf dem Cockpit ab und grinste ihn mit der Kippe im Mundwinkel von der Seite an.

»Wichser«, antwortete er und schubste mich gegen die Beifahrertür. Für kurze Zeit herrschte Stille im Wageninneren, bis er einen neuen Anlauf startete. »Ich fahr dich übrigens gleich zu Mino, denn er wollte noch etwas mit dir besprechen, bevor die Party heute Abend losgeht. Ich komm dann später nach.« Eine Willkommensparty, wie für einen Helden. Nur war ich das komplette Gegenteil. In meinen Kreisen wurde man nicht für Heldentaten – wie Menschen aus brennenden Häusern zu retten oder in den Krieg zu ziehen – gefeiert. Sondern dafür, seinen Mitmenschen Leid zuzufügen, um sich selbst in Glanz und Gloria zu suhlen. Und ich hatte auch keine Skrupel, die Aufträge auszuführen, solange am Ende alle glücklich waren.

Na ja, zumindest fast alle. Schulterzuckend betätigte ich den Fensterheber und schnalzte den Zigarettenstummel nach draußen.

»Bring doch deine Schwester mit, oder sperrst du sie immer noch daheim ein wie einen verkackten Goldring, sitzt vor ihrer Zimmertür und flüsterst: ‚Mein Schatz'?« Ich krümmte den Rücken, stellte die Füße zurück auf die Matte und spielte mit den Händen in der Luft herum. Scott stöhnte auf und schüttelte den Kopf. Seine Finger verkrampften sich dabei um das Lenkrad, denn das Thema Schwester war ein ziemlich heikles. Ein falsches Wort, und mein bester Kumpel mutierte zum Sensenmann.

»Sicherlich nicht. Von den Partys deines Onkels und der ganzen Scheiße halte ich sie, soweit es geht, fern.« Die Ampel schaltete auf Rot, weshalb Scott bremste und zu mir herüberschielte. »Und vor allem vor dir. Außerdem muss Aylin für 'ne wichtige Klausur lernen.«

»Ist sie nicht mittlerweile 20?« Wie ich es liebte, ihn auf die

Palme zu bringen. »Da wird sich in den letzten zwei Jahren sicherlich vieles getan haben.« Die Adern an Scotts Hals traten schwer hervor und sein Gesicht lief rötlich an. »Scheiße, ich mache nur Witze. Reg dich ab«, lenkte ich ein.

»Nein, machst du nicht. Das wissen wir beide.« Hm, da hatte er recht. Entschuldigend hob ich die Hände, zog eine Linie über den Mund und machte eine Bewegung, als würde ich den Schlüssel wegschmeißen. Zum Glück konnte er mir die warmen Gedanken nicht rauben. So ein Streberlook, lange Zöpfe besaßen schon einen gewissen Reiz. Den Rest der Fahrt hielt ich die Schnauze, stellte mich auf das wilde Treiben im Haus meines Onkels ein und starrte zum Fenster hinaus.

Zwanzig Minuten später bogen wir in die Auffahrt von Minos Anwesen ein, Scott lenkte den SUV über den Sand und hielt direkt vor der offenstehenden Eingangstür. Daneben flankierten zwei Gorillas in schwarzen Anzügen und mit jeweils einem Stöpsel im Ohr.

»Wir sehen uns später«, verabschiedete ich mich, stieg aus und marschierte die breiten Treppen hoch und ins Haus. Lässig schritt ich den schwarzgefliesten Boden über den Flur zum Büro meines Onkels entlang, klopfte kraftvoll und wartete keine Sekunde mit dem Eintreten. Ruckartig drückte Mino den Kopf einer jungen Frau, die zwischen seinen Beinen hockte, von seinem Schwanz.

»Blake …«, lächelte er zur Begrüßung, verstaute seinen Schwengel, zog den Reißverschluss seiner Hose hoch und wandte sich mit hartem Befehlston an das Mädchen. »Verschwinde.« Sofort sprang sie auf, wischte sich verschüchtert mit dem Handrücken über den Mund und huschte verängstigt mit gesenktem Kopf an mir vorbei.

»Habe ich euch etwa beim Vorstellungsgespräch gestört?«, witzelte ich, ließ mich in den großen Ledersessel gegenüber seinem Schreibtisch fallen und legte die Arme auf den breiten Lehnen ab.

»Na ja, ich muss ja schließlich testen, was ich mir ins Haus hole und womit ich den Gästen auf den Partys eine Freude bereite.« Holy, ja, bei einem verschreckten Gesichtsausdruck schlugen viele Männerherzen höher. Meins mit inbegriffen. Es gab keinen schöneren Moment, als die Angst in den Augen der Mädels zu sehen, während man sich unkontrolliert in sie reinrammte und sich die Hand um ihren Hals mit jedem Stoß mehr verkrampfte. »Cooper hat gesagt, du hast gute Arbeit in Atlanta geleistet und das Geschäft wieder zum Laufen gebracht«, riss mich mein Onkel aus den Gedanken.

»Das war auch nicht sonderlich schwer. Die Jungs waren in manchen Dingen viel zu zaghaft, hatten nicht das Geld eingefordert und den leeren Versprechungen Glauben geschenkt. Kein Wunder, dass Cooper so stark in der Miese stand, wenn seine Leute ein Haufen Weicheier sind«, kam es emotionslos von mir. Beim ersten Mal, als ich ihnen gezeigt hatte, wie ich Zahlungsrückstände klärte, hatten mich seine Männer wie einen verdammten Elefanten angesehen, der gerade fliegen lernte. Jedoch hatten sie schnell mitbekommen, dass meine Methoden zum gewünschten Erfolg führten, und hatten diese ebenfalls übernommen.

»Blake, ich muss gestehen, für mich war dein Aufenthalt in Atlanta von großer Bedeutung und teilweise sah ich ihn als eine Art ‚Probe' für dich.« Kurz hielt er inne, rieb sich mit Daumen und Zeigefinger über das Kinn. »Ich möchte, dass du ab sofort an meiner Seite stehst, hauptsächlich die Geschäfte hier in Chicago überwachst und notfalls auch eingreifst, wenn etwas schiefläuft.« Mit einem einfachen Nicken stimmte ich seinen Plänen zu. »Die Kohle einzutreiben, gehört ja anscheinend zu deinen Talenten.« Schmunzelnd öffnete Mino eine Schreibtischschublade, holte ein Bündel Geldscheine heraus und legte es auf die Tischplatte. »Sieh es als eine Art Willkommensgeschenk.«

»Danke.« Gemächlich beugte ich mich nach vorne und schnappte mir die Dollarnoten. »Wann fängt die Party denn an?«

»Die ersten Gäste treffen höchstwahrscheinlich in etwa zwei Stunden ein.«

»Okay, dann hau ich mich so lange noch aufs Ohr.« Ich drückte mich mit den Händen an den Lederpolstern ab und stand auf. Mino grinste teuflisch.

»Tu das … die Energie wirst du brauchen.« Eine Anspielung auf seine bisherigen legendären Partys, die in unserem Umfeld aufgrund der Klientel, der Menge an Drogen und natürlich der vielen Mädels bekannt waren. Zum Abschied hob ich die Hand, verließ das Büro und machte mich auf den Weg zu meinem Zimmer. Keinen interessierte es hier, wenn der Bürgermeister koksend in der Ecke saß und eine kleine Asiatin dabei auf seinem Schoß Kunststücke vollführte oder sich der Staranwalt Peter Franklin mit zwei Minderjährigen auf einem Zimmer vergnügte. Hier waren Männer einfach nur Männer, die ihren Trieben und ihrer Lust nachgingen. Mino vertuschte alles perfekt hinter der Fassade seiner Immobilienfirma. Für den Großteil der Gesellschaft handelte er mit Villen oder riesigen Gebäudekomplexen, genoss ein großes Ansehen und strahlte ständig pure Sympathie aus, während im Schatten die Monster und deren loderndes Verlangen auf ihre Kosten kamen.

Die Zimmertür war nur angelehnt, weshalb ich ihr einen sanften Stoß gab und in den Raum lugte. Langsam trat ich ein, schritt vorsichtig zum angrenzenden Badezimmer und stieß dort ebenfalls die Tür auf. Keine Menschenseele. Zwar musste ich mir hier im Haus keine Sorgen machen, denn mein Onkel ließ dieses bis in die kleinste Ecke bewachen, allerdings hatte mir die Zeit in Atlanta gezeigt, dass Menschen alles für Geld taten. Auch wenn das hieß, jemandem in den eigenen Reihen zu schaden.

Nachdem ich die Zimmertür verriegelt und die Schuhe ausgezogen hatte, wurden meine Augenlider immer schwerer und alles tat mir mit einem Schlag weh. Scheiße, hatte ich mich nach den durchgesessenen Polstern im Bus auf dieses weiche Bett gefreut. Die Klamotten auszuziehen, schien mir zu viel Arbeit, weshalb ich rücklings auf die Laken fiel und keine Sekunde später einschlief.

Von einem Hämmern an der Tür schreckte ich auf und blickte mich noch völlig benommen im Raum um. Zuerst musste ich darauf klarkommen, wo ich überhaupt war und welches Jahr wir hatten. Verschlafen rieb ich mir mit einer Hand über das Gesicht, als es ein weiteres Mal klopfte, und wünschte demjenigen die Pest an den Hals.

»Blake, du alte Wichsbirne! Aufstehen!« Die kratzige Stimme erkannte ich sofort und hatte direkt Lust, ihm zwei in die Fresse zu schlagen. Schnell sprang ich auf, eilte zur Tür, schloss sie auf und riss sie ruckartig auf.

»Hast du eigentlich den Arsch offen? Wo ist dein scheiß Problem?«, brüllte ich Eddy an und zeigte ihm den Vogel. Diesen kleinen Trottel würde ich am liebsten in der Pampa verbuddeln, damit ich seine beschissene Visage nicht mehr sehen musste. Doch leider kassierte ich dafür höchstwahrscheinlich von Mino eine Kugel zwischen die Augen, wenn ich seinen einzigen Sohn um die Ecke brachte. Rechte Hand hin oder her. Fuck, mein Cousin war in allem eine Null. Er konnte weder Drogen von A nach B transportieren, ohne Aufmerksamkeit mit seinem knallroten Porsche auf sich zu ziehen, noch gelang es ihm, einen Deal glatt über die Bühne zu bringen. Sein einziges Talent bestand darin, mir ständig am Rockzipfel zu hängen und auf den Sack zu gehen.

»Die Party geht gleich los und du pennst noch! Scheiße, bist du zu einem Opa mutiert, oder was?« Fassungslos warf er die Arme in die Luft und tätschelte sich für diesen behinderten Spruch innerlich wohl selbst auf die Schulter.

»Komm, zieh Leine und kümmere dich um deinen eigenen Scheiß«, patzte ich ihn an und warf ihm die Tür vor der Nase zu. Leise hörte ich ihn etwas murmeln und davonstampfen. Elendiger Hurensohn. Das war nicht einmal eine Beleidigung für ihn, denn seine Mom war wirklich eine Hure gewesen und lag jetzt irgendwo verschachert im Garten, weil mein Onkel es erfahren hatte. Shit happens.

Draußen dämmerte es mittlerweile und gedämpft drang die Musik ins Zimmer. Den Kopf kreisend ging ich zur Balkontür, öffnete sie und sah auf dem Rasen schon einige besetzte Stehtische. Männer in Anzügen schienen tief in ihre Gespräche vertieft zu sein und zogen genüsslich an ihren kubanischen Zigarren. Plötzlich tauchte ein junges, hübsches Mädchen in meinem Blickfeld auf. Sie trug ein schwarzes, tief ausgeschnittenes Minikleid, darüber eine kleine, weiße Schürze, und ihr langes, braunes Haar war zu zwei Zöpfen geflochten. Auf ihrer Hand balancierte sie ein Tablett mit Champagnergläsern und Glasplatten mit verdächtigem Pulver darauf. Die Bedienungen von heute. Mino dachte wirklich an alles. Mein Schwanz stellte sich direkt in der Hose auf, versuchte es zumindest und pochte schmerzhaft. Sie lief durch die Reihen, blickte verschüchtert nach rechts und links, damit ihr bloß niemand entging, und verschwand kurzerhand wieder im Haus. Scheiße, schon allein vom Gedanken, sie ordentlich durchzuficken, stand ich kurz davor, zu kommen. Rasch eilte ich ins Bad, duschte und zog mir frische Klamotten an. Darauf, dass sein Neffe im Anzug auftauchte, konnte mein Onkel lange warten, weshalb ich mich für ein Outfit komplett in Schwarz entschied. Jeans, Shirt und Lederjacke. Perfekt.

»Da bist du ja endlich«, Scott kam mir entgegen, als ich ins ausgeräumte Wohnzimmer trat, und reichte mir einen Whiskey. »Hat Eddy dich geweckt?« Deutlich sichtbar unterdrückte er ein Lachen.

»Fuck, ich hätte dem Penner fast das Messer in die Kehle gerammt, wenn er nicht gegangen wäre. Wieso? Hast du ihn hochgeschickt?«, regte ich mich auf, versuchte die Stimme ruhig zu halten und nahm zügig einen Schluck aus dem Glas.

»Das, mein Lieber, war für die Zigarette im Auto.« Siegessicher klopfte er mir auf den Rücken und lachte herzhaft. »Dein Onkel hat sich übrigens nicht lumpen lassen. Die Weiber heute Abend sind mal wieder erste Sahne.«

»Ach ja? Sag bloß, du hast dich schon mit einer amüsiert.« Prompt sah ich mich um und versuchte, die Kellnerin ausfindig zu machen, entdeckte sie aber nicht.

»Scheiße, irgendwie musste ich die Zeit totschlagen, bis du deinen Arsch herunterbewegst. Außerdem waren es zwei Ladys und puh …« Scott wedelte mit der Hand und biss sich auf die Unterlippe.

»Darf es etwas für die Herrschaften sein?«, unterbrach uns eines der Mädels und streckte das Tablett von sich. Wir nahmen jeweils eine Glasplatte, machten es uns in einer Ecke auf zwei Sesseln bequem und zogen die Line. Danach wischte ich mir einmal über die Nase, entfernte das restliche Pulver, als mein Blick auf Minos traf und er mir wortlos mit seinem Glas zuprostete. Währenddessen gesellten sich weitere Jungs zu uns, begrüßten mich und fragten nach Atlanta. Darüber verlor ich jedoch kein Wort, stachelte sie deshalb zum Trinken und Koksen an, um sie von dem Thema abzulenken. Zu meinem Glück konnten sie ihre Klappe aber nicht halten, erzählten mir, was sich die letzten zwei Jahre hier abgespielt und wie viel Scheiße Eddy gebaut hatte. Nach weiteren Lines und literweise Whiskey schwank die heitere Stimmung zum Grölen und lautem Gelächter über. Nur schwer konnten wir uns zügeln und zogen uns ins angrenzende Zimmer zurück.

»Habt ihr heute Abend eigentlich schon eine braunhaarige Kellnerin mit zwei Zöpfen gesehen?«, fragte ich in die Runde und alle blickten mich abwartend an. »Die gehört mir. Wehe einer von euch fasst sie an.« Wütend funkelte ich die drei Jungs nacheinander an und spürte, dass das Verlangen danach, sie durchzunehmen, immer weiterwuchs.

»Ich glaube, die ist nur für draußen zuständig«, erwiderte Craig und nahm einen großen Schluck aus der Whiskeyflasche. Nach seinen Worten kam mir eine Idee, bei der auch die Jungs Spaß hätten.

»Wer sie mir bringt, bekommt 200 Dollar.« Wie gesagt, für Geld machten die Menschen alles.

»Alter, ist das dein Ernst?!«, lachte Scott, lehnte sich mit dem Rücken gegen die Wand und verschränkte die Arme vor der Brust. Die anderen warteten offenbar auf eine Reaktion von mir, weshalb ich aufstöhnte. »Na, wird's bald?!«

Als Erster richtete sich Craig auf, stürmte aus dem Zimmer und rannte in Richtung Garten. Paul und Mike folgten ihm schnellstmöglich.

»Sie wird den Schock ihres Lebens bekommen, wenn sie drei Bekloppte auf sich zurennen sieht.« Mein bester Kumpel musterte mich argwöhnisch, grinste allerdings spitzbübisch und die Beule in seinem Schritt zeigte, dass ihn die Situation alles andere als abturnte.

ZWEI

AYLIN

»Aylin, hast du versucht, sie anzurufen?«

»Nein.« Meine beste Freundin Chloe sah mich daraufhin sichtlich verwirrt an und schüttelte den Kopf. »Aber du wolltest doch unbedingt den Aushilfsjob haben. Ich verstehe zwar immer noch nicht, weshalb, aber du sahst so begeistert aus«, erwiderte sie irritiert und schüttelte den Kopf, bevor sie einen Schluck von ihrem Starbucks-Getränk nahm. Mittlerweile war es zwar abends, doch selbst diese Uhrzeit nutzten wir, um uns hier auf einen Kaffee zu treffen. »Ich hab ja noch nicht einmal eine Bewerbung geschrieben!«, kam es frustriert von mir. Wir hatten gerade Frühjahrsferien, und anstatt wie andere Springbreak zu feiern, verbrachten wir die Woche eher mit Shopping. Scott wäre nur misstrauisch geworden, wenn ich genau in der Woche im März bei ihr übernachten würde, und hätte ein Sturmklingeln veranstaltet, weshalb wir eben einfach unser eigenes, kleines Springbreak feierten – bloß mit vielen Shoppingtüten. Anders als Chloe hatte ich aber nicht Unmengen an Banknoten auf dem Konto und musste mir dringend einen Nebenjob suchen, um weiterhin behaupten zu können, ich besäße genug. Als wir letztens an einem Blumenladen vorbeigegangen waren und ich das Schild im Laden gesehen hatte, war ich sofort begeistert gewesen und Chloe hatte mich hineingeschoben. Der Frau hatte ich meine Nummer gegeben, ihr erzählt, dass ich Studentin an der Chicago State war und dringend einen Nebenjob suchte. Aber bisher hatte sich niemand gemeldet.

»Manchmal bist du so verdammt schüchtern. Ruf einfach an, zeig nochmal Interesse und sie wird dich schon nehmen«, ermutigte Chloe mich, woraufhin ich mir mit der Hand durch die Haare fuhr und von meinem Vanille-Latte schlürfte. Im Grunde war ich keine Person, die stotterte oder sich nicht traute, ihren Mund zu öffnen. Doch ich kannte das Gefühl, nicht erwünscht zu sein, nur allzu gut. Daher hielt ich eher die Klappe, wenn ich merkte, dass jemand kein Interesse an meiner Anwesenheit zeigte. Und die ältere Dame im Blumenladen empfand anscheinend so.

Chloe zwirbelte eine blonde Haarsträhne zwischen ihren Fingern hin und her, bevor sie in ihre Hosentasche griff und ihr Handy herausholte. Wenige Sekunden später hielt sie es mir hin und das Display zeigte mir den Blumenladen an. »Da unten steht die Telefonnummer, ruf an und versuch dein Glück. Mehr als auflegen kann sie nicht«, pflichtete sie mir nochmal bei und ich sah sie dankbar an. Manchmal halfen Freunde einem wirklich, den Mut zu fassen, den man sonst nicht hatte. Ich wählte die Nummer, erst passierte nichts, dann kam ein Freizeichen und mein Herz klopfte wie wild gegen meine Brust. Es stockte kurz, als das Tuten aufhörte und sich eine Frauenstimme am anderen Ende meldete. »Guten Abend. Blumenladen Florail, Sie sprechen mit Miss Davis, was kann ich für Sie tun?« Als bestünde meine Zunge aus einem Blatt raustem Sandpapier, kroch bloß ein gekrächztes: »Hallo«, aus meinem Hals hervor, woraufhin Chloe schon die Augenbrauen hob und ein amüsiertes Grunzen von sich gab. Ach, Scheiße. Ich schüttelte schnell den Kopf und meine Unsicherheit ab, bevor ich von Neuem startete. »Hallo, ich war vor einigen Tagen bei Ihnen im Laden. Aylin Harrison, erinnern Sie sich zufällig? Ich hatte mich sehr für den Aushilfsjob interessiert«, sprudelte es dann geradezu aus mir heraus. Ich musste mich beherrschen, ihr nicht gleich eine Personenbeschreibung zu geben –

wie die Information, dass ich blonde Haare und grüne Augen besaß und wohl ziemlich aufgeregt gewirkt hatte.

»Ja, ich habe Sie noch ziemlich im Gedächtnis«, fing Miss Davis an zu lachen und in mir machten sich Zweifel breit. War das nun gut oder eher schlecht? »Ich wollte Sie anrufen, wirklich! Aber Sie haben mir vor lauter Begeisterung wohl die falsche Nummer notiert«, fügte sie hinzu und aus meinem Mund kam nur ein leises: »Oh«, heraus. Chloe sah interessiert zu mir, wollte wohl am liebsten ihren Kopf ganz nah an meinen pressen, um das Gespräch mitzuhören, doch hielt sich zurück.

»Ist die Stelle nun schon belegt? Ich könnte sonst, sobald es Ihnen passt, zum Probearbeiten vorbeikommen«, versuchte ich trotzdem mein Glück.

»Ich habe noch niemanden für die Stelle«, verkündete sie dann und ich musste mich beherrschen, nicht vor Freunde zu quieken. »Wirklich? Das ist großartig! Also nicht für Sie, aber für mich.« Hatte ich das wirklich gerade gesagt? Dabei hampelte ich etwas mehr auf meinem Stuhl herum, grinste breit und Chloe hielt sich den Mund zu, um nicht laut lachen zu müssen. Miss David gab ein belustigtes Geräusch von sich, anscheinend hatte die Dame Humor – was mich noch mehr begeisterte, dort anfangen zu können, wenn ich wirklich eine Chance bekam. »Hast du denn schon mal in einem Blumenladen gearbeitet? Oder im Verkauf?«, hakte sie nach und meine Hoffnung schrumpfte wieder etwas. »Nein. Bisher hatte ich noch keinen Nebenjob«, gab ich ehrlich zu.

Scott versuchte immer alles allein zu regeln und wollte, dass ich mich vollkommen auf mein Studium konzentrierte, weshalb ich eher zu Hause verrottete, anstatt wirklich Geld zu verdienen. »Aber ich würde mir wirklich Mühe geben. Und ich lerne schnell«, versuchte ich es weiter und hoffte, sie merkte, wie sehr ich den Job haben wollte. Stille breitete sich erneut zwischen uns aus. Nervös trommelte ich mit den Fingern auf meiner Tasse herum. »Kannst du nächste Woche Mittwoch vorbeikommen? So gegen halb zwei? Dann hat der Laden geschlossen und ich zeig dir alles.«

»Natürlich! Ich werde da sein. Sie werden es nicht bereuen!«, versicherte ich direkt und wieder kam ein herzliches Lachen von ihr. »Lina reicht, Liebes. Ich freue mich schon sehr.« Mit diesen abschließenden Worten legte sie auf und ich war immer noch vollkommen baff von dem Gespräch. Eventuell könnte ich bald auch etwas verdienen, was nicht von Scott kam, und könnte ihm zeigen, dass ich sehr wohl überlebensfähig war. »Uuuund?«, kam es langgezogen und aufgeregt von Chloe, obwohl sie die Hälfte wohl mitbekommen hatte. Ihre Euphorie steckte mich gleich noch viel mehr an. »Ich soll nächsten Mittwoch vorbeikommen. Dafür muss ich wohl die letzten zwei Lesungen ausfallen lassen, aber wir sind am Anfang vom zweiten Semester. Das wird schon klappen«, berichtete ich begeistert und sie nickte. »Eventuell könnte ich mich überreden lassen, für dich mitzuschreiben«, lachte sie, obwohl Chloe keine Person war, die in einer Lesung einen Zettel und einen Stift herausholte. Und am Ende beschwerte sie sich immer, weshalb sie so viel für eine Prüfung lernen musste.

»Das wäre wirklich toll! Erst muss ich wohl ein anderes Problem lösen …«, brummte ich dann und Chloe sah fragend zu mir. »Ich muss es Scott erklären.« Genervt lehnte ich mich im Stuhl zurück und trank meinen mittlerweile kalten Latte weiter. »Du hast es ihm noch nicht gesagt?!«, kam es etwas zu laut von ihr, weshalb sich einige im Starbucks zu uns herumdrehten und ich die Lippen zusammenpresste. »Ich wusste nicht, ob es etwas wird, deshalb hab ich mir das Drama erspart und aufgehoben.«

Jetzt musste ich mich wohl dieser Realität stellen. Seine Rede konnte ich mir schon allzu gut vorstellen … ob er nicht genug Geld verdiente, ob er mehr arbeiten sollte und dass ich mich vollkommen auf mein Studium konzentrieren sollte, ohne irgendwelche Ablenkungen. »Wo ist dein charmanter Bruder eigentlich? Ich mein, es ist mittlerweile fast 19 Uhr und noch keinen Anruf von ihm, wo du bleibst.« Am Ende hin verdrehte sie die Augen, aber behielt ihr Grinsen bei. »Sein bester Freund kommt heute wieder. Er wollte ihn abholen und dann gibt es wohl eine Wiedersehensparty«, erzählte ich ihr, woraufhin sie die Arme verschränkte und den Kopf schüttelte.

»Hauptsache, er darf Party machen und wir mussten uns den Springbreak verkneifen«, murrte Chloe und seufzte dann. Ich rechnete es ihr hoch an, dass sie nicht ohne mich gefahren war, und konnte ihre Frustration vollkommen nachvollziehen. Nachdem Mom durch ihren hohen Konsum von Drogen und Alkohol gestorben war, hatte Scott mich von allem abgeschirmt, wollte, dass ich ein normales Leben führte und bloß nicht in ein Suchtverhältnis rutschte. Als würde mich ein Tropfen Alkohol umbringen. Er hingegen machte Partys, trank und bildete sich ein, das alles vor mir verstecken zu können, dabei war ich nicht dumm. Auch wenn ich mir wohl nicht im Geringsten vorstellen konnte, welche Ausmaße die Partys bei ihnen annahmen.

DREI

BLAKE

Nach wenigen Minuten kam Craigs ‚Ich-hab-sie!'-Schrei stetig näher. Schwer außer Atem und mit der jungen Frau über der Schulter betrat er das Zimmer und blieb wie angewurzelt stehen. Derweil schlug die zierliche Gestalt mit Fäusten auf seinen Rücken ein und fluchte lauthals.

»Lass sie runter«, befahl ich ihm, ging auf ihn zu und zerrte den Geldbeutel aus der hinteren Hosentasche. »Hier. Und jetzt geh.« Dankend hob ich ihm die 200 Dollar hin, nach denen er sofort griff und woraufhin er verschwand. Fuck, da sie nun direkt vor mir stand, gab es kein Zurück mehr und ich riss mich nur schwer am Riemen, ihr nicht augenblicklich die Klamotten vom Leib zu reißen.

»Anscheinend liegt hier ein Missverständnis vor, ich bin nämlich nur für die Bedienung zuständig.« Selbstbewusst reckte sie das Kinn, dennoch lag Unsicherheit in ihrem Blick. Erst starrte sie mich an, danach Scott, der sich über die Unterlippe leckte und sie von oben bis unten begutachtete.

»Bezahlt dich mein Onkel Mino?«, zaghaft umrundete ich sie, blieb hinter ihr stehen und fuhr mit dem Zeigefinger ihren Nacken entlang.

»Ja, aber …« Stürmisch presste ich ihr eine Hand auf den Mund.

»Und hast du den Wisch von ihm unterschrieben?«, flüsterte ich ihr ins Ohr. Alle Angestellten mussten vor Arbeitsantritt eine Verschwiegenheitsklausel unterschreiben. Was hier in den heiligen vier Wänden von Mino passierte, blieb auch hier drin. Nur leider waren die Summen auf dem Papier so verlockend, das gerade die Mädels vergaßen, die niedergeschriebenen Dinge zu hinterfragen. Ihr Pech, mein Glück. Zögerlich nickte sie und fing am ganzen Körper an zu zittern.

»Oh, Schätzchen, das war ein typischer Anfängerfehler. Ich muss dich leider enttäuschen, denn mit Sonderwünschen meinte er keine Longdrinks, sondern dass du jedem zur Verfügung stehst. Und heute Abend hast du dein Glück mit mir.« Scott hüstelte, ging hinüber zum Schreibtisch und setzte sich auf die Kante. »Na ja, wohl eher mit uns beiden. Glücklicherweise hast du mehrere Öffnungen.« Ehrfürchtig erstarrte sie, hörte für wenige Sekunden sogar zu atmen auf. Behutsam glitt ich mit der Hand ihr Dekolleté hinunter zwischen die Brüste. Sie regte sich nicht, als ich mit der Fingerkuppe über ihren harten Nippel wanderte, das Kleid mit einem Finger an ihrer Schulter herunterzog und sie entblößte. »Wie heißt du?«

»Lucy …«, hauchte sie leise, sah Scott dabei unentwegt an. Er liebte es, den Weibern beim Sex in die Augen zu sehen, im Gegensatz zu mir. In seinen Iriden verloren sich die Frauen reihenweise, wirkten wie hypnotisiert. Bei mir stießen sie jedoch auf völlige Schwärze, die meiner Seele glich. Mich interessierte nur eins: ihre feuchte, enge Fotze.

»Du bekommst jetzt erst einmal etwas zur Entspannung.« Sonst wurde das hier alles nichts. Anpreisend hob ich ihr eine Glasplatte und einen zusammengerollten Dollarschein entgegen. Zuerst überlegte sie, schaute verwirrt zwischen uns hin und her. Doch anscheinend wurde ihr bewusst, dass sie es sonst bereuen würde, weshalb sie mir das Röllchen abnahm und die Line zog. Grinsend nahm ich ihr die Sachen wieder ab und legte sie zurück auf einen Beistelltisch, packte Lucy danach hemmungslos an den Hüften und presste meinen Schritt gegen ihren Hintern. Hörbar schnappte sie nach

Luft, versuchte, sich von mir zu lösen, und stachelte mich damit noch mehr an. Mit steigendem Puls riss ich ihr das Kleid vollständig herunter, sodass sie nur mit einem Slip bekleidet vor mir stand. Ihre Brust hob und senkte sich rascher, als ich knurrte und eine Hand unter den Bund ihres Höschens schob.

So ängstlich, wie sie tat, erzählte mir ihr Körper etwas ganz anderes. Mit zwei Fingern drang ich in sie ein, spürte, wie mich die engen Wände und die Nässe umschlossen. »Fuck, da kann es jemand kaum abwarten.« Lucy presste die Lippen aufeinander, unterdrückte ein Stöhnen und vergrub ihre Fingernägel in meinem Handrücken. »Komm schon, bei uns musst du dich nicht zurückhalten.« Sanft gab ich ihr einen Schubs, forderte sie damit auf, sich in Bewegung zu setzen. Scott beobachtete uns, öffnete seine Hose und befreite seinen steifen Schwanz. Die Anspannung wich aus ihren Schultern, nachdem er Lucy zärtlich über die Wange gefahren und ihr ein Lächeln geschenkt hatte. Verfickter Schleimscheißer, jetzt war Schluss mit Nettigkeit.

Abrupt riss ich ihr den Slip von den Hüften, machte den Reißverschluss der Jeans auf und drückte Lucy nach unten, sodass sie mir ihren Arsch entgegenstreckte. Verblüfft darüber, dass sie sofort Scotts Schwanz umgriff, ihn in den Mund nahm und daran saugte, positionierte ich meinen an ihrer Mitte und rammte ihn mit einem harten Stoß in sie hinein. Die Finger vergrub ich fest in ihrem Fleisch und versenkte mich immer schneller in ihrer Pussy, während sie lustvoll stöhnte und Scotts Erektion tiefer in den Mund nahm.

»Oh, fuck …«, knurrte er und packte Lucy im Nacken, um das Tempo vorzugeben. Sie war so unfassbar eng, dass ich nur stoßweise in sie vordringen konnte. Ein schmerzerfüllter Schrei entwich ihr, als ich es nicht mehr aushielt, sie an der Schulter packte, und mit einem Blick nach unten dabei zusah, wie mein Schwanz hart bis zur Wurzel in ihr verschwand. Heilige Scheiße, das war das Paradies auf Erden. Ich fickte sie hemmungslos, erhöhte das Tempo, wurde grober, massierte mit dem Daumen ihre Rosette und tauchte vorsichtig ein. Sie japste auf, presste mir ihren Arsch entgegen. Fuck, ich brauchte mehr! »Sorry, Lucy, aber das wird jetzt wohl ein bisschen wehtun.«

»Alter, was hast d–?«, kam es mit geweiteten Augen von Scott, doch er verstummte, als ich mich aus Lucy herauszog, sie verdutzt von ihm abließ und über die Schulter zu mir sah. Ich befeuchtete ihren Anus und drückte meinen Schwanz hinein. »O Gott …«, stöhnte sie schmerzhaft auf, hielt sich an Scotts Oberschenkeln fest, während ich weiter in sie vorstieß und ihr somit keine Möglichkeit gab, sich großartig daran zu gewöhnen. Doch anstatt sich zu wehren, machte die kleine Nutte auch noch mit, seufzte in einer Tour, wodurch mein Schwanz härter wurde. Knurrend packte ich sie an den Zöpfen, zog sie zu mir hoch und biss ihr in die Schulter. Schlagartig fühlte ich mich wie ein wildgewordenes Tier, das mit allen Mitteln seinen Trieben nachging.

Einen besseren ersten Abend in Chicago konnte es unmöglich geben. In der Lendengegend fing es mit jedem weiteren Stoß an zu kribbeln, spannte sich an und der Orgasmus war nicht mehr allzu fern. Ich fühlte mich wie im Rausch, alles betäubt – bis auf das fabelhafte Gefühl zwischen den Beinen. Mit Druck massierte ich Lucys Perle und drang grob in ihre Pussy ein, woraufhin sie ihren Hinterkopf auf meiner Schulter ablegte und mir laut ins Ohr stöhnte. Schlagartig drückte ich sie wieder nach unten.

»Nimm ihn in den Mund«, befahl ich stöhnend und beobachtete, wie sie Scott weiter beglückte und wie er sie voller Begierde betrachtete, sich mit den Ellenbogen auf der Tischplatte abstützte. Ich fickte sie schneller, heftiger, gab mich dem völlig hin. Plötzlich zogen sich ihre engen Wände zusammen, ihr entglitt ein tiefes Ächzen, woraufhin sich mein Hirn auf Kommando abschaltete, ich in ihr abspritzte und mich ihr direkt entzog. Während ich die Hose hochzog und schloss, beobachtete ich Lucy noch dabei, wie sie an Scotts Schwanz saugte und ihn zum Höhepunkt brachte. Ohne mit der Wimper zu zucken, richtete sie sich auf und schluckte. Fuck, dieses Weib war alles anderes als schüchtern. Rasch suchte sie ihre Klamotten zusammen, wobei der Slip nur noch einem Fetzen glich, und zog sich das Kleid über. Indessen fischte ich ein paar Dollarscheine aus dem Geldbeutel und hob sie ihr hin. Beschämt blickte sie mich an, wusste wahrscheinlich selbst nicht, was gerade vonstattengegangen war. Doch Lucy griff sich das Geld und suchte mit einem Schmunzeln auf den Lippen das Weite.

»Musstest du sie unbedingt in den Arsch ficken?!«, kam es genervt von Scott, während er die Hose zuknöpfte.

»Verdammt, sie hat förmlich darum gebettelt. Außerdem hatte ich kein Kondom dabei. Ich musste mir was einfallen lassen«, entgegnete ich stumpf und zuckte mit den Schultern. Der Penner sollte sich nicht so anstellen, schließlich war er auf seine Kosten gekommen. Ohne mich wären weiterhin die Jungs mit ihrem dummen Gelaber hier.

»Das nächste Mal frag einfach, ich hatte welche dabei.« Kopfschüttelnd lief er an mir vorbei, drehte sich abrupt wieder um. »Die Schlampe hätte mir bei der Aktion in den Schwanz beißen können, ist dir das klar?« Jetzt konnte ich nicht mehr ernst bleiben und lachte lauthals.

»Solange es nicht meiner ist.« Ich ging auf ihn zu, legte ihm einen Arm über die Schulter und gemeinsam schlenderten wir zurück ins Wohnzimmer. Die darauffolgenden Stunden soffen wir eine Flasche nach der anderen und die Stimmung wurde immer ausgelassener. Das Make-up der Kellnerinnen saß nicht mehr da, wo es hingehörte, und vor allem die Lippenstifte waren verschmierter denn je. Eine von ihnen kam zu mir, legte den Mund auf meinen Hals und küsste die Stelle, an der das Blut unter meiner Haut pulsierte. »Wir haben dich vermisst, Blake.« Ihre Lippen berührten mein Kinn und ich konnte mir schon denken, wo ihre Reise hingehen sollte, doch bevor sie ihren Mund auf meinen legen konnte, drückte ich meine Hand auf ihren Hals und betrachtete sie amüsiert.

Verwundert sah sie in meine dunklen Seelenspiegel. »Das wird nichts«, raunte ich ihr ins Ohr und strich mit meinen Daumen über ihren Hals, bevor ich sie weiter zu ihrer Schulter herunterwandern ließ. Sofort verstand sie den Wink und ging auf die Knie, wollte sich flink an meiner Jeans zu schaffen machen. Doch ich spürte nicht jene Hitze in mir aufflammen, die ich bei jedem Fick suchte. Genervt stand ich auf, weshalb sie verwundert auf ihrem Hintern landete und mich erstaunt ansah. »Such dir jemand anderen«, knurrte ich nur und fuhr mir durchs Haar, bevor ich das Weite suchte. Niemand hielt mich auf oder fragte etwas, würde es jemals wagen, meine Entscheidung, die Party zu verlassen, infrage zu stellen, und somit verzog ich mich in mein Zimmer. Dort angekommen fiel ich sofort in mein Bett, schloss die Augen und schlief dank des Alkohols sofort ein.

Am nächsten Morgen wachte ich mit den schlimmsten Kopfschmerzen meines bisherigen Lebens auf. Fuck, der letzte Abend war eindeutig aus dem Ruder gelaufen. Alles tat weh. Aufzustehen glich einer Challenge, die ich beim ersten Versuch erfolgreich vergeigte. Stöhnend sank ich wieder in die Kissen. Gerade als ich den Entschluss fasste, einfach liegen zu bleiben und den heutigen Tag vor mich hinzuvegetieren, wurde die Zimmertür von außen aufgeschlossen und aufgerissen. Wieso er weiterhin einen Zweitschlüssel für mein Zimmer besaß, musste er mir nochmal erklären. Mino stemmte die Fäuste in die Hüften und sein grimmiger Gesichtsausdruck verhieß nichts Gutes.

»Du musst etwas für mich erledigen.« Scheiße, nein, nicht heute.

»Was?«, stöhnte ich peinvoll und drückte mir ein Kissen aufs Gesicht.

»Gestern Abend war anscheinend unbemerkt einer von Pablos Männern hier auf der Party und hat aus dem Keller einige Päckchen Kokain mitgehen lassen.«

Sofort richtete ich mich auf. »Wer sollte darauf aufpassen?«

Minos Blick verdunkelte sich, bevor er sich schuldbewusst mit einer Hand über das Gesicht fuhr. »Eddy.« Ich unterdrückte ein Lachen. Wieder mal ein Beweis, dass der Wichser zu nichts zu gebrauchen war. Aber das wollte mein Onkel nicht hören.

»Du und Scott müsst den Kerl ausfindig machen. Wir haben

Bilder von der Überwachungskamera, die ich dir per Nachricht schicke. Am besten ihr macht euch direkt an die Arbeit.« Ohne auf eine Antwort zu warten, drehte er sich um und verließ mein Zimmer. Sichtlich genervt griff ich mir das Handy vom Nachttisch und rief Scott an. Nur nahm der Penner nicht ab, weshalb ich es weitere Male versuchte und ständig bei der Mailbox landete. »Wenn der Tag schon so anfängt …«, grummelte ich beim Aufstehen, schlurfte ins Bad und stieg unter die Dusche.

Eine halbe Stunde später saß ich im Auto auf dem Weg zu Scott. Sofern er nicht abnahm, musste ich eben direkt zu ihm fahren, denn allein kümmerte ich mich sicherlich nicht um Eddys Mist. Die dunklen Augenringe verbarg ich hinter einer verspiegelten Sonnenbrille und zog mir die schwarze Cap weit über die Stirn. Sonnenstrahlen konnten mir heute gestohlen bleiben. Fuck, sie brannten wie verdammtes Feuer in den Augen! Zum Glück wohnte Scott mit seiner Schwester etwas außerhalb von Chicago, wodurch ich die überfüllten Straßen in der Innenstadt umgehen konnte und innerhalb von 15 Minuten den Motor vor ihrem Haus abstellte.

Früher hatte ich es immer liebevoll ‚das Hexenhaus' genannt, denn es lag versteckt am Ende einer Einsiedlerstraße, zwischen dickem Gestrüpp und dichten Bäumen. Auf dem ersten Blick würde man es nicht als bewohnbar einstufen, allerdings hatte Scott das Innere völlig neu ausgebaut und daraus ein gemütliches Heim für sich und seine Schwester geschaffen. Besonders der direkt angrenzende See übertraf alles und ließ einen über die kleinen Makel am Haus hinwegsehen.

Schleppend stieg ich die wenigen Stufen der Veranda hoch, hob vor der Haustür die Faust zum Klopfen. »Scheiß drauf.« So oft, wie ich seinen Schwanz schon gesehen hatte, durfte ich hier auch unangemeldet reinplatzen. Innige Bro-Liebe halt.

»Jo, Scott, du Wichser!« Die Dielen in dem engen Flur knarzten unter meinen Schritten und in der Küche erklang das Geklapper von Geschirr. Ich lief direkt darauf zu, durchquerte den niedrigen Türbogen und sah meinen besten Freund, der am Tisch saß und

Pancakes fraß, fassungslos an. »Alter, willst du mich verarschen? Ich hab dich tausend Mal angerufen. Statt mal auf dein beschissenes Handy zu schauen, sitzt du hier und frühstückst gemütlich?« Sein Blick verhärtete sich, wanderte an mir vorbei. Neben mir ertönte ein zartes Husten, woraufhin ich mich umdrehte und in smaragdgrüne Augen starrte.

»Hi, Blake …«, kam es grinsend von der jungen Frau am Herd. Was zur Hölle… Aylin? Die Erkenntnis traf mich wie ein Schlag in die Fresse – oder wohl eher in die Weichteile. Heilige Scheiße, was war aus dem kleinen Mädchen mit Brille geworden? Ihre welligen blonden Haare fielen ihr strähnig über die Schultern und reichten bis zu ihrer Taille. Mit ihren grünen Augen starrte sie mich ebenfalls von Kopf bis Fuß an und ich spürte die brennende Glut, die sie dabei hinterließ. Ihr Outfit war absolut grenzwertig, keine Frau in meiner Umgebung hätte diese Fetzen Stoff mit diesem Wimpernaufschlag lange genug an, um zwei plus zwei zu rechnen. Ihre Brüste, die sich hauchzart unter dem dünnen Stoff ihres Tops abzeichneten, hatten die perfekte Größe, um sie mit beiden Händen zu umschließen, sie zu liebkosen und die dann sicherlich harten Nip–

»Wieso bist du hier?«, fragte Scott energisch, lenkte meine Aufmerksamkeit wieder auf sich.

»Eddy hat Scheiße gebaut, die wir jetzt klären müssen. Irgendeiner von Pablos Leuten war gestern auf der Party und hat Ko–«

»Musst du dich nicht für die Uni fertig machen?«, wandte sich Scott hastig an seine Schwester und unterbrach mich somit. Verwundert senkte sie den Kochlöffel, verdrehte die Augen und legte ihn seufzend auf die Arbeitsplatte neben den Herd. Statt sich zu verabschieden, eilte sie an mir vorbei und kurz darauf ertönte das Knarzen der Treppen.

Gemächlich stand Scott auf, lief an mir vorbei und stellte sein Geschirr in die Spüle, während ich weiterhin in Richtung Aufstieg blickte. Fuck, mein Kopf war wie leergefegt. Jetzt verstand ich auch, weshalb er sie nicht weggehen ließ. Es würde keine fünf Minuten dauern, bis sie einen Schwanz in sich hatte. Höchstwahrscheinlich meinen.

Plötzlich drängte mich Scott an den Schultern rückwärts gegen die Wand und näherte sich mir mit grimmigem Gesichtsausdruck. »Ich weiß genau, was du denkst, also vergiss es ein für alle Mal. Haben wir uns verstanden?«, knurrte er und presste die Kiefer fest aufeinander. Wir lieferten uns ein Blickduell.

»Natürlich. Deine Schwester ist tabu«, versicherte ich und drückte ihn von mir. »In zehn Minuten ist Abfahrt. Ich warte draußen.« Schnell eilte ich aus dem Haus, lehnte mich gegen die Motorhaube, beobachtete die sanften Wellen auf der Seeoberfläche. Dachte dabei aber nur an die kurzen Shorts, den prallen Arsch und das üppig gefüllte bauchfreie Top, das knapp über Aylins Bauchnabel endete und genug ihrer sonnengebräunten Haut freigab. Neben dem Ufer entdeckte ich eine Sonnenliege. Ob sie sich darauf täglich in einem Bikini oder vielleicht doch obenrum nackt sonnte? Gedankenversunken ließ ich den Blick über die Hausfassade wandern, fragte mich, ob Scott den richtigen Anstrich gewählt hatte, als in der obersten Etage die Gardine zur Seite geschoben wurde und Aylin zu mir heruntersah. Ein Kribbeln überzog meinen Körper, als könnte ich die Berührung ihrer stechend grünen Augen wieder auf der Haut spüren. Erst als die Tür kraftvoll aufgerissen wurde und Scott die Veranda heruntermarschierte, zog sie die Vorhänge zu und verschwand aus meinem Blickfeld. Fuck! Wie sollte ich die Finger von ihr lassen? Vor allem nach Scotts Reaktion. Er wusste nicht einmal ansatzweise, wie reizvoll er dieses Spiel damit gemacht hatte.

VIER

AYLIN

Neugier, Ungeduld und Nervosität gehörten zu meinen größten Schwächen. Die Beine ließ ich über der Bettkante hin und her baumeln, versuchte, nicht einen Gedanken daran zu verschwenden, was Scott und Blake unten in der Küche besprachen. Vor allem hatte ich meinem Bruder von dem Nebenjob erzählen wollen, was sich durch Blakes Aufkreuzen erledigt hatte. Aber egal, eigentlich sollte ich mich eher darum kümmern, im Kleiderschrank etwas Passendes für die Universität zu suchen und loszugehen. Das wäre meinem Bruder wahrscheinlich auch am liebsten, wogegen ich das Gefühl nicht loswurde, innerlich zu zerfallen.

Bei dem Gedanken, an der Treppe zu lauschen, vergrub ich die Finger fest in der Matratze. Scott hielt mich von allem fern, denn in seinen Augen verdiente ich etwas Besseres. Ständig pochte er darauf, dass mir ein anständiges Leben zustünde und ich eines Tages diesem Höllenloch den Rücken kehren sollte, um ihn und den ganzen Mist hinter mir zu lassen. Dabei war er alles, was ich hatte. Statt wie meine Mitschüler in einem Penthouse direkt in der Innenstadt von Chicago zu wohnen, lebten wir in einem Haus mitten im Wald, welches Scott eigenhändig saniert hatte. Keine Fremden sollten jemals erfahren, dass wir hier wohnten, daher erledigte er alle anfallenden Reparaturen oder Sanierungen selbst. Seit unsere Eltern nicht mehr hier lebten, empfand ich es bezaubernd hier. Abgelegen, ohne Lärm. Und hinterm Haus, versteckt zwischen den hohen Tannen und Eichen, erstreckte sich ein See. Hier fühlte ich mich wohl, liebte die Ruhe, das Vogelgezwitscher und vor allem die Sonnenuntergänge. Von außen wirkte das Haus unscheinbar und konnte leicht als vermodertes, verlassenes Grundstück durchgehen. Innen glänzten die Böden, die Einrichtung war gehoben und alles stand perfekt an seinem Platz. Scotts Begabung zur Folge. Nichts glich einem Höllenloch, aus dem man fliehen musste. Außerdem war ich keine Prinzessin, die vor jedem Ungeheuer Schutz benötigte. Doch Scott sah dies anders. So wie vieles, weshalb wir ständig aneinandergerieten. Permanent vermutete er, eine Party würde ausreichen und ich würde mich in Mom verwandeln.

Durch seine Panik log er, verheimlichte mir seinen Job und all seine Freizeitaktivitäten. Dabei nahm er sogar ohne Scheiß an, ich würde ihm ernsthaft glauben, dass er und Blake in einer Bank arbeiteten. In welchem Universum würde jemand die beiden Pappnasen einstellen? Mein Bruder besaß nicht einmal einen Highschoolabschluss und sein bester Freund sah eher aus wie irgendeiner, der Banken ausraubte, anstatt Kunden zu betreuen – außer, es würde sich darum handeln, junge attraktive Frauen in dem Safe voller Geld zu vögeln.

Sonnenstrahlen bahnten sich einen Weg zwischen den Vorhängen hindurch und erfüllten mein Zimmer mit Helligkeit. Draußen hörte ich das Entriegeln eines Wagens, weshalb ich aufstand, zum Fenster hinüberlief und mit einer Handbewegung die Gardine ein Stück zur Seite schob. Dort entdeckte ich ihn. Blake stand da, starrte zu mir hoch und lehnte mit dem Rücken an der Motorhaube. Er sah so muskulös aus wie früher. Seine dichten, schwarzen Haare fielen ihm in einem wirren Durcheinander ins Gesicht, aus dem mich seine dunklen Augen anfunkelten. Verflucht, er sah verdammt heiß aus. Ich hielt seinem Blick stand. Wo war er die letzten Monate gewesen? Scott hatte gemeint, er befand sich auf einer Geschäftsreise, und hatte im gleichen Atemzug verboten, weitere Fragen darüber zu stellen. Es fiel mir nicht schwer, den Mund aufzumachen, doch ich verdankte meinem Bruder eine Menge, weshalb die offensichtliche Lüge schnell vergessen war. Zumindest bis jetzt. Außerdem sollte es mich nicht interessieren, was genau Blake trieb. In geschäftlicher und privater Hinsicht. Trotzdem konnte ich den Blick nicht von ihm lösen. Aufmerksam und undurchdringlich sah er hoch, direkt in meine Augen, weshalb ich schwer schluckte, denn so hatte er bisher nie zu mir gesehen. Dabei betrachtete ich ihn schon seit Längerem, immer sobald er auftauchte, aus Neugier.

Ich verspürte eine Angst sowie ein aufgeregtes Kribbeln, wenn er mich so musterte wie jetzt. Blakes Schultern spannten sich an, erregt leckte er sich über die Unterlippe und erschreckte im gleichen Moment. Scott tauchte urplötzlich im Blickfeld auf, weswegen ich schnell wieder den Vorhang zuzog, bevor er sah, wie ich seinen besten Freund anstarrte. Sonst würde mir die neue Rapunzel-Rolle zustehen. Oder Gitter befanden sich am nächsten Morgen vor dem Fenster, wie bei Harry Potter. Bei dem Gedanken kam mir ein Lachen über die Lippen. Selbst dann würde irgendwoher ein fliegendes Auto herbekommen, welches mich befreite. Chloe konnte da sicherlich etwas arrangieren. Ich liebte Scott, doch ohne einen Funken Freiheit würde nur eine Hülle von mir auf dem Bett liegen, langsam zerfallen und dabei an die Decke starren. Und wenn er meinte, seine Schwester von jeglichen Gefahren fernzuhalten, musste ich sie eben manchmal selbst suchen. Ein Klingeln riss mich aus den Gedanken, ich nahm das Handy in die Hand und sah die Nummer von Chloe, meiner besten Freundin, auf dem Display. »Aylin, wo steckst du denn?« Fuck, wie spät war es? Ein Blick auf die Uhr verriet mir, dass ich zu sehr in meine Gedankenwelt abgeschweift war.

»Fahr schon mal los, ich nehm den Bus.«

»Ach Quatsch, beeile dich einfach. Sonst komme ich dich holen.« Verflucht, Chloe! Sie wusste nichts von dem Haus im Wald, der Situation meiner Familie und dachte, mein Leben fand in einer schicken Wohnung statt. Unsere Eltern würden nur eine Menge reisen und wir, umringt von Haushältern, den Luxus genießen. Stattdessen lief ich jeden Morgen fünf Kilometer durch den Wald, dann zwei weitere die Straße hinauf, um sie dort vor einer hübschen Villa zu treffen.

»Nein, lass, ich bin nicht mal fertig. Du würdest nur zu spät kommen«, versuchte ich schnell, eine Ausrede zu finden, die zumindest der Wahrheit entsprach. Doch statt klein beizugeben, stöhnte meine beste Freundin in den Hörer.

»Weißt du was? Scheiß drauf. Ich warte hier auf dich, dafür schuldest du mir was.« Ihr Lachen dabei ließ mich mit einstimmen und ich schüttelte grinsend den Kopf.

»In Ordnung!« Schnell suchte ich mir passende Klamotten, zog sie an und verließ zügig das Haus. Die Haustür fiel hinter mir krachend ins Schloss und der Parkplatz vor der Tür war leer. Anscheinend hatten sich Scott und Blake ebenfalls auf den Weg gemacht. Mir blieb keine Zeit, darüber zu grübeln, was die beiden vorhatten. Stattdessen rannte ich über den Trampelpfad im Wald und dachte mir eine passende Ausrede für die Verspätung aus.

»Da bist du ja endlich«, rief mir meine beste Freundin entgegen, als ich schwerschnaufend hinter der Villa vorkam und sie mir schon rübergebeugt die Beifahrertür öffnete.

»Sorry, ich hab mir noch die Unterlagen für Mathe angeschaut und habe total die Zeit verloren«, entgegnete ich, stieg ein und schloss die Tür. Während ich den Sicherheitsgurt anlegte, startete Chloe den Wagen und fuhr los.

»Kein Problem, in der ersten Stunde haben wir sowieso nur Geschichte. Wen interessiert es schon, was damals alles geschehen ist«, scherzte sie, zuckte gleichgültig mit den Schultern und konzentrierte sich daraufhin auf den Verkehr. Sie raste durch die Straßen, selbst vor roten Ampeln machte sie keinen Halt. Laut hupend und weiterhin mit dem Fuß auf dem Gaspedal nahm sie sogar jemandem die Vorfahrt. »I'm so cool, I'm so groovy, when I go bom

bom bom!« Ertönte es dabei aus der Anlage, wozu wir kräftig mitsangen.

»Man, wir hätten bei Starbucks anhalten sollen«, schrie Chloe gegen laute Musik an, band sich die blonde Mähne zusammen, während ich das Lenkrad für sie hielt. Jeder Außenstehende würde meinen, dass sie nicht alle Tassen im Schrank hatte und eine Gefahr für andere Verkehrsteilnehmer war. Eventuell stimmte das sogar.

»Dann wären wir vollkommen zu spät gekommen! Ich kann es mir nicht leisten, den Kurs zu wiederholen.« Es klang amüsiert, doch es entsprach der Wahrheit. Bei dem Thema Studieren verstand Scott keinen Spaß. Zwar war ich mir ziemlich sicher, dass er genug Geld verdiente, doch sollte ich nur ansatzweise in einem Kurs durchfallen, würde das wohl den größten Streit überhaupt heraufbeschwören. Während er in seinem Fall keinen Ehrgeiz in Richtung Uni gezeigt hatte, legte Scott bei mir dafür alles auf die Goldwaage. Scheitern war also nicht erlaubt.

»Dabei warst du nicht einmal abwesend. Ist es wegen deinem Bruder? Mann, dafür, dass er so heiß ist, kann er genauso spießig sein wie mein Dad!« Chloe schüttelte den Kopf, riss das Lenkrad herum und fuhr mit quietschenden Reifen auf den großen Parkplatz des Unigeländes. Ein paar Studenten sprangen zur Seite, um nicht umgenietet zu werden. Es war kaum zu glauben, aber ich mochte ihren Fahrstil.

»Du hast ihn nur einmal gesehen«, hatte ich das Gefühl, meinen Bruder verteidigen zu müssen. »So spießig ist er gar nicht. Scott will nur, dass ich die Uni ernst nehme.«

Chloe parkte den Wagen und wir stiegen beide aus.

»Und nicht auf Partys gehst, keinen Freund hast und am besten die Griffel von Alkohol lässt.« All das zählte sie mit den Fingern auf, weshalb ich sie grinsend mit der Schulter anstupste. »Und tue ich das alles?«

»Zum Glück nicht! Was mich zu dem Gefallen von heute Morgen bringt. Wir gehen auf eine Party!«

»Wann?«

»Heute! Damien wird da sein.« Am liebsten würde ich mir mit der Handfläche über das Gesicht fahren. Seit einigen Jahren stand Chloe auf ihn, es hatte schon in der High School angefangen, obwohl sich der Quarterback eher wie das Flittchen der Oberstufe aufgeführt hatte. Auf der Uni hatte er dann direkt weiter seine Beute gesucht.

»Er ist immer da, genauso wie Zayn, nein danke.« Mit ihm hatte ich letztes Jahr eine heimliche Beziehung geführt und sie hatte nicht gerade rosig geendet. Damit war für mich das Thema erstmal beendet. Zügig passierten wir die Flure des Gebäudes, auf dem Weg zu unserem ersten Kurs. Zögerlich öffneten wir die massive Holztür, traten auf leisen Sohlen ein und suchten uns schnellstmöglich einen Sitzplatz, denn die Vorlesung hatte schon angefangen. Der Dozent starrte uns wütend an, redete dennoch weiter und widmete sich der Tafel. Eilig holte ich die Sachen aus meiner Tasche heraus, legte Stifte, Papier und Unterlagen ordentlich auf den Tisch und versuchte, konzentriert zuzuhören. Dabei schweiften meine Gedanken immer wieder zu zwei dunklen Augen ab. Meine Knie wurden weich, als ich die düsteren, fast schwarzen Seelenspiegel direkt vor mir sah und wie sie mich fixierten. Völlig gefangen von seiner Präsenz rutschte ich erhitzt auf dem Sitz hin und her.

»Aylin?« Sofort sah ich zu Chloe herüber, fuhr mir durch die Haare und merkte, wie einige der Studenten aufstanden.

»Warum stehen die denn alle auf?«, fragte ich irritiert und beobachtete meine Sitznachbarin, die ihre ganzen Utensilien einpackte.

»Weil die Lesung vorbei ist? Hast du überhaupt nicht aufgepasst?« Grinsend sah sie mich an, tippte mit den Fingern auf dem Holz des Tisches herum und schüttelte den Kopf. »Was hat dich den so beschäftigt?« Nichts. Wurde Zeit, dass mein Verstand wieder normal wurde.

»Fuck, du hast sicher keine Notizen gemacht, oder?« Was fragte ich überhaupt? Chloe machte sich nie welche, sie sah es als Zeitverschwendung und mühselig an. »Entspann dich.« Sie sah sich um. Vor uns saß ein Junge, der über seinem Block hing. Schnell beugte sich Chloe nach vorne und tippte ihm auf die Schulter, woraufhin er erschrocken zusammenzuckte und sich umdrehte. »Hey, hast du mitgeschrieben?« Langsam wandte er sich uns zu. Sofort glitt Chloes Aufmerksamkeit zum Papier, das vor ihm lag. Augenblicklich wurde ihr Grinsen breiter.

Die Neugier packte mich, weshalb ich den Oberkörper streckte und ebenfalls einen kurzen Blick riskierte. »Bin ich das?« Meine Stimme glich einem Hauchen, als Antwort schüttelte unser Mitschüler nur kräftig den Kopf. Auf dem Zettel erkannte man ein Mädchen, welches nach vorne blickte, das Kinn auf der Handfläche aufgestützt, und sich gedankenverloren auf die Lippen biss. Verblüfft sah ich ihn an.

»Nein«, stammelte er, meine Mundwinkel verzogen sich zu einem Grinsen.

»Sicher?« Ich fühlte mich geschmeichelt, außerdem traute sich fast kein Mann hier, überhaupt mit mir zu sprechen. Nicht nach der Sache im letzten Jahr. »Kommst du heute Abend zur Party?« Abwartend sah ich ihn an und er blinzelte etwas überfordert von der plötzlichen Aufmerksamkeit zurück. Dann tauchte hinter ihm ein Student auf, der ihm auf die Schulter schlug.

»Lass die Finger von der, sie ist zwar heiß, aber du weißt doch, was mit dem Letzten passiert ist …« Ich verdrehte die Augen. Scott hatte vor einem halben Jahr erfahren, dass zwischen mir und Zayn etwas gelaufen war, war förmlich ausgerastet, und die beiden hatten sich daraufhin auf dem Campus geprügelt, wobei mein Ex-Freund den Kürzeren gezogen hatte. Im allerletzten Moment hatte ich Scott von ihm herunterziehen können, bevor er ihn krankenhausreif geschlagen hatte. Danach war zu Hause ein großer Streit ausgebrochen, mit dem Ergebnis, dass wir eine Woche nicht miteinander gesprochen hatten. Bis ich an einem Abend nach Hause gekommen war und Scott einen Versöhnungsversuch mit Naruto auf Netflix und einer bereitstehenden Schüssel Popcorn gestartet hatte. Er hasste die Serie, doch ich liebte sie. Und wie um Himmels willen sollte ich Süßigkeiten widerstehen? Scheiße, Scott war mein Bruder, egal was für einen Mist er baute. Zayn beachtete mich seitdem nicht mehr, bog in die andere Richtung ab, wenn er mir über den Weg lief. Außer er trank oder hatte seine fünf Minuten, in denen es gleichgültig erschien, was ihm gesagt wurde. Aber sowas konnte ich nicht gebrauchen. Es gab schon einen, der mich nur bemerkte, wenn er soff, noch so jemanden brauchte ich nicht.

»Komm, die können uns gestohlen bleiben«, kam es von Chloe, die an meinem Arm riss. Dann verschwanden wir beide aus dem Saal.

»Heute Abend lassen wir die Sau raus, da können sich bestimmt nicht alle an die Story erinnern. Das wird schon!« Frustriert lehnte ich mich an ein Schließfach und sah Chloe dabei zu, wie sie ihre Sachen verstaute. »Egal, selbst wenn, ich brauche niemanden.« Dadurch, dass Mom sich die Birne zugedröhnt hatte, Dad sich ständig verpisste, hatte ich früh gelernt, keiner Menschenseele zu vertrauen. Ansonsten wurde man am Ende lediglich verletzt. Ich traute nur Scott vollkommen, obwohl er mich manchmal anlog. Ich wusste, er wollte nur mein Bestes. »Das ist die richtige Einstellung, Süße!« Sie legte mir den Arm über die Schulter, schloss ihr Fach und gemeinsam schlenderten wir zum nächsten Kurs. Der Vormittag ging relativ schnell vorbei und kaum läutete es, sprangen wir von den Stühlen auf und verließen das Schulgebäude. Nachdem wir mit anderen Mitschülern plaudernd zum Parkplatz gelaufen waren und uns alle voneinander verabschiedet hatten, stiegen Chloe und ich in ihren Wagen und fuhren los. Vor der Villa parkte meine beste Freundin das Auto.

»Du kommst dann später zu mir? Ich denke, wir nehmen uns dann ein Taxi, denn ich bleibe im Club sicherlich nicht nüchtern. Danach kannst du auch bei mir schlafen«, sagte Chloe und ich verdrehte ungläubig die Augen. Ja, das glaubte ich ihr sofort. Keiner konnte sie davon abhalten, einen Cocktail nach dem anderen zu trinken.

»Ja, das passt. Ich bin dann eine Stunde vorher bei dir, okay?« Außerdem brachte mich mein Bruder um, wenn er mitbekam, dass ich ohne ihn in einem Club war. Oder eher gesagt: überhaupt in einem.

»Perfekt!« Wir verabschiedeten uns voneinander und ich blickte ihr hinterher, bis sie um die Straßenecke bog. Danach schlug ich sofort den schmalen Trampelpfad in den Wald ein und lief gemächlich bis nach Hause. Der Sommer war im Anmarsch, weshalb auch die vielen Sträucher, Bäume und Wildblumen anfingen zu blühen. Der Brombeerstrauch am Ende der Waldung trug schon einige Früchte. Ich zupfte ein paar davon ab und wickelte sie in einem Taschentuch ein. Ich liebte Brombeeren, aß sie im Sommer ziemlich gerne, auch wenn Scott mich dabei immer argwöhnisch beobachtete und vermutete, dass ich tot vom Stuhl fallen würde.

Das Haus lag im Dunkeln. Zuerst ging ich in die Küche, schaltete die kleine Lampe an und wusch die Früchte in der Spüle, ehe ich sie in einer Schüssel auf den Esstisch stellte. Ich liebte die Ruhe hier draußen, genoss es, dass wirklich keine Nachbarn ohne Vorankündigung vor der Tür standen und man hier lebte, als gäbe es niemanden sonst auf diesem Planeten. Ab und zu verirrten sich Wanderer an den See, allerdings hielten sich diese am anderen Ende des Gewässers auf, weswegen wir uns auch dabei nicht in die Quere kamen. Ich machte mir schnell etwas Kleines zu essen, leerte den Teller im Stehen und blickte aus dem Küchenfenster. Wo blieb eigentlich Scott? Sicherlich war er noch mit Blake unterwegs.

Nachdem das Geschirr abgewaschen neben der Spüle lag, stieg ich die Treppen hoch, legte mich aufs Bett und hörte Musik. Gedankenverloren starrte ich an die Decke und dachte augenblicklich an die dunkeln Augen, die mich heute Morgen fast verschlungen hatten. Der Hauch von Blakes Parfum stieg mir ebenfalls in die Nase, weshalb ich aufschreckte, den Kopf zu allen Seiten schwenkte und meinen Bruder im Türrahmen entdeckte.

»In welchem Paralleluniversum warst du denn?«, lachte er süffisant.

»Das würdest du wohl gerne wissen … außerdem könntest du mal das Klopfen lernen. Du musst dich nicht anschleichen wie ein

Auftragskiller«, schmunzelte ich, stand auf und stellte die Anlage aus. Sicherlich würde ich ihm gegenüber kein einziges Wort über Blake verlieren. Ich kannte meinen Bruder und vor allem seinen unmöglich starrsinnigen Beschützerinstinkt, weshalb er von den nächsten Worten nicht begeistert sein würde. »Übrigens bleibe ich heute über Nacht bei Chloe.«

»Was?« Verdutzt schaute er mich an.

»Du hast schon richtig verstanden«, entgegnete ich und lief hinüber zu meinem Schrank neben der Zimmertür.

»Du willst mitten in der Woche bei Chloe übernachten?« Mein Bruder lehnte mit verschränkten Armen gegen den Türrahmen. Ich kramte Kleidung aus dem Kleiderschrank heraus, versuchte sie schnell in der Tasche zu verstauen, damit Scott nicht sah, was ich einpackte.

»Ja, wir wollen für eine Prüfung nächste Woche lernen.« Stutzig zog er die Augenbrauen hoch.

»Gleich am Semesteranfang?« Rasch drehte ich mich zu ihm um, legte die Hände an die Hüfte und sah ihn vorwurfsvoll an. »Warum hinterfragst du alles? Hör auf, mir so hinterherzuspionieren. Ich geh nur zu einer Freundin und verlasse nicht das Land.«

»Aber …«, stotterte er verblüfft.

»Nein. Wenn du jetzt anfängst, mich auszufragen, dann würde ich gerne wissen, wo es heute Morgen mit Blake hinging.« Sofort verfinsterte sich sein Blick.

»Aylin.« Seine Worte klangen gepresst, scheinbar prüfte ich gewaltig seine Geduld. »Ernsthaft, Scott. Du verrätst mir gar nichts und ich musste sogar den beschissenen Raum verlassen. Und ich werde jetzt hier wie der Staatsfeind Nummer 1 behandelt?« Seine Miene nahm einen Hauch Mitleid an. »Sorry, Ay. Ich will nur nicht …«

»Dass ich werde wie Mom. Hab's verstanden. Nicht einen Tropfen Alkohol, Drogen oder Sonstiges. Nur stilles Lernen im Zimmer.« Wann kapierte er endlich, dass ich kein braves Mädchen sein musste, um nicht so wie sie zu werden?

»Es reicht, wenn einer von uns auf die schiefe Bahn abgerutscht ist. Du bist der Lichtblick der Familie.« Eingesperrt, eingeengt und vollkommen unausgeglichen trifft es eher. Nur weil Aylin *das Licht der Sonne* bedeutete, hieß es noch lange nicht, dass mir Sonnenstrahlen aus dem Hintern schossen. »Soll ich dich zu Chloe fahren?«

»Damit sie wieder starrt, als wärst du ein Donutbuffet? Nein danke.« Dabei grinsten wir beide, er legte einen Finger auf sein Kinn.

»Heiß ist sie …« Sofort klingelten bei mir die Alarmglocken.

»Oh, auf keinen Fall, halt dich an deine anderen Frauen!«

»Wer sagt denn, dass ich welche habe?« Manchmal verkaufte er mich echt für dumm. »Ach komm, der Slip, den ich letztens im Flur gefunden habe, gehörte eindeutig nicht mir. Und egal, wie oft du denen sagst, sie sollen leise das Grundstück verlassen, High Heels hören sich an wie Elefantenschritte auf dem Parkett.«

»Fuck, ich dachte, wenn ich ihnen fest genug den Mund zubinde, dann …« Und stopp.

Ich packte nach ihm, schob ihn aus dem Zimmer und schloss die Tür. Dahinter ertönte sein Lachen, woraufhin ich grinsend den Kopf schüttelte und mich schuldig fühlte, ihn angelogen zu haben. Doch anders ließ er es nie zu, dass ich über Nacht wegblieb. *Du wirst sonst genauso eine Hure wie sie.* Er war nicht immer so nett mit seinen Worten, wie eben. Wenn Scott wütend wurde, brannten seine Äußerungen wie Feuer und hinterließen Narben auf meiner Seele. Gerade als er sich umdrehen und gehen wollte, fiel mir das Thema Nebenjob wieder ein. *Jetzt oder nie.*

»Ich muss dir übrigens noch etwas sagen«, hielt ich meinen Bruder vom Weitergehen ab, der sich sofort herumdrehte und mich argwöhnisch musterte. Lustigerweise blieb sein Blick an meinem Bauch hängen, woraufhin er die Augenbrauen skeptisch zusammenzog und mit den Kiefern malte. Mein Herz raste deutlich und drohte mir vor lauter Aufregung gleich aus der Brust zu springen.

»Was?«, presste er hervor und ich war verblüfft, wie schnell seine Laune kippen konnte. »Du willst mir jetzt aber nicht auch noch mitteilen, dass du einen Braten in der Röhre hast, oder?« Geschockt weitete ich die Augen. Das hatte er jetzt nicht wirklich gesagt?!

»Spinnst du? Nein!«, schrie ich ihn förmlich an und sah ihm an, wie die Anspannung aus seinen Schultern wich und er tief ausatmete. »Gott sei Dank …« Erleichtert fasste er sich an die Brust und stützte sich am Türrahmen ab.

»Aber schön zu wissen, wie du mich einschätzt. Sehr nett«, reagierte ich direkt auf sein Theaterspiel und rollte mit den Augen. »Eigentlich wollte ich dir nur sagen, dass ich ab nächster Woche einen Nebenjob anfange. In einem Blumenladen in der Stadt.«

»Wie kommst du denn auf die Idee? Wir haben doch alles hier, du brauchst nicht arbeiten gehen und –«

»Scott, bitte. Ich komme mir blöd vor, wenn ich ständig nur zu Hause sitze und nach dem Lernen die Wände anstarre. Lass mich ein bisschen dazu verdienen.«

»Was ist das für ein Laden?« Ihm schien der Gedanke absolut nicht zu gefallen, weshalb ich ihm alle Einzelheiten erzählte, auch von der netten Inhaberin, und ihm nochmal verdeutlichte, wie gerne ich das tun würde. Scott schien alles zu widerstreben, doch nach einigem Zögern stimmte er zähneknirschend zu und verließ mein Zimmer.

Als ich alle Sachen, auch die für die Uni am nächsten Tag, gepackt hatte, rief ich mir ein Taxi und gab dem Fahrer die Adresse von Chloe durch. Im Wagen herrschte eine unangenehme Hitze, weshalb ich das Fenster auf der Rückbank ganz herunterkurbelte und die kühle Abendluft auf der Haut genoss. Mittlerweile ging die Sonne unter, warf einen rotorangenen Schatten auf die Stadt und verpasste ihr damit einen sinnlichen Touch, der mich immer wieder aufs Neue begeisterte. Sonnenuntergänge liebte ich abgöttisch und sah sie mir am liebsten auf dem kleinen Verandadach vor meinem Fenster an. Ich verfiel schon wieder in Grübeleien über alles Mögliche, bis mich der Taxifahrer mit seiner Ankündigung aus den Gedanken riss. »Wir sind da.« Schnell zog ich das Geld aus der Tasche, überreichte es ihm und stieg aus. Chloe erwartete mich schon aufgeregt an der Haustür und winkte mir zu, während ich die Auffahrt entlanglief. Ihre ebenfalls langen, blonden Haare hatte sie geglättet und teilweise hochgesteckt. Als ich näherkam, sah ich auch, dass ihr Make-up schon perfekt saß, denn ihr Teint war ebenmäßig und die blauen Augen mit Eyeliner umrandet. Von ihren langen und dichten Wimpern wollte ich gar nicht anfangen, dafür hatte ich sie schon immer gehasst. Ihre Eltern schienen nicht zu Hause zu sein, weshalb wir uns gleich ins Obergeschoss und in ihr Zimmer begaben. Dort packte ich alle Kleidungsstücke aus der Tasche, gleichzeitig durchwühlte meine beste Freundin ihren Schrank. Ich schnappte mir jeweils eine Hose und ein Oberteil und wechselte die Klamotten in Sekundenschnelle.

»Du siehst verdammt scharf aus! Die anderen werden nur so drauf fliegen!«, verkündete Chloe und drehte sich neben mir freudestrahlend in ihrem roten Minikleid im Kreis.

»Ebenfalls!«, erwiderte ich und betrachtete mich nebenbei im Spiegel. Der blinde Griff in den Kleiderschrank hatte wirklich etwas gebracht. Eine Lederhose, dazu ein weißes Top. Ein bisschen viel Haut blitzte an der Hüfte hervor, aber das störte keineswegs. Draußen starb man vor Hitze, selbst abends konnte man nicht luftig genug angezogen sein, insbesondere im Club. Chloe reichte mir eine goldene Kette, den dazu passenden Armreif und band sich silbernen Schmuck um, der perfekt zu dem roten, knappen Kleid passte.

»Damien wird Augen machen!«, rief sie begeistert, klatschte in die Hände und griff sofort nach meinem Handgelenk, nachdem ich die Accessoires angelegt hatte. »Das Taxi wartet bestimmt schon unten.« Gemeinsam eilten wir die Treppen ihres Elternhauses herunter. Das Haus war der Wahnsinn, allein würde ich ständig ins falsche Zimmer gelangen und mich verlaufen, weshalb ich ihr blind hinterherdackelte. Die ganze Fahrt quatschten wir über die Schule und was ich Scott für eine Lüge aufgetischt hatte. Sobald ich seinen Namen aussprach, huschte über Chloes Gesicht eine leichte Röte, die sofort wieder verschwand. Gut, sie machte auch nicht wirklich einen Hehl daraus, dass ihr mein Bruder gefiel. Allerdings konnte ich mir eine bessere Konstellation als Scott und Chloe vorstellen. Vor allem würde ich meine Hand nicht ins Feuer dafür legen, dass er ihr nicht das Herz brach. Denn eins stand fest: Ihre Gefühle wären bei weitem anders als seine. Chloe hatte nämlich die Begabung, sich hoffnungslos zu verlieben.

FÜNF

BLAKE

Wo fing man eine Suche an, wenn man weder einen Namen oder gar einen Anhaltspunkt hatte? Einige Stunden fuhren Scott und ich durch die Stadt, trafen uns mit Leuten, die eventuell den Übeltäter auf dem Video erkennen konnte, aber gingen immer mit leeren Händen aus. Irgendwann kam ich mir sogar vor wie einer aus einer Kirchengemeinde, der von Haustür zu Haustür wanderte und in dumme Gesichter blickte. Entweder kannten die Leute weder Pablo noch seine Gefolgschaft, oder sie waren einfach zu gut darin, sich zu verstellen.

»Ich seh doch die verdammten Schweißperlen auf deiner runzligen Stirn, du Pisser. Also gib mir endlich einen Namen, sonst zerleg ich deinen ganzen Laden«, schrie ich den Mann vor mir an, der inmitten von Chicago eine Tacobude führte. Mit zittrigen Händen hielt er sich am Tresen fest, zu seinem Glück war dieser noch zwischen uns. Der letzte Kerl hatte uns hierhergeschickt, da er von einem Kumpel erfahren hatte, dass einige der Sippe hier ab und zu aßen.

»Blake …«, flüsterte Scott und versuchte, mich zurückzuhalten. Doch ich hatte die Schnauze voll, einen Mordshunger und der Kater von gestern verblasste nur langsam. »Die Leute drehen sich schon um.«

»Ist mir scheißegal«, donnerte ich ihm entgegen und warf ihm einen missbilligenden Blick über die Schulter zu. Wenn es auf die feine Art nicht funktionierte, irgendeinen Wichser ausfindig zu machen, musste es eben so gehen. Und auch jetzt hielt ich mich noch zurück. Mit dem nächsten Atemzug zog ich die Knarre unter dem Shirt aus dem Hosenbund und knallte sie auf die Theke. »Oder muss ich deutlicher werden, damit irgendeine Silbe über deine Lippen kommt?«

»Ich … ich …«, stammelte der Imbissbesitzer vor mir herum, knabberte seine Unterlippe wund, ehe ich nur noch rot sah, entsicherte und ihm den Lauf gegen die Stirn presste. Hinter uns schrie eine Frau auf, Stühle scharrten über den Linoleumboden und keine Minute später war der Laden wie leergefegt.

»Zehn Sekunden, mehr Zeit gebe ich dir nicht. Wenn ich bei null keinen Namen habe, stirbst du.« Der Geduldsfaden war gerissen und ich hatte absolut kein Problem damit, meine Drohung umzusetzen. Wimmernd krümmte sich der Mann zusammen, schloss die Augen und schien sicherlich zu überlegen, von wem er die Kugel kassieren wollte. »Zehn …« Wenn er mir den Namen gab, hatte er vielleicht noch genug Zeit, die Stadt zu verlassen, ehe Pablo ihn zwischen die Finger bekam. Aber wie gesagt, vielleicht. »Neun.« Tränen liefen ihm über die Wangen, er suchte Blickkontakt und hoffte wohl, ich würde Gnade walten lassen. »Acht.«

»Bitte, helfen Sie mir«, wandte er sich an Scott, der ihm nur den Rücken zudrehte und mich schief von der Seite ansah. Er mochte es nämlich ganz und gar nicht, wenn ich das Todesurteil in die Länge zog. Mein bester Freund holte die Knarre meist erst raus, wenn er das hatte, was er wollte, und überraschte sein Gegenüber zum Schluss. Aber leider mochte ich die Angst in den Augen der Opfer, wie ihre rotunterlaufenen Iriden keinen Ausweg fanden und das Leben an ihnen vorbeizog. Ich zählte weiter herunter, der Mann stammelte vor sich hin und kramte seine letzten Erinnerungen an den Typen hervor.

»Zwei.« Mein Finger legte sich enger um den Abzug und zuckte schon vor Freude.

»Salva! Salva Di Amore«, platzte es aus ihm heraus, ehe er das Gesicht voller Angst verzog und den Knall abwartete. Im Blickwinkel sah ich, dass Scott sofort das Handy zückte und darauf herumtippte, während ich erleichtert aufstöhnte und die Knarre sinken ließ.

»Und jetzt mach uns zwei Tacos, ich hab Kohldampf.« Irritiert schauten mich beide Männer an. Scotts Blick sagte so viel aus wie: Was hast du vor? Doch ich zuckte nur mit den Schultern und sah dem Besitzer dabei zu, wie er angestrengt herumrannte und das Essen anrichtete. Hätte er jetzt wirklich keinen Namen genannt, würde er schon längst am Boden liegen und sein Blut würde sich auf dem sicherlich klebrigen Boden verteilen. Außerdem war er unglücklich in diesen Fall hineingezogen worden und konnte nichts dafür, wer in seinem Tacoladen aß. Ein vollkommener Rüpel, der einfach aus Spaß um sich ballerte, war ich also definitiv nicht. Er rannte sich echt die Hacken wund und stand keine fünf Minuten später mit den in Alufolie verpackten Tacos vor uns.

»G–g–geht aufs Haus«, stotterte er leise und senkte den Blick. Oh, wie nett. Wir nahmen das Essen entgegen und verließen den Schuppen eilig. Bestimmt hatte jemand der Besucher die Polizei gerufen, und die Scheiße regeln wollte ich jetzt keinesfalls. Beim Wagen angekommen, fuhren wir direkt los und aßen während der Fahrt. Schnell bekam Scott die Adresse dieses Salvas heraus, zu dem wir uns auch gleich auf den Weg machten. Draußen dämmerte es schon, als ich den Wagen vor seinem Haus abstellte. Es war klein und sah gemütlich aus. Der Vorgarten, den wir betraten, gepflegt, und niemals würde man bei dem Anblick meinen, dass hier ein Drogenhändler wohnen würde. Wie man sich täuschen konnte. Was wohl seine Nachbarn dachten, welchen Beruf er ausübte? Laut den anderen Vorgärten wohnten hier viele Familien, denn Spielzeug und

Fahrräder reihten sich aneinander. Doch das war nicht mein Problem. Wir waren hier, um unseren Job zu erledigen, weshalb wir die Treppen zur Veranda hochliefen und einen Blick durch das Fenster warfen. Zu unserem Glück waren die Vorhänge auf die Seite gezogen.

Drinnen sah man einen Mann vor dem Fernseher sitzen, weshalb ich direkt klopfte und er uns wenige Momente später die Tür öffnete.

»Salva Di Amore?«, fragte Scott mit einem schroffen Ton, während ich die Hand schon am Rücken am Abzug behielt.

»Ja?« Kaum sprach er es aus, zog ich die Waffe, drückte sie ihm gegen die Brust und ihn zurück ins Haus. Stolpernd lief er rückwärts ins Wohnzimmer und ließ sich in den Sessel fallen. Mit geweiteten Augen starrte er uns nacheinander an und hob die Hände. »Was wollt ihr von mir?« Statt zu antworten, zog ich mein Handy und zeigte ihm die Aufnahmen der Videoüberwachung.

»Kennst du den Typen?« Er blickte desinteressiert auf das Display. Hundertpro war das nicht die erste Waffe, die auf ihn gerichtet wurde.

»Schon mal gesehen«, erwiderte er trocken und sein Blick huschte immer wieder an mir vorbei in den Flur. Irgendetwas schien ihn nervös zu machen. Scott stellte sich währenddessen auf die andere Seite des Sessels, damit er nicht auf dumme Ideen kam.

»Dann kannst du uns bestimmt verraten, wer er ist.«

»Bin ich etwa lebensmüde?«

»Sag du es uns«, erwiderte Scott und presste die Kiefer aufeinander. Salva überlegte eindringlich, blickte zu Boden und rutschte auf dem Sitzkissen herum.

»Hopp! Wir haben nicht ewig Zeit.«

»Schatz?«, erklang es plötzlich hinter uns, woraufhin Scott direkt ein ‚Fuck' herausrutschte und seine Waffe zog.

»Linda!«, schrie Salva, weitete die Augen und warf mir einen eindringlichen Blick zu. Schnell drehte ich mich herum, entdeckte eine Frau im Türrahmen, die bestimmt seine Ehefrau war, sich schockiert die Hand vor den Mund hielt und schon hinausrennen wollte. Doch mit wenigen Schritten war ich bei ihr, schlang ihr von hinten den Arm um den Hals und hielt ihr den Lauf an die Schläfe. »Nein«, schrie ihr Mann und auch ihr entwich ein greller Aufschrei. Scott hielt Salva weiter im Sessel gefangen, drückte ihn hinunter, als er versuchte aufzuspringen. Ein wildes Durcheinander von Schreien der beiden erfüllte die untere Etage. »Jetzt halten alle die Klappe, verdammt nochmal«, brüllte ich und schoss in die Luft. Alle verstummten.

»Sag uns den verfickten Namen und ihr passiert nichts«, richtete ich mich an ihn und hielt weiterhin seine Frau fest. Entschlossenheit blitzte in seinen Augen auf und aussichtslos atmete er tief ein.

»Fernando Paldero. Er arbeitet an der Nicholas Senn High School, als Sportlehrer, soviel ich weiß. Mehr auch nicht. Und jetzt lass sie los.« Scott und ich tauschten einen Blick aus, langsam kam er zu mir, richtete fortan die Waffe auf Salva, als ich seine Frau in den Raum schubste und wir schleunigst aus dem Haus rannten. Wir traten gerade die Verandastufen hinab, als ein Schuss ertönte. Der Penner hatte mich haarscharf verfehlt und besaß noch die Frechheit, obwohl wir beide verschont hatten, so eine Scheiße abzuziehen. Rasch drehten wir uns um, ich richtete die Waffe auf ihn und drückte ab. Wie ein nasser Sack klappte er nur Sekunden später zusammen, rutschte die Treppenstufen etwas herunter und lag verdreht auf diesen. Das Blut floss augenblicklich aus der Wunde in seiner Brust, als auch schon seine Frau aus dem Haus gestürmt kam und kreischend neben ihrem Mann auf die Knie fiel.

»Salva?« Sie rüttelte an seinen Schultern, doch er gab keinen Mucks von sich. Und als würde es nicht noch schlimmer kommen, hörte ich, bevor wir ins Auto stiegen, ein weinerliches: »Mommy?« Ich schaute zurück zum Haus und entdeckte einen kleinen Jungen, der seine Eltern und das ganze Blut betrachtete und mit der ganzen Situation nichts anfangen konnte. Auch auf die Entfernung erkannte ich die Trauer und Überforderung in seinen Augen, als er aufschaute und sich unsere Blicke kreuzten.

»Blake, steig jetzt endlich ein!«, rief Scott aus dem Inneren des Wagens. Dieser Anblick brannte sich in meine Netzhaut, kratzte an meinem schlechten Gewissen, das ich bisher nie empfunden hatte, und ließ den Taco von vorhin meine Kehle hinaufwandern. Jedoch riss ich mich schnell wieder zusammen, als in der Ferne Sirenen schrillen, stieg ein, schmiss die Knarre in die Mittelkonsole und fuhr mit quietschenden Reifen davon.

SECHS

BLAKE

Ohne einen Ton zu sagen, fuhren wir durch Chicago, hielten angespannt Ausschau nach den Cops, ehe ich irgendwann auf den Waldweg abbog und nach einigen Minuten vor Scotts Haus hielt.

»Der Typ hätte uns eiskalt von hinten erschossen, wenn du nicht so schnell reagiert hättest«, sagte mein Kumpel und klopfte mir auf die Schulter. Jemanden von hinten zu erschießen, glich einem Armutszeugnis. Zumindest unter den Gangs. Und großen Beifall sollte man dafür nicht erwarten. Es war feige und zeigte, dass dieser Salva keine Eier besaß, weshalb er die Retourkutsche nur zu Recht bekommen hatte.

»Tja, was willst du von solchen Warmduschern auch erwarten? Wir sehen uns«, antwortete ich, bevor wir uns verabschiedeten, Scott ausstieg und ich einmal wendete, um wieder zur Straße zur gelangen. Ich fuhr auf die Interstate, um auf schnellstem Wege nach Hause zu kommen, unterdrückte das Zittern meiner Hände, indem ich sie um das Lenkrad krallte, bis jeder einzelne Knöchel weiß hervortrat.

Im Kopf ging ich das Szenario von vorhin immer wieder aufs Neue durch, suchte den Fehler und könnte mir verdammt nochmal selbst eine Kugel in den Kopf jagen, weil wir das Obergeschoss nicht kontrolliert hatten. Im Wahn, den Einbrecher finden zu wollen, hatten wir nicht richtig nachgedacht und Scheiße gebaut. Aber wieso machte mich das so fertig? Er war nicht der erste Mann, den ich umgelegt hatte. Nein, nein, nicht das war das Problem. Sondern die Frau und vor allem das Kind. Sie raubten mir gerade den Verstand, ließen mein Herz unaufhörlich gegen die Rippen pochen und mich fast ausflippen. Nie war ich solch einer Situation ausgesetzt gewesen, hielt hartnäckig daran fest, dass es mir nichts ausmachte, Menschenleben zu beenden. Und dachte auch nie an die Auswirkungen meines Handels. Doch das … zog mir gerade den Boden unter den Füßen weg. Ich hatte ihr Leben zerstört, ihnen Bilder geliefert, die sie nie wieder vergessen können würden und den kleinen Jungen womöglich für immer prägten.

Ich fuhr mit 100 Sachen die Auffahrt zu Minos Anwesen hoch, parkte den Wagen und ließ den Schlüssel nach Ersterben des Motors noch stecken. Irgendwie musste ich dieses Schauspiel aus meinem Kopf verbannen, weshalb ich ins Haus stürmte, keine der Frauen und keinen der Männer beachtete, die mir entgegenkamen, und direkt das Büro meines Onkels anpeilte. Dort bewahrte er seinen Alkohol auf, zumindest das gute Zeug. Die Tür knallte scheppernd gegen die Wand, nachdem ich sie aufgestoßen hatte. Sofort ging ich zu der Vitrine. Ich schnappte mir eine Whiskeyflasche und öffnete sie. Mit hastigen Schlucken trank ich den Inhalt, unterdrückte das Würgen, welches vom Brennen verursacht wurde, das bis in den Magen reichte, wollte nur diesen kleinen Jungen vergessen. Wenn ich nur wüsste, was mich gerade mehr fertig machte: der Anblick oder das Problem, dass ich nicht einfach mit den Schultern zucken und es vergessen konnte. Was war nur los mit mir?

Schneller denn ja schüttete ich den Whiskey hinunter, stolperte hinaus in den Flur und lief in Richtung Küche.

Dort traf ich auf Eddy und ein junges Mädchen, die lachend am Esstisch saßen, und er redete irgendetwas vor sich hin. Ich sah zwar, dass sich seine Lippen bewegten, doch nahm davon nichts auf.

Irgendwann ließ ich mich auf einen der Stühle fallen, blickte auf den Tisch und entdeckte die Drogen.

»Willst du?«, fragte Eddy und schob mir die Glasplatte und den Dollarschein herüber.

»Nennt sich Engelsstaub …«, fuhr er fort und wackelte mit den Augenbrauen. Ohne mit der Wimper zu zucken oder zu fragen, wo er das Zeug herhatte, zog ich eine Line. Mir war gerade alles recht, was die Scheiße aus meinem Hirn verbannen konnte. Ich schloss für einen Moment die Augen und als sich ein wohliges Gefühl in mir ausbreitete, öffnete ich sie wieder. Nur saßen jetzt nicht mehr Eddy und seine Begleitung vor mir, sondern Salva, seine Frau und der gemeinsame Sohn.

»Was hast du nur getan?«, sprach der Junge, woraufhin ich aufsprang und rückwärts in Richtung Flur stolperte.

»Was zur Hölle …?«, murmelte ich, drehte mich herum und rannte aus dem Haus. Hinter mir hörte ich noch ein aufgebrachtes: »Blake!«, reagierte aber nicht darauf und suchte das Weite. Ich rannte los, wollte der Familie entkommen und zweifelte an meinem Verstand. Was für eine Scheiße hatte Eddy mir da gegeben?

Ich glaubte, mich daran erinnert zu haben, ein Taxi angehalten zu haben, denn irgendwie hatte ich einen klaren Moment, als ich in der Stadt vor einem Club stand. Alles war verschwommen, abgesehen von der Szenerie vor Salvas Haus. Ich brauchte dringend mehr Alkohol. Wahrscheinlich hatte ich den Club hier ausgesucht, da wir regelmäßig dort feiern gingen und der Türsteher mich deshalb anstandslos an der langen Schlange vorbeiließ. Dabei pumpte mein Herz unaufhaltsam und fast schon paralysierend das Blut durch meine Adern, lenkte meine ganze Konzentration darauf, sodass ich die dröhnende Musik im Inneren des Clubs kaum wahrnahm. Die anderen Gäste sah ich teilweise verschwommen, erst klar, wenn ich in sie hineinlief und zur Seite schubste, und auf die Entfernung sogar doppelt. Fuck, was hatte mir Eddy da gegeben? Mit den Händen fuhr ich mir über das Gesicht, wischte den kalten Schweiß von meiner Stirn und drehte mich im Kreis, als ich bemerkte, dass ich mitten auf der Tanzfläche stand. Ich begegnete merkwürdigen Blicken, die mir die Frauen und Männer zuwarfen, denen ich auf die Füße trat, und ich gab alles, nicht aus den Latschen zu kippen. Konnte ein Herz vor lauter Adrenalin platzen? So fühlte es sich nämlich gerade verdammt nochmal an. Als versuche mein Körper, die eingenommene Scheiße so schnell wie möglich wieder loszuwerden. Für einen kurzen Moment schloss ich die Augen, atmete mehrere Male tief ein und aus und spürte dabei ständig, wie mich ein weiterer Penner anrempelte. Wieso war ich überhaupt hier? Angestrengt überlegte ich, biss mir auf die Zunge, um nicht bei jeder Berührung wild um mich zu schlagen. Alkohol! Das Angel Dust machte mich ganz mürbe. Dazu würde sich Eddy noch was anhören müssen.

Mit kontrollierten Schritten steuerte ich die Bar an, bestellte eine Wodkaflasche und streckte dem Barkeeper meine Kreditkarte entgegen. Ab und zu stieß mich jemand an, doch ich richtete den Blick nach unten. Wollte weder jemandem direkt in die Augen sehen, noch im Spiegel hinter der Bar einen mich verfolgenden Mann entdecken.

»Bitte«, kam es plötzlich von dem Kellner, der mir die Flasche samt Karte überreichte. Die Karte steckte ich rasch in die Hosentasche, schraubte den Deckel ab und fing an zu trinken. Scheiße, tat das gut. Dabei ließ ich unvermeidlich den Blick einmal durch den Club schwirren, sah haufenweise Menschen, die sich an die Bar oder auf die Tanzfläche drängelten. Hier würde mich Salva sicherlich nicht finden. Ich setzte die Flaschenöffnung ab, bahnte mir am Rande einen Weg durch die Menge, als mich eine Hand an der Schulter packte.

»Hey, Blake!«, hörte ich eine männliche Stimme, drehte mich schnurstracks um und blickte in Salvas tote Augen.

»Nein …« Völlig neben der Spur schubste ich mein Gegenüber von mir, wobei auch die Flasche zu Boden fiel, und entfernte mich rückwärts, schüttelte dabei den Kopf. Hatte er etwa doch überlebt? Ich verstand die Welt nicht mehr.

»Alter, was ist denn los mit dir?«, sagte Salva und folgte mir auf Schritt und Tritt.

»Verpiss dich!« Panisch schaute ich mich nach etwas um, womit ich mich wehren konnte, griff automatisch nach einem Stuhl und schmiss ihn in Salvas Richtung. Er duckte sich weg, schaute mich ungläubig an und wog den teuflisch grinsenden Kopf hin und her. Ich konnte ihm nicht entkommen. Besiegelte das mein Schicksal? Aber sterben wollte ich noch nicht, niemals. Vor allem, da mich nach meinem Tod wegen der Trauer des kleinen Jungen nun sicherlich die Hölle und Luzifer persönlich erwarten würden.

SIEBEN

AYLIN

Direkt vor dem Club hielt das Taxi, wir stiegen aus und ich versuchte, mit den Stiefeletten nicht in die Risse im Asphalt zu treten. An einer Ecke scharrten sich Menschen, um in den Underground Schuppen hinein- oder hinauszukommen. Die Masse verschluckte einen, wenn man nicht aufpasste, doch Chloe und ich liefen zielstrebig zum Eingang.

»Wir stehen auf der Liste«, verkündete sie selbstbewusst, nannte unsere Namen und der Hulk ließ mich und meine beste Freundin mit einem Nicken rein.

»Wie hast du das denn gemacht?« Die Clique war noch nie in diesem Schuppen gewesen, das wusste ich, Chloe hatte mir nämlich auf dem Weg hierher erzählt, dass Damien etwas Neues ausprobieren wollte.

»Hier kann man Separees buchen, und wenn du einen Haufen Kohle zahlst, kommt man ohne Anstehen rein.« Verdattert nickte ich, folgte ihr und entschied, nicht weiterzufragen. Immer wieder musste ich mir in Hinsicht auf Chloe eingestehen, dass sie sich einiges mit Geld erkaufte.

»Da seid ihr ja!«, rief Damien von weitem mit zwei Mädchen im Arm, daneben saßen Zayn, Luca und Camilla. Ich sah mich um, betrachtete den künstlichen Nebel, das Blitzlicht und nahm die laute Musik wahr, die einem entgegenschlug. Bei den anderen angekommen öffnete Damien das rote Band, um uns reinzulassen, wir umarmten ihn beide und ließen uns neben dem Rest auf dem Ledersofa nieder. Chloe und ich fingen gleich an, mit Camilla zu quatschen. Sie erzählte uns von einem neuen Kerl, den sie letztens im Urlaub kennengelernt hatte, und spielte dabei an ihren langen, aschblonden Haaren herum. »Am Ende war es aber eher ein Griff ins Klo. Der hatte mächtig Probleme ...« Dramatisch verdrehte sie die Augen, nahm sich einen Drink und stieß mit uns an.

»Hey, Aylin, hast du Lust zu tanzen?« Zayn tippte mir auf die Schulter. Mit einem Augenrollen drehte ich mich nach einem kurzen Moment des Überlegens zu ihm um und schüttelte energisch den Kopf. »Ach, komm, früher hast du gerne mit mir getanzt.« Er grinste, rutschte etwas näher. »Und viele andere Sachen gemacht.«

»Da war ich auch noch jeden Tag für dich aktuell und nicht nur zwischendurch, wenn du gerade Bock hast«, zischte ich ihn von der Seite an und wandte mich wieder Chloe zu.

»Sei doch nicht so, dein Bruder hat ...« Sofort unterbrach ich ihn.

»Komm mir jetzt nicht so. Wärst du ein richtiger Mann, hättest du nicht so leicht den Schwanz eingezogen und dich verpisst.« Ich kippte das Glas, was Chloe mir gab, herunter und stand auf. »Kommst du mit?« Mit einer Kopfbewegung deutete ich auf die Tanzfläche. Sie sah unschlüssig zwischen mir und Damien hin und her, der sich aber eh um eine Brünette bemühte, nickte dann und schwang sich vom Sofa.

»Warum sind wir noch mal hier?«, fragte ich völlig außer Puste. Nach einer kurzen Tanzeinlage standen Chloe und ich an der Bar, bestellten Drinks und stießen an, nachdem diese serviert worden waren. »Um uns zu amüsieren! Zayn beruhigt sich schon. Klar, wer so 'ne heiße Frau wie dich verliert, trauert erst mal.« Ich lachte, nahm einen Schluck und stellte mein Getränk ab.

»Und du solltest dir endlich jemand anderen suchen. Du siehst doch, Damien ist ein Player.« Keine Frage, ich schätzte ihn. Denn er war da, wenn man eine Schulter zum Ausheulen benötigte. Als Kumpel war er unschlagbar, aber er blieb ein Frauenheld. »Ich weiß.« Seufzend trank sie einen Schluck und legte den Kopf in den Nacken. »Das Herz muss nur mitspielen«, theatralisch fasste sie sich an die Brust, »denn es kribbelt einfach alles, wenn ich ihn sehe, und ich bekomme einen totalen Blackout. Du kennst das sicher.« Leider nicht. Zayn und ich hatten fast ein Jahr etwas miteinander gehabt, doch irgendwie hatte nie mehr als Verlangen eine Rolle gespielt. Es hatte kein wohliges Kribbeln, null ekelige Schmetterlinge und schon gar nichts in Richtung Liebe gegeben. Dafür wäre es nötig gewesen, ihn näher an mich heranzulassen. Jedoch wollte ich das nicht. Statt weiter darüber nachzudenken, riss ein im hohen Bogen fliegender Stuhl meine Aufmerksamkeit auf sich.

Chloe bekam davon nichts mit, denn es geschah hinter ihrem Rücken und sie schien gedanklich völlig abgedriftet zu sein. Der Holzstuhl schlug krachend gegen einen der Metalltische im etwas abgelegenen Bereich des Clubs. Zwei Gestalten erkannte ich aus der Ferne, die sich aufgeheizt unterhielten. Eine davon sprang mit fuchtelnden Armen zur Seite, redete auf sein Gegenüber ein und hob danach beschwichtigend die Hände. Auf der Tanzfläche wurde währenddessen weitergetanzt und durch den lauten, schweren Bass der Musik bekam niemand etwas mit. Nur die Gäste, die sich nahe dem Geschehen befanden, eilten schnellen Schrittes davon. Gerade als das Lied endete, hörte ich, wie ein Gegenstand brach, und neigte neugierig den Kopf zur Seite, um an Chloe vorbeizuschauen.

»Was ist denn da los?«, fragte ich eher mich selbst, woraufhin sich meine beste Freundin ebenfalls umdrehte. Wir sahen einen Hulk von Türsteher auf den stürmischen Mann zugehen und wie er versuchte, ihn zu packen. Dieser nahm aber einen weiteren Stuhl, schmiss ihn knapp am Kopf des Einlassers vorbei. Keine Sekunde später zersprang eine Glasscheibe in tausend Teile. Erschrocken zuckte ich zusammen, als sich der Fremde umdrehte, denn mir kam der Mann so bekannt vor. Meine Augen weiteten sich. Blake?

»Sorry, Chloe, ich muss los.« Total verdattert sah sie mich an.

»Was? Jetzt? Aber …«

»Ich erklär's dir später.« Schnell gab ich ihr einen Kuss auf die Wange und ließ sie verdutzt an der Bar stehen. Zum Glück kannte ich den Code für Chloes Tor, somit mussten wir nie zwingend zusammen zu ihr fahren. Mit eiligen Schritten huschte ich über die Tanzfläche, näherte mich dem Szenario, das zu eskalieren drohte. Die Männer rangelten, kurz darauf lösten sie sich voneinander und standen sich mit geballten Fäusten gegenüber.

»Zurück!«, brüllte der Hulk Blake an, doch dieser grinste gefährlich, griff in seine Hosentasche und zog ein Klappmesser hervor. Mein Herz raste. Wollte er jetzt den gesamten Laden in Schutt und Asche legen? Bevor die Situation aus dem Ruder lief, stellte ich mich zwischen die beiden, sodass der Security-Mitarbeiter das Messer nicht zu sehen bekam. »Tut mir sehr leid! Wissen Sie, ich hab meinen Freund betrogen, er ist nur etwas wütend.«

»Etwas?«, grölte er mich an, wodurch ich zurückwich und mit dem Rücken fast gegen Blake knallte. Nur die Ruhe bewahren. »Ich nehme ihn mit. Es wird nicht wieder vorkommen!«

»Und wer bezahlt den Schaden, Kleines?!«

»Auf der Liste steht ein Damien Johnson. Er erledigt das.« Auf die Schnelle fiel mir nichts Besseres ein. Sicherlich würde er es regeln, ohne Fragen zu stellen. Nur musste ich mir dann etwas einfallen lassen, das Geld bei ihm abzustottern.

Blake sah aus wie ein Racheengel. Eilig nahm ich das Messer, steckte es in den Stiefel und griff seine Hand.

»Komm, Babe, wir gehen«, hauchte ich, sah noch einmal entschuldigend zu dem Türsteher, der genervt abwinkte und über sein Funkgerät Putzkräfte anforderte. Zum Glück wehrte sich Blake nicht gegen meine Hilfe, kundschaftete mit verschleiertem Blick die Gegend aus. Keine Ahnung, was mit ihm nicht stimmte, dafür bekam ich ihn definitiv zu selten zu Gesicht. Immer wenn er auftauchte, schickte Scott mich schnell nach oben. Trotzdem wusste ich, mit Blake war nicht zu spaßen.

Da die meisten eh auf der Tanzfläche waren, musste ich nur Camilla und Luca, die uns verwirrt anstarrten, aus dem Separee werfen. Kaum waren sie verschwunden, drückte ich Blake auf das Ecksofa, blieb selbst stehen und sah mich nach einem Wasser um. Fuck. Wenn Scott durch ihn erfuhr, wo ich war …

Obwohl er nicht so aussah, als würde er sich morgen an etwas erinnern können. Unwillkürlich strich ich mit den Fingern durch sein zerzaustes, pechschwarzes Haar. Es war so weich.

»Alles in Ordnung bei dir?« Leise kamen mir die Worte über die Lippen, ich stellte mich zwischen seine Beine und spürte, wie sich seine kalte Hand auf den freien Teil meines Bauches legte. Hörbar zischte ich, spannte die Schultern an und ein Schauer lief mir den Rücken entlang.

»Näher«, hörte ich nur von ihm, in einem Ton, der keinen Widerstand duldete. Dennoch trat ich nicht einen Zentimeter dichter an Blake heran. Dabei roch er so verdammt gut. Überrascht keuchte ich auf, während er mir einen Arm um die Taille schlang und mich besitzergreifend an sich zog. Seine warmen Lippen legten sich plötzlich auf die weiche Haut oberhalb meines Bauchnabels. Verflucht. Mein Körper reagierte sofort auf die Berührung und wurde mit einer Gänsehaut überzogen. Fuck, er schrie förmlich nach mehr, doch das durfte ich nicht zulassen. Der Alkohol in mir brachte diese Lust hervor, nichts anderes.

»Blake …« Ich versuchte, warnend zu klingen, die Stimme hörte sich aber eher wie ein Flüstern an. Seine Finger vergruben sich in meiner Haut, bevor ich mich aus seinem Griff befreien konnte. Mit den Händen umfasste ich seine Schulter und drückte ihn zurück, sodass er mit dem Rücken an die Lederlehne stieß und sich von mir löste. Unter normalen Umständen wäre mir das nie gelungen, doch sein Alkoholgehalt schien deutlich höher als meiner. Und ich glaubte, nicht nur das befand sich in seinem Blut. Seine Augen formten sich zu kleinen Schlitzen. In dem Punkt glich er Scott unheimlich. Sie wurden schnell pissig, wenn sie ihren Willen nicht durchsetzen konnten.

ACHT

BLAKE

»Geht's wieder?«, drang eine weibliche Stimme durch den nebligen Schleier zu mir durch. Die blutüberströmte Leiche und die darumstehende Familie verschwanden vor meinen Augen, stattdessen sah ich Aylin, die sich aus meinem Griff befreite und einen Schritt zurücktrat. Ihr süßliches Parfum versetzte mich kurzzeitig zurück in das Hier und Jetzt. Verwirrt sah ich durch den Raum. Wo war ich? Das Separee erinnerte an irgendeinen Hipster-Club, doch der Name fiel mir nicht ein. Unfähig, zu antworten, stand ich auf, schwankte in Richtung Ausgang. Schlagartig veränderte sich das Zimmer in einen unserer Kellerräume. Von den Wänden tropfte Blut, der Kachelboden unter mir glänzte dunkelrot.

»Nein …«, flüsterte ich, kam ins Straucheln und stützte mich in letzter Sekunde an der Sofalehne ab, bevor ich auf die Fresse fiel. Ein schmerzhaftes Stöhnen ertönte in meinem Kopf, schoss bis in die Eingeweide und breitete ein unbeschreibliches Ziehen in mir aus. Als würde ein Messer in meinem Bauch stecken und jemand die Klinge immer tiefer hineinbohren, bis es innerlich alles komplett zerriss.

»Blake, hörst du mich?! Was ist los?« Dumpf und in weiter Ferne hörte ich Aylin. Doch als ich aufschaute, blickten mir nicht ihre grünen Augen entgegen, sondern die von Salva, wie er mich strafend anstarrte.

»Fass mich nicht an!« Abrupt donnerte ich ihre Hand von mir. »Fuck, du bist tot!« Mit der letzten Kraft stand ich auf, rannte zur Tür, die sich nicht öffnen ließ, schlug dagegen.

»Ihr Wichser, lasst mich raus! Macht die verdammte Tür auf.« Immer wieder traf meine Faust die Stahltür, ich spürte die Panik in mir aufkommen und verstand die Welt nicht mehr. Mein Atem ging stoßweise, als eine Hand von hinten vorschnellte, zupackte und ich herumgerissen wurde. Viel Zeit zum Realisieren, was geschah, blieb mir nicht, stattdessen traf mich eine Ohrfeige mit voller Wucht auf die rechte Wange. Rückwärts prallte ich gegen die Wand, sank daran zu Boden und nahm wahr, wie sich wieder das Separee vor mir erstreckte. Ich hätte das abfuckte Zeug von Eddy nicht nehmen sollen. Engelsstaub, dass ich nicht lachte. Vorsichtig drehte ich den Kopf zur Seite. Ich hatte nicht gegen eine Tür geschlagen, sondern gegen eine verdammte Trennwand, die aus weißem Shoji-Reispapier bestand und nun ziemlich ramponiert aussah. Wann endete dieser Horrortrip?

»Ich habe Blut an den Händen … so viel …«, flüsterte ich abgehackt und fuhr mir mit den Fingern durch die Haare. Zur Unterstreichung der Worte hob ich die Arme an, hielt sie ihr hin und war erstaunt, als diese völlig rein schienen.

Aylin ging in die Hocke, streckte mir ein Glas mit Wasser entgegen und sah mich mit angstgeweiteten Augen an. Scheiße, ich verstand selbst nicht, was hier passierte. Kaum hatte ich die Flüssigkeit gesehen, fühlte sich meine Kehle vertrockneter denn je an, weshalb ich ihr das Glas entriss und mit wenigen Schlucken leerte.

»Wieder gut?« Vorsichtig legte sie mir eine Hand auf die Schulter und drückte leicht zu. Ich wich ihrem Blick aus, sah an ihr hinab und überlegte, ob Scott wusste, wo sich seine Schwester herumtrieb. Scheiße, er würde sie umbringen, wenn er sie in diesem Outfit sah.

Schnell wand ich mich aus ihrer Berührung. Niemand durfte solche Gefühle von mir sehen, selbst jene nicht, die durch Drogen hervorgerufen wurden. Jede Art von Emotion machte einen angreifbar und das konnte ich mir nicht erlauben. *Du wirst sonst zur Zielscheibe, Junge. Zeigst du Schwäche, nutzen Gegner das aus.* Seine Stimme zu hören, ließ meine Hände zu Fäusten werden. »Ich muss hier weg.« Bevor sie antworten konnte, fiel das Glas, was ich hielt, auf den Boden und ich stürmte aus dem abgetrennten Raum heraus. Eilte über die Tanzfläche aus dem Club.

Mit tiefen Atemzügen zog ich die frische Nachtluft durch die Nase ein, genoss den Moment von absoluter Stille und setzte mich wenige Meter von der Ausgangstür entfernt an den Straßenrand. In meinem bisherigen Leben hatte ich schon so viel gesoffen und mit Drogen experimentiert, doch nichts davon hatte so sehr reingehauen wie dieses Teufelszeug. Solche Szenarien durfte es in Zukunft auch nicht mehr geben. Nie wieder würde ich jemanden in seinen eigenen vier Wänden erschießen. Das heute war mir eine Lehre und kickte auf eine völlig andere Weise. Im Blickwinkel nahm ich wahr, wie sich mir jemand näherte, und bevor mich derjenige überwältigen konnte, sprang ich auf, tastete nach dem Klappmesser in der hinteren Hosentasche und erstarrte, als ich diese leer vorfand. Ohne nachzudenken, holte ich aus und kassierte einen Tritt in die Magengrube. »Fuck …«, stöhnte ich und wankte einige Schritte zurück.

»Verflucht, wolltest du mir eine reinhauen?« Aylin klang angepisst, überrascht und besorgt zugleich. Hätte ich sie getroffen, hätte ich einen weiteren Quadratmeter meines eigenen Grabes geschaufelt.

»Scheiße, was willst du von mir?« Der Kosmos drehte sich, verschwamm im Sekundentakt zu einer dunklen Suppe, die alles verschlang. Ihre Lippen bewegten sich, doch ich verstand keines ihrer Worte, denn ein ohrenbetäubendes und schrilles Pfeifen ertönte, woraufhin ich mir die Hände auf die Ohren presste und wieder auf den Boden sank. Es fühlte sich wie Stunden an, die ich in der Position verweilte. Manchmal spürte ich eine Berührung an der Schulter, war jedoch unfähig, darauf zu reagieren. Langsam hob ich den Blick, entdeckte Aylins verbissene Mimik. »Komm schon, das Taxi ist da.« Sie half mir ins Auto, redete dabei mit dem Fahrer und wandte sich mir zu. »Wie lautet deine Adresse?«

»Keine Ahnung.« Ich verarschte sie nicht, wusste es einfach nicht. Grübelnd sah sie zu Boden, drückte sich kurzerhand neben mich auf die Rückbank und lehnte sich zum Taxifahrer nach vorne. »Dann bitte zu mir in die …« Ich bekam alles nur am Rande mit, konnte nicht richtig zuhören. Hatte sie ihm gerade ihre eigene Adresse gegeben?

An mir zog alles vorbei wie ein verdammter Film. Ob ich träumte oder das wirklich geschah, konnte ich nicht einschätzen. Mich zur Wehr setzen, dass Aylin meinen Arsch mit zu sich nach Hause manövrierte, konnte ich auch nicht. Wenn Scott das mitbekam, waren wir beide tot. Ich saß in diesem scheiß Auto und war kaum bei Verstand. Das Einzige, was mich nicht durchdrehen oder in andere Sphären abdriften ließ, waren ihre warme Haut an meiner und der vertraute Duft ihres Parfums. Während der Fahrt starrte ich unentwegt aus dem Fenster, spürte, wie sich die Schläfrigkeit immer stärker in mir breitmachte, und kämpfte schwer damit, die Augen aufzuhalten.

Nach einer Weile hielten wir mitten im stockdunklen Wald. Nachdem mir Aylin aus dem Wagen geholfen und den Fahrer bezahlt hatte, erkannte ich die Waldhütte, in der sie mit ihrem Bruder lebte. Kaum stand sie wieder neben mir, legte sie sich einen meiner Arme über die Schulter und stützte mich während des Laufens.

»Scott …«, nuschelte ich und setzte mit letzter Kraft einen Fuß vor den anderen.

»Der ist nicht zu Hause und kommt erst morgen früh wieder.« Dabei beließ ich es, wobei es mir scheißegal gewesen wäre, wenn sie mich hinter dem Haus in die Hecke geschmissen hätte. Hauptsache, ich konnte verdammt nochmal pennen.

Immer mehr meines Gewichts lastete auf Aylin, weshalb sie uns nur mit großer Mühe und stöhnend die Treppen hinauf und in ihr

Zimmer bugsieren konnte. In diesem torkelte ich direkt auf ihr Bett zu, schmiss mich bäuchlings darauf und bemerkte, wie sie die Schuhe von meinen Füßen zog. Mir fehlte die Kraft, irgendetwas dagegen zu tun. »Wenn Scott das erfährt, bin ich einen Kopf kürzer«, nuschelte sie. Doch bevor sie sich neben mich ins Bett legte, lief sie auf die andere Seite des Raumes, und nur durch das Klappern ihres Gürtels und Rascheln der Klamotten wusste ich, dass sie sich umzog. Ich konnte Gott und die Welt verfluchen, dass der Mondschein sein Licht bloß über die Hälfte des Bettes warf und ich von Aylin ausschließlich zaghafte Umrisse erkannte. Was vielleicht auch an den Drogen in meinem Blut lag. Frisch umgezogen erschien sie vor mir, schlug die Bettdecke zur Seite und legte sich neben mich. »Du bleibst genau da, wo du bist, okay?« Über die Schulter warf sie mir einen stechenden Blick zu.

»Ja, ja …«, stöhnte ich und legte einen Arm auf die Augen. »Und jetzt mach das verdammte Licht aus.« Mit einem Zischen machte sie die Lampe aus und kam zu mir ins Bett. »Eins solltest du wissen. Scheißegal, in was für einem Zustand ich mich befinde, Regeln sind mir nichts wert«, presste ich schon kurz vorm Einschlafen heraus, griff nach ihrer Taille und zog sie zu mir heran, bis ihr Hintern gegen mich prallte. Ihr Hauch von Vanille berauschte meine Sinne und verhalf mir endgültig, Schlaf zu finden.

Ein lautes Knallen weckte mich am nächsten Morgen auf. Zuerst wusste ich nicht, wo ich war, blinzelte in das mit Sonnenschein durchflutete Zimmer und versuchte, die Bruchstücke des letzten Abends zusammenzusetzen. Scott und ich auf dem Weg, den Dieb ausfindig zu machen, der Bunker und dann der Club. Aylin, fuck. Zaghaft schielte ich nach links, sah ihre lange, blonde Mähne und wie sie vor sich hinschlummernd in meinem Arm lag. Durch das einen Spaltbreit geöffnete Fenster hörte ich den Waldboden unter schweren Stiefeln knarzen, ein Poltern auf den Holzstufen und kurz danach das Scheppern der Haustür. Scheiße, ich war ein toter Mann. Langsam zog ich den Arm unter Aylin hervor, sprang aus dem Bett und dankte einer höheren Macht, dass ich vollständig bekleidet war und nur in die Schuhe schlüpfen musste. Mittlerweile lief mein bester Kumpel die alten Treppenstufen aus Eiche hinauf, die bei jedem Schritt nachgaben und ächzten. Seine Schwester bekam zuerst nichts mit, drehte sich zu mir herum, als ich das Fenster weiter nach oben schob, auf das Vordach hinauskletterte und es wieder schloss. Plötzlich klopfte es an der Zimmertür. »Aylin, bist du da?« Der Türknauf drehte sich und aus dem Affekt sprang ich mit einem Satz hinunter und landete unter Gepolter auf der Veranda.

»Fuck …«, stöhnte ich und rieb mir die Schulter, mit der die Holzdielen Bekanntschaft gemacht hatten. Kaum stand ich auf den Füßen und wischte mir den Staub von den Klamotten, wurde auch schon die Haustür aufgerissen. Scott begutachtete mich argwöhnisch von oben bis unten.

»Was machst du denn hier?« Fuck. Wie kam ich aus der scheiß Nummer hier raus?

»Zuallererst bin ich hier, um dir zu sagen, dass du die Drecksstufen begradigen solltest. Mich hat es gerade voll auf die Fresse gehauen!« *Gute Ausrede für den Anfang.* »Zweitens soll es heute super Wetter geben.«

»Und?« Nicht ganz von meiner Antwort überzeugt, verschränkte Scott die Arme vor der Brust und lehnte sich gegen den Türrahmen.

»Hab ich einen verdammten See vor der Nase oder du?« Irritiert blinzelte ich ihn an, drehte mich herum und zeigte auf das riesengroße Wasserloch, auf dem sich die Sonnenstrahlen spiegelten und glitzerten wie ein scheiß Vampir in einem Teeniestreifen.

»Hast du denn etwas zum Baden dabei?« Skeptisch hob er eine Augenbraue.

»Wer braucht sowas? Notfalls spring ich nackt rein, habe nichts zu verbergen.«

Für einige Minuten herrschte Stille, doch Scott schien überzeugt zu sein, weshalb er mich hereinbat und wir in die Küche liefen.

»Warst du die ganze Nacht unterwegs oder wieso trägst du noch die Klamotten von gestern?«, fragte er, während er zwei Teller aus dem Schrank holte und sie auf den Esstisch stellte.

»Könnte dich das Gleiche fragen«, erwiderte ich zischend, setzte mich auf einen der Holzstühle und legte die Füße auf der Tischkante ab. Im Obergeschoss ging eine Tür auf, zarte Schritte folgten die Treppe hinunter.

»Nach gestern musste ich erst einmal ein bisschen Dampf ablassen.« Ein teuflisches Lächeln umspielte Scotts Lippen. Das hieß bei ihm nur eins: Ficken. »Was hast du gemacht?«, riss er mich aus den Gedanken, als ich Aylin vom Treppenabsatz aus in die Küche schielen sah und daran dachte, wie gut ihr Parfum gerochen hatte. Und auch daran, wie das wohlige Gefühl, neben ihr die Nacht zu verbringen, eine beruhigende Wirkung auf mich gehabt hatte. Es verwirrte mich auf jede erdenkliche Weise. Nicht nur, dass ich in meinem bisherigen bedeutungslosen Leben keine Nacht mit einer Frau verbracht hatte, ohne mit ihr zu ficken. Nein, das Gefühl ihrer zarten Haut unter meinen Fingern hatte mich alles vergessen und zum ersten Mal für einige Stunden tief und fest schlafen lassen. Fuck, hinterließ das Dreckszeug von Eddy bleibende Schäden bei mir? »Nichts Besonderes. War in ’nem Club und hab so ’ne Alte und ihre Freundin abgeschleppt.« Schulterzuckend winkte ich ab. Wenn er wüsste …

»Morgen.« In Hot Pants und Top betrat Aylin die Küche und wischte sich vereinzelte blonde Strähnen hinter die Ohren. Beim Vorbeigehen warf sie mir eine schon fast tödliche Miene zu, lief zum Kühlschrank und holte den Saft raus.

»Solltest du nicht in der Uni sein?«, fragte Scott misstrauisch und beäugte seine Schwester gleichzeitig ziemlich überrascht von hinten. Sollte meine Lüge nun irgendwie auffallen, war ich tot. Vor allem, was hatte Aylin ihm vorgeflunkert, wenn er der Meinung gewesen wäre, sie nicht zu Hause anzutreffen? Hätte sie daran verdammt nochmal nicht früher denken können?

Aylin hielt wie ertappt inne, drehte sich allerdings nicht um. »Die Vorlesungen für heute wurden gestern noch abgesagt und da es mit dem Lernen auch nicht allzu spät geworden ist, bin ich nach Hause.« Die Worte kamen ihr locker über die Lippen, anscheinend war sie durchtriebener als gedacht. Mein Blick glitt an ihrer Rückseite herunter und haftete an dem prallen Arsch, weshalb ich scharf die Luft einzog und förmlich sehen konnte, wie mein Schwanz dazwischen verschwand. Die letzte Nacht blieb für mich ein ewiges Mysterium. Nie wieder würde es vorkommen, dass ich die Hände bei mir behielt. Nicht, wenn ihr Körper an meinen gepresst war wie eine Zitrone in einem Entsafter. Fuck, ebenso könnte ich mir gleich eine Knarre in den Mund stecken und abdrücken. Scott las meine Gedanken direkt von meinen Seelenspiegeln ab, denn schon spürte ich seine flache Pranke am Hinterkopf.

»Alter!«, blaffte ich ihn an, woraufhin er mir ein Sixpack Bier in die Hand drückte.

»Geh schonmal raus. Ich komme nach, sobald wir gefrühstückt haben.«

»Und ich bekomme nichts?«

»Du hast alles, was du zum Überleben brauchst,« antwortete er, zeigte auf die Bierflaschen und ich drückte mir theatralisch die Faust auf die Brust und verzog das Gesicht. »Das trifft genau hier!« Scott verdrehte die Augen, im Augenwinkel sah ich, wie Aylin grinste. »Jetzt raus mit dir.« Stöhnend stand ich auf und verließ das Haus. Zu gern hätte ich ihr zugesehen, wie sie sich den Löffel in den Mund schob, und mir dabei vorgestellt, es wäre etwas ganz anderes.

Über eine halbe Stunde ließ mich Scott draußen schmoren, bis er sich zu mir gesellte. In der Zwischenzeit hatte ich die Jungs angerufen und gefragt, ob sie ebenfalls kommen wollten. Somit vermied ich weitere Fragen zum vorherigen Abend und meinem Auftauchen.

»Wo ist deine Schwester?«, fragte ich interessiert, zog mir das Hemd aus und machte es mir auf einem der Liegestühle bequem.

»In ihrem Zimmer lernen.« Schon allein die Vorstellung ließ meinen Schwanz zucken. Sie könnte mir gerne etwas über Mathematik erklären, während ich mich immer wieder in ihr versenkte.

»Lässt du sie am Wochenende mal an die frische Luft oder darf sie das Fenster nur einen Spaltbreit für maximal fünf Minuten am Tag öffnen?« Währenddessen löste ich zwei Flaschen aus dem

Karton, der zwischen uns auf dem Boden stand, öffnete sie und reichte Scott eine davon.

»Halt die Klappe und kümmere dich um deinen eigenen Scheiß«, blaffte er mich von der Seite an und hob mir seine Bierflasche zum Anstoßen hin. »Sie soll etwas aus ihrem Leben machen und nicht irgendwann mit so einem Loser wie Mike, Craig oder dir enden. Wieso hast du die Deppen überhaupt hierher eingeladen? Ich habe keinen Bock, dass die hier herumschleichen wie Freaks.«

»Rapunzel sitzt doch in ihrem Turm und ist von der Außenwelt abgeschottet. Also beruhig dich mal.« Des Weiteren würde ich nicht zulassen, dass ihr irgendeiner von den Wichsern zu nahekam. Dabei tastete ich die Jeanshose ab und fluchte innerlich, als mir auffiel, dass Aylin immer noch mein Messer hatte.

Kurz darauf hörten wir scheppernde Musik näherkommen. Mit einem Blick über die Schulter sahen wir den roten Mustang von Paul und Craig, der mit dem Oberkörper und zwei Flaschen Whiskey in der Hand aus dem hinteren Fenster hing. »Saufen!«, schrie er und stieg aus, sobald der Wagen zum Stillstand kam. Fuck, die Mistkerle waren sowas von unterbelichtet. Die nächsten Stunden verbrachten wir am Seeufer, tranken und unterhielten uns über allen möglichen Scheiß. Gegen die Mittagszeit hielt ich die sengende Hitze nicht mehr aus, zog mir die Jeans aus und sprang mit den Boxershorts ins Wasser. Kaum tauchte ich auf, stiegen von meinen Schultern Nebelschwaden auf. Während ich einige Bahnen schwamm und die Kälte genoss, glitt meine Aufmerksamkeit immer wieder zu dem Fenster im Obergeschoss. Wenn ich hochsah, bewegte sich der Vorhang, was mich grinsen ließ.

»Was lachst du so dämlich?«, rief mir Scott vom Ufer aus zu und hob sich die Hände über die Augen, um die Sonne abzuschirmen.

»Ich stell mir vor, wie ich hochgehe und deine Schwester ficke.« Er ahnte nicht, wie sehr ich mir das gerade wirklich wünschte. Zuerst lachte er und schüttelte den Kopf, bevor er einen kurzen Blick zum Haus riskierte und mich danach wieder anvisierte.

»So leichtsinnig gehst du bestimmt nicht mit deinem Leben um, damit du für mickrige zwei Sekunden deinen Schwanz reinschiebst, ehe ich dir den Schädel wegpuste.«

»Die Wette gilt.« Ich schwamm zurück, stieg aus dem Wasser und hob ihm selbstbewusst die Hand hin. Scott dachte tatsächlich, ich machte Witze. Herrlich.

»Anscheinend hast du dir heute Nacht das Hirn rausgefickt.« *Hätte ich nur zu gerne.* Er klopfte mir spielerisch auf die Schulter und legte sich wieder auf den Liegestuhl.

»Wo ist eigentlich Mike?«, fragte er perplex und sah sich um.

»Der wollte sich in der Küche was zum Essen holen«, nuschelte Paul und nahm unbekümmert einen Schluck aus der Whiskeyflasche.

»Fuck …«, fluchend sprang Scott auf. Im gleichen Moment fing sein Handy an zu klingeln, er linste drauf und stöhnte. »Da muss ich ran. Es ist der Fahrer. Vielleicht stimmt was mit der Lieferung nicht.«

»Geh schon ran. Ich sammle den Mistkerl ein«, beruhigte ich ihn, obwohl mich nur eins interessierte. Nämlich ins Haus und somit zu Aylin zu kommen.

»Ich hab gewusst, dass das hier eine scheiß Idee war«, presste er zwischen zusammengebissenen Zähnen hervor, bevor er abnahm und sich von uns entfernte, bis er hinter den Büschen verschwand. Schnell lief ich auf das Haus zu, passierte die Haustür und hörte Mikes kehlige Stimme in der Küche.

»Ach, komm schon … nur ein Quickie. Dein Bruder bekommt gar nichts davon mit.«

»Träum weiter«, zischte Aylin. Mit wenigen Schritten platzte ich hinein, entdeckte Mike, der ihr den Weg versperrte und mit dem Rücken gegen den Kühlschrank drückte. Ihm blieb keine Zeit für eine Reaktion, nachdem er das Knarzen der Dielen wahrgenommen und von mir im Nacken gepackt worden war. Bedrohlich beugte ich mich zu seinem Ohr. »Fass sie an und ich schlitz dir mit einem scheiß Buttermesser die Kehle auf.« Das Gute an der Sache war, dass alle dachten, ich wollte Scotts Schwester beschützen. Und sie nicht für mich allein haben. Denn normalerweise machte ich mir nichts aus Mädchen. Schaute sie nach dem Sex mit dem Arsch nicht mehr an. Doch Aylin hatte mittlerweile etwas an sich, das die ganzen Jahre nicht existiert hatte. Vielleicht war ich ihr zu nahegekommen. Vielleicht hatte mich ihr Duft abhängig gemacht.

Beschwichtigend nahm Mike die Hände von der Küchenfront. »Ist ja gut.« Ich schubste ihn in Richtung Tür und folgte ihm. Nur, um daraufhin einen kurzen Blick in Aylins merklich dunkelgrüne Augen zu erhaschen, die mich undurchdringlich musterten und mir still dankten. Sie sollte sich von uns fernhalten, denn solche Typen wie Mike waren nichts für sie. Und ich am allerwenigsten. Statt ihr Blumen zu schenken und ihr das Gefühl zu geben, geliebt zu werden, würde ich sie zerstören und den Wölfen zum Fraß vorwerfen, wenn dabei etwas für mich heraussprang. Ich spürte ihre Präsenz hinter mir, wie sie uns ins Freie nachging.

»Blake.« Meinen Namen aus ihrem Mund zu hören, brachte das Blut in meinen Adern zum Kochen. Nicht vor Wut, sondern vor Begierde. *Nicht stehen bleiben, weiterlaufen.*

Am Ufer verharrte ich, nahm eine Bierflasche vom Boden auf und trank daraus. Es benötigte keinen Blick über die Schulter, um zu wissen, dass Aylin direkt hinter mir stand. Penetrant stellte sie sich vor mich, schlang sich die Arme um die Mitte.

»Wo ist Scott?« Die Worte glichen einem Hauchen, als sie meinen Körper inspizierte und sich dabei anscheinend unbewusst auf die Unterlippe biss. Fuck, dieses kleine Miststück! Ruckartig packte ich nach ihrem Oberarm, beugte mich zu ihr herunter, bis sich einzelne Wassertropfen aus meinem Haar lösten und ihr ins Gesicht perlten.

»Seh ich aus wie sein scheiß Aufpasser?« Raunend riskierte ich einen Blick in ihren Ausschnitt und drängte sie weiter in Richtung Ufer auf den nassen Steg, damit uns die Jungs nicht hörten.

»Oh, wow, ist diese Arschlochseite der Dank dafür, dass ich letzte Nacht deinen Arsch gerettet habe?«

»Dank mir, dass du heute noch laufen kannst. Außerdem hab ich dich nicht darum gebeten«, knurrte ich zornerfüllt und verstärkte meinen Griff. Konnte sie sich im Geringsten vorstellen, wie viel Kraft es mir abverlangte, ihr nicht die Klamotten vom Leib zu reißen und sie vor den Jungs durchzunehmen? »Weiß dein Bruder eigentlich, wo du dich gestern rumgetrieben hast? Und vor allem, in was für einem Schlampen-Outfit?«

»Sag es ihm doch. Dann erzähle ich ihm, wie schön es heute Nacht war, in deinen Armen zu liegen«, schluchzte sie theatralisch und reckte das Kinn in die Höhe. Aylin ließ den Blickkontakt nicht abreißen und so sehr ich versuchte, daraus zu entfliehen, gelang es mir nicht.

»Wieso starrst du mich immer so an?« Zur Überraschung legte sie mir eine Hand auf die Brust. Durch die Berührung fing mein ganzer Körper an zu beben und zu kribbeln, als würde ich bei lebendigem Leib verbrennen. Was passierte hier? Sie kam mir ein Stück näher.

»Ich … ich kann mich einfach nicht von deinen Augen losreißen …«, stotterte sie verunsichert. O nein, das hatte sie nicht gesagt. Nicht zu mir. Normalweise mieden die Frauen meinen Blick, aus Angst, die Nächste in der Reihe der Geschändeten zu sein. »Was?!«, entwich es mir etwas zu laut.

»Keine Ahnung, sie ziehen mich einfach an!« Störrisch versuchte sie sich, aus meinem Griff zu lösen. Sie öffnete mit ihren Worten das Höllentor.

»Was stimmt nicht mit dir?« Ich wollte ihre Antwort nicht hören und ließ abrupt von ihr ab, vergaß allerdings den rutschigen Steg, auf dem sie mit ihren Flip-Flops ausrutschte und rückwärts in den See fiel. Mit den Armen rudernd tauchte sie auf. Bei dem Anblick ihrer am Kopf klebenden Haare und der verwischten Wimperntusche lachte ich laut auf. »Spinnst du?!«, kreischte sie und schwamm auf mich zu, während ich lachend in die Hocke ging und ihr helfend meine Hand anbot.

»Sorry, das war keine Absicht.«

Zischend krallte sie sich an mir fest und ich zog sie ein Stück aus dem Wasser, um sie dann sofort wieder abzuschütteln. »DAS war Absicht.« Möglicherweise wusch ihr der kurze Badespaß die verdammten Flausen aus dem Kopf. So eine Kacke wollte ich kein weiteres Mal hören.

»Blake, du Wichser!«, schallte urplötzlich Scotts Stimme durch den Wald. Er rannte mit wutverzerrtem Gesicht auf uns zu, gab mir nicht eine Möglichkeit, zu antworten, und stieß mich mit voller Wucht ins Wasser. Nachdem ich aufgetaucht war, stand Aylin bereits neben ihrem Bruder auf dem Steg.

»Fass sie noch einmal an und du stirbst!«, brüllte er und zog sie mit sich. Sogleich schwamm ich zum Holzsteg und zog mich daran hoch.

»Meine Fresse, Scott. Das war Spaß, mehr nicht!« Entschuldigend hob ich die Arme, lief auf die kleine Gruppe zu und schüttelte die Haare aus. Nebenbei legte er seiner Schwester ein Handtuch über die Schultern. »Steck dir das nächste Mal einfach einen Peilsender an, dann muss dein ach so geliebtes Schwesterlein nicht meine Wenigkeit fragen, wo du dich aufhältst.« Rasch wandte ich mich an Aylin. »Und du brauchst dich nicht wundern, mit solchen Gummischlappen auf dem nassen Steg auszurutschen. Dein Meister könnte dir ruhig mal neue Schuhe spendieren.«

Mit wütend funkelnden Augen sah sie mich an. »Weißt du eigentlich, was für ein aufgeblasener Vollid–«, fing sie sauer an, als ihr Bruder sie unterbrach.

»Geh auf dein Zimmer. Ich sehe später nach dir«, befahl ihr Scott.

»Gönn ihr doch ’ne Pause«, entgegnete ich, lief zu den Bierflaschen und reichte Aylin eine. Obwohl es am besten wäre, wenn sie endlich verschwand, wollte ich sie andererseits weiter in meiner Nähe wissen und sie im Blick haben. Scott wirkte perplex und schien zu überlegen.

»Behandle mich bitte nicht wie ein kleines Mädchen. Ein bisschen frische Luft hilft bestimmt gegen meine Kopfschmerzen. Da oben im Zimmer ist es ziemlich stickig«, entgegnete sie energisch und der schnippische Unterton ließ keine Widerrede zu.

»Dann mach dein Fenster auf.« Er nickte herrisch in Richtung Haus.

»Scott …«, hauchte sie, fingerte am Etikett der Bierflasche herum und legte die Stirn in Falten.

»Ja, Scott …«, machte ich sie nach und sah ihr Augenrollen. »Wir beißen nicht.« Zumindest die anderen nicht. »Ein Bier, dann kann sie ja wieder hoch ins Verlies.«

Genervt stöhnte mein Kumpel auf und nahm sich selbst eine Flasche.

»Ein Bier. Danach gehst du wieder lernen, okay?« Er schien von der Idee nicht begeistert, doch Aylin wusste genauso gut wie ich, dass er seiner Schwester und ihren großen Kulleraugen nur schwer etwas abschlug.

»Alles klar«, erwiderte sie mit einem Kopfnicken und schenkte mir, sobald keiner in unsere Richtung sah, ein kleines, teuflisches Lächeln. Fuck, mit hoher Wahrscheinlichkeit ahnte Scott nicht, was in seiner Schwester schlummerte, und ich würde das Biest in ihr zu gerne zum Leben erwecken.

NEUN

AYLIN

Alle hingen ihren Gedanken nach. Es gab kein vertrauliches Geplauder und niemand scherzte so herum, wie ich es vorhin aus dem Fenster beobachtet hatte. Schlagartig wurde mir der Grund bewusst, denn sie wollten nichts Falsches erwähnen, was Scott verärgerte und sie in die Scheiße ritt. Das bekräftigte meinen Verdacht, dass die Jungs irgendwelche illegalen Sachen abzogen.

»Woher kennt ihr denn eigentlich, Scott?«, warf ich daher in die Runde, um die erdrückende Stille zu durchbrechen, und schaute zu Mike. Durch seine peinliche Anmache in der Küche vorhin vermutete ich, dass er das schwächste Glied in der Truppe bildete.

»Wir kennen uns schon echt lange. Ich glaube, seit wir damals die zwei Schnecken …«, begann er begeistert zu berichten, bis er von links einen Tritt von meinem Bruder verpasst bekam. Unzufrieden nippte ich an dem Bier und verdrehte die Augen.

»Ich weiß, dass du Sex hast. Also benimm dich nicht, als wärst du ein Mönch.« Trotz der Ansprache gestern Abend versuchte er weiterhin, sein Leben vor mir zu verstecken. Ich hasste es. Scott musste mich für unglaublich dumm halten. Dabei machte es mir nicht das Geringste aus, was er trieb und vor allem mit wem. Ganz allein vertrat er die Meinung, dass sein kindisches Verhalten angebracht war. Somit bekam ich das Gefühl, den einzigen mir nahestehenden Menschen nicht einmal annähernd zu verstehen. Wie konnten wir uns gleichzeitig so nah und doch so fern sein? Ich würde nie auf den Gedanken kommen, mich von ihm abzuwenden, nur weil er ehrlicher war. Im Gegenteil. Er musste nicht ständig das Leben als einen verfluchten Ponyhof verkaufen, ich wusste, wie grausam die Welt sein konnte. Wie dunkel und kalt. Erwartungsvoll sah ich seine Freunde nacheinander an und wischte gelegentlich an der Schläfe herablaufende Wassertropfen weg. Craig blinzelte mich über den Rand seiner bereits leeren Bierflasche an.

»Wir hingen zusammen auf der High School herum, bevor Scott abging«, er räusperte sich, »danach trafen wir uns auf Partys und fingen zusammen den Job an.«

»Welchen Job?«, fragte ich sofort, schlug ein Bein über das andere und stützte mich mit dem Ellenbogen auf dem Knie ab.

»Ist das ein Verhör, Aylin?«, knurrte Scott und klang angepisst. Ich senkte den Blick, zwang mich langsam, auszuatmen, um nichts Falsches zu sagen. Was nicht bedeutete, dass er mir verbieten konnte, Fragen zu stellen. Ihm verdankte ich so einiges, dieses Leben hier zum Beispiel. Er hatte die High School geschmissen und auf eine ordentliche Ausbildung verzichtet, um für mich da zu sein. Krampfhaft strengte er sich an, unsere fehlenden Eltern zu ersetzen. Ich schätzte seine Bemühungen und zeigte es ihm mit den guten Noten. Doch man konnte mir schlecht vorwerfen, dass ich mehr erfahren wollte und es mich in den Fingern juckte, auszubrechen, was dennoch nie geschehen würde. Denn damit würde ich ihm höchstwahrscheinlich das Herz zerstückeln. »Du weißt, dass ich in einer Bank arbeite. Craig und Blake auch.« Sicher. »Also lass diese blöden Fragen«, befahl er mit dunklem Unterton und trank aus der Bierflasche. Es kostete mich alle Mühe, nicht die Augen zu verdrehen.

»Und hast du Sex, Aylin?«, wandte sich Mike mir wissbegierig und völlig betrunken zu. Sein Blick sprach Bände und glitt sofort hinunter zu meinem Ausschnitt, woraufhin ich das Handtuch über den Schultern enger zusammenzog. Durch den Sturz in den See klebten die Klamotten wie eine zweite Haut an mir. Durch die pralle Sonne begannen sie aber langsam zu trocknen, weshalb ich es nicht für nötig ansah, mich drinnen umzuziehen. Sobald ich die Hütte wieder betrat, würde Scott eh dafür sorgen, dass ich drinblieb oder die Jungs verschwanden.

»Fuck, lass die Scheiße. Sie ist nicht so eine wie die Schlampen, die du kennst«, kam es düster von meinem Bruder. So langsam verließ ihn der gute Wille und ich zählte im Kopf schon die Minuten, bis er hysterisch aufsprang und mich ins Zimmer zitierte. Seine keifenden Worte ignorierend nahm ich einen Schluck von dem Bier und versteckte somit ein Grinsen. Wahrscheinlich behielt Scott recht und ich benahm mich nicht so willig wie die Mädchen, die die Jungs kannten. Aber das hieß nicht, dass in mir ein Mauerblümchen schlummerte und mir kein Mann zu nahekommen durfte. Im Gegensatz zu meinem Bruder vertrat ich nicht die Auffassung, dass eine Frau, nur weil sie Sex hatte, direkt eine Schlampe war. Durch unsere Mutter und durch Dads Worte hatte er allerdings eine vollkommen andere Einstellung als ich. Mikes Frage wurde somit von ihm beantwortet und ich hielt brav den Mund. Bereits in der Küche hätte er von mir fast einen Tritt in die Eier kassiert, wäre Blake nicht aufgetaucht. Ich spürte schon die ganze Zeit seine Augen auf mir, wie sie über meinen Körper wanderten. Ein warmer Schauer überzog mich bei dem Gedanken an seine Nähe.

»Ich schmeiß am Wochenende eine Party, komm doch auch. Jede Menge Leute werden da sein, wir hören zusammen Musik und –«, fing Craig an, das Gesprächsthema zu wechseln.

»Und wie üblich zugedröhnt. Vergiss es«, mischte sich Scott direkt ein, doch ich ignorierte meinen Bruder und wollte mehr über die Party erfahren.

»Darf eine Freundin mitkommen?« Wenn ich das Chloe erzählte, flippte sie womöglich komplett aus. »Klar«, erwiderte Craig und zuckte gleichgültig mit den Schultern.

»Aylin.« Vermutlich bekam Scott gleich einen Herzinfarkt, denn seine Stimme zitterte bedrohlich, während er die Bierflasche auf dem Boden abstellte und das Gesicht in den Händen vergrub.

»Was ist? Du gehst doch auch hin. Oder kannst du mir einen plausiblen Grund nennen, wieso ich nicht darf?« Herausfordernd reckte ich das Kinn in die Höhe, nahm einen Schluck aus der Flasche und sah ihm daraufhin fest in die Augen. Er konnte es mir nicht verbieten, ohne über seine dubiosen Geschäfte zu sprechen. »Du bist doch da, kannst auf mich aufpassen und Chloe ist ebenfalls an meiner Seite«, versuchte ich sein Gemüt etwas zu besänftigen. Statt mir zu antworten, wandte er sich an seinen besten Freund. »Was sagst du?«

Blakes schwarze Augen schienen mich zu durchbohren und eine fast unerträgliche Hitze kam in mir auf. »Es ist nur eine kleine Feier, sie wird nicht stören. Lass die Kleine Spaß haben.« Mein Blick glitt zu seinen muskulösen Oberarmen, auf denen sich feine Adern abzeichneten, und wanderte Blakes Oberkörper hinunter, bis zu dem Bund der Boxershorts. Rasch hob ich den Kopf, hoffte, dass es niemand bemerkt hatte, und blieb wieder an seinen Augen hängen, die mich weiterhin fixierten und verschlangen.

»Achtest du auch auf sie?« Obwohl Scott mit ihm sprach, wandte er den Blick nicht ab. Wachsam und scharfsinnig haftete er an mir, ließ mich erschaudern. Mein Herz begann schneller zu schlagen, als er sich auf die Unterlippe biss und nickte.

»Klar, ich werde sie nicht aus den Augen lassen.« Es klang gleichzeitig wie ein Versprechen an mich, dass er den ganzen Abend über keine Sekunde von meiner Seite weichen würde. Amüsiert zuckten Blakes Mundwinkel kurz, bevor er sein Bier nahm und mir zuprostete, um es dann in einem Zug zu leeren. Und wenn ich richtig lag, gefiel ihm der Gedanke sogar. Nachdem auch ich die Flasche ausgetrunken und den Gesprächen der Jungs gelauscht hatte, verbannte mich Scott ins Haus.

ZEHN

BLAKE

»Fuck, Blake, seit wann fällst du mir so dermaßen in den Rücken?«, raunte mir Scott zornig zu, als Aylin im Haus verschwunden war.

»Was ist dein Problem?« Wofür bekam ich jetzt wieder die Schuld? Ich saß doch nur hier und trank seelenruhig mein verdammtes Bier. Oder hatte er womöglich Schlüsse daraus gezogen, dass ich urplötzlich vor seinem Haus aufgetaucht war, ohne Wagen und mit den gleichen Klamotten von gestern? Eddys Dreckszeug ließ mich teilweise immer noch nicht richtig denken.

»Du hast mir die Scheiße mit Aylin und der Party eingebrockt. Wieso konntest du nicht einfach sagen, dass das nichts für sie ist? Stattdessen … fuck!« Irgendwie erleichtert, dass er echt nichts ahnte, blies ich den angestauten Atem aus und kreiste einmal mit den Schultern.

»So ungern ich das zugebe, aber woher soll ich wissen, dass es nichts für sie ist? War sie überhaupt schon auf 'ner Party? Abgesehen von den Geburtstagsfeiern mit Luftballons, Einhörnern und Glitzertorten.« Ich sollte die Lage vielleicht nicht allzu weit ausreizen, aber seine Aufgebrachtheit war einfach zu köstlich, weshalb ich die Klappe nicht halten konnte.

»Jetzt komm mal wieder runter, Scott«, herrschte Paul ihn an und schien dieses Theater wie alle anderen nicht zu verstehen. Außer ich, denn ich kannte Scott besser als sie. Wir hatten schon vieles zusammen erlebt und ich wusste, wie viel ihm seine Schwester bedeutete. Er war nicht wie die anderen hier, die einen Scheiß auf ihre Familie gaben. Früher hatten wir öfter mit einem Bier am See gesessen und über seinen beschissenen Vater und seine Hure von Mutter gesprochen. Und darüber, dass er sich für Aylin ein besseres Leben erhoffte. Schon damals hatte er null an sich gedacht, denn ihm war klar, auf ihn wartete kein besseres Leben. Scott stand genauso am Abgrund wie ich. Unser Leben war beschissen, aber es gehörte zu uns. Und sie sollte eine andere Zukunft haben. Wenn er nur wüsste, dass sich seine Schwester gestern Abend in einem Club herumgetrieben hatte. Und ich mich von ihr irgendwie angezogen fühlte. Fuck.

»Jungs, ich sag es nur einmal: Auf dieser Party steigen keine Deals! Keiner lädt Typen von 'ner anderen Bande oder sowas ein. Ich hab keinen Bock darauf, dieses Pack in ihrer Nähe zu wissen oder meine Schwester im Kugelhagel aus dem Haus zu tragen. Hält sich einer nicht dran, halt ich ihn meinen Colt an den Schädel.« Zuerst lachten die anderen über Scotts Aussage, doch ihr Lachen erstarb recht schnell, nachdem sie seinen unbarmherzigen Blick auf sich gespürt hatten. »Und du!«, wandte er sich mir entgegen und zeigte mit dem Bier auf mich. »Wehe, du achtest nicht auf sie.«

»Ganz ruhig. Wir bekommen das schon hin. Bisher sind auf unseren Partys nie Leute verloren gegangen. Zumindest nicht so richtig …« Okay, jetzt überspannte ich den Bogen tatsächlich, ich hatte es selbst gemerkt. Entschuldigend hob ich die Hände und trank daraufhin die Bierflasche aus. Aber irgendwie freute ich mich darauf, Aylin bei der Party zu sehen. Warum auch immer. Wir hatten rein gar nichts miteinander zu tun und in ihrer Nähe fühlte es sich eher an wie eine Folter, den Schwanz in der Hose zu behalten. Aber vielleicht waren das noch die Nachwirkungen vom Angel Dust. Anders konnte ich mir diese absurde Vorfreude nicht erklären.

Das Thema Hausparty ließen wir dann vorerst beiseite. Mike drehte die Musik nochmal etwas mehr auf und wir saßen einfach nur da, tranken Bier und quatschten. Irgendwann entschieden sich Craig, Paul und Mike nochmal, ins Wasser zu gehen, Scott und ich passten jedoch.

»Und was hast du gestern noch gemacht?«, fragte Scott und beugte sich nach vorne, sodass er die Ellenbogen auf den Knien abstützen konnte.

»Hab ich doch vorhin schon gesagt. War in 'nem Club und hab zwei Weiber abgeschleppt. Heute Morgen bin ich dann bei einer von denen aufgewacht und hab mich schon aus dem Staub gemacht. Wo wir wieder dabei sind, dass ich hier aufgekreuzt bin.«

»Du bist neben einer aufgewacht?«, lachte Scott dann direkt und sah mich erstaunt an. Diese Tatsache versuchte ich wirklich auch noch in den Schädel zu bekommen. Eigentlich konnte ich es nicht ab, wenn sich jemand anderes im Raum befand, wenn ich einschlief, besonders nicht neben mir. Man wusste nie, wer einen nachts mit einem Messer erstach. »Reden wir nicht darüber«, gab ich zusammengepresst von mir.

»Ich dachte nur, wegen gestern …«, redete er weiter und sah zu den anderen im Wasser.

»Stopp. Lass es. Ich will darüber nicht sprechen. Wir haben einen verdammten Fehler gemacht und gut ist.« Dieser Horrortrip von gestern hatte mir absolut gereicht. Ich wollte nicht weiter darüber nachdenken, mir den Kopf darüber zerbrechen. »Wir sollten uns lieber darauf konzentrieren, diesen Fernando zu finden.« Scott nickte nur und trank von seinem Bier. Ihn hatte der Vorfall auch noch nicht losgelassen, aber wenn wir dies hier nun ausdiskutierten, änderte es nichts an der Tatsache, dass Salva tot war und seine Familie es hatte mit ansehen müssen. Es durfte einfach nie wieder passieren, denn diese Gewissensbisse kamen mir nicht gut und waren völliges Neuland für mich. Eine Zeit lang schwiegen wir, bis die Jungs wiederkamen und sich zu uns gesellten.

»Sollen wir vielleicht noch ein paar Mädels herbestellen? Bei dem

Wetter rennen sie bestimmt oberkörperfrei herum«, pfiff Mike und sah von seinem Vorschlag begeistert aus.

»Spinnst du eigentlich? Aylin ist hier. Außerdem sollen nicht so viele von der Hütte hier wissen. Manchmal frage ich mich echt, wie hirnverbrannt ihr alle seid«, erwiderte Scott und schaute die Jungs fassungslos an.

»Vielleicht reichen dir auch meine, Mikelein«, gab Paul mit hoher Stimme von sich, fasste sich an die Brüste, als hätte er ein üppiges Dekolletee. Er beugte sich dabei zu seinem Kumpel rüber und schickte ihm einige Luftküsse. Ich beachtete das Spektakel und musste Scott zustimmen. Irgendwas war bei denen falsch gelaufen. Als sich die drei wieder selbst beschäftigten und ziemlich kranke Storys austauschten, schaute mich Scott nur augenrollend an.

»Übrigens hat mir Aylin gestern erzählt, dass sie nächste Woche einen Nebenjob anfangen möchte. In einem Blumenladen. Keine Ahnung, wie sie auf die Idee kam. Immerhin verdiene ich doch genug, damit sie genau so etwas nicht machen muss. Aber sie lässt sich davon nicht abbringen«, seufzte Scott, leerte seine Flasche und machte gleich eine neue auf. »Ich kotze, wenn ich daran denke, wie viele Männer in den Laden kommen werden, um für ihre Freundinnen einen Strauß binden zu lassen.« Das Wort Freundinnen setzte er in Gänsefüßchen und schien sich immer mehr in die Illusion hineinzusteigern. »Wenn auch nur einer auf den Gedanken kommt, sie anzubaggern, und ich das mitbekomme, dann –«

»Dann jag ich ihm höchstpersönlich eine Kugel in den Kopf, okay?«, redete ich für ihn weiter und grinste. Ja, das würde ich tun. Nicht, weil es Scott gegen den Strich gehen würde, sondern weil es mir selbst unangenehm aufstieß. Natürlich ging es hier nur darum, dass sie seine kleine Schwester war und wir sozusagen wie eine Familie. Und diese beschützte man. Vielleicht sollte ich Scott mal nach dem Namen des Ladens fragen. Nur für alle Fälle.

ELF

AYLIN

Zurück in meinem Zimmer lief ich aufgeregt darin auf und ab, die Hände in die Hüften gestemmt und hochkonzentriert, vor Freude nicht laut loszuschreien. Zwar hatte ich mich schon auf unzählige Partys geschlichen, doch eine offiziell besuchen zu dürfen, mit Scott und seinen Freunden, gehörte definitiv zu den Jahreshighlights. Der Tag musste wahrlich rot im Kalender eintragen werden. Sofort griff ich nach dem Handy auf dem Nachttisch und wählte die Nummer meiner besten Freundin. Zum Glück hatte ich es vorhin nicht in der Hosentasche gehabt. Sonst wäre das ein teurer Spaß geworden. Chloe meldete sich direkt nach dem ersten Klingeln.

»Hast du Lust, mit mir auf eine Party zu gehen? Von Scotts Freunden?«, verkündete ich gleich die Neuigkeit und musste mich beherrschen, die Stimme leise zu halten und nicht wie ein kleines Kind zu kreischen. Am anderen Ende der Leitung hörte ich einen Aufschrei, der mir fast das Trommelfell platzen ließ.

»Wir dürfen tatsächlich mit deinem heißen Bruder und seinen total hotten Freunden feiern?«, kreischte Chloe und ich verzog kurz angewidert das Gesicht bei dem Gedanken, dass meine beste Freundin Scott sexy fand. »Fuck. Er hat wirklich gesagt, wir dürfen mit?! Aylin, träume ich? Wenn ja, weck mich bitte nicht auf.« Ich lachte, schüttelte den Kopf über ihre Euphorie und liebte sie dafür.

»Ja! Erinnerst du dich noch an Blake? Er und ein paar andere Freunde sind vorhin vorbeigekommen und haben gefragt, ob ich zur Party komme. Da konnte Scott nicht gegenhalten und hat zugestimmt.«

»Blake …«, nuschelte Chloe und überlegte einige Sekunden. »Ist das der Hottie, der immer nur schwarze Sachen trägt und so einen mürrischen Gesichtsausdruck hat? Ein wenig Angst hat er mir schon gemacht, aber ich würde ihn definitiv nicht von der Bettkante stoßen. Mann, Aylin, da werden massenhaft heiße Typen sein und wir können uns mit ihnen auf der Tanzfläche vergnügen.« O Gott, wenn ich mir vorstellte, eng mit ihm zu tanzen und wie seine Hände über meinen Körper wanderten … Schnell schüttelte ich den Kopf und die Gedanken ab.

»Ich fürchte, Scott macht da nicht mit. Wenn es nach ihm geht, stehen wir nur mit einem Bier in der Ecke und beobachten das Treiben«, murmelte ich mit heißen Wangen und dachte daran, dass Blake die ganze Zeit in der Nähe sein würde. Meine Hormone spielten nur verrückt, mehr nicht.

»Ach, ich überzeuge ihn schon oder lenk ihn ab, damit du dich vergnügen kannst«, erwiderte Chloe mit einem zuckersüßen Ton.

»Bitte nicht«, gab ich lachend von mir und würgte spielerisch, woraufhin wir beide lachten.

»Ich mach mir Sorgen um dich. Klar, er ist dein Bruder, aber du solltest Spaß haben, ohne dich schuldig zu fühlen. Das ist alles«, zischte sie mit ernstem Tonfall.

»Chloe, mach die Stimmung jetzt nicht kaputt!« Schnell wechselte ich das Thema, redete lieber mit ihr darüber, um wie viel Uhr ich zu ihr kommen sollte und was wir anziehen konnten. Für die Party des Jahres überließ ich nichts dem Zufall. Nach dem Telefonat fiel ich erschöpft auf das weiche Bett, vergrub den Kopf zwischen den Kissen. Kurz darauf rappelte ich mich auf, stieg unter die Dusche und wusch alle Gedanken von mir. Jedes Mal, wenn ich das

Wasser über das Gesicht rieseln ließ und die Augen schloss, sah ich Blake vor mir. Wie er meinen Körper Zentimeter für Zentimeter begutachtete und sich die Lippen leckte. Was war nur los mit mir? Woher kam der plötzliche Drang, ihm so nahe zu sein? Bevor ich aus der Dusche stieg, stellte ich das Wasser eiskalt und begab mich damit wieder auf den Boden der Tatsachen. Der beste Freund meines Bruders blieb tabu. Auf ewig.

Nach dem Duschen zog ich schwarze Hot Pants und ein weißes Crop Top an, das knapp unter dem Brustansatz endete, und fühlte mich von dem Tag und den unterschiedlichsten Gefühlen vollkommen erschlagen. Erschöpft schlurfte ich zurück in mein Zimmer, machte es mir auf dem Bett bequem und starrte die Decke an. Trotz Müdigkeit kam ich nicht zur Ruhe, wälzte mich von links nach rechts, seufzte verzweifelt und stand wieder auf. Halbmüde schlich ich die Treppen hinunter, jedoch knarzten die Stufen immer so, als würde eine Horde Elefanten darüber stampfen. Im Haus herrschte Ruhe und im Wohnzimmer brannte kein Licht, weshalb ich annahm, dass die Jungs aus waren oder schliefen, und ich in die Küche lief.

Ich zog die Kühlschranktür auf, holte die Milchpackung heraus und erschrak, als ich die Tür wieder zuknallte und Blake am Schrank angelehnt dahinterstand. »Was machst du hier?«, blaffte ich ihn an und mein Herz hämmerte mir gegen die Rippen. Sein Blick glitt an mir hinab, bevor sich auf seinen Lippen ein Grinsen bildete. Mein ganzer Körper kribbelte bei dem Gedanken, seinen harten Oberkörper letzte Nacht neben mir gespürt zu haben und wie es sich anfühlen würde, wenn er sich mit jedem Stoß tiefer in mir versenken würde. Ich schluckte, solche Wünsche bedeuteten die Hölle und waren verboten. Schlagartig packte er nach meinem Arm, zog mich an sich und wenige Sekunden später bohrte sich der Griff der Kühlschranktür in meinen Rücken.

»Ich wollte schlafen, aber dein Getrampel …«, hauchte er mit dunkler Stimme und hörte mitten im Satz auf.

»Hast du kein Zuhause?« Provozierend streckte ich das Kinn in die Höhe und versuchte, nicht darauf zu achten, wie sich sein Körper an meinen presste.

»Halte dich mit deinem Mundwerk lieber etwas zurück …«, raunte er sichtlich erregt und ich konnte nicht anders, als auf seine Lippen zu starren. Mit einem prüfenden Blick in alle Richtungen drückte er sich enger an mich, beugte den Kopf herunter. Ich spürte seinen heißen Atem auf der Haut. Das Pochen im Inneren wuchs. Jede Faser meines Körpers wollte ihn.

»Willst du mir nun auch einen Quickie anbieten?«, herrschte ich ihn an und strengte mich an, das Zittern in der Stimme zu unterdrücken. Blake grinste, seine Hände legten sich mir um die schmale Taille.

»Glaube mir, ich wäre bis morgen früh noch nicht mit dir fertig.« Seine Worte ließen einen warmen Schauder über meinen Rücken wandern und ich versuchte, ihn wegzudrücken, doch er reagierte blitzschnell und packte mich an der Kehle. Mit der anderen Hand stützte er sich an dem Kühlschrank ab, versperrte mir somit den Weg und verpasste mir mit der bedrohlichen Stimmung eine Gänsehaut.

Ich sollte ihn nicht berühren, ihm zu nahe kommen. Doch ich konnte dem Drang nicht widerstehen und fuhr mit den Fingerspitzen über sein Schlüsselbein, wanderte zu den Oberarmen und spürte die zuckenden Muskeln. Himmel. Schnell zog ich die Hand zurück, drehte den Kopf zur Seite und versuchte, wieder normal zu atmen.

»Willst du nach deinem Bruder schreien?«, riss er mich aus den Gedanken.

»Ich brauche ihn nicht, um meine Angelegenheiten zu regeln.« Mit dem Daumen strich er mir über die Kehle. »Fuck, Blake, lass das.«

Er gab mir keine Sekunde zu realisieren, was ihr hier passierte, und drängte mich mit dem Kopf wieder in seine Richtung, bevor er seine Stirn an meine lehnte. »Ich sollte ihm erzählen, dass du dich in irgendwelchen Clubs herumtreibst.«

»Dann wäre es auch dein Untergang«, erwiderte ich so emotionslos wie möglich.

»Ich befinde mich schon längst im Abgrund, Kleines«, erklang seine Stimme dicht neben mir. »Scheiße, das wollte ich schon seit gestern tun.« Bevor ich über Blakes Worte nachdenken konnte, presste er seinen Mund hart auf meinen. Sein Kuss war fordernd und seine Zunge schob sich mir zwischen die Lippen. Fuck. Fuck. Keuchend und voller Verlangen schlang ich die Arme um seinen Nacken und ein Bein um Blakes Hüften. Drückte mich somit dichter an ihn und spürte seine Härte. Der Moment brachte alles in mir zum Schreien. Mit den Händen fuhr ich seine Schultern entlang, glitt nach unten über die Bauchmuskeln und hielt kurz vor seinem Schritt inne. Am Rande bekam ich mit, wie sich seine Finger in die Haut meiner Oberschenkel vergruben, darüberstrichen und sich einem bestimmten Punkt näherten. Doch so sehr sich jede Faser nach den Berührungen sehnte, durfte ich dem nicht nachgehen. Es hier mit Scotts bestem Freund zu treiben, wäre die schlechteste Idee seit langem.

»Stopp …« Ich schaffte es, ihn von mir zu drücken, da Blake nicht damit gerechnet hatte und mir nun finster und verlangend in die Augen sah. Immer noch spürte ich das Prickeln auf den Lippen, fuhr mit den Fingern durch meine feuchten Haare und versuchte mit tiefen Atemzügen, wieder zur Besinnung zu kommen. Ich lief an Blake vorbei und mich verwunderte es einen Moment lang, dass er es schlichtweg zuließ, doch ich war dankbar dafür. Mit schnellen Schritten eilte ich zur Treppe, wie ein Reh auf der Flucht.

»Ach, Aylin …«, erklang seine tiefe Stimme und ich erstarrte am Treppenabsatz. »Du musst wissen, dass ich einen Scheiß darauf gebe, was Scott davon halten wird. Früher oder später bekomme ich dich.« Der Gedanke sollte mich anwidern, nach Hilfe rufen lassen, doch alles, was die Worte in mir auslösten, waren pures Verlangen und ein Pochen in meiner Körpermitte. Ohne etwas zu erwidern, stieg ich die Treppen hoch und schloss die Zimmertür hinter mir ab.

An Schlaf war allerdings nicht mehr zu denken. Ich legte mich ins Bett, aber das Kribbeln hörte nicht auf. Ohne weiter darüber nachzudenken, glitten die Finger an meinem Körper entlang. Mit geschlossenen Augen stellte ich mir vor, wie sich Blake in dem Drehstuhl gegenüber vom Bett zurücklehnte und mich mit lüsternem Blick beobachtete. Wie sich unsere Lippen berührten. Völlig in den Gedanken gefangen fing ich an, die Brüste zu massieren, und dachte daran, wie sich sein muskulöser Brustkorb bei jedem Atemzug hob und senkte. Er mich grob an den Haaren packte, meinen Kopf überstreckte und mit der Zunge über die wild pochende Hauptschlagader fuhr. Eine Hand wanderte unter den Bund meiner Hotpants, sanft streichelte ich meine Klit und zog scharf die Luft ein.

»Fuck …«, keuchte ich. Die Vorstellung, seinen Schwanz in mir zu spüren, sorgte für ein heftiges Pulsieren im Inneren. Ich stellte mir vor, es wären seine Berührungen, die mir den Verstand raubten. Wie seine Zunge die Schamlippen entlangfuhr, sie spaltete, er einen Finger in mir versenkte und ich die Hände in seinen Haaren vergrub und daran zog. Der Gedanke an seine dunklen Augen ließ mich in Flammen aufgehen. Ich massierte meine Perle heftiger, führte den Zeige- und Mittelfinger in mich ein und bewegte sie immer schneller und grober. Danach umspielte ich wieder die Klit, presste das Gesicht ins Kopfkissen, um mein Stöhnen zu dämpfen, als ich kam. Schweratmend starrte ich an die Decke. »Oh, verdammt …«

Ich wälzte mich im Bett herum, konnte die ganze Nacht nicht aufhören, zu grübeln und an die Situation am Kühlschrank zu denken. Wenn Scott davon erfuhr, würde das mein Todesurteil bedeuten. Die Tatsache, dass ich Blake geküsst hatte, ließ mich nicht schlafen, weshalb ich in den frühen Morgenstunden aufstand und zum Kleiderschrank tapste. Doch statt diesen zu öffnen, fuhr ich mit den Daumen über meine prallen Lippen. Das Herz polterte, der Atem setzte aus und die Gedanken taumelten wieder zu der nächtlichen Situation. »Fuck«, entfuhr es mir. Ich musste nicht lange nachdenken, zog aus dem Schrank einen Sport-BH und Sportleggins heraus. Bewegung war jetzt genau das Richtige. Schnell schlüpfte ich in die Klamotten, lief die Treppe herunter, band mir dabei aus der blonden Mähne einen Pferdeschwanz und hörte die beiden Jungs in der Küche.

»Hast du dir ernsthaft Sachen aus meinem Schrank genommen?«, fragte Scott überrascht.

»Die Klamotten haben gemüffelt. Soll ich einen Auftrag erledigen, indem der Gestank ihn kaltmacht?« Aufmerksam lauschte ich ihrem Gespräch und blieb am Treppenabsatz stehen.

»Planst du eigentlich, hier einzuziehen, Penner? Seit zwei Tagen bist du nun schon hier. So langsam reicht es.« Sofort stieg Panik in mir auf, so misstrauisch wie Scotts Stimme ertönte.

»Die Pancakes von Aylin sind sicher überzeugende Argumente, um mein Lager hier aufzuschlagen. Und so einige andere Sachen ebenfalls.« Die Worte klangen anzüglich. Ohne es zu wollen, pochte es bei mir zwischen den Beinen. Ich sehnte mich nach der Zeit zurück, in der Blake nichts weiter als ein nerviges und total arrogantes Arschloch gewesen war. Obwohl er den Preis immer noch besaß, setzte er sich momentan wie eine Zecke in meinem Kopf fest. Dort existierte eindeutig ein Systemfehler. Oder es lag daran, dass ich schlichtweg untervögelt war. Seitdem Zayn und ich uns getrennt hatten, tat sich in Sachen Sex nichts mehr. Vielleicht war das ein Signal meiner Hormone.

»Fuck, Blake, lass die Scheiße. Warte draußen, bis Aylin und ich gegessen haben. Dann fahren wir los, der Auftrag dauert eh nicht lange.« Wohin wollten die beiden? Schnell löste ich mich von dem Treppengeländer und huschte in die Küche.

»Er darf hier schlafen, aber nicht frühstücken? Du bist grausam.« Den Sport-BH zurechtzupfend trat ich auf die beiden zu und sah direkt, wie Blakes Aufmerksamkeit auf meiner Erscheinung lag. Sicherlich dachte er daran, mir die Klamotten vom Leib zu reißen, denn sein Blick verschlang mich förmlich mit Haut und Haaren.

»Esst ruhig. Mir ist gerade eh danach, joggen zu gehen. Bye!« Ohne ihn anzusehen, trat ich eilig aus der Küche, ging schnellen Schrittes zur Haustür und zog sie mit Schwung auf. Auf der Veranda blieb ich einige Sekunden stehen und atmete tief ein, bevor ich die

Tür hinter mir zu zog und mich sofort auf den Weg in den Wald machte.

Ich hastete über unebene Stellen im Boden, Äste schlugen mir gelegentlich gegen die Arme und Beine. Rannte quer durch die dicht aneinander stehenden Bäume, ohne anzuhalten, und legte intervallmäßig kleine Sprints ein. Wir lebten hier schon seit meiner Geburt, ich kannte jeden Fleck auswendig, stolperte nicht und gelang an einen hochgelegenen großen Felsen. Von dort aus sah ich nach oben und genoss die Sonnenstrahlen auf der Haut. Die Vögel zwitscherten und Ruhe kehrte im Inneren ein. Die Sportuhr am Handgelenk zeigte mir an, dass ich schon eine Stunde unterwegs war. Für einen Moment schloss ich die Augen und wurde sofort von den Bildern im Kopf erschlagen. *Ihr lebloser Blick und die Kälte ihrer Haut.*

Flink löste ich mich vom Gestein, rannte wieder in den Wald zurück und verlangsamte das Tempo erst am See hinter dem Haus. Dort kniete ich auf der aufgewärmten Erde nieder, hielt die Hände ins Wasser, befeuchtete das Gesicht und erschrak, als ich eine Stimme direkt neben mir hörte.

»Es ist verdammt heiß, wie du keuchend aus dem Wald kommst.« Erschrocken richtete ich mich auf, taumelte einige Schritte zur Seite und wäre fast abermals in den See gefallen. Tat er das mit Absicht?

»Was willst du, Blake?«, zischte ich, versuchte mehr Abstand zu gewinnen, doch bei jedem Fußtritt zurück machte er einen vorwärts. »Wo ist Scott? Warum seid ihr so früh wieder da?« Ich war zwar über 'ne Stunde joggen gewesen, aber trotzdem hatte ich nicht so schnell mit den beiden gerechnet. Die Hoffnung, eine Erwiderung auf die Frage zu bekommen, zerplatzte allerdings wie ein Luftballon.

»Ich schlafe nie neben jemandem.« Sein Blick wanderte an mir herunter, als suchte er eine Antwort. Unwillkürlich dachte ich an den Abend vor zwei Tagen zurück, an das Gefühl, an seinen muskulösen Oberkörper gedrückt zu werden. Die Versuchung, die Finger nach ihm auszustrecken, ihn zu spüren, versetzte mich in Ekstase, denn ich wusste mittlerweile zu gut, wie es sich anfühlte, Blake zu berühren. Die Verlockung wuchs mit jeder Sekunde ins Unermessliche. Er hatte so friedlich ausgesehen, weshalb ich es aus Angst, ihn zu wecken, nicht getan hatte. Sein warmer Atem lag dabei die ganze Zeit mir. »Und auf keinen Fall lasse ich jemanden gehen.« Blakes Mundwinkel zuckten gefährlich nach oben. Wie er mich gestern gegen den Kühlschrank gedrückt hatte, unsere Lippen fordernd aufeinander. Sicher wusste er, wie er auf mich wirkte und dass mein Puls unaufhörlich raste.

»Ist das jetzt meine Schuld?«, blaffte ich ihn an, versuchte, die aufkommenden Gefühle zu ignorieren. Dieses aufgeblasene Arsch–

»Aylin?«, hörte ich Scott von der Veranda aus rufen. Zum Glück verbargen einige Büsche das Ufer vor seinen Blicken. »Bist du zurück?« Kurz wandte ich mich dem Haus zu, dann Blake, der nun unmittelbar vor mir stand.

»Es ist interessant.« Ich verstand kein Wort, trotzdem wanderte mir ein kleiner Schauer den Rücken herunter.

»Halt dich fern«, versuchte ich es so kontrolliert wie möglich zu sagen und brachte Abstand zwischen uns. »Ich komme!« Damit mein Bruder die Worte hören konnte, rief ich etwas lauter und lief weg. Von dem See und von Blake. Ich eilte ins Haus, vor dem Scott mit einem Glas Wasser in der Hand wartete. Schnell ergriff ich es, stürzte die Flüssigkeit herunter, ging hinein und stellte es auf der Kommode neben der Treppe ab. »Du warst ziemlich lange joggen, über 'ne Stunde«, bemerkte mein Bruder.

»Hast du etwas die Sportuhr gechipt und kontrollierst all die Sporteinheiten, die ich mache?« Verdutzt sah ich ihn an, er schüttelte den Kopf.

»Nein, aber meistens machst du das nur, wenn irgendetwas passiert ist.«

»Du denkst zu viel. Wie war dein Geschäft?« Interessiert sah ich ihn an, schlappte in das angrenzende Wohnzimmer und setzte mich aufs Sofa, während er es sich in dem Sessel bequem machte.

»Kurz und knapp: Er hat sich schnell entschieden, das Angebot anzunehmen.«

»Welches?« Voller Neugier sah ich ihn an, dabei war mir bewusst, dass die Antwort wohl ausblieb.

»Aylin, ich darf nicht darüber sprechen.« Na klar. »Stattdessen könnten wir nochmal über die Party reden …« Seine Stimme verriet die nicht vorhandene Begeisterung über mein dortiges Auftreten.

»Fuck, Scott, nein.« Störrisch sah ich ihn an, verkrampfte die Hand im Polster und reckte stur das Kinn.

»Das ist nichts für dich«, versuchte er es weiter und blickte mir eindringlich entgegen.

»Es wird meine erste Party sein, du bist dabei und Chloe hat schon zugesagt.« Ich würde hart bleiben, egal, was seine Argumente waren.

»Du verpasst nichts.« *Sicher.* Das Lachen konnte ich mir geradeso verkneifen.

»Entweder gehe ich mit dir oder ohne dich. Irgendwie werde ich schon auf die Party finden.« Selbstbewusst verschränkte ich die Arme vor der Brust.

»Aylin, das kann nicht dein Ernst sein!« Ich sah, wie die Ader an seinem Hals pochte. Er gab sich wohl die größte Mühe, nicht zu explodieren.

»Vergiss es. Das Gespräch ist beendet.« Bevor Scott irgendetwas erwidern konnte, stand ich auf, lief in den Flur und die Treppe hoch ins Obergeschoss. Von unten ertönte nur ein Krachen, woraufhin etwas in mir zerriss. Meistens gab ich immer nach, versuchte es ihm recht zu machen und versteckte meine rebellische Seite vor ihm. Aber ich wurde eingeladen und das würde mir Scott nicht nehmen.

ZWÖLF

BLAKE

»Und wie lange sollen wir hier nun warten?«, fragte Scott stöhnend, zog die Handbremse an und machte es sich auf dem Fahrersitz gemütlich. Scheiße, keine fünf Minuten hier und schon stresste der Bastard, um nach Hause zu gehen.

»Wenn du etwas Besseres zu tun hast, wie zum Beispiel deiner mittlerweile erwachsenen Schwester was zu Mittag zu kochen, dann verpiss dich«, erwiderte ich genervt. Seit Tagen suchten wir – neben anderen Aufträgen – Fernando, standen vor der Schule und warteten. Doch der Penner war nie aufgekreuzt, was die schlechte Stimmung von uns erklärte. Sogar bei ihm zu Hause waren wir gewesen, ehe uns ein Nachbar erzählt hatte, er wäre im Urlaub und sollte bald zurück sein. Deshalb hatten wir heute vielleicht eine Chance, Pablos Mann aufzusammeln.

Mino und Pablo standen schon seit Jahrzehnten auf Kriegsfuß miteinander. Jeder wollte die größten Geschäfte in Chicago reißen und leider kamen sie sich dabei ab und zu in die Quere. In den Achtzigern war es laut Geschichten mit den Schießereien und Morden am schlimmsten gewesen, denn es gab keine bessere Methode, den anderen Clan auszuschalten, außer ihn zu schwächen. Irgendwann hatte die Stadt schon fast in Trümmern gelegen. Die beiden Clanviertel hatte man kaum betreten können, ohne gefilzt zu werden oder Angst um sein Leben haben zu müssen. Doch zu den Zeiten hatte Minos Dad Stefano noch gelebt und ein Machtwort gesprochen, da er quasi wie ein Baron über Chicago und Umgebung geherrscht hatte. Nichts ging ohne seine Zustimmung, niemand durfte einfach damit anfangen, sich einen eigenen Clan aufzubauen, ohne dass er es wusste. Vor allem nicht sein Sohn, der sich benommen hatte wie ein eingeschnapptes Teenagermädchen, weil man sie fett genannt hatte. Er war zwar schon längst aus den Geschäften draußen gewesen, doch es hatte etwas mit Respekt zu tun, dass ihn niemand hinterging und alles geregelt ablief. Na ja, fast zumindest. Der wichtigste Punkt allerdings war gewesen, dass Mino und Pablo früher Seite an Seite für Stefano gearbeitet hatten – bis es dann ums Geld gegangen war. Als sich mein Großvater nämlich allem entsagt und beiden ein Stadtgebiet zugeordnet hatte, waren die Reibereien losgegangen, anstatt dass sie Hand in Hand gearbeitet hatten. Nichts veränderte einen Mann mehr, sodass man sogar über Leichen ging und Freundschaften begrub. Deshalb war Stefano eingeschritten, obwohl er sich versprochen hatte, sich nicht einzumischen. Doch dann würde Chicago nicht so dastehen wie heute. Daraufhin machte Pablo weiterhin Geschäfte mit den Sizilianern, Mino mit den Mexikanern. Keine Ahnung, was schlimmer war. Seit dem Tod von Stefano hatte sich der Frieden jedoch fast wieder in Luft aufgelöst. Zwar war es nicht so schlimm wie früher, doch es gab immer wieder Aufruhre und Anschläge, weshalb wir nun hier saßen und auf den Typen warteten, der laut Salva unser Dieb sein musste. Allerdings wurde der Auftrag mit einem Quälgeist an meiner Seite nicht gerade entspannter.

»Fick dich, darum geht es nicht.« Scott griff sich in den Schritt und ich wusste sofort, für was das stand.

»Sag bloß, du hast ein Fickdate«, lachte ich drauflos und klopfte ihm auf die Schulter. »Hättest sie doch mitnehmen und auf der Rückbank knallen können. Gegen ein bisschen Ablenkung beim Rumsitzen wehre ich mich sicherlich nicht.« Zumindest würde das

Gestöhne vielleicht die grünen Augen aus meinen Gedanken vertreiben. Seit drei verfickten Tage bekam ich sie dort nämlich nicht raus. Egal, was ich tat. Ob ich soff, fickte oder jemandem die Scheiße aus dem Körper prügelte, sie verschwanden nicht. Sogar nachts ließen sie mich nicht schlafen, weshalb umso mehr Wut in mir aufstieg.

»Lass uns die Kacke einfach hinter uns bringen«, beendete mein bester Freund die Unterhaltung und massierte sich die Stirn. Die letzten Tage hatten wir wahrlich nicht viel Schlaf abbekommen. Als Mino uns auf den Fall angesetzt hatte, hatte ich gedacht, es wäre innerhalb weniger Stunden erledigt.

Ich hob das Becken etwas vom Sitz hoch, um die Knarre aus dem Hosenbund zu ziehen. Zuerst checkte ich nochmal das Magazin, klickte es wieder ein und entsicherte den Mechanismus. Zu allen Schandtaten bereit behielt ich sie locker in der Hand und legte diese auf dem Oberschenkel ab, starrte durch die Windschutzscheibe hinüber zum Gebäude. Scott räusperte sich, schielte immer wieder zu mir und wirkte, als würde er mit den Worten ringen. Minutenlang saßen wir schweigend da und mit jeder wurde ich unruhiger, hoffte, der Penner kam endlich raus, damit die Scheiße ein Ende nahm.

»Du weißt, dass wir gerade vor einer Schule stehen, oder?«, merkte er irgendwann an und linste auf die Knarre.

»Und?« Dachte er etwa, ich würde wild um mich ballern? Okay, ich hatte schon reichlich gekifft und ein oder zwei Lines gezogen. Aber im Schießen war ich ein Ass und verfehlte, wenn nötig, nie mein Ziel. Bevor Scott weiter den Moralapostel spielen konnte, entdeckte ich die aufschwingenden Schultore und den von dem Überwachungsvideo bekannten Räuber. »Da ist er.«

Kaum ausgesprochen öffnete ich die Beifahrertür und sprang aus dem Wagen. Die Knarre versteckte ich wieder im Hosenbund, da hinter dem Typen einige Kinder das Gebäude verließen und mir in Scharen entgegenkamen. Ich hielt etwas Abstand, da er noch mit einem, wie es sich anhörte, Kollegen sprach, sich nach kurzer Zeit verabschiedete und den schmalen Fußgängerweg hinter das Schulgebäude entlanglief. Mit schnellen Schritten folgte ich ihm, wurde allerdings von Scott an der Schulter zurückgehalten.

»Du hältst dich jetzt mal zurück. Wenn du sofort wieder auf ihn einschlägst, wird er gar nichts sagen«, sprach er bedrohlich und schaute mir eindringlich in die Augen. Ja, in manchen Situationen war ich vorschnell, aber fuck, Mino saß mir damit im Nacken und irgendjemand musste doch für seinen Chef die Buße auf sich nehmen.

»Dann zeig mal was du kannst, Großer.« Gleichgültig riss ich mich los, streckte den Arm aus und zeigte ihm den Weg. Der Kerl war mittlerweile außer Sichtweite, weshalb wir einen Zahn zulegten und ihn gerade noch daran hindern konnten, in seinen Wagen zu steigen. Während Scott ihn mit dem Rücken gegen die Fahrertür presste und am Hemdkragen festhielt, zog ich die Zigarettenpackung aus der Hosentasche, steckte mir eine zwischen die Lippen und zündete sie an.

»Ich weiß nicht, was sie meinen …«, wimmerte das Weichei, nachdem mein bester Kumpel ihm bedrohliche Worte zugeflüstert und dabei Ausschau nach Augenzeugen gehalten hatte. Scheiße, so wurde das sicherlich nichts. Damit konnte er vielleicht einem Schulkind Angst machen, aber nicht einem Vertrauten von Pablo. Ich trat näher, schaute mir das Schauspiel weiter an und zog genüsslich an der Zigarette. Stetig wanderten die Augen des Typen zu mir herüber und ich grinste ihn hämisch an.

»Wer ist bei meinem Onkel eingebrochen?«, setzte ich neu an, ging einen Schritt auf die beiden zu und hauchte dem Penner den Rauch ins Gesicht. Er hustete, drehte den Kopf in die andere Richtung.

»Woher soll ich das wissen? Ich kenne weder diesen Pablo noch ihren Onkel Mino«, entgegnete er und genau in dem Moment, als ihm sein Fehler auffiel, verschwand all die Farbe aus seinem Gesicht. »Bitte, ich habe Familie«, flehte er aufs Neue und presste die Handflächen aufeinander, ehe Scott ihn ruckartig losließ.

»Drei Lügen in einer Aussage. Glückwunsch. Erstens warst du es selbst, also mach nicht so dumm. Glaubst du wirklich, wir haben keine Überwachungskameras? So dumm kann kein Mensch sein. Zweitens und drittens kennst du deinen Chef und Mino zu hundert Prozent. Und jetzt gib mir deine beschissenen Autoschlüssel«, sagte ich, ohne auch nur einen Gedanken daran zu verschwenden, ihn gehen zu lassen. Fordernd streckte ich ihm die Hand entgegen, sah ihm zu, wie er mit zittrigen Fingern den Schlüsselbund aus seiner Jackentasche zog.

»Was hast du vor?« Scott sah mir dabei zu, wie ich mit der Fluppe im Mundwinkel zum Kofferraum des Fords lief, ihn aufschloss und den Typen ins Visier nahm.

»Rein mit dir.« Keine Menschenseele hielt sich derweil auf dem Parkplatz auf. Unser Glück, sein verdammtes Pech.

»Was?« Seine Stimme zitterte, aufgeregt verlagerte er das Gewicht vom einen auf das andere Bein.

»Du hast schon verstanden. Rein mit dir oder ich helfe nach.« Hierbei zog ich die Knarre hervor und machte mit ihr Wischbewegungen zum Kofferraum. Dem Schicksal völlig ausgesetzt und ohne Hilfe in Sicht kam er langsam auf mich zu und flehte, Gnade walten zu lassen.

»Blake …« Mein Kumpel schaute sich in alle Himmelsrichtungen um, nahm dem Kerl noch die Tasche ab, bevor er sich widerwillig in den Kofferraum legte und ich den Deckel zuschlug.

»Meinst du, ich lasse ihn nach einer Standpauke einfach gehen? Der Wichser hat uns beklaut. Die werden sich alle den Arsch ablachen, wenn wir ihn einfach so laufen lassen. Außerdem will ich es aus seinem Mund hören, wer ihm den Auftrag gegeben hat.« Auch wenn er es sich oft nicht eingestehen wollte, versuchte Scott immer noch, das Gute in den Menschen zu sehen.

»Wir sehen uns dann morgen auf der Party«, verabschiedete ich mich von Scott, lief zur Fahrertür und zog sie auf. Dabei warf ich den noch übriggeblieben Stummel auf den Boden und stieß den Rauch durch die Nase aus.

»Was hast du jetzt vor?« Währenddessen kramte Scott in der

Tasche herum, fand das Handy und tippte darauf rum. »Fuck, das Scheißteil ist leer.«

»Ich bringe ihn in den Bunker. Irgendwann wird er reden …«, antwortete ich kaum abwartend auf seine Frage und stieg ein. Entweder spuckte er die Beweggründe für den Einbruch aus oder ich brachte ihn dazu. Und Satan wusste, welche Methode mir am liebsten war. Scott nickte daraufhin und schlug vor, schonmal zu Mino zu fahren und ihn einzuweihen. Ich startete den Motor, während mein Kumpel im Rückspiegel hinter dem Gebäude verschwand, und fuhr los in Richtung Industriegebiet.

DREIZEHN

AYLIN

»Wie wäre es mit dem?« Chloe winkte mit einem roten Minikleid vor meiner Nase herum, ich saß auf ihrem Bett und spielte mit dem Messer von Blake. Immer wieder glitt es zwischen den Fingern hin und her. Sollte ich es ihm heute Abend auf der Party zurückgeben? »Aylin, jetzt schau doch mal! Was machst du da eigentlich? Wenn ein Loch ins Bettlaken kommt, bring ich dich um.« Mit einem Lachen schmiss sie mir das Kleid hin und beäugte das Klappmesser.

»Das ist von Blake«, kam es, ohne zu überlegen, heraus, weshalb ich mir am liebsten mit der flachen Hand ins Gesicht schlagen wollte. Wenn Chloe das ausplauderte …

»Manche Männer schenken Frauen ja eher Blumen, aber er wirkt eh nicht wie der typische Traum der schlaflosen Nächte.« Oh, die hatte ich trotzdem.

»Er hat es vor kurzem bei uns fallen lassen, ich gebe es ihm heute Abend wieder.« Schnell winkte ich ab, steckte das Messer zurück in den Stiefel vor dem Bett und setzte mich auf.

Die letzten Tage hatte ich es in meinem Geheimversteck unter den Dielen aufbewahrt und überlegt, ob ich es heute mitnahm, und es letztendlich getan. Das Klügste wäre es, es ihm zurückzugeben, nicht mehr über ihn nachzudenken und sich fernzuhalten. »Sicher«, kam es spöttisch von Chloe, die mir inzwischen ein anderes Kleid entgegenhielt. »Und das hier? Würde jedenfalls deine langen Beine betonen und du kannst deine Stiefeletten dazu tragen.« Ich trug gerne Overknee-Stiefel, zu jeder Gelegenheit. Mit High Heels konnte ich nur selten Freundschaft schließen. Dabei war die Absatzhöhe meist die Gleiche.

»Warum suchst du die ganze Zeit etwas für mich? Du hast auch noch nichts zum Anziehen.« Lachend stand ich auf, lief zu ihrem Kleiderschrank und fing an, ihn mit meiner besten Freundin durchzuwühlen.

»Ich nehm den Rest, der da ist. Es ist deine erste offizielle Party, ohne dass du ständig aufs Handy schaust, um zu kontrollieren, ob dein Bruder geschrieben hat.«

»Heißt nicht, dass ich mich sicherer fühle. Er wird wohl die ganze Zeit in der Ecke stehen, grimmig schauen und mich wissen lassen, was er davon hält.« Ich verdrehte die Augen, griff nach einem Kleid und lief zum Spiegel, um es mir anzuhalten.

»Du hast nie erzählt, warum er so besessen davon ist, dich von allem fernzuhalten.« Ich hielt in der Bewegung inne, presste die Lippen aufeinander und überlegte. So viel wusste sie nicht. Die Hütte, meine Familiengeschichte – und das, obwohl sie die beste Freundin war, die ich mir nur vorstellen konnte.

»Mom ist nicht gerade ein Paradebeispiel, Scott will nicht, dass ich auf die schiefe Bahn gerate. Und Partys führen seiner Meinung nach zu Drogen, einem Schulabbruch und einer Schwangerschaft im jungen Alter.« *Du sollst keine Hure wie sie werden, Aylin. Nicht so abgefuckt sein wie ich. Bleib so unschuldig und rein.* Dabei würde ich nie das Mauerblümchen sein, was er zur Schwester wollte. »Er will mich vor mir selbst beschützen, aber das kann er nicht«, hauchte ich und hoffte, das Thema war damit beendet. Eine bessere Erklärung konnte ich ihr nämlich nicht liefern, ohne sie anzulügen, was ich ohnehin schon zur Genüge tat.

»Eure Mutter arbeitet viel an der Börse, oder? Sie ist sogar weniger zu Hause als meine Mom!« Ich schluckte, es war immer komisch, über sie zu reden, als würde sie noch leben.

»Ja …«, hauchte ich, Chloes Blick wurde sofort weicher, als sie die Traurigkeit in meiner Stimme hörte.

»Sorry, Aylin, ich wollte nicht … Lass uns heute Abend feiern und nicht an unsere beschissenen Eltern denken.« Sie kam zu mir und nahm mich in den Arm. Dabei hatte sie echt Glück, ihre waren viel auf Geschäftsreisen und sie lebte allein in diesem großen Palast, aber im Notfall holten sie Chloe aus jeder Scheiße. Meine hatten mich immer nur in welche reingezogen. Und dann erwartete Scott, dass ich ein normales Leben führte, obwohl ich den Abgrund gesehen hatte und ihn als selbstverständlich ansah. »Auf jeden Fall! Ich nehme das Kleid.« Noch einen Blick in den Spiegel, eine nickende Zustimmung von meiner besten Freundin und ich zog es mir über. Es saß perfekt, umspielte die Rundungen an den richtigen Stellen und setzte die schlanken Beine in Szene. Da ich etwas größer war als Chloe, saß das Minikleid knapper an mir, aber das machte nichts. Danach zog ich die Stiefeletten an und spürte den kalten Stahlgriff des Messers auf der Haut. Sofort wanderten die Gedanken zu Blake. »Erwähne den anderen gegenüber bitte nicht das Klappmesser. Scott würde es nur falsch auffassen«, pflichtete ich Chloe bei und verdrehte die Augen.

»Klar, weil es Blake ja auch nur heruntergefallen ist.« Grinsend zog sie sich ein Stück Stoff aus dem Schrank und zog es sich an. Sie glaubte mir kein Wort.

»Genau«, kam es lachend von mir und ich sah wieder seine stechenden, dunklen Augen vor mir. In dem Moment traf ich eine Entscheidung. Auf sein Messer konnte er warten, bis er schwarz wurde. Niemals würde ich es ihm einfach aushändigen. Sollte er es sich doch holen kommen.

VIERZEHN

BLAKE

Viel zu spät stolperte ich die Treppen hinunter und tippte eine Nachricht an Scott, dass ich mich auf den Weg machte. Sicherlich war er schon bei Craig, checkte die anwesenden Partygäste ab und befahl ihnen, sich von seiner Schwester fernzuhalten. Wer sie anschaute, war einen Kopf kürzer. Der Gedanke bescherte mir ein fettes Grinsen. Der Penner würde den perfekten Psychopathen abgeben, der mit dem Bild von Aylin durch die Menge schlappte und allen Anweisungen gab. Wenn er nur wüsste, dass er den schlimmsten Fehler seines Lebens begangen hatte, indem er mich als Aufpasser deklariert hatte. Scott vertraute mir, aber ob ich für die Aufgabe des Beschützers wie gemacht schien? No way. Sobald sich sie sich besoffen vor mir räkeln würde, wäre sie fällig und mein Schwanz tief in ihr drin, bevor sie überhaupt nach Luft schnappen konnte.

Mit großen Schritten eilte ich den breitgebauten Flur entlang und blieb wie angewurzelt stehen, als durch die angelehnte Tür des Esszimmers ein Wimmern zu mir drang.

»Sei still!«, befahl mein Onkel. Sofort verstummte die weibliche Stimme, nur das klirrende Geräusch, wenn Stahl auf Porzellan traf, war zu hören. Vielleicht sollte ich einen Blick riskieren und begutachten, was er wieder trieb. Der Zimmertür gab ich einen Schubs, sodass sie vollständig aufschwang und der Anblick meinen Vermutungen ziemlich ähnelte. Mino saß völlig entspannt an dem großen Esstisch aus Kirschbaumholz, aß zu Abend, während neben ihm eine junge nackte Frau auf dem Boden kniete. Ihr aschfahler Körper war übersät von Blutergüssen und um ihrem Hals lag ein viel zu enges Lederhalsband, das auf ihrer Haut dunkelrote Striemen hinterließ. Außerdem waren ihre schulterlangen Haare verfilzt, hingen ihr strähnig ins Gesicht und vertuschten so das blaue Auge. Zumindest ein bisschen. Ihrem Zustand nach zu urteilen, war sie schon länger hier. Nur ihr träges Augenblinzeln verriet, dass sie noch lebte. Anscheinend hatte sie einen All-inclusive-Aufenthalt im Keller gewonnen. Die Jungs und ich wetteten ständig darauf, wie lange die Mädels durchhielten, bis Mino sie brach und nur ein Haufen totes Fleisch übrigblieb. Endstation Irrenanstalt.

»Was ist denn hier los?«, fragte ich emotionslos, fixierte weiterhin die junge Frau, bis sie unter schweren Lidern zu mir aufschaute. Ihre Augen füllten sich mit Tränen, und scheiße, wenn mein Onkel das sah, kam für sie jede Hoffnung zu spät.

»Hailey und ich machen gerade eine Pause. Habe ich recht, Schätzchen?« Bei seinen letzten Worten klang er bedrohlich, gab ihr einen Tritt, als sie nicht reagierte. Schlagartig nickte sie, starrte mich dabei an und formte mit ihren bebenden Lippen ein stummes: ‚Hilfe'. Da war sie bei mir an der falschen Adresse. Ihr hilfloser Blick, der keinen Funken Lebensfreude mehr in sich trug, kratzte zwar kurz an meinem schlechten Gewissen, sie so zurückzulassen, doch es reichte nicht aus, mich Minos Hass auf Frauen in den Weg zu stellen. Einer seiner Männer hatte es einmal gewagt, ihn zu unterbrechen, und dafür mit seinem Leben bezahlt. Und scheiße, das war mir die Kleine keinesfalls wert. »Und du bist auf dem Sprung, wie ich sehe?«, riss er mich aus den Gedanken.

»Ja, bei Craig steigt 'ne Party«, antwortete ich, blendete die zittrige Gestalt am Boden aus und hielt Minos Blickkontakt stand.

»Morgen kümmer ich mich dann wieder um unseren Gast. Bisher hat er noch nicht gesungen.«

»Wer passt währenddessen auf Fernando im Lager auf?« Wir kannten beide die Antwort, denn hier im Haus war es erstaunlich still ohne das Geschrei des Irren.

»Dein Sohn.« Zumindest die Drecksarbeit konnte der Pisser für mich erledigen, wenn ich schon seinen Fehler ausbügeln musste. Ganz brav saß er mit einer Knarre in der Hand vor der dreimal gesicherten Stahltür und hielt die Stellung. Keinesfalls war es nötig, denn aus dem Verlies kam unsere Geisel nicht heraus. Vor allem nicht gefesselt an einen Stuhl. Aber Eddy vermieste ich mit der Aufgabe besonders den Abend, da er nicht zur Party konnte. Eventuell löste sich ja auch ein Schuss aus der Pistole und traf ihn auf wunderliche Weise genau zwischen die Augen. Meine Hoffnung starb auf jeden Fall zuletzt.

»Ist das eine gute Idee?«, fragte Mino und musterte mich kritisch. Er wusste wie ich, dass er einen Nichtsnutz als Sohn hatte, sprach es jedoch nie aus.

»So kann er zumindest nichts anderes anstellen und wir wissen genau, wo er ist. Außerdem hab ich Alex auf ihn angesetzt, der ihn ihm Auge behält.«

»Okay.« Er spießte das letzte Stück Rumpsteak auf die Gabel, schob es sich in den Mund und kaute genüsslich darauf herum. Währenddessen legte er das Besteck auf den Teller, wischte sich die Mundwinkel mit der Serviette ab und stand auf. »Wenn du uns entschuldigst, Blake.« Höflich nickte er mir zu, schnappte sich die Leine und zog die junge Frau auf allen vieren an mir vorbei. »Wir haben noch etwas vor«, raunte er mir zu, stolzierte mit herausgepresster Brust und gerecktem Kinn aus dem Raum und auf die Treppen, die in den Keller führten, zu. Das Mädchen kam kaum hinterher, rutschte teilweise mit den Knien auf dem glatten Marmorboden aus und wurde kurzzeitig hinterhergeschliffen. Statt zu stoppen, warf Mino einen kurzen Blick über die Schulter und beschleunigte sein Tempo, bis ihre Würgegeräusche und das Quietschen ihres hinterherziehenden Körpers ertönten. Wenn man ihn so in seinen Armani-Anzügen und schwarzen Lederslippern sah, würde man nie denken, dass er im Innersten ein widerlicher Bastard war, der den Betrug seiner Ehefrau nur damit kompensieren konnte, wenn Frauen unter seinen Fittichen litten. Der Abschaum der Bevölkerung, niederes Volk, wie er sie so schön nannte.

Kopfschüttelnd drehte ich den beiden den Rücken zu, steuerte die Eingangstür an und holte mir aus der Anrichte daneben einen Autoschlüssel, bevor ich das Haus verließ. Zur Feier des Abends, wenn schon Babysitten anstand, lieh ich mir den Maserati von Mino, der ihn heute sowieso nicht mehr brauchte. Ich trat an die frische Luft, überquerte die Einfahrt und grüßte per Handzeichen einen der Wachmänner.

Die Tür der Garage schwang quietschend auf und kaum machte ich einen Schritt hinein, flackerten die Halogenröhren an der Decke auf. Über ein Dutzend Autos standen in Reih und Glied in der großen Halle. Manche noch nagelneu und ohne eine einzige Meile auf dem Tacho, andere wiederum waren absolute Sammlerstücke und heißbegehrte Blechschüsseln. Ich drückte die Funktastatur und in der ersten Reihe blinkten die Außenlichter des grauen Gefährts auf. Zügig ging ich mit einem fetten Grinsen darauf zu, öffnete die Flügeltür, stieg ein und startete den Motor.

Kaum tippte ich das Gaspedal an, jaulte dieser hörbar auf, wollte endlich freigelassen werden, weshalb ich ausparkte und durch das sich automatisch öffnende Garagentor hindurchfuhr. Fuck, schon lange hatte Autofahren nicht mehr so viel Spaß gemacht. Ich raste durch die Straßen, überholte blitzschnell andere Autos und drückte das Gaspedal durch, als gäbe es kein Morgen. Mit quietschenden Reifen blieb ich vor Craigs Haus stehen, auf dessen Veranda Scott mit angepisstem Gesichtsausdruck auf mich wartete.

»Hast du deinen Weg auch endlich hergefunden?«, rief er mir entgegen, nachdem ich ausgestiegen war, den Wagen verriegelt hatte und auf ihn zugekommen war.

»Scheiße, reg dich ab! Sei froh, dass ich überhaupt da bin.« Den

Autoschlüssel steckte ich in die hintere Hosentasche der Jeans und setzte mich neben meinem Kumpel auf die Treppe. »Hab ich denn schon irgendwas verpasst? Hat sich Aylin etwa schon schwängern lassen oder wieso ziehst du so 'ne Fresse?« Der Gedanke, dass ein anderer Typ sie anfasste, sie fickte, entfachte für einen kurzen Moment unaufhörliche Wut in mir und brachte mein Herz zum Rasen. So weit würde ich es nicht kommen lassen.

»Ha, ha, sehr witzig. Nein, sie ist noch nicht einmal da.« Wieso dann der Aufstand? »Ich denke nur, dass es eine beschissene Idee ist. Da drin«, er nickte in Richtung Haus, »sind alle schon sturzbesoffenen und die oberen Zimmer alle belegt.« Tatsächlich hatte ich Scott noch nie so verzweifelt gesehen.

»Alter, ich pass auf. Keiner von denen kommt ihr zu nahe.« Hoffentlich bemerkte er nicht das kleine Schlupfloch in der Formulierung des Satzes. Fuck, was dachte ich da?

»Ich weiß.« Ganz überzeugt schien er noch nicht, klopfte mir allerdings grinsend mit der Hand auf die Schulter. Unsere Aufmerksamkeit glitt schlagartig zur Straße, als ein Taxi angefahren kam und neben dem Maserati hielt. Chloe und Aylin stiegen aus, Letztere lief um den Wagen herum und stolzierte mit ihrer besten Freundin auf uns zu.

Mit einem Kopfnicken begrüßte ich die beiden, sah im Blickwinkel, wie Scott seine Schwester musterte.

»Aylin, meinst du wirklich es ist –?«, bemerkte er mit zusammengezogenen Augenbrauen, als hinter uns die Haustür aufschwang und laute Musik herausdröhnte.

»Ja ist es. Wollt ihr jetzt den ganzen Abend wie alte Knacker hier draußen sitzen oder gehen wir endlich rein?« Dabei sah sie mich eindringlich an, während Chloe sich neben ihr auf die Zehenspitzen stellte und versuchte, an uns vorbei ins Hausinnere zu schielen.

»Ihr bleibt die ganze Zeit zusammen, okay? Und verschwindet nicht aus Blakes oder meinem Sichtfeld«, richtete er sich an die Mädels, die nur mit den Augen rollten.

»Ja, verdammt«, flüsterte Aylin, schenkte ihrem Bruder ein

Augenzwinkern und biss sich auf die Lippen, als sich unsere Blicke wieder trafen.

»Scheiße, ich werde den Abend sowas von bereuen«, jammerte Scott, stand auf und lief voraus. So sehr von einem Horrorszenario ausgehend bemerkte er nicht eine Sekunde, wie gierig mich seine Schwester anstarrte. Und ich sie. Fuck, dieses Kleid lag wie eine zweite Haut an ihr, offenbarte mir jede ihrer Rundungen und diese verdammten Nuttenstiefel setzten dem Ganzen noch eins drauf. Statt ihrer besten Freundin hinterherzugehen, blieb sie vor mir stehen und zögerte.

»Willst du nicht mitgehen?«, fragte ich sie und musterte sie von oben bis unten.

»Folgst du mir dann?« Sachte strich sie mit den Fingerkuppen über ihr Dekolletee. Heilige Scheiße, das machte sie gerade nicht wirklich. Was für ein durchtriebenes Luder.

»Auf Schritt und Tritt.« Bevor wir Scotts Aufmerksamkeit auf uns zogen, richtete ich mich auf und breitete den Arm aus, um ihr den Weg zu weisen.

»Fuck, spielen die etwa mit Nutten-Poker?«, hörte ich Chloes schrille Stimme und Scotts darauffolgendes genervtes Stöhnen.

»Ja …«, antwortete er. Währenddessen kam Aylin die Treppen hoch und lief dicht an mir vorbei.

»Ich armes Ding …«, flüsterte sie als Antwort auf meine bestimmende Aussage, grinste dabei und schaute mit halbgesenkten Lidern verlegen zu mir. Das war definitiv der Fick-mich-Blick. Absolut!

»Blake! Kommt ihr jetzt endlich, oder was?«, murrte Scott und warf die Hände in die Luft. Aylin ging auf ihn zu und verschwand zwischen den ganzen Leuten. Bevor ich ihnen folgte, atmete ich tief ein und aus. Das würde ein langer Abend voller Qualen werden.

Drinnen wütete das Chaos. Das Esszimmer wurde zur Pokerarena umfunktioniert, während im Wohnzimmer die Möbel zur Seite geschoben wurden und die Leute im Rhythmus der Musik tanzten. Scott winkte Chloe und Aylin hinter sich in die Küche, bis er abrupt stehen blieb. Auf der Küchentheke trieben es gerade tatsächlich zwei miteinander und auf der restlichen Thekenfläche stapelten sich die leeren Kokstüten anstatt etwas Essbarem. Chloe wandte sich sofort ab, doch Aylin beobachtete die Szene, solange Scott die Getränke auftrieb.

»Gefällt dir der Anblick?«, flüsterte ich ihr ins Ohr und presste mich sanft gegen ihren Rücken. »Wünschst du dir insgeheim, dass das jemand mit dir macht? Dich auf der Theke hart ranzunehmen, damit es jeder sehen kann?« Sie räusperte sich, fuhr mit der Hand durch ihre Haare und drückte mir ihren Hintern gegen den Schritt. Wie sich ihre Pobacken gegen meinen zuckenden Schwanz pressten, machte mich sowas von geil. Besonders, dass es direkt vor der Nase ihres Bruders passierte, gestaltete dieses Katz- und Mausspiel aufregender. Gerade rechtzeitig, als Scott uns entdeckte, löste ich mich von ihr.

»Wir sollten wieder zurück ins Wohnzimmer«, sagte er, drückte jedem seine Flasche in die Hand und machte sich auf den Weg. Aylin setzte sich ebenfalls in Bewegung und warf mir über die Schulter gezielte Blicke zu. Versuchte sie mich zu provozieren? Scheiße, das sollte sie lieber lassen. Keine Ahnung, wie lange ich mich noch beherrschen konnte. Ihr praller Arsch und die vollen Lippen allein waren schon die Sünde wert, meinen besten Kumpel zu hintergehen. Was er von mir verlangte, war sowieso ein Ding der Unmöglichkeit.

Ich ging ihnen hinterher, entdeckte die Mädels mittlerweile an einem Tisch und setzte mich auf den letzten freien Stuhl neben Aylin. Scott unterhielt sich ein paar Tische weiter mit Craig, der schon ziemlich angetrunken schien und etwas Koks auf dem Shirt hatte. Der Typ war sowas von durch. Genüsslich nippte ich an der Bierflasche, lauschte dem Gespräch neben mir und wurde hellhörig, nachdem Chloe mehrmals den Namen Zayn erwähnt hatte.

»Damien hat gesagt, er fragt ständig nach dir«, offenbarte sie im Flüsterton und erhielt von ihrer Freundin einen Klaps auf den Oberschenkel, gefolgt von einem Zischen. Ich drehte den Kopf herum, jetzt besaßen sie meine Aufmerksamkeit vollends. Die Mädels waren sich wohl nicht im Klaren, dass ich bei so einem Thema Lauscher wie ein Elefant bekam.

»Wer ist denn Zayn?«, fragte ich neugierig und beugte mich nach vorne, um die Mädels mit zuckenden Mundwinkeln zu mustern. Natürlich wusste ich, wer der Pisser war. Scott hatte mir zu genügend von ihm erzählt, vor allem von ihrem letzten Aufeinandertreffen.

»Niemand Besonderes.« Aylin setzte sich aufrecht hin, reckte das Kinn und warf ihrer besten Freundin einen bissigen Blick zu, die sich stumm entschuldigte und von ihrem Bier trank.

»Vielleicht sollte ich mal Scott fragen, ob ihm der Name etwas sagt«, nuschelte ich und machte Anstalten, aufzustehen, bevor Aylin mich am Handgelenk packte und zurück auf den Stuhl zerrte.

»Mein Ex, okay? Er ist mein Ex. Erwähne den Namen bloß nicht vor Scott, sonst dreht er durch.« Scheiße, keine Ahnung, wem ich zuerst eine reinhauen sollte. Dem Typen, weil er sie sicherlich angefasst hatte, oder mir, weil es mich tatsächlich ein Stück weit eifersüchtig machte? Angepisst wandte ich das Gesicht ab, damit sie die tiefen Furchen auf meiner Stirn nicht sah, stand auf und entfernte mich von den beiden.

FÜNFZEHN

AYLIN

»Denkst du, Blake erzählt Scott etwas?«, flüsterte Chloe, sah mich dabei schockiert an und hielt sich die Hand vor den Mund. »Sorry, ich hätte nicht mit dem Thema angefangen, wenn ich gewusst hätte, dass wir hier belauscht werden«, fügte sie noch entschuldigend hinzu und ich winkte ab. Ja, mir kam es auch merkwürdig vor, wie ernst Blake seinen Job nahm, auf uns acht zu geben. Überlegend nippte ich an meinem Glas und spürte den Alkohol immer mehr, der mir etwas die Sinne vernebelte und für keinen klaren Gedanken mehr sorgte. »Und habe ich mir das nur eingebildet oder war Blake etwas zu sehr an Zayn interessiert …?«, flötete Chloe und stupste mit ihrer Schulter meine an. Der Gedanke sorgte dafür, dass mein Herz unwillkürlich schneller schlug. Ich biss mir auf die Lippe, meine gesamte Aufmerksamkeit lenkte sich zu Blake und für einen Moment konnte ich nur noch daran denken, wie sich seine Lippen auf meinen angefühlt hatten. »Und ich kapiere gerade, weshalb dich Zayn kein Stück mehr interessiert«, lachte Chloe und wackelte mit den Augenbrauen, während sie mich gespannt mit ihren blauen Iriden musterte.

Genervt stöhnte ich und fuhr mir mit der Hand übers Gesicht. »Es ist falsch, aber ich kann mich nicht dagegen wehren«, murrte ich und nahm noch einen Schluck von meinem Getränk. Ja, ich sollte eigentlich wirklich die Klappe halten und nicht an ihn denken.

»Aha! Ich wusste es! Das Klappmesser ist ihm nicht nur heruntergefallen, stimmt's?« Belustigt kamen die Worte über ihre Lippen und sie nippte an ihrem Getränk.

»Nein, aber das ist auch egal. Ich gebe es ihn zurück und das war's. Er hat einen ziemlichen Ruf, was Frauen angeht, und seit seiner Zeit in Atlanta hat sich das sicher nicht gebessert.« Es machte mich rasend und wütend auf mich selbst, dass es mich irgendwie störte, darüber zu grübeln. Ich erlaubte mir nicht, weiterhin über ihn nachzudenken, biss die Zähne zusammen und ballte meine freie Hand zur Faust. Mit der anderen hob ich mein Glas und trank es in einem Zug leer. Ich musste mich beherrschen. »Und selbst wenn seine Frauengeschichten nicht wären, er ist immer noch Scotts bester Freund. Wenn er Zayn schon so zugerichtet hat, was denkst du dann, was er mit Blake machen würde?« Ich wusste nicht, ob ich versuchte, ihr etwas einzureden oder mir.

»Ich denke nicht, dass Blake so schnell zu Boden gebracht werden kann wie dieser Schwachkopf«, erwiderte Chloe daraufhin nur und ich schüttelte den Kopf.

»Trotzdem würde es ihre Freundschaft ruinieren und ich wäre daran schuld, weil ich meine Triebe nicht im Griff habe.«

»Oh, glaub mir, die scheint ihr beide nicht im Griff zu haben«, prustete sie los und ich lehnte mich gegen die Wand, versuchte auf den Boden zu sehen und mir weitere Ausreden einfallen zu lassen, weshalb das keine Möglichkeit war. »Und wegen den ganzen Frauengeschichten … Denkst du wirklich, Blake würde seine Freundschaft für eine schnelle Nummer riskieren?«, spielte mir Chloe den Ball zurück. Anscheinend wollte sie mir all meine Ausflüchte zunichtemachten. »Keine Ahnung«, erwiderte ich nur mit den Schultern zuckend. »Und willst du überhaupt, dass daraus mehr wird als nur ein paar sportliche Aktivitäten?«, fragte sie weiter und ich biss mir auf die Lippen. »Ich hab keinen blassen Schimmer.« Meine Antworten waren wohl nicht gerade produktiv, doch brachten sie zum Lachen. »Dann find's einfach heraus. Lass dir das nicht von dem beschissenen Beschützerinstinkt deines Bruders kaputtmachen.« Bei den Worten sah sie mich eindringlich an und ich legte kurz den Kopf in den Nacken und war verwirrt. Sollte ich es wirklich wagen, seinen Zorn auf mich zu ziehen? Und wenn ich alles vollkommen falsch interpretierte und er gar nichts wollte? Dann würde ich mich auch noch blamieren. Nein, ich bildete mir das nicht ein. Wie er mich aus seinen dunklen Iriden lodernd betrachtete. Sein Blick mir zeigte, dass er mir die Klamotten vom Leib reißen wollte, auch wenn er noch so sehr versuchte, kühl und geheimnisvoll zu wirken. Ich griff zum Tisch, nahm mir einen Kurzen und trank diesen. Ich spürte ein feuriges Brennen auf meiner Haut. Mein Verlangen nach ihm steigerte sich immer mehr. Wie könnte ich Blake widerstehen, wenn meine Haut danach brannte, von ihm berührt zu werden? Wenn meine Mitte vor Lust pochte und sich mein ganzer Körper nach seinen Berührungen sehnte?

»Lenk mich bitte mit etwas anderem ab«, bat ich meine beste Freundin und sie grinste nur wissend, bevor sie sich mit dem Finger gegen ihr Kinn tippte und überlegte. »Ach ja, wie ist es im Blumenladen?«, kam von ihr dann die Frage. Am Mittwoch hatte ich das Probearbeiten gehabt und ihr gleich am Donnerstag davon erzählt. Und gestern bin ich wieder da gewesen. »Lina hat wirklich viel Ahnung und man merkt, mit welcher Leidenschaft sie dabei ist. Das motiviert mich, genauso hart zu arbeiten. Und bis jetzt sieht es so aus, als könnte ich wirklich bald fest dort arbeiten. Nächste Woche reist sie zu ihrer Familie, da macht sie den Laden zu. Aber danach reden wir nochmal drüber, meinte sie«, erzählte ich ihr gespannt und Chloe klatschte sich freudig in die Hände.

»Das freut mich für dich! Und was hat dein Bruder dazu gesagt?«

»Am Anfang war er nicht so begeistert. Hat gemeint, ich bräuchte den Job nicht und dass es sinnlose Ablenkung vom Studium wäre. Als ich ihm aber verklickert habe, dass es nur so ein kleiner Betrieb ist, und er sich den Laden im Internet angesehen hat, hat er sich wieder etwas beruhigt«, berichtete ich ihr weiter und sie nickte. »Was sagen deine Eltern dazu?« Manchmal war ich immer noch überrascht, wenn sie meine Familie erwähnte, denn eigentlich hatte ich nur Scott. Aber klar, Chloe glaubte die Lüge, die ich ihr vorlebte. Weshalb sich wieder das schlechte Gewissen in mir breitmachte.

»Die vertrauen auf Scotts Meinung.« Manchmal hasste ich es, am Anfang nicht ehrlich gewesen zu sein. Vielleicht fühlte ich mich daher zu Blake so hingezogen? Immer musste ich den anderen etwas vorspielen. Zayn, Chloe und dem Rest der Universität musste ich etwas vormachen. Selbst meinem Bruder gegenüber verheimlichte ich eine Menge. Die Partys, die Tatsache, dass ich nicht so unschuldig war, wie er dachte. Blake musste ich nichts verheimlichen.

SECHZEHN

BLAKE

Ich brauchte jetzt etwas, das mich ablenkte, die ekelhaften Vorstellungen von Aylin und dem Typen verdrängte. *Reiß dich zusammen!* Ein junges, schwarzhaariges Mädchen kam mir mit zwei Drinks in den Händen entgegen. Sobald sie versuchte, sich im Türrahmen vorbeizudrängen, packte ich sie am Hals und stieß sie mit dem Rücken gegen die Wand, wobei die Getränke überschwappten und auf den Boden plätscherten.

»Hey, pass doch …« Eine Hand presste ich ihr hart auf den Mund und unterdrückte ihren Aufschrei. Grob rieb ich meinen Schwanz an ihr und war überrascht, als sie sofort anfing, mit den Hüften zu kreisen. Aber alles, was mir dabei in den Kopf schoss, waren Aylins Blicke und dieses viel zu kurze, beschissene, schwarze Kleid, das sie trug. Mit einem Knurren löste ich mich von der jungen Frau, gab ihr einen Schubs in den Flur. Was war nur los mit mir? Fuck, ich bekam hier noch 'ne Fickdepression.

»Komm, verpiss dich …«, entwich es mir enttäuscht, während sie mich argwöhnisch musterte und mit verwirrtem Gesichtsausdruck verschwand. Alkohol … ich brauchte flüssiges Gold! Auf der Arbeitsplatte neben dem Kühlschrank stand ein Tablett mit schon aufgefüllten Shotgläsern. Hochprozentiges half mir, lockerer zu werden und über so eine Lappalie wie ihren Ex nicht nachzudenken. Wie konnte es so weit kommen, dass mich so eine nebensächliche Bemerkung wütend machte? Vor allem, da mir der Name geläufig war! Vielleicht hatte ich insgeheim immer gehofft, Aylin würde sagen, dass es nichts Ernstes war. Scheiße, ich kannte sie doch überhaupt nicht. Sie war nur die kleine Schwester von meinem besten Kumpel. Einen Fick wert und Ende Gelände! Ich schnappte mir eines der Gläser, trank es auf ex, danach vier weitere und füllte sie wieder auf. Das Hochprozentige lief mir die Kehle hinunter, brannte sogar noch im Magen. Neben mir tauchte Mike auf und hielt eine Glasplatte in der Hand.

»Blake, das Zeug musst du unbedingt probieren.« Seine Augenlider hingen auf halb acht. Anscheinend hatte er sich schon zu viel von dem Stoff reingezogen.

»Heute nicht«, lehnte ich ab und schob seine Hand von mir. Auch wenn mein Körper nur so danach schrie, hielt ich mich davon ab und schnappte mir das Tablett mit den Shots. Sobald ich eine Line zog, gingen die Lichter bei mir aus und ließen das Tier in mir erwachen. Gemeinsam verließen wir die Küche und ich knallte das Servierbrett direkt vor den Mädels auf die Tischplatte. Es war höchste Zeit, die beiden abzufüllen. Besoffen in der Ecke liegend gefiel mir Madame bestimmt nicht mehr … und fuck, dass ich mir Gedanken über sie machte, sollte sie verdammt nochmal büßen. Vielleicht sperrte sie Scott nach diesem Abend zu Hause ein und ließ sie nie wieder hinaus.

»Bitte schön, das Buffett ist angerichtet«, grinste ich und zwinkerte Aylin zu.

Eine von vielen, nichts weiter.

»Hey, was soll das?« Scott baute sich neben mir auf, schob die Drinks zur Seite und zeigte mir den Vogel.

»Scheiße, reg dich ab. Sollen die Mädels den ganzen Abend die lauwarme Pisse trinken? Wir sind hier auf einer Party, lass ihnen doch etwas Spaß«, erwiderte ich und klopfte ihm auf die Schulter.

Hier musste jemand dringend einen geblasen bekommen, so verspannt wie er war. Touché.

»Wenn sie in einer Stunde irgendwo mit einem rummacht, bringe ich dich um, verstanden?« Zur Antwort hob ich den Daumen und setzte mich wieder neben Aylin. Rasch schnappte ich mir ein Drink, leerte das Glas und knallte es auf den Tisch. Die Mädels beobachteten jede meiner Bewegungen und gingen zuerst zögerlich an die Sache heran. Beide nahmen einen Shot in die Hand und nippten daran, Aylin behielt dabei Scott im Auge. Fuck, wenn sie nicht gleich trank, flößte ich es ihr ein. Kaum drehte sich ihr Bruder weg und quatschte mit Mike, legte ich eine meiner rauen Handflächen auf ihren Oberschenkel und fuhr langsam nach oben. Sie erstarrte sofort und blickte überrascht hinunter. Keine Verwunderung oder Unwohlsein erkannte ich in ihrer Mimik. Dieses Weib brachte mich um. An dem Saum des Kleides stoppte ich und fuhr an die Innenseite ihres Schenkels. Statt jedoch meine Hand wegzuschlagen, presste sie ihre Beine zusammen, seufzte und setzte das Glas an ihren Lippen an. Ich sah dabei zu, wie die Flüssigkeit in ihren Mund hineinlief und ein Tropfen an ihrem Mundwinkel hängenblieb. Mit dem Zeigefinger fing sie ihn ab und leckte provokant über die Kuppe. Die Vorstellung, dass es kein Alkohol wäre, sondern … Sofort nahm ich meine Hand von ihrem Schenkel, krallte mir einen Shot und exte ihn. Fuck, ich hatte ein Problem.

Die Gläser waren schneller leer als gedacht. Mit Erstaunen sah ich Chloe dabei zu, wie sie einen nach dem anderen kippte und ihre beste Freundin es nachmachte. Die beiden ließen sich mit jeder Minute mehr gehen und sangen den Songtext der laufenden Musik mit. Kurze Zeit später rutschte Aylin auf dem Stuhl herum, genau wie ihre bessere Hälfte und schaute mich zwischendurch immer wieder lasziv von der Seite an. Shit, von mir wurde viel verlangt, und wäre es nicht Scott, hätte ich das Versprechen auf der Stelle gebrochen. Ich gab wirklich mein Bestes. Beim nächsten Lied drehte sie sich zu mir herum, während ihre Iriden meinen Oberkörper abscannten und am Schritt hängenblieben. Mit einem kurzen Blick zu Scott stellte ich fest, dass er nichts mitbekam, und packte Aylin schlagartig am Oberarm, zog sie näher zu mir. »Kleines, hör auf, mich so anzuschauen. Sonst merken es alle«, flüsterte ich ihr ins Ohr und sah hinter ihr Chloe, die mir mit geweiteten Augen entgegenstarrte.

»Was denn?«, hauchte Aylin und ich hörte ein leises Zittern in ihrer Stimme.

»Dass du mich willst«, knurrte ich, ließ sie los und lehnte mich zurück. Ertappt biss sie sich auf ihre Unterlippe und wandte sich wieder ihrer Freundin zu. Auch Scott schien mittlerweile angeheitert zu sein, denn anstatt sich um seine Schwester zu scheren, hatte er eine rothaarige Schönheit entdeckt. Amüsiert sah ich ihm dabei zu, wie er ihr immer wieder zuzwinkerte, sie ständig an ihm vorbeilief und ihn aus Versehen berührte.

»Scheiße, Scott, mach sie endlich klar! Das kann ja kein Mensch mitansehen«, rief ich ihm entgegen, woraufhin er auf mich zukam und sich mit der Hand über den Nacken fuhr.

»Ich kann nicht«, gab er genervt von sich, während sein Blick zu Aylin huschte.

»Stell dich nicht so an. Du bist ein großer Junge. Deine Schwester ist in guten Händen.« Beruhigte ich ihn und machte mit der Hand kuschende Bewegungen. Nach kurzem Überdenken nickte er, ging mit schnellen Schritten auf die Unbekannte zu und gemeinsam verließen sie das Haus. Schlagartig stieg mir Aylins Parfum in die Nase und ich spürte ihren heißen Atem auf der Haut. Mit der Hand stützte sie sich auf meinem Oberschenkel ab und flüsterte mir ins Ohr. »Wo geht denn Scott hin?« Verflucht, sie machte es mir nicht leicht. Statt zu antworten, presste ich die Zähne aufeinander, packte ihre Hand und schlug sie von mir.

»Geht dich einen Dreck an.« Alle anderen Frauen auf diesem Planeten fühlten sich von der herablassenden Art zurückgestoßen und suchten das Weite. Aber nicht Aylin. Sie kam stattdessen immer näher und strapazierte meine Nerven, von denen nicht mehr viele übrig waren.

»Na dann …«, grinste sie, erhob sich vom Stuhl und beugte sich über die Tischplatte, um an die Whiskeyflasche zu kommen. Mike, der sich mittlerweile gegenüber von uns hingesetzt hatte, wirkte erstaunt und beobachtete Aylin dabei, wie sie die Flasche ansetzte und große Schlucke trank. »Ich dachte schon, ich muss den restlichen Abend diese Minigläser trinken.« Was zur Hölle ging hier ab? Kopfschüttelnd und zähneknirschend registrierte ich die vielen Köpfe, die sich zu ihr umdrehten.

»Hey, es reicht«, knurrte ich, nahm ihr die Flasche ab und knallte sie auf die Tischplatte. »Wir sind hier nicht beim Wettsaufen.« Die anderen am Tisch verkniffen sich ihr Lachen und widmeten sich schnell ihren Unterhaltungen, als ich sie wütend anfunkelte.

»Bist du mein Daddy, oder was?«, blaffte sie mich von der Seite an und schnalzte mit der Zunge. *Oh, Scheiße, das wäre ich gerne, Kleines.*

Rasch packte ich ihre Haare, zog daran, bis sie mir ihre Kehle offenbarte und legte meine Lippen an ihr Ohr. »Provozier mich nicht.« Ich gab ihr einen sanften Ruck, sodass sie auf dem Stuhl zu Chloe herüberrutschte. Und alles was Aylin tat, war zu schmunzeln.

»Hast du Lust, zu tanzen?«, fragte sie mit kraftvoller Stimme und stupste mit dem Ellenbogen ihre beste Freundin an, die große Augen bekam, nachdem ihr die Aufmerksamkeit zuteilgeworden war.

»Klar«, antwortete diese und trank noch schnell einen Shot, bevor die Mädels aufstanden und sich an mir vorbeidrängten. Vielleicht nicht schlecht, wenn ich etwas Abstand von diesem männermordenden Biest bekam. Beim Tanzen musste ich schließlich nicht wie ein Pitbull danebensitzen. Sonst garantierte ich für nichts mehr. Den beiden nicht nachsehend nahm ich mir die Whiskeyflasche, trank daraus und löste sie nur schwerfällig von den Lippen. Mein Herz raste wild, pochte schmerzhaft gegen die Rippen. Von mir wurde schon viel verlangt, aber das … das glich einem Todeskommando. Als würde man einem Heroinsüchtigen die Spritze vor die Nase legen und ihm verbieten, sich den Schuss zu setzen.

Plötzlich stoppte die Musik, das Lachen und Geplauder der

Gäste schallte durch das Haus und viele stöhnten auf, weil sie in ihrem Tanzflow unterbrochen wurden. Tanzen, so jämmerlich. Noch nie hatte ich verstanden, weshalb man sich wie Hampelmänner zu Musik bewegen musste. Abgesehen von Frauen an der Stange. Als ein neuer Song startete, fingen alle wieder an zu jubeln und sprangen betrunken herum. Das Lied kannte ich und es wurde regelmäßig in jedem Club gespielt.

»Oh, Scheiße … jetzt geht es los. Wenn Scott das sehen würde.« Mike rieb sich die Hände und rief Paul zu uns, dem seine Augäpfel fast herausfielen. Beide fixierten einen Punkt neben mir und leckten sich die Lippen. Zögerlich drehte ich den Kopf zur Seite und erstarrte. Aylin und Chloe standen keine zwei Meter von uns entfernt, schwankten und sangen zur zuerst langsamen Musik mit und intensivierten ihre Bewegungen, sobald die Bässe zunahmen. Dabei blickten sie sich an und lachten.

Plötzlich schwenkte sie den Kopf in meine Richtung, sah mir in die Augen und fing an, den Refrain mitzusingen. Ich sollte mich abwenden, den Blickkontakt unterbrechen und mir irgendein williges Mädel suchen, das unheimlich viel Spaß daran hätte, meinen Schwanz zu lutschen. Aber ich konnte nicht. Lasziv fuhr sich Aylin mit den Händen über das Dekolletee, ihre Brüste und den Bauch, hinab zu ihren Hüften, die sich im Kreis bewegten. Sie fesselte mich mit ihren stechend smaragdgrünen Augen und zog uns gemeinsam in eine verdammte Blase, in der gerade nur wir existierten.

»Heilige Scheiße, die beste Wichsvorlage«, unterbrach Mike den Moment und kassierte von Paul einen Hieb gegen die Schulter, der in meine Richtung nickte. Genervt rieb ich mir über die Augen, versuchte wieder klar im Kopf zu werden und mein Blut davon abzuhalten, vollständig in den Schritt zu wandern.

»Mike … sei still.« Anscheinend kapierte er die stumme Warnung nicht, denn er erhob sich vom Stuhl und schlenderte auf die Mädels zu. Der Typ spielte gerade mit seinem Leben, wenn er wirklich dachte, an mir vorbeizukommen. Ich sah zu den Frauen und kaum war Mike im Blickwinkel zu erkennen, streckte ich den linken Fuß aus und lachte mir ins Fäustchen, als der Trottel hochkant stolperte und sich auf die Fresse legte. Auch Aylin und Chloe hörten auf zu tanzen und konnten sich das Lachen nicht verkneifen, nachdem er sich motzend aufgerichtet und in der Menge umhergeschaut hatte. Das Gekicher mancher Frauen brachte ihn in Rage, weshalb sein Schädel dunkelrot anlief und er mir einen Todesblick zuwarf. »Ist das dein beschissener Ernst, Blake?«

»Wer nicht hören will, muss fühlen«, antwortete ich trocken und zuckte mit den Schultern. Nebenbei verstummte die Musik für einen kurzen Moment und ich beobachtete die Mädels, wie sie sich an die Wand stellten und tuschelten. Besonders schlau schienen sie im Austüfteln ihres Planes nicht zu sein, denn statt ein Pokerface aufzusetzen, schüttelte Chloe immer wieder den Kopf und begegnete meinem neugierigen Blick mit zusammengezogenen Augenbrauen. Aylin packte ihre beste Freundin am Oberarm und flüsterte ihr etwas ins Ohr. Bevor ich weiter darüber nachdenken konnte, was sie im Schilde führte, bekam ich einen Schlag auf den Hinterkopf.

»Nimm die Aufpasser-Rolle nicht so ernst, du Freak«, kam es glucksend von Mike, der sich neben mich auf den Stuhl setzte.

»Was?«, fragte ich ihn irritiert und schielte zu ihm herüber.

»Na ja, du schaust sie an wie ein Pitbull einen süßen, kleinen Chihuahua … so als würdest du sie am liebsten verspeisen. Mit Haut und Haaren.« Craig, der sich mittlerweile zu uns an den Tisch gesellt hatte, stimmte in Mikes dummes Lachen ein.

»Halt deine Fresse, du Nichtsnutz, und geh im Müll wühlen oder irgendeine Nutte ficken, bevor ich dir dermaßen eine reinhaue, dass du morgen deinen Namen nicht mehr kennst«, knurrte ich und schubste ihn vom Stuhl herunter. Fuck, irgendwie musste ich mich ablenken, wenn schon die größten Deppen etwas bemerkten. Zum Glück blieb Scott weiterhin wie vom Erdboden verschluckt.

»Machst du mal bitte Platz?«, ertönte Chloes genervte Stimme. Mit einem Ruck schnellte mein Kopf herum, als ich sah, dass sie allein war.

»Wo ist Aylin?«

»Die wollte auf die Toilette.« Rasch erhob ich mich, woraufhin Chloe erschrocken zur Seite wich und mir mit zusammengepressten Lippen in die Augen blickte. Statt ihr zu antworten, schritt ich in den Flur und versuchte sie in der Menge auszumachen. Doch der enge Gang war überfüllt von Besoffenen, die tanzten, lachten und fummelten. Hier den Überblick zu behalten, war schier unmöglich. Ich drängte mich zwischen den Menschen hindurch auf die Toilettentür zu und blieb wie angewurzelt stehen, als aus dem Badezimmer ein großgewachsener Mann herauskam und sich mit einem Lächeln auf den Lippen die Hose zuknöpfte. What the fuck?! Mein Herz hörte kurz auf zu schlagen, und eine unbeschreibliche Wut machte sich in mir breit. Wenn ich Aylin jetzt darin vorfand, wie sie sich Sperma vom Dekolletee wischte, schleifte ich sie an den Haaren aus diesem gottverdammten Haus. Mit wenigen Schritten gelangte ich an die Tür, riss sie auf und knallte sie sofort wieder zu, nachdem eine unbekannte Frau mit der Toilettenrolle nach mir warf. Erleichtert lehnte ich mich mit dem Rücken gegen die Tür und entdeckte Aylin oben am Treppenabsatz, die die Szene schmunzelnd beobachtete und sich eine Haarsträhne um den Zeigefinger wickelte. Dabei biss sie sich auf die Unterlippe – und scheiße … ihre geweiteten Pupillen waren bis hier unten zu erkennen.

Bevor ich mich komplett vergaß, bewegte ich den Kopf zur Seite, gab ihr damit zu verstehen, dass sie ihren knackigen Arsch hier runterbewegen sollte. Doch stattdessen drehte sie sich um und verschwand in einem der Zimmer. »Fuck!« Das war das erste und letzte Mal, dass ich auf dieses Biest aufpasste. So etwas Störrisches und Dickköpfiges hatte ich selten erlebt. Obwohl ich mir eingestehen musste, dass mich diese Art geil machte.

Auf dem Weg nach oben nahm ich immer zwei Stufen auf einmal und schubste eine beschwipste Nutte zur Seite, die es sich gerade auf der Treppe bequem machen wollte. Die Zimmertür war nur angelehnt und das Licht im Raum weiterhin ausgeschaltet. Unverfroren trat ich ein und der Lichtstrahl aus dem Flur fiel direkt auf Aylin, die auf der Bettkante saß und grinste. Mit dem Rücken lehnte ich mich gegen die Wand und musterte sie. Sofort richtete sie sich auf, streckte die Brust raus, wodurch das Oberteil des Kleides umso mehr um ihre Oberweite spannte. Meine Augen hafteten sich an ihre Titten und die Hose saß strammer denn je. Eine super Leistung … drängte ich den Schwanz gegen eine willige Frau, tat sich nichts. Klimperte aber Scotts kleine Schwester mit den Wimpern, wollte ich ihn tief in ihr versenken und das auf jede erdenkliche Weise. Ihr Räuspern riss mich aus den Gedanken, weshalb ich den Blick schlagartig von ihrer Oberweite löste.

»Was machst du hier oben? Die Toilette ist unten.«

»Ich musste nicht wirklich. Aber anders wäre ich Chloe nicht losgeworden«, witzelte sie und zuckte mit den Schultern. Das leichte Lallen bezeugte, dass Aylin einiges getrunken hatte und wohl nicht mehr ganz bei Sinnen war. Scheiße, eigentlich der perfekte Zustand, dass sie sich morgen vielleicht an nichts erinnerte.

»Dann hopp, Schluss mit lustig. Abfahrt.« Wir beide mussten schleunigst dieses Zimmer verlassen. Ich drückte die Tür weiter auf und machte wie ein beschissener Steward eine schwingende Handbewegung. Doch sie bewegte sich nicht, schmiss sich stattdessen nach hinten auf die Bettdecke. »Scheiße, Aylin, beweg deinen Arsch.« Den ich ihr gerade zu gerne versohlen wollte, bis er rot wie eine Ampel leuchtete.

»Blake, komm schon. Sag bloß, du denkst den ganzen Abend nicht an das Gleiche wie ich.« Was? Ich hatte ihr klipp und klar gesagt, sie sollte es lassen! »Hast du keine Sekunde daran gedacht, mit deinen Händen an meiner Taille entlang zu fahren, hinunter über die Hüften, bis zu meiner …?«, säuselte sie und fuhr sich tatsächlich zwischen die leicht gespreizten Beine und wölbte den Rücken. Dabei hielt sie den Blickkontakt weiterhin aufrecht, öffnete ihren Mund einen Spaltbreit und biss sich auf die Fingerkuppe. Ich schluckte schwer, versuchte mit allerletzter Kraft, den Drang, sie auf diesem Bett durchzuficken, zu unterdrücken.

»Beweg dich. Sofort«, erwiderte ich mit tiefer Stimme.

»Hol mich doch …«, flüsterte sie und stützte sich mit den Ellenbogen auf der Matratze ab. Fuck, meine Geduld war sowas von am Ende. Ungeduldig drückte ich mich von der Wand ab, ging auf sie zu und packte sie am Oberarm. Ich hatte die Schnauze gehörig voll und wenn sie sich nicht gleich bewegte, trug ich sie.

Gerade als ich an ihrem Arm zog, setzte sie sich schlagartig auf, hakte mir zwei Finger in den Hosenbund ein und zog mich zwischen ihre Beine. Ihr Kopf so nah an meinem Schritt … und dann dieser Schlafzimmerblick mit gesenkten Lidern, den sie mir rotzfrech zuwarf.

»Hör auf«, befahl ich mit weit weniger Überzeugung und griff nach ihren Händen, die sich an der Gürtelschnalle zu schaffen machten. Heilige Scheiße, meine Gegenwehr löste sich mit jeder Sekunde mehr in Luft auf.

»Nein, wir bringen das jetzt hinter uns …«, sagte sie mit bestimmendem Tonfall und wandte sich aus meiner Umklammerung. »Wo soll das hinführen? Ich platze sonst und du sicherlich auch.« Sie öffnete den Knopf und genau in dem Moment verlor ich die Beherrschung. Grob packte ich sie, drückte sie zurück auf das Bett und legte mich auf sie. Sofort schlang sie mir ihre langen Beine um die Hüften und keuchte. Fuck, sie war fällig. Hier und jetzt. Mein Schwanz rieb über ihre Mitte und auch durch den Stoff war die verdammte Hitze zu spüren. Mit einer Hand fuhr ich zwischen ihre Beine, fühlte die Nässe an ihrem Slip, als mir ihr Atem entgegenschlug. »Blake …«, stöhnte sie und kreiste mit den Hüften. Fuck, nein. Abrupt löste ich mich von ihr, stand auf und zog die Hose wieder hoch. Kopfschüttelnd wandte ich ihr den Rücken zu und lief zur Tür, als hinter mir das Quietschen des Bettes erklang und Aylins Schritte.

»Hey!« Sie griff nach meiner Schulter und zog mich zurück. Doch bevor sie weitersprechen konnte, schnellte ich herum, legte ihre eine Hand um die Kehle und wirbelte sie um die eigene Achse, bis sie mit dem Rücken gegen die Wand prallte. »Was zur …?«

»Wenn ich dich ficke, sollst du gefälligst nüchtern sein. Ich möchte nämlich, dass du dich an jede einzelne Sekunde erinnerst«, raunte ich in ihr Ohr und ließ daraufhin von ihr ab. Ich musste verschwinden … vor ihr und dem ganzen Scheiß. Wütend auf mich selbst rannte ich förmlich die Treppen hinunter, verließ das Haus und knallte auf der Veranda in Scott.

»Alter, was ist los?«, blaffte er mit der Rothaarigen im Arm und hielt automatisch Ausschau nach seiner Schwester. »Wo ist Aylin?«

»Oben und sie ist ziemlich betrunken. Bring sie am besten heim. Ich muss los.«

»Was?« Verdutzt schaute er mir in die Augen, doch ich reagierte nicht darauf und stürmte an ihm vorbei. Fuck, ich hasste mich gerade selbst. Nicht nur, dass Aylin meinen Verstand völlig ausknockte, nein, ich machte mir tatsächlich Gedanken über ihren Zustand und hatte die Chance oben im Schlafzimmer nicht genutzt, um einen wegzustecken. Ich! Was war nur in mich gefahren, plötzlich Bedenken zu haben?

SIEBZEHN

BLAKE

Ich zog den Autoschlüssel aus der Hosentasche, entsperrte den Wagen und stieg ein. Von weitem hörte ich Scott nach mir rufen, zeigte ihm durch das Fenster den Mittelfinger und fuhr los. Der willige Blick in ihren Augen, der feuchte Slip … Fuck! Aylin nistete sich wie ein verfickter Gehirntumor in meinem Kopf ein und machte die ganze Fahrt keine Anstalten, dort zu verschwinden. Immer wieder keimte der Gedanke daran auf, wie sie gestöhnt hatte und sich an mir rieb. Nein, so weit durfte es nicht kommen. Niemals ließ ich zu, dass eine Frau diese Macht über mich besaß und all meine Sinne in Beschlag nahm. Nicht mit mir.

Völlig neben der Kappe raste ich durch Chicago, passierte rote Ampeln und es glich einem Wunder, als ich den Wagen unbeschadet vor dem Eingang des Bunkers parkte. Daneben stand Aiden Wache und begrüßte mich mit einem dezenten Kopfnicken, nachdem ich mir die Waffe aus der Mittelkonsole gegriffen hatte, ausgestiegen und an ihm vorbeigegangen war. In meinen Ohren rauschte das Blut und ich nahm nichts mehr wahr. Nicht einmal Eddy, der von seinem Stuhl aufsprang, als ich die Treppen herunter gestürmt kam und auf die schwere Stahltür zumarschierte. Keines seiner Worte drang zu mir durch, während ich den Schlüssel aus der Tasche friemelte und die Bunkertür aufschwang, bis sie mit einem ohrenbetäubenden Knall gegen die Mauer schlug. Irgendwie musste ich Aylin aus den Gedanken bekommen und das hier war genau die richtige Art und Weise.

Fernandos Kopf schreckte nach oben und sein schon übel zugerichtetes Gesicht verschaffte mir ein Lächeln.

»Na, hast du mich vermisst?«, fragte ich zynisch und trat auf ihn zu. Automatisch fasste ich an die hintere Hosentasche und fluchte innerlich. Aylin hatte immer noch das beschissene Messer.

»Bitte … lassen Sie mich einfach gehen. Ich hab schon alles gesagt«, bettelte er und drückte auf die Tränendrüse. Verständlicherweise, denn er saß hier seit gestern in seinem eigenen Blut und in der Pisse. Keins seiner Worte glaubte ich ihm. Vor allem nicht, dass Pablo nichts damit zu tun hatte. Wie viel Angst musste er vor ihm haben? Er konnte mir noch so viel von seinen Kindern, seiner Frau oder seinem verkackten Hund erzählen. Sollte er nicht mit der Sprache rausrücken, war hier die Endstation.

»Ich weiß nicht, wie oft ich noch erklären muss, wie der Hase hier läuft. Wenn du dein Maul endlich aufmachst und uns sagst, welche Beweggründe Pablo hatte, dich bei uns einsteigen zu lassen, kannst du gehen.« Eddy kam hinzu, reichte mir ein Stahlrohr und schloss die Tür. »Wenn du mich aber für blöd verkaufst und mir einen vom Pferd erzählst, wirst du meinen Zorn zu spüren bekommen.« Ich hob das Folterwerkzeug in die Höhe und deutete einen Schlag an. Der Typ zuckte zusammen, denn er kannte die Ausmaße. »Also, noch einmal von vorne: Wieso hat Pablo uns beklaut?«

»Ich … ich weiß es –«

»Falsche Antwort.« Beim nächsten Atemzug holte ich aus und schlug ihm das Stahlrohr gegen die Schulter. Ein ekelhaftes Knacken ertönte und der schmerzhafte Schrei des Mannes schallte durch den Bunker. »WIESO?« Hinter mir zischte Eddy leise, nachdem ich nochmal ausgeholt und die Stange auf den Oberschenkel der Geisel gezimmert hatte. Fuck, das war genau der richtige Weg, um die Wut rauszulassen.

»Verkauf mich nicht für blöd! Ich weiß ganz genau, dass dich Pablo beauftragt hat, du dummes Stück Scheiße. Also sag es mir endlich.« Ein weiteres Mal donnerte das Rohr auf den Körper des Mannes, gefolgt von einem gequälten Aufschrei. Balsam für meine Seele.

»Verdammt, Blake, vielleicht war es wirklich nicht Pablo«, sagte Eddy und tauchte neben mir auf.

»Wenn du das wirklich glaubst, bist du dümmer, als ich dachte«, schrie ich und zeigte mit der Stange auf die Geisel. »Verpiss dich und überlass mir die Arbeit.« Darauf verkniff sich mein Cousin eine Antwort, zog sich zurück und ich widmete mich wieder unserem Gast.

»Ich frage dich ein letztes Mal: Wieso? Sag es, und du bist ein freier Mann.« Der Typ vor mir wand sich auf dem Stuhl, Blut tropfte ihm aus dem Mund und er rang einige Minuten mit sich, bevor er sprach. Anscheinend hatten die paar Schläge schon gereicht, um seine Loyalität gegenüber Pablo ins Wanken zu bringen. Vielleicht war er nicht freiwillig unter den Fittichen eines Drogenbosses und verrichtete nur widerwillig Aufgaben für ihn. Im Prinzip war es mir scheißegal, welche Rolle er im Kartell spielte. Auf Einzelschicksale konnte ich keine Rücksicht nehmen.

»Wenn ich es ihnen sage, dann töten die mich«, winselte er und legte das Kinn auf die Brust. »Und meine Familie auch.« Sofort dachte ich an Salvas Sohn und bekam eine Gänsehaut. Fuck!

»Wir gewähren deiner Familie Schutz«, antwortete ich und umgriff das Stahlrohr fester. Die Antwort blieb aus, nur das schwere Atmen des Mannes war zu hören. Nichts löste es in mir aus, weder Mitgefühl noch Bedenken. Voller Zorn schmiss ich die Stange in die Ecke, packte den Kragen seines Shirts und hob ihn ein Stück vom Stuhl hoch, damit die gefesselten Armen stärker belastet wurden. »Sprich.«

»Seine Geschäfte laufen nicht gut. Und er war der Meinung, ihr habt damit etwas zu tun, dass einige Lieferungen seines Koks nicht ankamen. Deshalb sollte ich bei euch einsteigen und was von eurem

Stoff entwenden«, stotterte Fernando wenige Sekunden später und japste erleichtert auf, als ich von ihm abließ und im Raum auf und ab ging. »Er war sich so sicher, dass niemand bemerken würden, dass etwas fehlte, und ließ sich von dem Gedanken nicht abbringen, dass ihr etwas damit zu tun habt. Kann ich jetzt gehen?«, fragte er mit hoffnungsvoller Stimme. Nein, das konnte er nicht. Ich zog die Knarre aus meinem Hosenbund, drehte mich wieder zur Geisel herum und richtete den Lauf auf seinen Kopf, während ich auf ihn zuging.

»Was tun Sie da?« Die Angst war ihm ins Gesicht geschrieben und seine Miene verzog sich zu einer panischen Fratze.

»Sorry, Kumpel«, erwiderte ich emotionslos und drückte den Abzug. Die Kugel traf ihn direkt zwischen den Brauen und der Kopf sackte augenblicklich nach hinten. Nichts änderte etwas an der Tatsache, dass er bei uns eingestiegen war. So leicht konnte ich ihn nicht davonkommen lassen.

»Blake! Bist du verrückt?«, brüllte Eddy und schubste mich auf die Seite.

»Er hat gesehen, wo unser Lager ist. Wir hätten ihn nie gehen lassen können. Außerdem soll Pablo sehen, dass er selbst an dem Tod schuld ist.«

»Du hast ihm Schutz geboten.«

»Nein, nur seiner Familie. Sammelt seine Frau und Kinder ein und bringt sie in Sicherheit. Danach legt ihr die Leiche irgendwo ab, damit Pablo sie findet.« Mit perplexem Gesichtsausdruck ließ ich meinen Cousin zurück, lief den Gang entlang, ehe ich mich nochmal umdrehte. »Mach die Scheiße hier aber noch sauber und geh dann heim.« Danach ging ich die Treppen hinauf. Bevor ich den Bunker verließ, machte ich einen Abstecher ins kleine Badezimmer und wusch mir die Blutstropfen aus dem Gesicht. Zuzusehen, wie das blutgetränkte Wasser im Abfluss verschwand, beruhigte mich und augenblicklich hörte auch das schmerzhafte Herzklopfen auf. Morgen würde ich Scott und Mino auf den neuesten Stand bringen und mich vergewissern, dass Fernandos Familie aus der Schusslinie war.

Hauptsache, die Scheiße war nun erledigt und ich hatte einen Auftrag weniger an der Backe. Pablo sollte definitiv aus seinem Fehler lernen und sich über seine Sturköpfigkeit einige Gedanken machen. Doch wie ich meinen Onkel kannte, würde die Sache nach so einem Verrat für ihn noch lange nicht gegessen sein. Es gab eigentlich Waffenstillstand zwischen unseren Clans. Jeder ging seinen verdammten Geschäften nach, ohne die des anderen zu kreuzen. Aber das … puh. Das beschwor wohl den Dritten Weltkrieg herauf, wenn Pablo so dreist sein konnte, einen von seinen Männern wegen einer Vermutung in Minos Haus einbrechen zu lassen.

Hinterlistig und feige. Genau das, was mein Onkel am meisten hasste. Ich verließ das Lager, verabschiedete mich von Aiden und stieg in den Maserati ein. Ehe ich losfuhr, rief ich Mino an, um ihn über den Ausgang aufzuklären. Wie ich vermutet hatte, fluchte er lauthals, als ich ihm das Geständnis erläuterte, während ich im Hintergrund ein eindeutiges Schmatzen und Würgen hörte. Fuck, der Typ ließ sich wohl gerade wirklich während des Telefonats einen blasen.

»Dieser Hurensohn wird für den Verrat bezahlen. Mir so etwas zu unterstellen, ist eine absolute Frechheit! Wer will schon sein beschissenes Kokain? Wenn es so toll wäre, wie er denkt, hätte ich seinen Geschäftspartnern einfach mehr Geld als er geboten, statt so etwas Bemitleidenswertes aufzuziehen.« Ein dumpfer Schlag und ein Aufjaulen schossen durch die Leitung. Die Stimme von Mino war gedämpft, als er weitersprach: »Das ist kein verdammter Dauerlutscher, an dem du stundenlang hängen sollst. Da kann ich mir auch gleich selbst einen runterholen, du nichtsnutziges Stück.« Es raschelte, ehe er sich wieder an mich wandte. »Ich hab hier noch etwas zu erledigen und ab morgen bin ich dann für eine Woche in Seattle. Was hast du mit der Leiche gemacht?«

»Ich hab Eddy beauftragt, dass sie sie so in der Stadt platzieren sollen, dass Pablo Wind davon bekommt«, antwortete ich wie aus der Pistole geschossen und hörte ihn nur zustimmend murmeln.

»Sehr gut, dann lassen wir darüber erstmal Gras wachsen und warten ab. Vielleicht kapiert er die Message. Wenn ich wieder da bin, überlegen wir uns etwas.« Überrascht von Minos Aussage hob ich die Augenbrauen und verzog irritiert das Gesicht. Ich hätte erwartet, dass er vor Wut Schaum vor dem Mund bekam und sein ganzes Haus in Schutt und Asche legte. Aber diese Reaktion war etwas völlig Neues. Okay, na gut, aber wenn er es sagte ... Ich würde mir definitiv schonmal etwas überlegen, falls Pablo auf den Gedanken kam, die Sache nicht auf sich beruhen zu lassen.

»Alles klar, wir sehen uns.« Nachdem das Wimmern der Frau wieder lauter geworden war, verabschiedete ich mich von ihm, legte auf und schmiss das Handy auf den Beifahrersitz. Statt die übliche Ruhe nach einem erledigten Job zu verspüren, schossen mir sofort wieder die Bilder der Party in den Kopf. Aylin, wie sie tanzte und sich an mich heranschmiss. Wutentbrannt schlug ich mit der Faust auf das Lenkrad. Alles in mir drängte darauf, zu ihr zu fahren und nachzusehen, wie es ihr ging. Aber das wollte ich nicht. Ich sollte es nicht wollen. Woher kam die plötzliche Sorge um sie, wenn ich daran dachte, jemand täte Scott das Gleiche wie dem Typen im Bunker an und Aylin säße wartend zu Hause? Scheiße, bitte kein Mitleid! Prompt beschleunigte sich mein Puls wieder. Ich musste zu ihr. Sie nur einmal kurz sehen, sonst machte ich heute Nacht kein Auge zu. *Komme, was wolle.*

Rasch fuhr ich aus der Stadt hinaus, schlängelte mich auf der Landstraße an den Autos vorbei und parkte eine halbe Meile entfernt irgendwo im Wald, damit Scott meinen Wagen nicht entdeckte. Mit der Taschenlampen-Funktion auf dem Handy marschierte ich den schmalen Weg zur Hütte entlang und schaltete kurz vor der letzten Abzweigung das Licht aus. Völlig im Dunkeln lag das unscheinbare Haus und wirkte verlassener denn je. Nur Scotts SUV vor der Veranda bezeugte, dass hier jemand lebte. Vorsichtig und auf leisen Sohlen ging ich auf die Hütte zu, überlegte, wie ich ohne großes

Aufsehen in Aylins Zimmer kam. Mir fiel etwas Geniales ein. Gedanklich entschuldigte ich mich schon bei Scott und stieg kurz darauf auf die Motorhaube und auf das Dach seines Wagens. Darüber gelang ich auf das Vordach, welches zum Glück nicht allzu steil war und ich zaghaft hochkletterte. An der Fensterbank vor Aylins Zimmerfenster zog ich mich die letzten Zentimeter hinauf und hoffte inständig, dass das Fenster nicht verschlossen war. Doch es ließ sich ohne viel Kraft hinaufschieben. *Alter, unfassbar.* Augenrollend stieg ich in ihr Zimmer, schloss die Luke geräuschlos und entspannte mich auf Anhieb, als ich Aylin tief schlummernd in ihrem Bett entdeckte. Die Bettdecke lag zu einem Knäuel geformt am Fußende und einzig allein ein weit geschnittenes Collegeshirt bedeckte ihren Körper. Bei dem Anblick reagierte mein Schwanz sofort, presste sich unangenehm gegen den Stoff und verlangte, freigelassen zu werden. Oh, und wie ich mir diese Erlösung wünschte. Darauf bedacht, keinen Lärm zu machen, zog ich die Schuhe aus, stieg auf das Bett, kniete mich zwischen Aylins Beine und beugte den Oberkörper über sie. Schlagartig öffnete sie ihre Augen, starrte mir verschlafen entgegen und schien kurz davor zu sein, loszuschreien, woraufhin ich ihr schnell die Hand auf den Mund presste.

»Sei still. Ich bin es nur.« Sie schnappte wild nach Atem, ihr Blick wirkte verschleiert. »Ich habe mit allen Mitteln versucht, mich abzulenken. Nicht mehr daran zu denken, was du auf der Party zu mir gesagt hast. Wie du dich mir an den Hals geschmissen hast.« Ihre Brust hob und senkte sich schneller, kraftvoll umfasste sie mein Handgelenk. »Und scheiße, ja, ich würde dir gerne deinen Wunsch erfüllen. Nur zu gerne würde ich dir meinen Schwanz reinschieben und dich meinen Namen schreien hören. Aber nicht in diesem Zustand.« Ich stoppte kurz, wir sahen uns tief in die Augen. »Allerdings kann mich niemand davon abhalten, dir einen kleinen Vorgeschmack zu geben.« Bevor sie wusste, wie ihr geschah, zog ich ihr Shirt nach oben, stellte fest, dass sie kein Slip trug und grinste. Genüsslich fuhr ich mit zwei Fingern durch ihre Spalte und fühlte die Feuchtigkeit an ihrem Eingang. Sanft führte ich sie etwas ein, schloss für einen Moment genussvoll die Augen, als ich die Enge bemerkte, und zog mich zurück.

»Ein Ton und ich höre auf, verstanden?« Sie nickte eifrig und biss sich auf die Lippe, nachdem ich die Hand von ihrem Mund gelöst hatte. Schnell rutschte ich auf dem Bettlaken herunter, legte mir ihre Beine auf den Schultern ab und vergrub meinen Kopf dazwischen. Langsam glitt ich mit der Zungenspitze zwischen ihre Schamlippen, nahm die Hand dazu und spreizte sie etwas, um besser an ihre Perle zu gelangen. Fordernd legte ich meine Lippen darauf, umkreiste sie mit der Zungenspitze und saugte daran. Sofort drückte Aylin ihre Oberschenkel zusammen, schob ihre Fersen in meinen Oberkörper, wölbte den Rücken und presste sich ein Kissen auf das Gesicht. Fuck, es war genauso, wie ich es mir seit unserem ersten Treffen vorgestellt hatte. Ihr milder Geschmack legte sich auf meine Zunge, heizte mich an und wurde von dem süßen Duft abgerundet. Ausgiebig und intensiv fuhr ich immer wieder mit der Zungenspitze zwischen ihren Schamlippen entlang, drang etwas in ihre Öffnung ein und saugte, bis ihre Hüften anfingen zu zittern, ehe ich abrupt aufhörte. Ich ließ sie wieder zu Atem kommen, beobachtete sie dabei, wie sie zur Decke blickte und so schnaufte wie nach ihrer Joggingrunde. So schnell würde ich ihr die Erlösung nicht geben. Dafür erregte mich das Verbotene an dem Ganzen zu sehr. Nachdem sie sich etwas beruhigt hatte, massierte ich mit dem Daumen nochmals ihre empfindliche Stelle, drang danach mit zwei Fingern tief in sie ein und spürte bei ihrer Enge ein heftiges Ziehen in der Lendengegend. Scheiße, das hier war mein persönlicher Himmel auf Erden. Lustvoll ließ ich die andere Hand über ihren Bauch nach oben wandern, spürte unter den Fingerkuppen ihre aufkommende Gänsehaut und grinste, während ich ungezügelt an ihrer Klit saugte und die Bewegungen in ihr beschleunigte. Mit Zeigefinger und Daumen bekam ich ihren Nippel zu fassen, spielte mit der harten Knospe und musste dabei selbst stöhnen, wodurch mein warmer Atem auf ihre Mitte traf und sie zu mir hinunterschaute, ihre andere Brust umfasste und ebenfalls anfing diese zu massieren.

Aylin entwich ein leises Stöhnen, und unsere Blicke verschmolzen miteinander, während sie sich mit dem Oberkörper aufrichtete und mit einer Hand auf der Matratze abstützte. Es machte mich geil, wie sie mir immer bestimmender ihr Becken entgegendrängte und mit der anderen Hand ihre Brust massierte, ihren Nippel zwischen den Fingern drehte, in den ich nur zu gerne hineinbeißen würde. Normalerweise kam ich recht schwer zum Orgasmus, brauchte Schmerz und das Entsetzen in den Augen der Frauen, um überhaupt hart zu werden. Aber fuck, dieses Weib hier brachte mich um den Verstand. Immer weiter leckte ich sie, übte mit der Zunge Druck auf ihre Perle aus und drang gröber in sie ein, bis ihre Hüften anfingen zu zucken. Sie keuchte schneller, ließ von sich ab und vergrub ihre Finger in meinen Haaren, während sie sich an mich presste. Keine Minute später spürte ich, wie sich ihre Wände zusammenzogen, Aylins Hüften heftig zuckten und sie ihre Hand von meinen Haaren abließ, ehe sie auf das Laken zurückfiel und in das Kissen stöhnte. Ihre Beine erschlafften, widerwillig beendete ich den Körperkontakt und wischte mir mit dem Handrücken über den Mund, obwohl ich so viel mehr wollte. Aber das reichte für den Anfang und ich könnte mir selbst in den Arsch dafür beißen, dass mich das zufriedenstellte und nicht meine tiefsten Bedürfnisse im Vordergrund standen. Sie schnappte schwer nach Luft, wischte sich vereinzelte Haarsträhnen aus dem Gesicht und starrte mir in die Augen.

»Bleibst du über Nacht hier?«, fragte sie, was mehr einem Hauchen glich, zog das Shirt wieder zurecht und drehte sich auf die Seite.

»Zumindest, bis du eingeschlafen bist«, erwiderte ich und setzte mich mit dem Rücken zu ihr auf die Bettkante.

»Bei mir gibt es keine halben Sachen. Entweder du gehst oder du bleibst.« Ihr fester Tonfall war amüsierend.

»Okay. Die Meisterin hat gesprochen.« Zu gern ich auch wieder aus dem Fenster klettern wollte, hielt mich alles hier bei ihr. Die Ruhe, die ich nach dem Vorfall im Lager erhofft hatte, trat erst ein, nachdem mir ihr vertrauter Duft in die Nase gestiegen war. Scheiße, so hatte ich das nicht geplant.

»Und wehe, du bist verschwunden, wenn ich aufwache«, kam es todernst über ihre Lippen.

»Hätte ich mich das letzte Mal etwa von deinem Bruder töten lassen sollen?« Darauf antwortete Aylin nicht, sondern zuckte nur grinsend mit den Schultern und drehte mir den Rücken zu. Ich lauschte ihrem gleichmäßigen Atem und verschränkte die Hände hinter dem Kopf, starrte gedankenverloren an die Decke. Wenn Scott nur wüsste, wo ich mich gerade aufhielt, würde er meinen Arsch höchstwahrscheinlich kopfüber aus dem Fenster hängen, bis die Aasgeier mir den letzten Fetzen Fleisch von den Knochen zogen. Doch so sehr ich auch dagegen ankämpfte, wurden meine Augenlider immer schwerer, fielen nach kürzester Zeit zu und ich schlief an Ort und Stelle ein.

ACHTZEHN

AYLIN

Seine Berührungen glitten wie sanfte Wellen über meinen Körper. Ich könnte mich daran gewöhnen, so aufzuwachen. Den Arm um den Bauch geschlungen, seine Finger, die mich immer wieder streiften, und Blakes Kopf in meiner Halsbeuge. Immer noch spürte ich den warmen Atem, fuhr mir mit den Fingerspitzen über den Hals. Der Gedanke daran, seine Hand um meine Kehle zu haben, ging direkt runter zwischen meine Beine.

Sonnenstrahlen leuchteten auf seine nackte Brust. Ich strich über diese und er zog scharf die Luft ein. Wir schauten uns beide an, ich konnte wieder nicht von Blakes Augen ablassen. Ich spürte dieselbe Einsamkeit darin, die auch mich öfter verfolgte. Als wären wir genau das, was uns gegenseitig fehlte …

»Aylin?« Die Stimme meiner besten Freundin holte mich in die Gegenwart zurück, ich sah sie an und grinsend seufzte sie. »Wenn du den Mocca nicht mehr willst, dann gib ihn mir.« Verwirrt senkte ich den Kopf tiefer, sah, wie ich fast den Kaffee zerquetschte, und ließ davon ab. »Süße«, begann sie, biss sich kurz auf die Lippen und fuhr sich durch die blonde Mähne. »Hör zu. Wenn du ihn unbedingt willst, dann …« Anscheinend hatten meine Gedanken mich vollkommen verraten. Schnell schüttelte ich den Kopf. Ich hätte Chloe wirklich nichts davon erzählen sollen, doch sonst wäre mir bald der Schädel geplatzt.

»Nein. Er bringt mich nur etwas durcheinander. Das wird schon wieder. Es ist schon zu viel passiert. Wenn Scott das wüsste …« Auf der Party hätte ich nicht anfangen sollen, Blake zu provozieren, und schon gar nicht bei dem mitmachen sollen, was später in meinem Zimmer geschehen war. Zum Glück hatte es mein Kopf irgendwie noch geschafft, zu reagieren, während meine Finger über seinen Oberkörper gestreift waren. Ich war schnell aufgestanden, ins Badezimmer verschwunden, hatte vorsichtshalber die Tür abgeschlossen, und als ich herausgekommen war, hatte sich Blake in Luft aufgelöst. Ich wusste immer noch nicht, ob ich darüber froh oder enttäuscht sein sollte. Seitdem – seit einer Woche – ging ich ihm aus dem Weg. Jedes Mal, wenn ich nur seinen Wagen unten sah, schlich ich nach draußen oder blieb gleich in meinem Zimmer.

»Laut Craig nimmt sich Blake immer nur Nutten. Und an ihm beißt man sich wohl die Zähne aus. Nicht nur die Frauen, sondern manchmal auch die Jungs. Abgesehen von Scott. Dein Bruder hingegen scheint wohl das Talent zu haben, dass sich die Frauen in Blakes Gegenwart nicht so unwohl fühlen, und ist der Casanova der Gruppe. Paul hat hingegen eine Freundin.« Chloe zuckte mit den Schultern, als wären die Informationen total bedeutungslos. Dabei hatte sie an einem Abend mehr rausbekommen als ich in den ganzen Jahren.

»Ich kann es immer noch nicht glauben, dass du an dem Abend bei Craig geblieben bist«, seufzte ich.

Sofort fing meine beste Freundin an zu grinsen. »Er wollte mich eigentlich nur nach Hause fahren.« Vielsagend zog sie ihre Augenbrauen nach oben und ich musste lachen.

»Und seht ihr euch wieder?«

Chloe nahm ihren Frappuccino, umschloss den Strohhalm mit den Lippen und sog daran. Ihre Iriden bewegten sich zur Seite, als schien sie zu überlegen. »Vielleicht. Aber nicht so, wie du denkst. Aber ein bisschen Spaß schadet nicht.« Wir bezahlten beide bei Starbucks, liefen zu ihrem Auto und stiegen ein. Sofort schaltete ich die Anlage ein. Wenn wir zusammen fuhren, war ich für die Musik zuständig und verband mein Smartphone mit dem Radio. Dabei sah ich eine Nachricht von Scott. **Komm nach Hause, sofort. Es ist dringend.**

Sogleich raste mein Herz schneller, überschlug sich förmlich. Hatte er das von Blake und mir rausbekommen? Fuck. »Kannst du mich bitte jetzt schon nach Hause fahren? Scott will noch etwas erledigen.« Chloe sah mich skeptisch an, nickte aber und bog in die nächste Straße ein. *Okay, bleib ruhig, Aylin.* Es könnte auch etwas komplett anderes sein. Aber was? Um Dad ging es ganz bestimmt nicht, sonst würde Scott eher wollen, dass ich bei Chloe schlief. Das zog er schon ab, seit ich mich so gut mit ihr verstand.

Dad hatte Mom immer wie Scheiße behandelt. Sie verdiente ihren Lebensunterhalt damit, andere Kerle flachzulegen, um ihre Drogen finanzieren zu können. Doch er nahm sich das Geld nicht, um sie zu unterstützen, von dem Zeug loszukommen, sondern um sich den Alkohol zu besorgen, den er benötigte. Ich war noch sehr jung gewesen, doch auch ich hatte gesehen, wie er sie manchmal einfach von hinten gepackt, auf den Tisch gebeugt und genommen hatte. Es war ihm egal gewesen, ob sie geschrien hatte oder ob wir anwesend gewesen waren, denn für ihn war sie nur eine billige Hure. Meine Hand verkrampfte sich mehr um den Gurt. Aber es hatte auch Momente gegeben, in denen er mir über den Kopf gestreichelt hatte, versucht hatte, mir bei den Hausaufgaben zu helfen, und nüchtern geblieben war. Doch diese guten Phasen waren immer kürzer geworden. Irgendwann hatte Scott immer bei mir geschlafen, sobald Dad zu Hause gewesen war. Wahrscheinlich, weil er sich genauso allein gelassen gefühlt hatte wie ich. Wir hatten die ganze Nacht Animes geschaut und den Fernseher lauter geschaltet, wenn von unten Geräusche gekommen waren.

Chloe parkte am Straßenrand, wo sie mich immer herausließ. »Alles in Ordnung?« Ich nickte. »Ja, natürlich.« Sofort stieg ich aus dem Auto, bedankte mich bei ihr fürs Fahren und ging mit eiligen

Schritten durch den Wald nach Hause. Einerseits wollte ich langsamer machen, um die Ankunft noch etwas zu verzögern, doch die Neugier überwog die Angst. Hastig kam ich bei dem Haus an, machte die Tür auf und wunderte mich über die Stille.

»Scott?«, rief ich, legte die Schlüssel auf die Kommode und tapste über den Flur Richtung Wohnzimmer. Panik machte sich in mir breit, als ich auf dem Esszimmertisch sein Handy liegen sah, aber von ihm keine Spur war. »Hey, Kleines«, hörte ich eine Stimme hinter mir, spürte seinen Atem in meinem Nacken und drehte mich blitzschnell um, sodass sich mein Rücken gegen den Tisch presste. Überrascht schnappte ich nach Luft.

»Verdammt, Blake! Hast du sie noch alle?!«, gab ich gereizt und erschrocken von mir. Ich fühlte seine Körperwärme durch das T-Shirt, schnell krallte ich die Finger in die Tischplatte, um mich nicht an ihn zu pressen.

»Du gehst mir aus dem Weg.« Seine Stimme klang angespannt. Sein Gesicht war jedoch starr wie eine Maske.

»Wo ist Scott?«, fragte ich, anstatt zu antworten, woraufhin Blake mit den Schultern zuckte.

»Er ist los zur Arbeit, ich hab mir sein Handy geklaut, bevor er los ist. Ich schätze, so in zwei Stunden …«

»Du hast was?« Ich sollte Angst verspüren bei der Leere in seinem Blick. Aber das tat ich nicht. Oh, am liebsten würde ich ihn gerade eher umbringen oder auf dem Boden ficken … Schnell schüttelte ich den Kopf. Was bildete sich der Penner eigentlich ein? Wütend funkelte ich ihn an. »Ich bin kein williges Spielzeug, das du benutzen kannst, wann du willst. Also vergiss es und –« Weiter kam ich nicht, seine Hand schnellte hervor, umfasste meine Taille und presste mich an ihn heran. Verringerte den Abstand genauso zwischen uns, wie mein Körper es wollte.

»Ich will dich nicht als Gegenstand.« Blake klang selbst verwundert über seine Worte, er fuhr sich mit den Fingern durch die Haare. »Scott wird hiervon nichts erfahren, also entspann dich.« Mein Atem ging nur noch stockweise, als er sich mit dem Oberkörper gegen mich drückte und sich sein Gesicht meinem näherte. Schnell legte ich die Hände auf seinem Oberkörper ab, schob ihn leicht von mir und bewegte mich mit meinen restlichen Gehirnzellen Richtung Sofa. Zum Glück vibrierte das Smartphone in meiner Hosentasche. Ablenkung! Ich zückte es hervor und sah die Nachricht von Chloe.

Was wollte Scott denn? Ich seufzte, fing an zu tippen.

Nichts, Blake ist hier. Er hat ihm sein Handy geklaut!

»Aylin, ich gebe mir Mühe, aber ich bin es nicht gewohnt, Widerworte zu bekommen.« Ich ignorierte ihn und eine neue Nachricht von Chloe ploppte auf.

Heiß. Dann kannst du ja jetzt die Gedanken ausleben, die du im Café von ihm hattest. »Wo ist eigentlich mein Messer? Ich sollte dir damit deine Klamotten aufschlitzen.« Statt ihm zu antworten, schrieb ich Chloe. Ich würde ihm bestimmt nicht verraten, dass sich sein Klappmesser unter den Dielen meines Fußbodens befand, und mich auch nicht den Gedanken hingeben, wie ich mich fühlen würde, wenn das kalte Metall meine Haut berühren würde, während er über mich gebeugt wäre, um die Klamotten von mir zu reißen.

Ich hatte keine versauten Gedanken!

Chloes Antwort kam prompt.

Süße, deine Augen haben so geglänzt, ich konnte es mir schon praktisch vorstellen, so sehr hat dein Blick geschrien: Fick mich, Blake.

Noch bevor ich antworten konnte, wurde mir das Handy aus der Hand entrissen. »Verflucht, gib mir mein Handy zurück!«, schrie ich, versuchte, danach zu greifen, doch er hielt es hoch und sah mich eiskalt an.

»Du kannst froh sein, wenn ich es nicht aus dem Fenster werfe«, zischte er. Ich sprang hoch, griff danach und erwischte es auch, doch wir beide gerieten dadurch ins Wanken und fielen aufs Sofa.

Jetzt lag er auf mir, wir starrten uns beide an und mein Körper prickelte, als würde ein Elektroschock durch ihn rasen. Schnell wandte ich den Blick ab. Sein Schritt drückte gegen meinen. Sofort fing mein Unterleib direkt an zu kribbeln. Verräterisches Miststück.

Seine Hände streiften über dem Stoff meinen Körper entlang. Ich verlor leicht die Kontrolle, bewegte meine Hüfte und ergab mich kurz dem Drängen in meinem Inneren. Sein Schwanz war hart, drückte sich gegen mich und reizte dadurch meine Mitte. Sein Kopf senkte sich zu mir. Es sah beinahe so aus, als wollte er mich küssen, und dann wandte sich Blake zu meinem Ohr. Direkt kamen mir wieder die Worte von letztens im Kopf, als er gemeint hatte, er würde niemanden küssen.

Heißt das, ich würde nie wieder seine Lippen spüren?

»Du gehörst mir. Lass es zu, eine andere Wahl wird es für dich nicht geben«, hauchte er, vernebelte mir damit beinahe alle Sinne. Weshalb ich auch eher halbherzig und schwer seufzend versuchte, ihn von mir zu schieben. Doch Blake bewegte sich kein Stück. »Es geht nicht. Er ist dein bester Freund und mein Bruder.« Ich versuchte, die Worte hart klingen zu lassen, mich damit selbst zu überzeugen, doch Blake umfasste nur meine Handgelenke und fixierte sie über meinem Kopf. Er fing an, meinen Hals zu küssen. Seufzend legte ich den Kopf in den Nacken.

»Er wird es nicht erfahren. Wenn wir beide die Klappe halten …« Das klang so verlockend. Eindringlich sah er zu mir auf. Ich starrte wieder auf seine Lippen, wünschte mir so sehr, ihn zu küssen, dass es schon wehtat. Also beugte ich mich vor, doch bevor ich seine Lippen erreichte, neigte er den Kopf herunter und wich mir aus. »Ich tue sowas nicht, Aylin. Das letztens war eine Ausnahme.«

Ich keuchte, als er meine Brust erreichte, versuchte trotzdem seine Worte zu verarbeiten und befreite mich aus seinem Griff. Zornig und überrascht blickte er zu mir, als ich mich unter ihm hervorwand und vom Sofa aufstand.

»Ich bin keine von diesen Nutten, die einfach mit dir machen, was du willst.« Gereizt schlug Blake aufs Sofa, fuhr sich durch die Haare, aber blieb sitzen. Man sah ihm an, wie viel Kraft es ihn kostete. Ich konnte mir schon denken, dass er mich am liebsten gegen die nächste Wand nageln wollte.

»Fuck. Sowas braucht man dabei nicht.« Ich könnte mich jetzt umdrehen, einfach gehen, aber ich wollte ihm zeigen, wie es sein konnte. Also kam ich wieder auf ihn zu. Neugierig blickte er auf, als ich mich rittlings auf seinen Schoß setzte. Seine Körperhaltung entspannte sich wieder. Sanft strich ich mit der Zungenspitze über seine Unterlippe, krallte die Finger in sein T-Shirt. »Sicher, völlig ohne Sinn und Zweck, das Ganze«, hauchte ich dagegen. Leicht öffnete sich sein Mund, was ich sofort ausnutzte. Leicht biss ich in ihn hinein. Zog sanft an seiner Unterlippe und stöhnte dabei, weil sein Becken gegen meins stieß. »Dann muss ich mir wohl jemand anderen dafür suchen …« Sofort änderte sich sein Blick von Begierde zu Zorn. Er umfasste mit seiner Hand meinen Hinterkopf, umwickelte meine Haare und zog an ihnen, sodass es schmerzte. Ich keuchte.

»Wenn du willst, dass ich dem Jungen die Kehle aufschlitze vor deinen Augen … dann tu dir keinen Zwang an.« Mit zusammengepressten Lippen kamen die Worte von ihm. Es gab keinen Zweifel daran, dass er sie ernst meinte, und es hinterließ ein Kribbeln auf meiner Haut. »Fuck«, murmelte er, als er wohl die Erregung in meinen Iriden erkannte, legte seine Hand um meinen Hals und zog mich näher an sich heran, um seine Lippen hart auf meine zu pressen. Nicht darauf vorbereitet entwich mir ein Stöhnen. Blake küsste mich wild und stürmisch. Ich glaubte, in Flammen zu stehen. Und mein verräterisches Herz schlug heftig in meiner Brust. Ehe ich mich versah, drehte er uns und drückte mich wie vorhin in die Couch. Verteilte Spuren auf meiner Haut und es tat so gut, dem Verlangen nachzugeben. Er schmiegte sein Gesicht an meinen Hals, biss hinein, leckte meine Haut. Ich keuchte, strich mit den Fingern über seine Haare und zog dran, sodass ihm ein Zischen entfuhr. All meine Nervenenden kribbelten. Dann traf sein Blick meinen und er küsste mich wieder. Überwältigend. Völlig einnehmend. Er raubte mir alle Sinne. Ich weiß nicht, wie lange wir so verweilten, bevor sich mein Verstand langsam versuchte einzuschalten.

»Blake«, hauchte ich, doch es klang mehr verzweifelt. Sein Mund wanderte zu meiner Schulter, dann biss er in mein Ohrläppchen.

»Wehr dich nicht dagegen«, raunte er in mein Ohr, während ich mich atemlos unter ihm wand.

»Du kannst nicht verschwinden, auftauchen und über mich herfallen. Wir kennen uns gar nicht«, versuchte ich es mit Argumenten, spürte dann allerdings die Vibration seines Lachens an meiner Brust.

»Ich weiß, dass du Angst in engen Räumen hast. Dein Dad ein Bastard ist und deine Mutter eine Hure. Das ist mehr, als ich sonst über ein Mädchen weiß.« Sein Duft lullte mich ein. Seine Hand wanderte über meinen Bauch nach oben, umfasste meine Brust und drückte sie. Dabei keuchte ich augenblicklich auf. Mein Verlangen übermannte mich abermals und ich zog an seinen Haaren. Das trieb ihn mehr an. »Wir holen uns nur, was wir beide wollen«, raunte Blake an meinen Lippen und heiße Lust durchzuckte mich. Wenn es nur so einfach wäre …

Mit seiner Hand umfasste er mein Kinn und zwang mich dadurch, ihn anzusehen. Ich sah in seine dunklen Augen. Wie immer wirkten sie einnehmend und ich versank in ihnen. Seine Mundwinkel zuckten, als sich meine Hände selbstständig machten und sich den Weg unter den Saum seines T-Shirts bahnten.

Gerade als ich seine Haut spüren wollte, hörte ich Geräusche an der Tür und hielt inne. Ein Knacken und Knarzen. »Scheiße«, fluchte ich. Blake wich von mir herunter, wühlte sich durch die Haare und ich tat es ihm gleich, indem ich meine Klamotten an den richtigen Platz brachte. Schnell schritt ich in die Küche, holte mir ein Glas Wasser, während Blake auf dem Sofa sitzen blieb und anfing, auf der Lehne zu tippeln, als würde er schon seit Stunden gelangweilt dort sitzen. Das Gute an dem Haus waren wirklich die knackenden Geräusche, die jedes Mal aufjauchzten, wenn jemand hereinkam und es nicht darauf anlegte, leise zu sein. Ich trank einen Schluck Wasser, um meine Lippen zu befeuchten, versuchte, nicht mehr so wild zu atmen, und lehnte mich ganz entspannt gegen die Küchentheke. Scott kam aus dem Flur und sah vom Wohnzimmer in den offenen Küchenbereich. »Was machst du noch hier?«, wandte er sich dann an seinen besten Freund.

»Auf dich warten. Ich dachte, der Auftrag dauert nicht so lange. Dann kannst du mir gleich berichten, wie es gelaufen ist.« Sofort wurde ich hellhörig. Was für ein Auftrag?

»Am Wochenende muss ich noch einmal dahin. Aber das trifft sich gut, wenn wir alle an den Strand fahren«, erwiderte mein Bruder, natürlich darauf bedacht, nicht zu sagen, wohin er musste.

»Strand?«, mischte ich mich nun auch ins Gespräch ein. Am Strand in Chicago fühlte man sich fast wie in Malibu. Hellblaues Wasser, Palmen aus dem Gewächshaus. Neue Leute, die man treffen konnte, und Partys ohne Ende.

»Wir fahren am Wochenende zum North Avenue Beach. Ich bin Sonntag wieder zurück«, wandte sich Scott an mich und ließ damit keinen Raum, zu fragen, ob ich mitkommen dürfte. Ich verdrehte die Augen. Natürlich nicht.

»Wie wäre es, wenn deine Schwester mitkommt?«, kam es nun von Blake, der sich vom Sofa erhob und auf uns zuschlenderte.

»Vergiss es«, knurrte mein Bruder. Wow, war es so eine Strafe, mich dabei zu haben?

»Denk mal nach, was sie alles anstellen könnte, wenn sie hier allein bleibt …« Blake grinste bei seinen Worten und wackelte mit den Augenbrauen.

»Das hat früher auch funktioniert.«

»Genau. Als sie noch nicht volljährig war, nicht auf die Uni ging und kein Interesse an Männern hatte.« Dabei leckte sich Blake über die Lippen. »Hast du mir nicht letztens noch von diesem Kerl erzählt …? Wie hieß er noch …?« Blakes Hände ballten sich dabei zu Fäusten. Irgendwas in mir sagte mir, er konnte sich genau an seinen Namen erinnern.

»Zayn«, zischte Scott und ich fasste mir mit zwei Fingern an die Nasenwurzel. Musste er meinen Bruder nun an ihn erinnern? Aber anscheinend trugen seine Worte Früchte, denn Scott begann mich zu mustern. Blake wusste wohl, welche Knöpfe bei ihm gedrückt werden mussten. »Aber ich muss schon früh los, da hat sie noch Lesungen«, murrte er und ich war verblüfft, dass es nun überhaupt zur Debatte stand, dass ich mitdurfte.

»Ich muss eh noch etwas für Mino übernehmen, ich kann sie danach mitnehmen«, verkündete Blake, zuckte mit den Schultern, als wäre es keine große Sache. O nein, das konnte er vergessen.

»Dann könnte ich auch Chloe mitnehmen!«, rief ich gleich. »Wäre schließlich kein Problem, wenn sie in deinem Wagen mitfährt, oder?«, kam es grinsend von mir und er schnalzte mit der Zunge.

»Natürlich nicht«, raunte er und in seinen Augen sah ich, wie gerne er mich wohl gerade übers Knie legen würde.

NEUNZEHN

BLAKE

»Und wieso bin ich jetzt nochmal hier?« Neben mir kratzte sich Craig am Hinterkopf, folgte meinem Blick auf der Suche nach der richtigen Hörsaalnummer, und ich konnte ihn für seine Dummheit schon wieder verfluchen. Nebeneinander liefen wir den großen weiten Flur entlang und hielten kurz darauf vor Saal Nr. 532. Laut der Sekretärin hatte Aylins beste Freundin hier gerade ihre letzte Vorlesung, die jede Minute endete.

»Du musst Chloe mitnehmen. Bei mir im Auto ist kein Platz mehr«, sagte ich in genervtem Ton und klopfte ihm auf die Schulter.

»Dann nimm das nächste Mal nicht so viel Zeug mit. Ich könnte schon längst am Strand liegen«, bekam ich zur Antwort, während mein Kumpel das Handy aus der Hosentasche zog und darauf herumtippte. Was er nicht wusste: Im Wagen befand sich genau ein Karton mit Whiskeyflaschen und eine Tasche mit meinen Klamotten. Eigentlich ging es ihn auch einen Scheißdreck an, weshalb ich sie nicht mitnehmen wollte.

»Und jetzt bekommst du vielleicht einen Blowjob beim Fahren. Also halt die Fresse.« Er überlegte und verzog die Lippen dann zu einem schelmischen Grinsen. Die Idee schien also verlockend. Da er und Chloe nach der Hausparty noch gemeinsam ihren Spaß gehabt hatten, war er für mich die beste Option, das kleine Anhängsel loszuwerden. Aylin dachte vielleicht, mit ihrem beschissenen Vorschlag gewonnen zu haben, aber da hatte sie die Rechnung ohne mich gemacht. Fuck, Kleine, nicht mit mir. Umso mehr kam Freude auf, gleich ihren dummen Gesichtsausdruck zu sehen, wenn sie bemerkte, völlig allein mit mir zu sein. Mal wieder. »Du wartest hier, bis Chloe rauskommt und nimmst sie dann mit, okay?« Craig nickte zustimmend und lehnte sich mit dem Rücken an die Wand gegenüber der Hörsaaltür. »Wir sehen uns später.« Mit einem letzten Blick auf die Uhr entfernte ich mich von ihm, verschwand hinter der nächsten Ecke und wartete darauf, bis die Schulglocke bimmelte und die Tür aufgestoßen wurde.

Chloe war eine der Ersten, die herausstürmte, und blickte verwirrt zu allen Seiten, als sie Craig entdeckte. Doch schon von weitem erkannte ich die Röte auf ihren Wangen und verdrehte die Augen. Es vergingen gefühlt Stunden, bis die beiden in die entgegengesetzte Richtung zu den Treppen liefen und verschwanden. Da schien wohl jemand ihre beste Freundin recht schnell vergessen zu haben. Langsam ging ich ihnen hinterher. Laut Uhrzeit hatte ich noch eine Viertelstunde, bevor ich mich regulär mit den Mädels auf dem Parkplatz treffen wollte, und stiefelte durch die überfüllten Flure. Soweit ich wusste, hatte Aylin in der letzten Stunde Sport, weshalb sie nun sicherlich auf dem Weg in die Umkleide war und sich die Kleidung vom Leib schälte, um unter die Dusche zu springen. Oh, fuck, was würde ich dafür geben, mir das Spektakel anzusehen? Wobei die anderen Schülerinnen wohl kaum begeistert wären, wenn ich auf einer der Bänke sitzen und mir auf den Anblick einen runterholen würde, ehe ich ihre Kommilitonin hart von hinten nahm, bis ich tief in ihr abspritzte.

Zügig schüttelte ich den Kopf, musterte die Studenten im Vorbeigehen und verließ so schnell wie möglich das Gebäude, um mich auf den Weg zum Wagen zu machen.

Kaum am Maserati angekommen vibrierte mein Handy in der

Hosentasche. Ich zog es heraus und entsperrte das Display. Es war eine Nachricht von Craig:

Sind unterwegs. Bis später.

1 zu 0, Kleine. Als würden mir gleich zwei Hörner aus der Stirn wachsen, grinste ich teuflisch, verstaute das Smartphone wieder und lehnte mich gegen die Beifahrertür. Siegessicher setzte ich mir die Sonnenbrille auf und verschränkte die Arme vor der Brust, während ich darauf wartete, dass Aylin ihren Prachtarsch hierher verfrachtete. Die Sonne schien Gott heute besonders aus dem Hintern zu scheinen, denn ihre Strahlen brannten wie Lava auf der Haut.

Doch anstatt dass Madame endlich mal aufkreuzte, stand ich mir die Beine in den Arsch und mit jeder überzogenen Minute brodelte es in mir. Und zwar verdammt stark, denn sie sollte schon längst hier sein. Bei mir. Okay, wann sie nicht kam, musste ich sie eben holen. Rasch preschte ich los, fragte einen mir entgegenkommenden Studenten, wie ich zum Sportplatz kam, und eilte mit großen Schritten los. Von weitem hörte ich schon die Rufe der Typen, die auf dem großen Platz Fußball spielten, und entdeckte auf der rechten Seite am Absperrgitter Aylin, die den verschwitzten Wichsern zusah. Und fuck, ihr Blick erzählte mir so viel, genauso wie ihr freches Grinsen, welches ich ihr am liebsten aus dem Gesicht fegen wollte. Die lockigen Haare hatte sie sich zu einem Dutt hochgebunden und einzelne Strähnen fielen ihr ins Gesicht, während sie sich mit einer Hand am Stahlgitter festhielt, als würde sie vor so viel Testosteron gleich rückwärts umfallen, und völlig paralysiert die oberkörperfreien Männer anstarrte.

Die Hände ballte ich zur Faust, presste die Kiefer stark aufeinander und ging auf sie zu. Aber nicht einmal dabei zog ich ihre Aufmerksamkeit auf mich, weshalb ich mich langsam von hinten an sie heranschlich, nach dem Gitter packte und mit einem Ruck daran zog, ehe sie taumelte und mit dem Rücken gegen meine Brust prallte. Sofort stieg mir ein intensiver Orangenduft in die Nase, der sicherlich von ihrem Duschgel kam.

»Na, gefällt dir die Aussicht?«, raunte ich Aylin mit bebender

Stimme ins Ohr. Sie sollte meine scheiß Wut raushören, wissen, was es mit mir anstellte, wenn sie dreckige Fantasien mit anderen Männern hatte. Ertappt drehte sie den Kopf in meine Richtung, schluckte schwer, doch anstatt rot anzulaufen, zuckte sie mit den Schultern. »Ist ganz okay.«

»Dann solltest du vielleicht mit ihnen an den Strand fahren.« Schon allein bei dem Gedanken bekam ich das Kotzen. Aylin ganz allein mit diesen Lackaffen. Ich würde jedem Einzelnen den Arsch aufreißen, sobald er ihr zu nahekam. Gleichzeitig machte es mich rasend, was für eine Eifersucht sie in mir auslöste und dass sie mich damit zu Dingen brachte, die ich niemals im Leben tun wollte. Fuck, so ein Verhalten kannte ich von den Tussis, aber nicht von mir! Elendig lange wartete ich auf ihre Antwort, stattdessen grinste sie jedoch nur noch breiter. Leck mich am Arsch.

Ich konnte sie gerade nicht mehr ansehen, wandte mich ab und eilte zum Parkplatz, ehe mir etwas Falsches über die Lippen kam und die Stimmung dahin war. Mein Herz pochte wie wild, entfachte die zerstörerische Seite in mir, die nur zu gerne an die Oberfläche kommen würde. Vor wenigen Tagen wäre ich wohl auf den Rasen gerannt und hätte irgendeinem von den Schnöseln die Fresse poliert. Einfach nur, um Dampf abzulassen. Aber jetzt? Jetzt war da Aylin und das Entsetzen wollte ich nicht in ihren Augen sehen, weshalb ich mit letzter Kraft das Monster unterdrückte.

»Hey! Wir müssen noch auf Chloe warten«, hörte ich Aylin hinter mir rufen, als ich den Wagen mit der Funktastatur entriegelte und Anstalten machte, einzusteigen. Sofort zuckten meine Mundwinkel. Lässig öffnete ich die Fahrertür, stellte mich dahinter und legte die Unterarme auf das Autodach.

»Die ist schon vor zwanzig Minuten mit Craig los«, knallte ich ihr gegen den Kopf und sah die Bestürzung darüber in ihren Augen. Kritisch zog sie eine Augenbraue nach oben, blieb abrupt stehen und stemmte die Hände in die Hüften.

»Und jetzt schwing deinen Hintern in den Wagen.« Ohne sie auch noch eines weiteren Blickes zu würdigen, stieg ich ein, knallte die Tür zu und startete den Wagen. Trotzig stand sie weiterhin auf dem Fußgängerweg und zog eine Schnute. Aber keine der süßen Art, wie es kleine Mädchen taten, sondern eher die angepisste Variante mit zu Schlitzen geformten Augen.

»Was ist? Wird das heute noch was?«, rief ich ihr entgegen, nachdem ich die Scheibe der Beifahrertür runtergelassen und mich über die Mittelkonsole gelehnt hatte. Ihr sollte jetzt gewiss sein, dass sie gegen mich keine Chance hatte. Wenn ich etwas wollte, holte ich es mir. Egal, wie sehr sie sich dagegen sträubte.

»Das hast du mit Absicht gemacht«, erwiderte sie, stieg dabei mit einem kaum hörbaren Grummeln ein und zog die Tür mit einem Rumps zu.

»Natürlich, was denkst du denn?«, kam es völlig ehrlich von mir. Wieso sollte ich einen Hehl daraus machen? Auf ihre beste Freundin mit der Piepsstimme konnte ich verzichten. Da keine Antwort kam, parkte ich aus und fuhr los.

Bei wenig Verkehr dauerte die Fahrt an den Strand von der Innenstadt etwa 30 Minuten. Heute vorm Wochenende und dann noch zur Mittagszeit waren die Straßen allerdings überfüllter denn je, weshalb wir ständig im Stau standen und kaum vorankamen. Doch auch das würde mir die notwendige Auszeit nicht madig machen. Die letzten Tage war es von Pablos Seite aus zum Glück ruhig geblieben, ich konnte ganz normal Lieferungen kontrollieren und in Minos Auftrag Kleinigkeiten übernehmen. Denn obwohl er nicht in der Stadt war, dirigierte er weiterhin alles. Zum Glück, denn darauf, den Boss zu spielen, hatte ich absolut keine Lust.

Aylin tippte auf ihrem Handy herum, während ich all die beschissenen Autofahrer verfluchte, die zu dumm waren, sich richtig einzuordnen, und die Kreuzungen verstopften. Unauffällig linste ich immer mal wieder zu ihr herüber, begutachtete das knappe Outfit, das sie trug. Fuck, hatte sie eigentlich auch lange Sachen in ihrem Schrank? Nicht, dass es mich wirklich stören würde, aber wie sollte ich mich auf den Verkehr konzentrieren, wenn die kurzen Shorts und das bauchfreie Top meinen Verstand lahmlegten? Das machte sie bestimmt mit Absicht, dieses durchtriebene Luder. Ihr war klar, wie sie mich bekam. Aber Scott wusste genau, um wie viel Uhr wir ankommen sollten. Und außerdem wäre es ein ziemlicher Zufall, wenn wir beide ausstiegen und wie durchgefickt aussahen. Als würde sie meine Blicke auf ihrer Haut spüren, biss sie sich auf den Zeigefinger und fuhr damit langsam an ihrem Hals bis zu ihrem Dekolletee entlang. Okay, stopp. Ich räusperte mich, klammerte mich ans Lenkrad wie an einen Rettungsanker und legte den Blick wieder auf die Straße. Sonst stellte ich den Hebel gleich auf ‚Parken' und fickte sie bis zur Besinnungslosigkeit.

»Und was erhoffst du dir von dieser Fahrt?« Wie ausgewechselt lehnte sie sich nach kurzer Redepause zu mir herüber, legte das Handy auf ihrem Oberschenkel ab und kam mir gefährlich nah, bis ich ihren heißen Atem auf der Wange spürte.

»Lass das.« Ich schluckte schwer, lange konnte ich mich nicht mehr zusammenreißen. Meine Hose wurde schon enger und schien kurz vor dem Platzen. Was wollte sie hören? Dass ich mit ihr allein sein wollte? Scheiße, ja, das wollte ich, aber diese Worte würde sie niemals von mir hören, eher schnitt ich mir die Zunge raus. Die Autos vor mir setzten sich wieder in Bewegung, deshalb trat ich selbst das Gaspedal durch und fuhr dem Wagen vor mir gefährlich auf.

»Ist es das, was du wolltest?« Schlagartig spürte ich Aylins Hand auf der Brust, wie sie mit ihren langen Fingernägeln über den Stoff glitt und eine brennende Spur auf der Haut hinterließ. Fuck, ich konnte den Schmerz schon fühlen, wenn sich diese Krallen in meinen Rücken bohrten, und rutschte unruhig auf dem Sitz herum. Ihre Hand wanderte weiter hinunter, gelangte an den Bund der Jeans, und als sie mir in den Schritt griff, trat ich fest auf die Bremse. Grob packte ich sie am Hals, drückte sie zurück auf ihren Sitz und Aylins Kopf gegen die Lehne.

»Wenn du nicht willst, dass ich dich hier und jetzt so hart ficke, bis du deinen eigenen Namen vergisst, dann behalte deine Griffel bei dir.« Ihre Iriden glitzerten auf, und fuck, erregt leckte sie sich über ihre pralle Unterlippe. Diese Frau versetzte mir irgendwann den Todesstoß. Statt Angst zu haben, wie all die anderen Weiber, machte es sie an, wie ich mit ihr sprach und umging. Das fehlende Stück in einem Puzzle. Aber nein, dafür war ich nicht gemacht. Wir hielten beide kurz inne, blickten uns tief in die Augen und wünschten uns gerade wohl nichts sehnlicher, als die Drohung umzusetzen.

»Feigling«, flüsterte sie mir gegen die Lippen und grinste dabei, ehe draußen ein Hupkonzert ertönte und ich widerwillig von ihr abließ. Nein, gegen einen schnellen Fick sprach nichts. Doch das erste Mal mit Aylin – scheiße, ich verfluchte mich für den nächsten Gedanken selbst – sollte etwas Besonderes sein.

»Fuck …« die Straße vor mir war frei und führte wohl direkt in die Hölle. Wie war ich nur auf den Gedanken gekommen, Aylin mitzunehmen? Ich hätte die Chance nutzen und mich das ganze Wochenende durchgehend den Nutten widmen sollen. Vielleicht wäre sie dann aus meinem Kopf verschwunden. Oder wohl eher nur bis Montag, bis ich Scott abgeholt und sie wieder gesehen hätte. Scheiße.

Das Glück der freien Straßen währte nicht lange, denn wenige Minuten später standen wir an der nächsten Kreuzung und nichts tat sich. Nebenbei war die Stimmung im Wagen ziemlich aufgeheizt, und sobald wir im Haus ankamen, musste ich zuerst duschen und mir einen wichsen.

»Wieso fahrt ihr eigentlich immer an den North Avenue Beach und nicht eher nach Vegas?«, riss mich Aylin aus den Gedanken und bedachte mich mit einem neugierigen Blick, der schon ausreichte, um mir den Verstand zu rauben. Alles an ihr. Jede Bewegung und jedes Wort, welches ihr über den verfickten Schmollmund kam. Genau in dem Moment verstand ich die Besorgnis von Scott und weshalb er mich immer von ihr ferngehalten hatte. Sie war wie eine Droge – einmal davon gekostet, wurde man süchtig. Seit unserem Kuss dachte ich an nichts anderes mehr, als ihre Lippen ein weiteres Mal auf meinen zu spüren … oder ganz woanders. »Blake?«

»Das Haus gehört dem Onkel von Craig. Wieso also Geld ausgeben?« Das war nur die halbe Wahrheit. Ich konnte schlecht erzählen, dass wir wenigstens einmal im Jahr wie Gleichaltrige feiern wollten und von der Scheiße, die wir für Mino erledigten, Abstand brauchten. Und mit feiern meinte ich: koksen, ficken und ganz viel Alkohol. Nur für drei Tage mal die ganzen Toten und das Blut vergessen, die einen sonst immer in der Nacht einholten.

»Aha …«, antwortete sie und allein an ihrem nicht überzeugten Ton wusste ich, dass sie mir wohl kein Wort glaubte. Doch mehr durfte ich ihr nicht sagen. Scott würde niemals wollen, dass sie erfuhr, wie er sein Geld verdiente. Als ich nichts mehr von mir gab, stellte sie das Radio an, drehte den Regler für die Lautstärke höher. Irgendein Popgedudel drang aus den Boxen, woraufhin ich schwer schluckte, den linken Ellenbogen auf der Armatur der Tür ablegte und den Kopf mit der Hand stützte.

Das schaffst du, bald seid ihr da.

Aylin versuchte mich in den Wahnsinn zu treiben, denn zusätzlich fing sie an mitzusingen und das schiefer als ein verdammtes Ziegeldach aus dem Jahr 1870. Auch das tat sie mit Sicherheit bewusst, denn ich hatte sie schon öfters herumsummen hören. Und so fürchterlich war ihre Stimme da nicht gewesen. Das war also meine Strafe, dass ich Chloe nicht mitgenommen hatte. Ich hörte es aus jedem ihrer Worte raus. Und die schalkhaften Blicke, die sie mir dabei zuwarf, untermauerten es noch.

»I'll tell you what I want, what I really, really want, so tell me what you want, what you really, really want … I wanna, I wanna, I wanna, I wanna …« Sogar der Sender verarschte mich mit diesem beschissenen Song. Aylin hatte den Spaß ihres Lebens und sprang auf dem Sessel herum, es spielte ihr direkt in die Karten.

»Fuck, es reicht mit diesem Katzengejammer!« Rasch drehte ich am Regler und stellte das Radio auf stumm.

»Was ist dein Problem?«, lachte Aylin und wischte sich die Strähnen aus dem Gesicht. Sie schnaufte, als hätte sie einen heftigen Ritt hinter sich, und ihre Brust hob und senkte sich rasant. Dieses

Top würde ich ihr irgendwann vom Leib reißen. Safe. Aber nicht jetzt.

»Was mein Problem ist? Das Blut, das mir bei deinem Gesang aus den Ohren läuft!«, schrie ich und ließ das Fenster herunter, um frische Luft zu bekommen. Fuck, in diesem Auto ging ich bald ein. Zur Antwort platzte es losgelöst aus ihr heraus und ich gab Gas, sah von weitem schon das Haus und machte gedanklich drei Kreuze.

Mit quietschenden Reifen fuhr ich von der Hauptstraße ab und auf den breiten Parkplatz vor dem Haus, auf dem sich schon die Autos der anderen aneinanderreihten. Der Kies knirschte unter dem Gummi, als ich abrupt abbremste und aus dem Auto sprang.

»Da seid ihr ja endlich!« Scott trat keine Sekunde nach unserer Ankunft aus dem Haus, gefolgt von Chloe und Craig. »Was hat so lange gedauert?« Kritisch musterte er uns nacheinander, als seine Schwester ebenfalls ausstieg und grinste. Sicherlich fiel ihm ein Stein von Herzen, dass Aylin noch all ihre Klamotten am Leib trug. Aber fuck, viel hätte nicht mehr gefehlt.

»Der Verkehr war zum Kotzen.« Und die Provokation deiner Schwester. Ich ging um den Wagen herum, holte meine Sachen und den Alkohol aus dem Kofferraum, hörte Chloe zu Aylin sagen, dass sie ihren Kram mitgenommen und auch schon aufs Zimmer gebracht hatte. Scott nahm mir den Karton mit den Whiskeyflaschen ab und gemeinsam liefen wir alle ins Haus.

Beim Anblick der aufgeräumten Bude musste ich schmunzeln. Wenn die Mädels wüssten, was hier überall schon passiert war, würden sie sich ganz bestimmt nirgends niederlassen. »Wo sind Mike und Paul?«, fragte ich neugierig.

»Die sind schon unten am Strand«, erwiderte Scott und verschwand in der Küche.

Währenddessen beobachtete ich Aylin, die gefolgt von Chloe hinaus auf die Veranda trat und hinunter zum regen Treiben schaute. Vom Haus aus waren es nur wenige hunderte Meter bis ans Wasser und der Cocktailbar. Vor allem an einem Freitagmittag wie heute sah man kaum einen freien Strandabschnitt ohne Handtuch, spielenden Kindern oder freizügig bekleideten Frauen. Früher hatte ich die Aussicht genossen. Heute stand sie direkt vor mir. Im gleichen Haus und unsere Zimmer trennten nur wenige Meter. Holy shit. Die Mädels flüsterten, kamen kurz darauf wieder ins Haus und Chloe zog ihre Freundin die Treppen hoch.

»Was habt ihr vor?«, fragte Scott argwöhnisch.

»Wir ziehen uns um und gehen an den Strand. Kommt ihr mit?« Natürlich war das keine Frage, auf die Aylin eine Antwort verlangte. Sie wusste genau, dass ihr Bruder stets an ihrer Seite sein würde. Und ich ebenfalls, weshalb sie mir einen verwegenen Blick zuwarf, und bevor sie sich umdrehte, ein Augenzwinkern schenkte.

»Die Mädels haben sich das große Zimmer, das du normalerweise immer nimmst, geschnappt. Aber das Zimmer nebenan ist noch frei«, sagte Craig und schlug mir auf die Schulter. Fuck, damit war ich auch zufrieden. Ich schulterte meine Tasche, stieg die Treppen hoch und drückte die Tür des Zimmers neben dem Treppenaufgang mit der Schuhspitze auf. Das Fenster stand offen, weshalb ich das Gerede der Mädels perfekt hörte. Anscheinend stand ihre Balkontür auf. Tja, irgendeinen Vorteil musste dieses mickrige Zimmer ja haben.

»Und, wie war die Fahrt?«, hörte ich Aylin fragen, gefolgt von Chloes Seufzer.

»Schön …«, druckste sie herum. »Wir haben geredet.« Geredet? Was zur Hölle?

»Okaaay, und über was?«

»Na ja, was er so treibt, über mein Studium …« Okay, den Weiberkram hörte ich mir bestimmt nicht an. Ich wandte mich vom Fenster ab, legte die Tasche auf dem Bett ab und kramte die Badehose raus. Rasch streifte ich mir die Klamotten ab, schlüpfte hinein und nahm mir ein Handtuch aus dem Schrank, ehe ich wieder nach unten ging. Im Erdgeschoss wartete schon Craig und lehnte gegen den Türrahmen der Küche.

»Alter, was musste ich da hören? Ihr habt auf der Autofahrt geplaudert?«

»Ja, es dreht sich nicht alles um Sex. Solltest du vielleicht auch mal probieren.« Salopp klopfte er mir auf die Schulter, als von oben die Stimmen von Aylin, Chloe und Scott erklangen.

»Ziehst du dir nichts drüber?« Ach, Scott, auf dich war immer Verlass. Somit musste ich es nicht aussprechen, als die drei runterkamen und Aylin nur mit einem knappen Bikini an mir vorbeischlenderte.

»Wir sind doch gleich am Wasser. Wieso also noch etwas überwerfen?«, antwortete sie belustigt und marschierte mit Chloe hinaus auf die Veranda und auf direktem Weg ans Wasser. Scott biss sich in die Faust und verzog genervt das Gesicht.

»Nur du bist daran schuld, dass ich nicht entspannen kann«, wandte er sich angepisst an mich. Scheiße, ja, da stimmte ich ihm ausnahmsweise mal zu. Aber so hatte ich sie wenigstens im Blick. Wir machten uns ebenfalls auf den Weg, entdeckten die Mädels schon bei Mike und Paul, die – wie hätte es anders sein sollen? – schon in weiblicher Begleitung waren. Während die Mädels ihr Handtuch ausbreiteten und direkt ins Wasser gingen, legte ich mich auf meinem ab, setzte sie Sonnenbrille auf und hielt den Blick starr in Aylins Richtung. Sie schwammen, redeten, hin und wieder schirmte sie ihre Augen vor der knallenden Sonne ab und sah zu uns herüber.

»Du musst mir heute Nacht übrigens noch bei etwas helfen«, flüsterte mir Scott zu und setzte sich ebenfalls die getönten Gläser auf.

»Und bei was? Lief mit dem Auftrag etwas schief?«

»Nein, alles gut. Nur hatte ich keine Zeit mehr, die Leiche wegzuschaffen.«

»Was?!«, sagte ich eine Spur zu laut und kassierte von allen um uns herum einen blöden Blick. Seit wann machte Scott nur halbe Sachen, verdammte Scheiße?

»Meine Fresse, sei ruhig. Es war keine Zeit mehr dafür.«

»Und wo ist sie jetzt?« Der verarschte mich doch. Wenn er jetzt sagte, sie läge noch in der Wohnung oder irgendwo in einer Gasse versteckt, schrie ich. »In meinem Kofferraum. Ich wollte sie vorhin im stillgelegten Kieswerk loswerden, aber da waren plötzlich überall scheiß LKWs und mir blieb keine Zeit mehr, nach etwas Neuem zu suchen. Vor allem nicht am helllichten Tag. Als ich hier ankam, habe ich mal im Internet geschaut. Außerhalb der Stadt gibt es einen Steinbruch. Da können wir sie abends hinbringen.«

»Na klar, so lange lassen wir das Ding einfach deinen Kofferraum vollbluten. Alter, wehe, du sagst noch einmal was zu mir, weil ich in deiner Karre rauche!« Ungläubig wandte ich mich von ihm ab und schüttelte den Kopf. Dabei fiel mir auf, dass Aylin und Chloe mittlerweile aus dem Wasser draußen waren und am Ufer mit zwei Typen sprachen. Mein Herz hörte für wenige Sekunden auf zu schlagen und sofort ballte ich die Hände zu Fäusten. Flirtete sie gerade direkt vor meiner Nase mit dem Hurensohn?! Sie grinste aufreizend, drückte die Brust heraus und legte ihm eine Hand auf die Brust, als sie laut auflachte. Aha, witzig war der Wichser auch noch. Süß. Zum Glück saß ihr Pitbull von Bruder neben mir, der direkt aufsprang und die Gruppe ansteuerte. Kaum trat er zu ihnen, zogen sich die zwei Deppen zurück und hoben entschuldigend, teils verwirrt, die Hände und gingen. Von ihrem Lachen war nichts mehr zu sehen, als sie mit Falten auf der Stirn an mir vorbeistampfte und Scott ihr eine Predigt hielt.

»Keine halbe Stunde sind wir hier und du schmeißt dich direkt an den Hals eines Fremden? Hätte ich das gewusst, würdest du jetzt zu Hause eingeschlossen in deinem Zimmer sitzen.«

»Ach, Scott, mach mal halblang. Ich bin keine dreizehn mehr, also behandle mich nicht wie ein kleines Kind. Wir haben nur geredet!«

»Ja, den Spruch kenne ich und auch, wozu er führen kann.« Na, das würde ja ein tolles Wochenende werden. Aylin schnappte sich ihr Handtuch, zog es etwas von uns weg und legte sich darauf, um sich zu sonnen. Widerwillig tat es Chloe ihr nach, ehe sie Craig noch einen flüchtigen Blick zuwarf, der mir fast die Kotze hochtrieb. Vielleicht hätte ich auch daheimbleiben sollen?

Die restliche Zeit am Strand gesellten sich die beiden Mädels nicht mehr zu uns, sondern entschieden sich irgendwann dazu, an die Strandbar zu wechseln. Da es schon später Nachmittag war, verabschiedete sich die Sonne in großen Schritten und auch die Badegäste verschwanden mit jeder Stunde mehr. So gern ich zu Aylin gehen würde, hielt ich mich zurück, denn Scott behielt sie mit Argusaugen im Blick. Außerdem hatte ich keinen Bock auf seine verdammten Verhöre, wieso und weshalb ich bei seiner Schwester an der Bar war. Weil ich sie gerne ficken wollte. Sollte ich etwa das zu ihm sagen? Keine fünf Minuten später und ich läge am Grunde des Meeres.

»Ich hab Kohldampf. Ihr auch?«, fragte ich die Jungs. Nur widerwillig wollte ich hier weg und Aylin aus den Augen lassen. Aber ich konnte nicht auf ewig hier sitzen und jeden ihrer Schritte beobachten. Auch wenn mir nichts ferner lag. Craig stimmte zu, stand auf und schnappte sich sein Handtuch. Mike und Paul waren seit einer guten halben Stunde mit ihren aufgerissenen Hühnern verschwunden. Sollten sie doch machen, was sie wollten.

»Hm, ich bleib, glaube ich noch hier«, erwiderte Scott und starrte weiterhin zur Bar.

»Mein Gott, jetzt schalt mal einen Gang runter. Du kannst sie nicht auf Schritt und Tritt verfolgen. Vertrau ihr mal.« Aber nicht mir, Bruder. Ich würde ihr schon Gehorsam beibringen, sobald sie sich traute, einen anderen Typen an sich ranzulassen. Meinem besten Freund sah ich an, wie es in seinem Kopf ratterte, und nur schwerfällig stand er auf und folgte uns ins Haus. Wir entschieden uns dafür, mehrere Familienpizzen zu bestellen, damit die anderen später auch etwas davon essen konnten. Scott verschwand kurz an die Bar, um den Mädels Bescheid zu geben. Zu dritt kamen sie zurück und während wir noch auf das Essen warteten, zogen sich die Mädels zurück. Ich verschwand selbst kurz in meinem Zimmer, lauschte dem Gekicher aus dem Nebenraum, zog mir ein Shirt an und ging wieder hinunter. Mein Magen knurrte erheblich laut, als es endlich an der Tür klingelte und ich dem Typen dankend die Pappkartons abnahm, während Craig ihn bezahlte.

Draußen war es mittlerweile dunkel, nur noch die Musik an der Bar wehte zu uns herüber und bezeugte, dass es am Strand noch Leben gab. Aylin und Chloe kamen ebenfalls herunter, schienen sich geduscht und umgezogen zu haben, denn Aylins Haare fielen ihr glatt über die Schultern. Den Blick musste ich sofort abwenden, denn sie hatte wieder die Shorts an, mit einem hauchdünnen, fast durchsichtigen, bauchfreien Top dazu und darunter nur einen Spitzen-BH. Dieses Outfit an ihr gehörte verboten. Es schürte böse Gedanken, die sowieso schon längst in mir brodelten. Ihre Lippen umspielte ein sanftes Lächeln, als sie sich mir gegenüber auf dem Stuhl niederließ und nach einem Pizzastück griff, so als könne sie Gedanken lesen. Normalerweise war ich immer der Meinung, ein Pokerface zu haben, aber diese Überzeugung zerschmetterte sie mit jeder Minute in meiner Nähe. Wer war nochmal auf die glorreiche Idee gekommen, sie mitzunehmen? Ach ja, ich. Witzig. Ich selbst hatte mir dieses verführerische Ei gelegt. Wie die Irren fielen wir alle über die Pizzen her und erst da bemerkte ich, dass ich den ganzen Tag noch nichts gegessen hatten. Der Hunger auf etwas anderes hat es schier unmöglich gemacht, an Nahrung zu denken. Beim Essen sagte keiner ein Wort und während die Mädels nach einigen Stücken satt waren, spachtelten wir Männer weiter die Stücke nur so in uns hinein.

»Wir gehen uns im Badezimmer frisch machen und dann an die Bar«, sagte Aylin, beide Frauen erhoben sich und ich hätte schwören können, dass sie mir ihren Arsch extra nochmal entgegenstreckte, weil sie genau bemerkt hatte, dass ich den Blick erhoben hatte. Sie war durchtriebener, als ich dachte. Aber wieso gefiel mir dieses Katz- und Mausspiel zwischen uns so sehr? Eigentlich langweilten mich die Frauen nach nur einem Gespräch oder dem Sex, sodass ich sie zum Teufel scherte. Doch Aylin regte ganz andere Gefühle in mir, welche von der Art, von denen ich immer gedacht hatte, sie nicht fühlen zu können. Die Empfindungen, die einen zugehörig fühlen ließen und einem die Einsamkeit nahmen. Scotts genervtes Stöhnen riss mich aus den Gedanken, ich schaute zu ihm rüber, als er die Augen verdrehte und den Mädels hinterherschaute.

»Wer hätte gedacht, dass wir drei hier mal brav am Tisch sitzen und das an einem Freitagabend, ohne Aussicht auf Nutten und Koks?«, scherzte Craig und biss herzhaft in sein Stück Pizza.

»Wer sagt das?«, scherzte ich und kassierte einen Schlag von Scott auf den Hinterkopf.

»Blake, vergiss es. Meine Schwester ist hier. Die Scheiße hast du dir selbst eingebrockt.«

»Und ich hab nur einen Witz gemacht, du Trottel. Entspann dich mal und nimm den Stock aus dem Arsch.« Den letzten Bissen Pizza schluckte ich mit einem Schluck Bier herunter und lehnte mich vollgefressen im Stuhl zurück. Erschöpft fuhr sich Scott durch die Haare, trank ebenfalls von seinem Bier und seufzte.

»Du hast recht, sorry.« Wow, ein Eingeständnis. Das hörte man von ihm nur selten. »Wir sollten das Beste aus dem Wochenende machen.« Er streckte grinsend den Arm mit der Bierflasche aus und wir stießen alle an.

»So ist es. Und ich bin gespannt, was zwischen Chloe und Craig noch so alles passiert«, gluckste ich und nippte an der Flasche.

»Wie meinst du das?« Schlagartig wurde Scott wieder ernst, warf uns skeptische Blicke zu, während Craig verlegen auf den Tisch starrte.

»Ich hab den beiden heute etwas Zeit zu zweit verschafft und das Einzige, was sie gemacht haben, war reden.« Ich kümmerte mich nicht weiter darum, was ich da gerade von mir gegeben hatte, und griff nach einem letzten Stück Pizza, biss herzhaft hinein.

»Fuck, Blake, erzähl keine Scheiße. Da ist nichts zwischen mir und Chloe«, warf Craig ein und knallte die Bierflasche mit Nachdruck auf den Tisch. Danach führten er und Scott eine stumme Diskussion, die mich einen feuchten Kehricht interessierte. Ganz bestimmt machte er ihm gerade klar, der besten Freundin seiner Schwester nicht das Herz zu brechen. Herzallerliebst.

»Jungs, ich zieh mich kurz um.« Ein weißes T-Shirt und eine Leiche machten sich nicht so gut zusammen. Zum Abschied klopfte ich auf die Tischplatte, erhob mich und stieg ins Obergeschoss. Ehe ich mein Zimmer betrat, nahm ich wahr, dass die Tür zu Aylins und Chloes Schlafzimmer nur angelehnt war, und gab ihr einen kleinen Schubs. Im Zimmer schien eine Bombe geplatzt zu sein, die Koffer lagen aufgeklappt auf dem Boden und überall lagen Klamotten. Auf dem großen Bett lag ein roter String, den ich mit dem Finger hochhob und begutachtete. Fuck. Sofort schwoll mein Schwanz an, wenn ich mir Aylin darin vorstellte. Nur darin. Den würde sie nicht lange anhaben, bis er in Fetzen auf dem Boden lag. Ich ließ ihn schnell zu Boden fallen, verließ den Raum und betrat den nebenan, schloss die Tür hinter mir. Es machte mich verrückt, zu wissen, wie sie nebenan in dem Bett liegen würde und vielleicht das übergroße Shirt trug, welches ich ihr letztens über die Schenkel gestreift hatte, um …

ZWANZIG

BLAKE

Wie ausgemacht trat ich keine fünfzehn Minuten später raus auf die Veranda und setzte mich auf einen der Rattan-Stühle, um auf Scott zu warten. Die Zeit verstrich und der Kerl tauchte einfach nicht auf, weshalb ich mir eine Zigarette anzündete und den Rauch genüsslich in die Abendluft pustete. Doch der Penner tauchte – auch, nachdem ich sie Minuten später mit dem Fuß auf dem Boden ausgedrückt hatte – nicht auf. Seit wann war auf Scott keinen Verlass? Hatte er etwa die Pizza nicht vertragen? Seufzend stand ich auf, lief auf der Holzveranda auf und ab und steckte die Hände in die Hosentaschen und blieb sofort stehen, als ich leise Geräusche hinter der Ecke wahrnahm. Langsam setzte ich einen Fuß vor den anderen, linste um das Haus und entdeckte meinen besten Freund mit Chloe im Halbdunkeln, wie sie ziemlich nah beieinanderstanden und kurz davor waren, sich zu küssen. Scheiße, bis hierher konnte ich sehen, wie die Funken zwischen ihnen flogen, und an Scotts Körpersprache, dass nicht mehr viel fehlte, bis er sie auf der Stelle flachlegte. Vielleicht war das perfekte Licht nicht gegeben, aber die Beule in seiner Hose sprang einem ja förmlich ins Auge. Himmelherrgott. Hatte er nicht gesagt, dass Chloe laut Aylin absolut tabu war? Obwohl, was halfen diese Androhungen? Ich hielt mich ja selbst nicht daran.

»Scott, das ist nicht richtig. Uns könnte jemand sehen«, hörte ich Chloe mit zarter Stimme flüstern. Eine völlig neue Seite an ihr, sonst kannte ich sie nur direkt und bestimmend.

»Was richtig oder falsch ist, interessiert mich schon lange nicht mehr«, antwortete er, presste seinen Körper gegen ihren und beugte sich zu ihr herunter. Ich wollte natürlich nicht der Spielverderber sein, aber wenn das hier wirklich so eine Geheimniskiste werden sollte, hatten sie sich echt den falschen Platz dafür ausgesucht. Aber die Gier machte manchmal etwas mit einem, das man nicht versehen konnte. Wie zum Beispiel durch das Fenster der Schwester seines besten Freundes zu steigen. Mir war langweilig und die Leiche schlummerte weiterhin in seinem Kofferraum. Dafür dass er mir sogar das Rauchen in seinem Wagen verbot, war er dabei nun ziemlich nachsichtig. Gegen den Leichengestank würden nicht einmal mehr 500 Duftbäumchen reichen. Da musste demnächst bestimmt ein neues Auto her. Leise lachte ich auf, ehe ich einen Schritt in ihr Sichtfeld trat und mich räusperte. Ende dieses Trockenficks.

»Scheiße, Blake«, fluchte Scott, als beide zu mir herumwirbelten und auseinandersprangen, als hätten sie einen 1000-Volt-Stromschlag kassiert. Chloe friemelte an ihren Klamotten herum, schaute mich griesgrämig an und lief mit schnellen Schritten an mir vorbei zur Verandatür. Nachdem sie im Inneren des Hauses verschwunden war, wandte ich mich meinem besten Kumpel wieder zu, der seinen Autoschlüssel aus der Hosentasche zog und loslief, so als wäre ich gerade nicht in eine unangenehme Situation geplatzt. Schnell schloss ich auf und lief neben ihm her.

»Sollen wir jetzt so machen, als wäre nichts gewesen? Als hättest du nicht gerade fast die beste Freundin deiner Schwester flachgelegt?«, fragte ich neugierig und grinste. Manchmal konnte ich auch als Freund ein echter Mistkerl sein. Aber irgendwie amüsierte mich dieser Moment gerade.

»Wo ist das Problem? Wir haben nur geredet. Sie hat auf Aylin gewartet, ich auf dich … dadurch sind wir ins Gespräch gekommen und haben die Sterne beobachtet.« Was? So eine gequirlte Scheiße hab ich ja noch nie aus seinem Mund gehört. Und da kam schon einiges an Mist zusammen. »Und jetzt halt die Klappe und steig ein.« Scott entriegelte den Wagen, tat es mir vor und ließ nach dem Anlassen des Wagens gleich die Scheiben runter.

»Dann haben sich die Sterne also in ihren Augen gespiegelt, weshalb du ihr so nahekommen musstest. Alles klar«, antwortete ich und lachte auf. Scott schaute mich dabei grimmig an. Jedes weitere Wort würde ihn noch mehr zur Weißglut treiben. Aber irgendwie machte es einfach viel zu viel Spaß, ihn zu necken. Beim Einsteigen rümpfte ich bei dem bissigen Gestank kurz die Nase, drehte mich herum und erhaschte durch die Rückbank nur einen kleinen Blick auf den in Folie eingepackten Mann. Zumindest daran hatte er gedacht. Zwar hatte Scott schon die hinteren getönten Scheiben einen Spaltbreit offen stehen lassen, doch der Verwesungsprozess des Typen hatte mittlerweile eingesetzt, sodass dagegen nicht mal ein Cabrio helfen würde. Es roch erbärmlich nach Fäkalien und Fäule, penetrant und säuerlich zugleich. »Jetzt weiß ich auch, weshalb die olle Leiche noch da hinten drin liegt. Du konntest es nicht abwarten, mit der süßen Maus die Sterne zu sehen«, lachte ich herzhaft auf und schlug mir auf den Oberschenkel, wofür ich von Scott direkt eine auf den Hinterkopf geklatscht bekam.

»Halt jetzt die Schnauze, da ist nichts dabei«, giftete er mich an und zuckte mit den Schultern, was so viel hieß wie: Thema erledigt. Ich schüttelte nur den Kopf und lehnte mich zurück. Das würde ja ein toller Ausflug werden.

Scott fuhr rückwärts aus der Einfahrt heraus, fädelte sich in den nicht mehr so dichten Verkehr ein und entfernte sich immer weiter von der Stadt, ehe wir auf das große Gelände eines Kieswerkes abbogen. Um diese Uhrzeit tummelte sich hier keine Sau mehr herum, weshalb es ein Leichtes war, unbemerkt an einer Stelle zu parken und auszusteigen. Wir liefen beide um den Wagen herum, er öffnete den Kofferraum und gleichzeitig fassten wir jeweils am anderen Ende nach der Plane. Gerade als wir den Typen aus dem Wagen hieven wollten, ertönte hinter uns ein Klimpern, weshalb Scott sofort losließ, der Kerl auf den Boden segelte und ich von dem Ruck fluchte. Ich richtete mich auf und sah, dass er seine Waffe gezogen, sich vor mich gestellt hatte und ins Leere zielte.

»Was bin ich? Deine Jungfrau in Nöten?«, lachte ich auf, da dieser Beschützerinstinkt tatsächlich seinem Typ entsprach.

»Ach halt die Klappe, ich will nur nicht nochmal, dass dir jemand von hinten versucht eine Kugel reinzujagen. Du bist mein bester Freund. Denkst du, ich will dich verlieren?«, schnauzte er mich an und trotzdem war es einer dieser Momente, in dem seine Angst, jemanden zu verlieren, ans Tageslicht trat und mir bewusstwurde, wie viel ihm unsere Freundschaft bedeutete. Ich folgte seinem Blick, hörte genauer hin und entdeckte in ein paar Metern Entfernung, dass etwas auf uns zukroch. Was zur Hölle? Wir spannten uns beide an und keine Minute später lachte ich auf, als ein Hund über das Gelände lief. Direkt entwich die Anspannung aus Scotts Schulter, ehe er sich umdrehte und ich ihm auf diese klopfte.

»So schnell wirst du mich also doch nicht los«, sagte ich deshalb, woraufhin er nur grummelte und seine Waffe wieder einsteckte. Damit der Auftrag endlich als beendet galt, packten wir beide wieder an, schleppten die Leiche im Schutz der Dunkelheit die Strecke der Lastwagen hinauf, um sie dann auf einem der Kieshügel unter dem Geröll verschwinden zu lassen. Hier fand man ihn hoffentlich nicht allzu schnell oder stellte zumindest keine Verbindung zu uns her. Und wenn man ihn entdeckte, waren wir schon längst wieder in Chicago.

Glücklich darüber, dass der Mist erledigt war, liefen wir zurück zum Auto, stiegen ein und wischten uns die Hände an einem der Handtücher ab, die Scott für solche Fälle immer dabeihatte. Als hätten wir eben nur etwas an der Tankstelle geholt, startete er den Motor und fuhr gelassen los.

»Was war das jetzt eigentlich vorhin mit Chloe?«, hakte ich nun doch nochmal interessiert nach. Mich ließ der Gedanke einfach nicht los, dass er, der seiner Schwester sonst immer alles predigte und vorenthielt, diesen Schritt ging und ihren Wunsch missachtete. Scott schnaufte genervt, verkrampfte seine Hände um das Lenkrad und starrte stur nach vorne.

»Gar nichts«, kam es prompt knurrend von ihm.

»Also war es deine Knarre, die sich da in deiner Hose abgezeichnet hat, als du sie gegen das Geländer gepresst hast?« Für dumm durfte mich der Typ keinesfalls halten, denn was Geheimnisse anging, stand ich ihm in nichts nach. Gott, wenn er nur wüsste, was ich nur allzu gerne tun würde.

Er schnaufte hörbar, wandte sich an der nächsten Ampel zu mir und lehnte den rechten Unterarm auf der Mittelkonsole ab. »Blake, hör auf, sie ist doch gar nicht mein Typ«, versuchte er weiter mich zu überzeugen und fuhr sich durch die Haare. Eigentlich hatte er recht. Er stand eher auf die unschuldigen Dinger, fickte nur mit mir gemeinsam auch anderes Kaliber. Aber jetzt zog ihn wohl etwas nicht Keusches und Ahnungsloses an, denn mit Chloe hatte er eine ganze andere Hausnummer auserwählt. Und dann auch noch während sich bei ihr eigentlich etwas mit Craig anbahnte.

»Okay, wenn du meinst …« Ich zuckte mit den Schultern und beließ es dabei. Die ganze Zeit mussten wir sowieso nicht darüber sprechen, letztendlich war es nämlich sein Problem, was er mit diesem Dreiergespann anstellte. Normalerweise würde ich ihm raten, dass beide Jungs einfach gleichzeitig mit ihr Spaß haben sollten, aber so wie er sie angeschaut hatte und es ihn überhaupt nervte, dass ich ihren Namen in den Mund nahm, glaubte ich, dass Teilen auf Dauer keine Option für Scott sein würde. Die restliche Fahrt dauert nur wenige Minuten, wir bogen wieder in die Einfahrt ein, so als wäre nie etwas gewesen. Gerade als wir zur Haustür liefen, stoppte Scott und schaute in Richtung Strand. Von dort wehte mit dem Wind die Musik der Bar zu uns, woraufhin er nachdenklich wirkte und anscheinend mit sich haderte.

»Ich glaube, ich schau mal kurz nach Aylin«, sagte er dann wie aus der Pistole geschossen und setzte sich sofort in Bewegung.

»Okay, ich geh schonmal hoch. Falls das noch jemanden interessiert«, erwiderte ich und sprach eher mit mir selbst, denn so schnell wie Scott lief, hatte er wohl nur noch eins im Kopf. Und ich glaubte, Aylin war nicht der alleinige Hauptgrund für seinen Kontrollwahn.

EINUNDZWANZIG

AYLIN

Genervt setzte ich mich mit Chloe an die Bar und bestellte uns zwei Cocktails.

»Also Scott ist … seine Blicke sprechen wirklich Bände«, sagte Chloe nach einem kurzen Moment der Stille, während wir auf unsere Drinks warteten.

»So sehr ich ihn liebe, aber manchmal kann er echt ein Spielverderber sein.« Vielleicht hätte ich doch zu Hause bleiben sollen, so wie wir es bisher jedes Jahr gemacht hatten. Ich bekam immer mehr das Gefühl, dass es immer mehr einen Keil zwischen mich und meinen Bruder trieb, nur weil Blake mich magisch anzog. Ich in seiner Nähe sein wollte, auch wenn er mich oftmals selbst zur Weißglut trieb. Doch Scott musste auch sein Verhalten ablegen, mich weiterhin wie ein kleines Kind zu behandeln. Entweder wollte er es einfach nicht einsehen, dass seine Schwester zu einer jungen Frau herangewachsen war oder es interessierte meinen Bruder nur nicht die Spur, dass die ständige Kontrolle nicht mehr auszuhalten war. Ich wollte verdammt nochmal leben, die Welt erkunden und nicht, dass jeder Tag daraus bestand, zu lernen und in der Uni zu sitzen.

»Da kannst du echt froh sein, dass er so einen tollen besten Freund wie Blake an seiner Seite hat, der sich für dich einsetzt. Ohne sein Einbringen würden wir jetzt nicht hier sitzen«, kam es von meiner besten Freundin mit einem bis über beide Ohren reichenden Grinsen, als sie sich zu mir gebeugt hatte. Blake. Keine Frage, ich triezte ihn gerne, so wie heute Mittag im Auto, aber nicht um ihn zu ärgern, sondern weil ich diese Angst vor dem Unvorbereiteten, seiner Reaktion, liebte. Dieses Kribbeln, was mir durch den Körper jagte, wenn er mich mit einem Blick bedachte, der sogar Granit zum Schmelzen bringen würde und mein Blut zum Kochen brachte. Nicht zu wissen, was er als Nächstes im Schilde führte, war verlockend – gerade dann, wenn er es sich nicht leisten konnte. Und seine Drohung hallte weiterhin in meinen Gedanken nach. Er, ich und die Rückbank. Himmel. Direkt schoss mir ein warmes Gefühl zwischen die Beine, ich dachte an die Nacht nach der Hausparty, in der er mich überrascht und meinen Körper zur Ekstase getrieben hatte. Ich wusste jetzt, wieso mich Scott vor ihm und den anderen fernhalten wollte. Denn sie alle umgab eine dunkle Aura, die nicht in Worte zu fassen war. Keine Ahnung, was sie wirklich für Geschäfte machten, aber Blakes Finsternis zog mich wie ein Magnet an, und so sehr ich mich gerne dagegen wehren würde, konnte ich es nicht. Bei unserem ersten Blickkontakt, als er in unser Haus geplatzt war und beim Frühstück gestört hatte, war ich in seine Falle getappt. Ohne Aussicht darauf, da wieder herauszukommen.

»Aylin?«

»Was?« Verdutzt schaute ich Chloe an, die mir mit einer Hand vor der Nase hin- und herwinkte und mich eindringlich beäugte.

»Das war ja klar. Kaum fällt sein Name, bist du nicht mehr ansprechbar«, lachte sie und schüttelte den Kopf.

»Wessen Name?« Irgendwie verstand ich in dem Moment nicht, von wem sie sprach, und stand neben der Spur. Bis ich ihr breites Grinsen wieder sah und kapierte. O Mann. »Blake … Sorry, ich war mit den Gedanken gerade woanders.« Genauer gesagt bei ihm.

»Schon klar. Ich versteh dich ja, er ist heiß, düster und hat immer diesen Geh-mir-nicht-auf-den-Sack-Blick drauf.« Theatralisch legte sie sich den Handrücken an die Stirn und tat so, als würde sie gleich rückwärts von dem Barhocker fliegen. Ich musste von ihrer kleinen Einlage auflachen, schlug ihr spielerisch gegen die Schulter, woraufhin sie einstimmte. Zur gleichen Zeit stellte der Barkeeper unsere Getränke ab, wir stießen an und nahmen jeweils einen großen Schluck durch den Strohhalm.

»Lass uns einfach den Abend hier zu zweit genießen, bevor wir wieder in die Casa Erotica zurückgehen«, antwortete ich danach und zwinkerte ihr zu. Zwischen Chloe und Craig flogen ebenfalls wahrhaftig die Funken, wobei ich nie gedacht hätte, dass sie sich auf ihn einlassen würde. Er war speziell, für mich weiterhin ein großes Rätsel, so wie die meisten von ihnen, aber vielleicht hatte er ihr eine ganz andere Seite von sich gezeigt. *Wer weiß*. Aber um die Männer sollte es jetzt nicht gehen. Ich wollte in Ruhe etwas mit meiner besten Freundin trinken und die sieben Siegel in Männergestalten erst später wieder in meinen Kopf lassen. Es war ja auch erst unser erster Abend hier.

»Hast du das eigentlich schon von Mrs. Burnham gehört? Ich hab mich vor kurzem noch gewundert, weshalb sie seit zwei Wochen fehlt und letztens in der Cafeteria dann ein Gespräch aufgeschnappt, dass sie etwas mit einem Studenten gehabt haben soll. In einem der Hörsäle, wo sie von einem Kollegen überrascht wurden«, fing Chloe an zu erzählen und verschluckte sie vor Lachen fast an ihrem nächsten Schluck. »Wie dumm kann man sein? Dann trifft man sich doch zu Hause oder geht zumindest in irgendeine Abstellkammer, wenn man es nicht abwarten kann.«

»Das musst du ja am besten wissen, oder?« Kaum hatte ich es ausgesprochen, schnappte Chloe nach Luft und sah mich entsetzt an. Mir stockte der Atem. Hatte ich das gerade wirklich ausgesprochen? Als ich ihre Aussage gehört hatte, war das irgendwie das Erste, an das ich hatte denken müssen. »Sorry, das wollte ich –«

»Ach, schon gut. Du hast ja recht. Ich steh dazu«, antwortete sie mit einem schelmischen Grinsen und nahm mir damit das schlechte Gewissen. Als Nächstes redeten wir nochmal über meinen Nebenjob, den ich in ein paar Tagen antreten wollte.

»Hey, ihr zwei Hübschen«, drang eine männliche Stimme zu uns durch. Chloe und ich drehten uns automatisch um, nachdem wir beide eine Berührung am Rücken gespürt hatten, und schauten den jungen Mann mit dieser typischen Surferfrisur fragend an.

»Mein Kumpel und ich sitzen dort hinten an dem Tisch und würden euch gerne einen Drink ausgeben.« Er grinste freundlich, bedachte uns nacheinander mit einem warmen und intensiven Blick, ehe Chloe und ich uns ansahen und meine beste Freundin nur mit den Augenbrauen wackelte.

»Mein Glas ist sowieso leer«, erwiderte sie und hielt es demonstrativ hoch. In meinem befand sich auch nicht mehr viel und ich hatte auch gar nicht so viel Geld mitgenommen. Wer hätte auch wissen können, dass die Cocktails hier so arschteuer waren? Ich schielte an dem Typen vorbei zu seinem Kumpel, der mir zuwinkte und recht nett aussah. Was sollte schon passieren? Gegen einen Drink sprach absolut nichts. Wir stimmten beide zu, bezahlten zuerst noch unsere schon getrunkenen Cocktails und gesellten uns dann zu den beiden an den Tisch, ehe sie eine Runde bestellten.

Bei solchen Situationen empfand ich meist immer etwas Unbehagen … als würden die Männer jetzt irgendetwas erwarten, nur weil sie ein Getränk ausgaben. Das war leider schon vorgekommen, weshalb ich mich zu Anfang meist zurückhielt. Doch mit Chloe an meiner Seite war das überhaupt kein Problem. Sie quasselte drauflos, fragte die Jungs, woher sie kamen, und so wie es schien, waren sie ebenso wie wir hier, um ein schönes Wochenende zu verbringen. Die beiden waren keinesfalls aufdringlich und fragten, was wir sonst so machten, weshalb ich mich irgendwann mit einbrachte, wir von unserem Studium erzählten, und Matt und Joe, so hießen die zwei, über ihres sprachen. Es war eine ungezwungene Runde, wir stießen gemeinsam an, als die Drinks kamen, redeten und lachten ohne Ende. Ich erzählte sogar, dass wir mit meinem Bruder und seinen Freunden hier waren und statt genervt abzuziehen, schlugen sie sogar vor, mal gemeinsam etwas zu machen.

• • •

»Aylin! Was soll der Scheiß?«, hörte ich es plötzlich von weitem. Für einen kurzen Moment schloss ich die Augen, hoffte, das nur zu träumen, ehe ich mich umdrehte und Scott mit schweren Schritten über den Sand zu uns laufen sah.

»Das wird übel ausgehen …«, flüsterte Chloe und ich hörte sie leise den Jungs erklären, dass das mein Bruder sei. Sofort sprang ich auf, um die Blamage in Grenzen zu halten, lief auf Scott zu, und bevor ich ihn davon abhalten konnte, die ganze Bar zu verwüsten, packte er mich am Oberarm.

»Willst du mich eigentlich komplett verarschen? Ich hab dich nicht mit hierhergenommen, damit du dir einen Typen nach dem anderen anlächelst!«, raunte er mich wütend an und es fehlte nur noch der wutentbrannte Rauch, der aus Nase und Ohren schoss.

»Schrei doch nicht so laut. Müssen dich gleich alle Gäste hören?«

»Das ist mir scheißegal. Solange ich die ekelhaften Typen dadurch davon abhalten kann, dir an die Wäsche zu gehen, von mir aus.« Sein Griff wurde fester, als er mich zurück zum Haus schleifen wollte.

»Lass mich los. Ich kann ja wohl ’nen Drink genießen, ohne wie ein Sträfling abgeführt zu werden!«, erwiderte ich und riss mich aus seiner Berührung, wodurch ich zwei Schritte zurücktaumelte und mich im letzten Moment fing. Scott stand da wie ein wütender Bulle, dessen rote Tücher hinter mir auf den beiden Stühlen saßen. Alle starrten uns mittlerweile an und ich fuhr mir mit der freien Hand durch die Haare. Hätte er nicht einfach warten können, bis wir nach Hause kamen? Nein, das wäre nicht Scott. Er musste einen direkt konfrontieren und alle in die Flucht schlagen. Wenn er nur wüsste, dass die größte Verführung im Zimmer neben mir schlief. »Du führst dich auf, als hättest du mich beim Gras rauchen erwischt«, brummte ich und verdrehte leicht die Augen.

»Ist mir völlig egal. Du kommst jetzt mit«, brüllte er und warf einen Blick an mir vorbei. »Ihr beide.« Daraufhin drehte ich mich auch um und sah, wie sich Chloe gerade von Matt und Joe verabschiedete und auf uns zukam. Dann sah Scott wieder zu mir. »Ist es das, was du willst? Anstatt zu lernen, dich irgendwelchen Kerlen an den Hals schmeißen wie –« Leicht zuckte ich zusammen, weil ich mir denken konnte, was er sagen wollte, doch im nächsten Moment schob sich jemand zwischen uns und ich starrte nicht mehr in Scotts enttäuschtes Gesicht, sondern sah die blonde Mähne meiner besten Freundin vor mir, die ihm eine Hand auf die Brust legte. »Wir kommen mit, ok?«, wisperte sie und einen Moment wurde sein Blick weicher, woraufhin ich die beiden einen Moment lang irritiert musterte. Doch ich hatte keine Nerven, mich damit auseinanderzusetzen, weshalb ich an beiden vorbeiging.

ZWEIUNDZWANZIG

BLAKE

»Er hat mir einen Drink ausgegeben, mehr nicht. Was ist daran das Problem? Ich wäre schon nicht mit ihm mitgegangen!«, hörte ich Aylins genervte Stimme. Ich beobachtete das Schauspiel vom Fenster aus. Chloe schlich sich derweil an ihnen vorbei und lief ins Haus. Eine Minute später hörte ich ihr Stampfen auf der Treppe und die Zimmertür nebenan zufallen.

»Woher willst du das wissen? Vielleicht hätte er dir etwas ins Getränk getan!«

»Oh, bitte, Scott, mach dich nicht lächerlich. Ich bin zwar blond, aber nicht blöd.« Überfordert warf sie die Hände über dem Kopf zusammen und wandte ihm den Rücken zu. Auch von hier konnte ich den Zorn in seinen Augen sehen, doch er wirkte ruhiger als sonst, obwohl er sich offensichtlich mit Aylin stritt. Hatte er etwas geraucht? »Weiß du was? Dann geh doch und mach, was du willst!«, brummte er, winkte ab und lief in Richtung Haus.

»Ja, vielleicht mach ich das auch!«, erwiderte sie frustriert, trat mit ihrem rechten Fuß ins Leere, ehe sie in die entgegengesetzte Richtung zum Strand stampfte. Schnell verlor ich sie aus den Augen und hörte nur das Fluchen von Scott im Hausflur. Da unten konnte sie auf keinen Fall allein bleiben. Innerlich verfluchte ich den beschissenen Beschützerinstinkt ihr gegenüber, riss die Tür auf und sah nur noch Scott, wie er an mir vorbeiraste und brummend in seinem Zimmer verschwand. Hastig sprintete ich die Stufen hinab, durchquerte den offen gestalteten Wohnbereich und trat durch die Verandatür hinaus an die frische Luft. Mit schnellen Schritten überquerte ich den Strand, vorbei an der Bar und entdeckte Aylin wenige Meter von mir entfernt, mit den Armen um die Knie geschlungen, im Sand sitzen.

»Euer Streit war kaum zu überhören«, sagte ich in ruhigem Ton und setzte mich neben sie.

»Lass mich in Ruhe, Blake. Dafür hab ich jetzt keinen Kopf.« Okay, das Verhalten von Scott drückte ihr wohl gehörig auf die Stimmung. Aber die geknickte Seite an ihr ertrug ich nicht. Obwohl sie mich mit ihrem Necken und ihren flüchtigen Blicken in den Wahnsinn trieb, konnte ich mir den traurigen Gesichtsausdruck nicht anschauen.

»Warst du schonmal nachts im Meer?«, fragte ich wenig später und blickte hinaus auf das schwarze Wasser, das sanft vor sich hin schwappte und kleine Wellen am Ufer schlug.

»Was?« Verwirrt wandte sie sich zu mir und ihre Blicke auf meiner Haut lösten eine Gänsehaut aus.

»Du hast mich schon verstanden.«

»Nein, war ich nicht. Mir macht das dunkle Wasser irgendwie Angst, wenn man nicht genau weiß, was sich alles darin herumtreibt, und ich es nicht sehen kann.« Führten wir gerade eine Unterhaltung? Oh, Gott, ich verfluchte Craig!

»Aber ist nicht gerade das das Verführerische? Die unterschwellige Angst?«, raunte ich ihr entgegen, wartete ihre Antwort nicht ab, stand auf, zog mir das Shirt über den Kopf und warf es ihr vor die Füße. Skeptisch blickte sie mich mit schräg gelegtem Kopf an. Das Wasser knallte eiskalt gegen meine Schienbeine, doch statt zurückzugehen, lief ich weiter hinein, bis es mir an die Hüften reichte.

»Na, was ist?« Als ich mich umdrehte, stand Aylin und nestelte an ihrem Hosenbund herum. Und wider meine Befürchtung öffnete sie die kleine Schleife ihres Oberteils, streifte es sich, genau wie ihre Hose, ab. Nur in Unterwäsche tapste sie langsam ins Wasser und zog die Nase kraus, als das kalte Nass auf ihren Körper traf. Voller Erregung atmete ich tief ein und biss mir auf die Unterlippe. Heilige Scheiße, der Anblick kostete mich alles und beförderte mein Blut direkt zwischen meine Beine. Das hier war die beschissenste Idee, die ich seit langem hatte. Wir beide allein am Strand im Dunkeln. Aber ich würde einen Scheiß tun und einen Rückzieher machen. Mit kleinen Schritten kam sie auf mich zu, verschränkte die Arme vor der Brust und sah mich erwartungsvoll an. Immer wieder blickte sie zum Ufer, überlegte sich wohl, ob sie wieder hinaussollte. Doch aus der Nummer hier kamen wir beide nicht mehr raus. Schlagartig umgriff ich mit den Händen ihre Hüften und zog sie an mich, legte meine Lippen an ihr Ohr.

»Keine Angst, ich hab dich«, flüsterte ich und verstärkte meinen Griff an ihrer Mitte.

»Ach ja?« Rasch drehte sie sich herum, legte ihre Hände auf meine Schultern. Das Unsichere war aus ihrem Blick verschwunden und statt die Vernunft walten zu lassen, zu verschwinden und das Thema abzuhaken, drängte ich mich fester an sie, sodass meine Erektion gegen ihren Bauch drückte. Durch den dünnen Stoff ihres BHs spürte ich ihre harten Nippel, die verführerisch über meine Brust streiften. So schnell, wie sie mir ihre Beine um die Hüften schlang, konnte ich nicht reagieren. Rasch dirigierte ich uns ins tiefere Wasser, damit wir nicht wie auf dem Präsentierteller dastanden. Ich ließ uns treiben, während sie sich immer fester an mich presste und auch ihre Arme um meinen Hals legte. Ihr Atem prallte gegen meine Halsbeuge. Mit einem Schlag waren wir uns wieder so nah, dass ich sogar ihren schnellen Herzschlag spüren konnte. Fuck, was machte sie nur mit mir? Ich sollte das nicht tun, nein, auf keinen Fall, aber ich war nicht mehr in der Lage, mich dagegen zu wehren.

Wir sahen uns nur an, waren beide nicht fähig, irgendetwas zu sagen. Durch die Dunkelheit erkannte ich nicht viel, allerdings verriet mir ihr schneller Atem, dass sie gerade genauso erregt war wie ich. Dabei löste ich eine Hand von ihrer Hüfte, wanderte hinauf und fuhr mit den Fingern unter den Rand ihres BHs. Bei der Berührung versteifte sie sich, schnappte nach Luft, und ohne etwas zu sagen, griff sie mir in den Nacken und küsste mich intensiv. Scheiße, ich schmeckte den Alkohol auf ihren Lippen und drang mit der Zunge in ihren Mund ein, umspielte ihre heftig. Knurrend presste ich meine Erektion gegen ihre Mitte, ehe sie sich aufreizend daran rieb und ihre Finger fester in meinen Haaren vergrub. In mir glich es einer wahren Explosion von Empfindungen, die ich bisher noch nie erlebt hatte. Wir waren hier völlig allein und niemand würde auf den Gedanken kommen, dass wir zusammen im Wasser waren … Seit den Berührungen auf der Couch bei Aylin und Scott zu Hause konnte ich an nichts anderes denken, als sie vollkommen für mich zu haben. Ihr Stöhnen laut zu hören, während ich immer wieder in sie eindrang und sie zum Höhepunkt brachte.

Da sie sich so an mich klammerte, konnte ich auch die andere Hand von ihrer Hüfte lösen, nach den Trägern ihres BHs packen und ihre Brüste vollständig enthüllen. Erregt leckte ich mir über die Lippen, spürte dabei ihren Blick auf mir, ehe sie näherkam und nur danach bettelte, dass ich sie liebkoste. Quälend langsam fuhr ich mit den Daumen über die harten Nippel, massierte ihre Oberweite und sah Aylin dabei tief in die Augen. Ihr Blick sprach Bände, schrie danach, dass sie mehr wollte, weshalb ich den Kopf senkte und nacheinander an ihren Nippeln saugte. Stöhnend legte Aylin den Kopf in den Nacken, kam mir mit dem Oberkörper näher und krallte ihre Fingernägel in meine Kopfhaut. Vor lauter Schreck, biss ich ihr in den Nippel, woraufhin sie zischte, jedoch ihre Mitte fester an meinem Schwanz rieb. Sie hatte also ebenso wenig etwas gegen Schmerz wie ich. Ich übte beim Kneten ihrer Brüste mehr Druck aus, zwirbelte ihre Nippel zwischen den Fingern und hob dabei meinen Blick. Ihre Augen hielt sie starr auf meine Lippen, zog sich die Unterlippe zwischen die Zähne, ehe sie sich herunterbeugte und mich küsste. Wir stöhnten beide, überwältigt von der Erregung und Hitze, trotz des kalten Wassers, und sehnten beide diesen einen

Moment her. Ich wollte sie, hier und jetzt. Widerwillig ließ ich zu, dass Aylin ihre Lippen von meinen löste, jedoch tat sie das aus gutem Grund. Eine ihrer Hände wanderte unter den Bund meiner Badehose und umfasste meinen harten Schwanz.

»Oh, fuck.« Mit meinem Becken kam ich ihr im gleichen Rhythmus zu ihren schnellen Bewegungen entgegen, stöhnte auf, als sie fester zudrückte und ebenfalls keuchte. Sie legte den Kopf in den Nacken, als ich wieder damit anfing, ihre harten Knospen mit der Zunge zu verwöhnen und hineinzubeißen. Kurz entfuhr ihr ein weiterer Schmerzenslaut und sie hielt in ihrer Bewegung inne, drängte sich aber sofort wieder gegen mich und verlangte mehr. Sie klammerte sich an mich, ich arbeitete mich über ihr Dekolletee und ihren Hals zu ihrem Mund hinauf und presste meinen auf ihren. Gleichzeitig stöhnten wir auf und rieben uns aneinander in die Ekstase. Konnten dem anderen nicht nah genug sein und pressten unsere Körper zusammen, bis es fast wehtat und ihre Bewegungen um meinen Schwanz fast unmöglich machten. Sie holte mir einen runter, wie es noch keine vorher getan hatte. Ja, an meinem Schwanz hatten sich schon einige Frauen zu schaffen gemacht, allerdings hätte keine von ihnen diese Erregung in mir ausgelöst, wie Aylin gerade. Nur ein Gedanke schwirrte mir im Kopf herum: Ich wollte sie besitzen. Mit allem, was ich besaß. Als ich spürte, wie der Orgasmus immer näherkam, griff ich nach ihrer Hand und löste die Berührung. Kurz ließ ich eine Hand zwischen ihre Beine wandern, schob ihren Slip zur Seite und fuhr ihre Spalte entlang. Sofort versteifte sie sich, fasste nach meiner Hand und drängte sich zwei meiner Finger selbst ein. Ich keuchte, als ich ihren bestimmten Blick sah und spürte, wie sich ihre Wände über meine Finger bewegten.

»Was willst du, Aylin?«, hauchte ich ihr mit dunkler Stimme gegen die Lippen und stimulierte sie weiterhin.

»Dass du die Drohung von vorhin endlich wahr machst«, stöhnte sie und rieb sich fortan an mir und zerrte meine Badehose herunter, bis mein Schwanz gegen ihre Mitte schnellte. Nichts lieber als das, an nichts anderes dachte ich mehr. Tag wie Nacht. Sogleich umfasste sie wieder meinen Penis, wichste ihn mit schnellerwerdenden Bewegungen und entlockte mir ein heißeres Knurren.

»Nimmst du die Pille?«

»Jaaa«, antwortete sie ungeduldig und noch, während sie es aussprach, riss ich ihren Slip vollständig auf die Seite und drang mit einem Stoß tief in sie ein. Umgehend öffnete sich ihr Mund und der Ansatz eines lauten Stöhnens erklang, ehe ich ihr meine Hand auf den Mund presste und sie weiter fickte. Aylin krallte sich mit den Fingernägeln an meinen Schultern fest, ich liebte den Schmerz und stieß grober zu, füllte sie komplett aus und genoss, wie ihre engen Wände an meinem Schwanz rieben. Es war der perfekte Einklang zwischen uns, als wäre es nie anders gewesen und wir füreinander bestimmt. Mit der Zunge umspielte ich weiterhin einen ihrer Nippel, vergrub die andere Hand in ihrem Fleisch und fühlte, wie sie mit den Hüften kreiste und sich ihre Beine fester um meine Hüfte schlangen. Bestimmend schlug sie plötzlich die Hand von ihrem Mund, küsste mich daraufhin stürmisch, woraufhin wir beide nach Luft schnappten. Wir sahen uns tief in die Augen, ich wollte jede ihrer Regungen erleben, wenn ich tiefer in sie eindrang und sie die Augen verdrehte oder ich mich zurückzog und sie ungeduldig die Augenbrauen zusammenzog.

»Härter…«, wimmerte sie, als ich kurzzeitig das Tempo herausnahm, um den Moment mehr auszukosten, jedoch konnte ich so eine Bitte nicht ungeschehen lassen. Uns entglitt beiden ein tiefes Stöhnen, welches durch den Kuss unterdrückt wurde, als sie mich vollständig aufnahm und ich grob ihre Hüften fasste und mich mit stürmischen Bewegungen immer und immer wieder in sie rammte. Das Wasser um uns schlug Wellen, klatschte gegen unsere Rücken und ich wusste nicht, ob es der kalte Windzug war, der mir eine Gänsehaut bescherte, oder der herannahende Orgasmus. Aylins Brüste hüpften vor meinem Gesicht auf und ab, machten es unmöglich, nicht den Verstand zu verlieren. Als sie dann anfing, mit ihrer Hand ihre Nippel abwechselnd zu necken, gab sie mir den Rest. Schon immer liebte ich es, wenn Frauen dazu in der Lage waren, selbst Hand anzulegen, aber Aylin schoss einfach den Vogel ab. Jede ihrer Bewegungen, Blicke oder Worte fickten meinen Kopf. Ihre Wände zogen sich immer mehr um meinen Schwanz zusammen, sie stöhnte bei jedem Stoß auf und ich konnte nicht mehr an mich halten und stimmte mit ein. Doch ich wollte ihr Keuchkonzert nicht unterdrücken, indem ich ihr wieder eine Hand auf den Mund presste. Ich wollte es hören, für immer. Das einzige Geräusch, was mich belebte. Mein Schwanz wurde von ihrer Enge gemelkt, ihre spürte das Pochen, Reiben und die unheimliche Hitze, die sie von sich gab. Stetig versenkte ich ihn weiter in ihrer warmen Mitte und genoss jede Sekunde, in der ich in ihr war und sie letztendlich ihren Kopf lustvoll auf meine Schulter fallen ließ. Ich rammte ihr meinen Schwanz weiter mit groben und harten Stößen in sie hinein, fickte sie zur Besinnungslosigkeit, bis ich nicht mehr daran dachte, wo wir uns überhaupt befanden. Nur noch wir beide hier existierten. Aylin und ich.

»Blake …«, wimmerte sie und vergrub ihre Nägel in meinem Rücken. Fuck, genau den Schmerz meinte ich. Doch statt schmerzerfüllt langsamer zu machen, turnte es mich noch mehr an. Ich glitt einmal aus ihr komplett heraus, um dann hemmungslos in sie einzudringen und zu nehmen, bis sie ihre Lippen aufeinanderpresste und meinen Blick suchte. Ihre Wände zogen sich enger zusammen, rieben über meinen harten Schwanz, ehe ich meine Stirn gegen ihre lehnte und wir beide gleichzeitig erzitternd kamen. Für einige Minuten verweilten wir in der Position, bis ich sie widerwillig losließ, wir unsere Klamotten richteten und die Kälte unsere Körper hinaufkroch.

Worte darüber, was gerade eben passiert war, sparten wir uns. Wir starrten uns nur an, bevor ich Aylin eine Haarsträhne aus dem Gesicht strich und sie dazu aufforderte, mit rauszukommen. Denn leider mussten wir den Weg zurück in die Realität antreten.

DREIUNDZWANZIG

AYLIN

Ich war wie elektrisiert, konnte nicht aufhören, ihn anzusehen. Echt strange, das Ganze. »Aylin, kann ich dich kurz sprechen?« Sofort schnellte mein Blick zur Seite, wo mein Bruder stand und sich auf den Stuhl neben mir setzte. Dabei vermied ich es nochmals zu Blake zu sehen, der an der Kücheninsel stand und sein Augenmerkmal auf uns gerichtet hatte. Um das zu wissen, musste ich ihn nicht einmal ansehen. Ich spürte es – die Spannung in der Luft –, ohne dass wir uns überhaupt berührten. Fuck.

»Warum?«, fragte ich scherzhaft nach und wunderte mich über seinen ernsten Ton. Er konnte mich und Blake gestern nicht gesehen haben, sonst wären wir als zwei Wasserleichen geendet.

»Es tut mir leid wegen gestern. Ich wollte nicht so durchdrehen, ich will nur …«, fing er an, doch ich unterbrach ihn direkt mit einem Schnauben.

»Dass ich nicht so werde wie Mom. Hab schon verstanden. Ich soll mich von allem, was Spaß macht, fernhalten.« Und besonders von seinem besten Freund. »Du bist der wichtigste Mensch in meinen Leben«, kam es leise von ihm. Seine tiefblaugrauen Iriden waren traurig und liebevoll auf mich gerichtet, auf seinen Lippen der Anflug eines Lächelns. Verflucht, da kamen gleich die Schuldgefühle doppelt und dreifach auf mich eingeprallt. Ich öffnete den Mund, wollte etwas erwidern, doch meine Kehle schien trocken.

»Wollen wir endlich zum Strand?«, erlöste mich eine Stimme von der Treppe aus, auf der Chloe stand und schon hippelig wurde. Flink stand ich von meinem Stuhl auf und sah, wie Craig hinter meiner besten Freundin erschien. Die beiden hatten doch nicht wieder … Der Gedanke machte mich irgendwie wütend. Nicht, weil ich mich nicht für meine beste Freundin freute, sondern weil sie einfach machen durfte, was sie wollte. Während ich zwischen Schuldgefühlen und Verlangen gefangen war. Auch Scott erhob sich, Blake stieß sich von der Theke ab, ließ aber seine Arme vor der Brust verschränkt. Ob er auch solche Gewissensbisse wie ich verspürte? Obwohl … Blake fühlte sicher nicht so etwas wie Skrupel. Tief sah ich in seine Augen, versuchte etwas daraus zu lesen und ein bisschen Selbstvorwürfe flackerten in seinem Blick auf. Vielleicht irrte ich mich doch. Blake wandte den Blick ab, presste die Lippen aufeinander und gab knirschend ein: »Mike ist schon da«, von sich, bevor er sich in Bewegung setzte und ihm die anderen folgten.

Chloe hakte sich bei mir unter, hielt mir eine Einkaufstasche hin und wir hüpften die Treppen hinunter, liefen zum Strand. Der Sand knirschte unter unseren Füßen. Zum Glück war der Strand nicht überfüllt und das Meer rauschte beruhigend. Wir mieteten uns keine Liege, sondern legten uns schattig in den warmen Sand. »Du warst weder da, als ich einschlief, noch, als ich aufwachte. Scott kam heute Morgen in unser Zimmer, ich meinte, du wärst schon wach und ich müsste jetzt dringend wohin und hab mich bei Craig vor ihm versteckt«, flüsterte sie leise und sah mich fragend an. Seufzend lehnte ich mich zurück, sodass meine Ellbogen auf dem Handtuch im Sand lagen. »Blake und ich …«

»Du und Blake?«, kam es neugierig von ihr, als ich nicht weitersprach.

»Wir haben gestern Abend im Meer …«

»Ihr habt miteinander geschlafen?« Viel zu laut kamen die Worte über ihre Lippen, weshalb ich geschockt hin und her blickte und sie sich die Hand vor den Mund hielt. »Chloe!« Entrüstet sah ich sie an und stieß erleichtert die Luft aus, als ich bemerkte, wie die Jungs an der Strandbar standen, Blake uns intensiv musterte und ich mich von seinem Blick losreißen musste. »Tut mir leid … tut mir leid… Ich bin nur… Ahh! Ich hab die ganze Zeit darauf gewartet. Eure Ich-will-dich-hier-auf-dem-Tisch-Blicke waren kaum noch zu ertragen.« Amüsiert funkelte mich Chloe an und ich hoffte, mein Bruder hatte nicht auch die gleichen Vibes wie sie gespürt. Obwohl – dann wären wir schon Meeresfutter. »Und dann?«, hakte sie gleich nach und ich musste amüsiert die Augen verdrehen. Natürlich … wenn, dann wollte sie alles wissen.

»Danach sind wir aus dem Wasser gegangen. Und ich habe wirklich erwartet, er dreht mir einfach den Rücken zu und geht. Immerhin hatte er ja eigentlich bekommen, was er wollte – dachte ich. Aber dann hat er meine Hand genommen und wir sind zu ihm ins Schlafzimmer.«

»Und habt es nochmal getan!«

»Nein«, kam es hauchend von mir. »Blake meinte, er könnte besser einschlafen, wenn ich bei ihm wäre.« Bei den letzten Worten blickte ich auf meine Beine, spürte die warme Röte in meinem Gesicht und konnte immer noch nicht den Abend gestern in Worte fassen. Mein Herz raste wie verrückt, ich spürte seine Berührungen immer noch auf meiner Haut und eine Hitzewelle umfasste mich bei dem Gedanken, seine Lippen nochmals auf meinem Körper zu spüren. Wahrscheinlich waren die Worte nur wegen des Whiskeys über ihn gekommen, welchen ich deutlich in seiner Mundhöhle geschmeckt hatte, als sich unsere Zungen …

»Einen Dollar für deine Gedanken«, hörte ich nur von Chloe, die mich zum Glück von dem Kopfkino befreite, und ich legte frustriert meinen Kopf auf meine Beine. Ich musste ihn aus meinem Schädel kriegen. Dringend. »Wenn Scott das erfährt –«, brummte ich frustriert und würde am liebsten mit der Faust in den Sand hauen, aber unterließ diesen Gefühlsausbruch. »Können deine Eltern ihm nicht Paroli geben?« Dafür müsste ich erst einmal welche haben, die es interessieren würde. »Scott übertreibt mit seinem Beschützerinstinkt maßlos. Auf der einen Seite ist es ja schon niedlich, auf der anderen total krank. Du bist keine fünf mehr. Klar, Blake ist jetzt kein Märchenprinz. Und ja, vielleicht nicht die beste Wahl. Aber es ist deine Entscheidung«, fuhr sie ihre Rede fort und sah mich dabei eindringlich an, nachdem ich den Kopf wieder gehoben hatte. »Nein, verdammt«, blaffte ich sie etwas zu heftig an. Einfach weil das nicht zur Debatte stand, da Scott die einzige Familie in meinem Leben war. Und sie nicht wusste, was früher bei uns zu Hause abgelaufen war. Weil sie einen Scheiß darüber wusste, was Scott alles für mich eingesteckt hatte und wie viel er mir bedeutete. Und dass ich eine beschissene Schwester war, die nichts Besseres zu tun hatte, als alles für einen Kerl hinzuschmeißen, der sich vielleicht nur einen Scherz erlaubte. Aber ich sollte ihr keine Schuld dafür geben, dass sie keine Ahnung hatte, weil ich sie belog. »Tut mir leid, es ist nur verdammt schwierig …«, murmelte ich dann und sie strich mir beruhigend über die Schulter.

Ein bitterer Geruch stieg mir in die Nase. Er schlug die Flasche gegen die Wand, dass die Glassplitter nur so umherflogen und ich mich duckte. Ein Schrei drang aus meiner Kehle, ich hielt mir die Ohren zu. Heftiges Schnauben, Flüche, das Klirren der Gläser, die zu Bruch gingen. Das Geschepper, als der Stuhl mit Gewalt zu Boden geworfen wurde. »Hör sofort auf mit der Scheiße«, vernahm ich eine Stimme, die dafür sorgte, dass ich erleichtert Luft holte. Scott trat auf unseren Vater zu, verpasste ihm einen saftigen linken Haken und trat dann aus der Drehung heraus mit Wucht in seinen Magen. Dad ging mit einem Schmerzensschrei in die Knie. Scott nutzte das, hievte ihn mit roher Gewalt hoch und drängte ihn mit seiner Linken gegen die Wand. »Hör auf damit, ihr Angst zu machen«, brüllte Scott ihn an und ich stand dort, klein und verängstigt, und fühlte mich so schwach. »Da fragt man das Weib nach einem Bier und sie stottert nur herum …«, brummte er zurück und versuchte sich aus Scotts Griff zu lösen.

»Dieses Weib ist deine Tochter!«

»Und genauso nutzlos wie ihre Hure von Mutter!«, brüllte Dad und ich zuckte zusammen, obwohl er nicht einmal in meiner Nähe stand. Obwohl ich wusste, dass Scott mich beschützen würde, wie er es schon immer getan hatte.

Damals hatte ich nicht begriffen, dass mein Dad ein Monster war. Der in unserem Leben nur dann eine Rolle spielen wollte, wenn er mal wieder das Bedürfnis hatte, jemanden herunterzumachen. Und trotzdem verspürte immer noch ein kleiner Teil von mir den Wunsch, von ihm geliebt zu werden. Nur einmal diese Worte aus seinem Mund zu hören und nicht den Hass aus seiner Stimme.

Mein Bruder hatte mich immer beschützt, nicht nur in der Situation, sondern in vielen weiteren. Als unsere Mutter gestorben war, ich ihren Tod Stück für Stück hatte miterleben müssen, war er es gewesen, der meine Tränen getrocknet hatte. Er hatte tagelang bei mir geschlafen, meine Albträume mit Geschichten weggefegt.

Und Scott wollte nur, dass ich es besser haben würde, ein normales Leben führte ohne weiteren Schmerz und Leid. Weshalb also fühlte ich mich so sehr zu der Dunkelheit hingezogen? Wieder blickte ich in Blakes dunkle Seelenspiegel, und jeder andere würde bei seinem intensiven Blick wohl einfach zu Boden schauen, doch ich konnte ihn nur interessiert ansehen. Diese elektrisierende Spannung war nicht gut für uns beide.

VIERUNDZWANZIG

BLAKE

Sie blickte mich die ganze Zeit lustvoll an und meine Erinnerungen an gestern Nacht spielten verrückt. Ihre Berührungen hatten Unbeschreibliches in mir ausgelöst und meine Hände wollten wieder über ihren unteren Rücken wandern, sie an mich heranziehen und wieder hart in sie eindringen. Ich wollte sie unter mir stöhnen hören, bevor ich ihr geben würde, wonach sie verlangte. Gleichzeitig verrieten mir ihre grünen Iriden noch etwas anderes: Sie stand am Rande des Abgrundes. Etwas beschäftigte sie und ich wollte herausfinden, was. Trotz meiner Sorgen wurde mein Schwanz hart.

»Ich hab mich vorhin bei ihr entschuldigt. Aber ich glaube, sie ist weiterhin stinkig«, riss mich Scott aus den Gedanken und redete sich sogleich über den Vorfall mit seiner Schwester an der Bar in Rage und beschwerte sich, wie sehr es ihn angekotzt hatte, sie mit den Typen vorzufinden. Ich musterte ihn schief von der Seite, immer noch gefangen von meiner Lust, und brauchte einen Moment, bis ich kapierte, von was er gerade überhaupt faselte. Neugierig sah ich wieder zu Aylin, die ab und zu einen Blick in unsere Richtung warf, und verkniff mir das Schmunzeln, während wir an der Bar standen und unser Bier tranken. »Die einfachste Lösung für mein Problem mit Aylin wäre einfach, jeden Mann um sie herum zu töten«, kam es genervt von Scott neben mir. Autsch. Fühlte ich mich schuldig, weil ich gestern Nacht mit ihr meinen Spaß gehabt hatte? Ja, ziemlich. Wollte ich es wiederholen? Leider musste ich dies innerlich ebenfalls mit einem Nicken beantworten. Ich hatte gehofft, mein Verlangen würde aufhören, sobald ich sie einmal genommen hatte, doch eher das Gegenteil war der Fall. Meine Lippen wollten sich so dringend auf ihre weiche nackte Haut pressen, während meine Finger sich in ihrem Fleisch vergruben, dass ich beinahe den Verstand verlor.

Eilig wandte ich den Blick wieder zu Scott, um zu verhindern, dass er bemerkte, wie lustvoll ich Aylin anstarrte, doch sein Augenmerkmal richtete sich gerade auf die Blondine neben sie. Anscheinend bröckelte der Moralapostel. »Leg sie doch einfach flach, dann musst du sie nicht mehr anstarren wie ein saftiges Steak auf dem Grill«, brachte ich amüsiert hervor und stieß mit meiner Schulter gegen seine.

»Ich hab kein Interesse an Chloe«, brummte er nur und nahm einen Schluck von seinem Bier in der Hand.

»Klar, deshalb wusstest du auch direkt, wen ich meine.« Verarschen konnte er sich selbst. Wir kannten uns mittlerweile sechs Jahre und hatten so einige Scheiße hinter uns. Ich würde dem Kerl meine eigene Waffe in die Hand drücken und sie zu meiner Brust führen. So sehr vertraute ich ihm. Fuck. Mein eigenes Leben würde ich für diesen Mistkerl geben. Und trotzdem fickte ich seine Schwester. Obwohl ich wusste, wie sehr es ihn treffen würde und wie verboten sie war. Schon vor meinen Aufbruch nach Atlanta hatte ich sie öfter angesehen, hatte seinen Erzählungen über sie mehr Beachtung geschenkt, als ich sollte. Ich hatte es immer abgetan, dachte, ich würde mich so für sie interessieren, weil er mein bester Freund war. Und dann war ich zwei Jahre später zurück nach Chicago gekommen und sie hatte mich wie ein Bulldozer überrollt. Der Abstand hatte wohl mein Verlangen nach ihr bis zum Äußersten getrieben, anstatt es einzudämmen.

»Sie ist tabu. Aylin hat mich schon öfter gewarnt, sie anzurühren.« Daher wehte also der Wind. Er wollte sich an die Regeln halten, die er ihr selbst auferlegte. Wie ehrenhaft von ihm. Scott hatte schon immer die Begabung gehabt, ehrbar und charmant herüberzukommen, obwohl er genauso gut jemandem die Kehle aufschlitzen konnte. Die Frauen verliebten sich in ihn und verstanden nicht, weshalb er sich auf einmal abwandte, weil er sich vorher wie ein charismatischer Dreckskerl verhalten hatte. Dabei tat Scott das nicht einmal mit Absicht, er war einfach so. Mich hingegen fanden die Frauen berauschend, stiegen mit mir ins Bett und wunderten sich nicht, wenn ich am nächsten Tag verschwunden war. Wenn ich sie wiedersah, fragten sie nicht einmal nach, weil ich innerlich und äußerlich die Ausstrahlung eines Mistkerles hatte.

Außer Aylin, die mich angemotzt hatte, als ich den einen Abend verschwunden war, obwohl ihr Bruder mich verdammt nochmal umgebracht hätte, wenn er nur den leisen Verdacht hegen würde, ich wäre bei ihr gewesen. Mein Grinsen versteckte ich, indem ich einen kräftigen Schluck von meinem Bier nahm. »Außerdem hat sie Craig«, fügte Scott hinzu, obwohl schon einige Minuten vergangen waren und das Thema für mich bereits in der hintersten Schublade gelandet war.

Verwirrt sah ich ihn an. »Und du denkst, ihn würde das interessieren?«

»Fuck, hast du mal gesehen, wie er sie ansieht? Als wäre sie mehr als ein verdammtes Steak auf dem Grill. Da kannst du gleich noch Pommes und Ketchup oben drauf tun«, verkündete er und zeigte mit der Bierflasche in Richtung unseres Kumpels, der an einem Pfahl lehnte, sich mit irgendeinem Kerl unterhielt, aber trotzdem seine Aufmerksamkeit auf Chloe gerichtet hatte. »Bei dem ganzen Gerede kriege ich langsam Hunger«, stöhnte Scott, während sich seine Schwester gerade von ihrem Handtuch erhob und ihren prallen Hintern in unsere Richtung streckte.

»Ich auch«, raunte ich. Hunger nach der verbotenen Frucht. Chloe erhob sich auch, beide bewegten sich in die Richtung von Craig und diesem Kerl. »Wollen wir zum Stand dahinten gehen? Da gibt es sicher etwas Essbares.« Anscheinend war Scott zu hungrig, um die Gefahr wirklich zu sehen. Innerlich könnte ich mich ohrfeigen für den Gedanken. Nur weil sie auf die beiden zugingen, hieß das noch lange nicht, dass Aylin etwas mit dem Fremden im Schilde führte oder gar Interesse an ihm hatte. Wahrscheinlich wollte Chloe nur wegen Craig dorthin und sich ihm an den Hals schmeißen.

Hoffte ich zumindest.

FÜNFUNDZWANZIG

AYLIN

»Wie wäre es stattdessen mit etwas Ablenkung?«, versuchte Chloe mich irgendwie aufzumuntern und machte eine Kopfbewegung zu Craig, der sich mit jemandem unterhielt.

»Natürlich nur in meinem Interesse?«, konnte ich die amüsierte Frage nicht unterlassen und neckte sie damit ein bisschen. Woraufhin meine beste Freundin direkt anfing zu lachen und ein: »Absolut«, von sich gab. »Was ist eigentlich mit Damien?«, hakte ich nach, während wir uns von den Tüchern erhoben und ich mir den Sand von den Beinen strich. Immerhin hatte vor nicht einmal zwei Wochen ihr Interesse vollkommen ihm gegolten. Sie zuckte mit den Schultern.

»Er antwortet nur auf meinen Nachrichten, wenn er mal Lust darauf hat. Auf Instagram kann er aber alles fleißig in seine Storys posten. Wahrscheinlich hattest du recht, er ist ein Arsch.« Dabei winkte sie mit einer Handbewegung ab und wir liefen durch den Sand. »Es heißt nicht, dass meine Gefühle für ihn weg sind, nur dass ich beschlossen habe, ihm nicht mehr hinterherzulaufen und lieber meinen Spaß zu haben. Warum soll ich meine Zeit mit jemandem verschwenden, der diese gar nicht wert ist?«, fügte Chloe hinzu, zuckte mit den Schultern und biss sich dann auf die Lippen. Es nagte also noch etwas an ihr, aber anscheinend bot Craig die perfekte Ablenkung, denn je näher wir den Männern kamen, desto mehr hellte sich ihr Blick auf. Eventuell wäre dies auch die Lösung für meine Probleme? Ich wusste, Scott wäre wohl nicht begeistert, wenn ich nach gestern Abend nun wieder mit irgendeinem Kerl sprach. Aber die Wahrheit würde ihn mehr stören und außerdem könnte man meinen, ich ging nur für Chloe mit dahin. Ein Schulterblick zu meinem Bruder zeigte mir, dass er und Blake eh gerade mehr Interesse an dem Foodwagen zeigten, auf den sie zusteuerten.

»Hey«, hauchte Chloe, als wir bei Craig und seinem Kumpel ankamen, und seine Aufmerksamkeit wanderte direkt zu ihr. Er legte den Arm um ihre Hüfte und zog sie an sich heran, um ihr einen Kuss zu verpassen, danach grinste er sie an.

»Heute Abend findet eine fette Beachparty statt. Seid ihr dabei?«, verkündete Craig gleich und meine beste Freundin schien sofort Feuer und Flamme, denn sie klatschte aufgeregt in die Hände und sah zu mir.

»Ja, oder?« Ein leichtes Lächeln schlich sich auf meine Lippen, ich freute mich, dass sie immer auf meine Zustimmung wartete und mich nicht allein irgendwo versauern lassen würde. Andere hätten wohl gar keine Lust, für mich ständig irgendwelche Feiern zu verpassen, doch Chloe war nicht so. Sie achtete immer auch gleich mit auf meine Bedürfnisse oder eher die Regeln, die mir auferlegt wurden.

»Ich überlege es mir, aber du kannst gerne hingehen«, meinte ich deshalb sofort, denn eigentlich hatte mir die Diskussion gestern Abend mit Scott schon gereicht. Da brauchte ich nicht heute Abend eine Wiederholung von. Und was brachte mir eine Party, wenn ich nur als stilles Mäuschen in einer Ecke sitzen konnte, um anderen beim Tanzen zuzusehen? Rein gar nichts. Langsam fragte ich mich wirklich, weshalb ich überhaupt auf diesen beschissenen Ausflug mitgekommen war. Mein Gedankenstrudel, die Emotionen, die Blake mir in einer Tour verpasste, und der verfluchte Beschützerinstinkt meines Bruders sprachen auf jeden Fall dagegen.

»Du bist doch die kleine Schwester von Scott, oder?«, mischte sich sein Freund ins Gespräch ein. Seine schwarzen Haare fielen ihm dabei leicht ins Gesicht, während mich seine tiefblauen Augen neugierig betrachteten. Mein Blick haftete sich an seine Iriden, während ich die Arme vor der Brust verschränkte.

»Die kleine Schwester hat auch einen Namen: Aylin«, brummte ich gleich. Meine Laune war wirklich auf dem Tiefpunkt. Was er wohl auch bemerkte und beschwichtigend die Arme in die Luft hielt.

»Tut mir leid. Craig hat mir nur das erzählt, nicht deinen Namen. Ich kenne deinen Bruder nur vom Hören«, versuchte er die Situation zu retten und der direkt panische Gesichtsausdruck amüsierte mich. So etwas würde von Blake nicht kommen, er würde eher direkt einen sarkastischen Spruch von sich geben. Keine Entschuldigung. Augenblicklich schüttelte ich den Kopf. Ich musste diesen Mistkerl aus meinem Kopf bekommen.

»Um ehrlich zu sein, beobachte ich dich schon seit einer Weile. Das soll jetzt nicht stalkermäßig herüberkommen, wirklich …«, erklärte er und kratzte sich nervös am Hinterkopf. »Und Craig meinte dann, ich sollte das gleich vergessen, weil ich Ärger bekommen könnte.«

»Ach, meinte er das?« Bei den Worten schnellte mein Blick zu dem eben genannten und dieser zuckte nur mit den Schultern.

»Aber, wenn du etwas mit mir trinken möchtest, wäre es mir der Stress wert«, fügte der Unbekannte gleich hinzu, mein Augenmerkmal richtete sich wieder auf ihn und er hielt mir seine Hand hin. »Fangen wir nochmal von vorne an: Mein Name ist Noah, ich bin hier geboren und kenne Craig von einem Surfkurs, den er vor einigen Jahren hier gemacht hatte. Ich unterrichte nämlich Windsurfen. Falls du mal Interesse hast …«

Ich hielt ihm meine Hand hin, berührte seine und sie fühlte sich samtig weich an. Nicht so rau wie Blakes. Fuck. Ich kannte ihn kaum, weshalb füllte er also meine Gedanken? Das war nicht normal. Blake war für mich schon immer ein Mysterium gewesen, früher hatte ich ihn öfter angesehen, wenn er nicht hingeschaut hatte

– und das war's gewesen. Ich hatte versucht, meine Nase eher in Bücher zu stecken, anstatt ihn anzusehen, als wäre er ein beschissenes Fünf-Gänge-Menü. Nachdem er nach Atlanta gegangen war, hatte ich zwar noch aufmerksam versucht zuzuhören, wenn Scott mit ihm telefoniert hatte, aber auch nur, um herauszufinden, wo die beiden wirklich arbeiteten. *Glaubte ich mir die verfluchte Ausrede eigentlich selbst?* Dann hatte ich Zayn kennengelernt und kaum noch einen Gedanken an Blake verschwendet. Und jetzt beherrschte der Mistkerl sie. Wahrscheinlich musste ich es wirklich wie Chloe machen, einfach meinen Fokus auf einen anderen richten. Und hier stand Noah, während Scott und Blake weit und breit nicht in Sicht waren.

»Okay, nochmal von vorne: Ich heiße Aylin und bin eigentlich nicht so schlecht drauf, nur die letzten Tage waren verdammt scheiße. Und ich studiere zusammen mit Chloe Sozialwissenschaften an der Chicago-Universität. Ich möchte Redakteurin werden. Und ja, ich würde unheimlich gerne etwas mit dir trinken gehen. Jetzt sofort.« Noahs Grinsen wurde aufgrund meiner Worte breiter.

»Deine fordernde Art gefällt mir«, lachte er und umfasste meine Hand, um mich von den anderen wegzuziehen. Sein Griff war sanft, nicht besitzergreifend, sondern so locker, dass ich sie jederzeit wegziehen könnte. Ich winkte Chloe noch zum Abschied, die mir breitgrinsend entgegensah und einen Daumen hochhielt.

»War schön, dich gekannt zu haben«, kam es nur lachend hinterher von Craig, wohl an seinen Kumpel, woraufhin er von Chloe einen Stoß in die Rippe kassierte. Noah und ich liefen zur Strandbar, bestellten uns jeweils einen Cocktail und nach wenigen Minuten standen die Getränke vor uns.

»Und was kannst du mir sonst noch so über dich erzählen?«, kam es interessiert von Noah, was mich überraschte, aber auch freute. Blake fragte mich nie nach … Ah!

»Ich jogge gerne, lese und verbringe meine Zeit mit Freunden«, kam es wohl etwas zu stumpf von mir, da er deshalb lachen musste.

»Das klingt fast nach einer heruntergeratterten Antwort«, fügte er zu seinem Lachen hinzu und ergriff meine Hand, über die er zärtlich strich. Er legte unsere Hände auf seinem Knie ab. Und auch wenn ich es so sehr wollte, erschien nicht dieses elektrisierende Kribbeln. Was hatte ich auch anderes erwartet? Zayn und ich waren so lange miteinander ausgegangen und es war nie vorgekommen. Es stimmte wohl, man konnte sich nicht aussuchen, in wen man sich ver–

Okay, sofort stopp.

»Wenn du willst, könnte ich dir morgen wirklich eine Stunde im Windsurfing geben.«

»Daraus wird nichts«, hörte ich direkt hinter mir, noch bevor ich eine Antwort geben konnte. Allerdings nicht von einer Stimme, sondern gleich von zweien gleichzeitig. Ich drehte mich überrascht herum. Dort starrte ich in die wütenden Augenpaare von Blake und Scott. Noah erhob sich, lächelte meinen Bruder an und schien die Situation friedlich lösen zu wollen.

»Du musst Scott sein, Craig hat mir von dir erzählt, ich wollte nur mit deiner Schwester –« Auch ihm hielt er die Hand hin, doch im Gegensatz zu mir starrte Scott sie nur desinteressiert an und dann wieder in sein Gesicht.

»Oh, ich kann mir schon vorstellen, was du von ihr wolltest. Aber das wird nichts. Mir scheißegal, was Craig dir über mich erzählt hat. Aber eins kann ich dir bestätigen, seine Erzählungen waren sicher noch untertrieben. Und wenn du nicht deine Finger von ihr lässt, habe ich gerade einen Grill gesehen, der sich wahnsinnig über deine Griffel freuen würde«, knurrte Scott. Flink nahm Noah seine Hand runter und steckte sie in die Hosentasche. Blake hingegen sagte nichts, starrte mich nur fuchsteufelswild an und trotzdem verdoppelte sich direkt mein Herzschlag. Seine Hände waren zu Fäusten geballt und seine Lippen hart zusammengepresst. Sein Blick erweichte sich etwas, als ich aufstand und auf ihn zuging, aber nur, um an ihm vorbeizugehen, wobei meine Schulter leicht seine streifte. Ich wollte einfach nur weg von ihm und meinen unerklärlichen Gefühlen.

»Wo willst du hin?«, hörte ich Chloe rufen, als ich über den Sand weiterlief und auch an ihr und Craig vorbeikam.

»Mir den Sand abduschen und dann schau ich mir eine Netflixserie an«, meinte ich zu ihr, woraufhin sie mich verdutzt ansah.

»Soll ich mitkommen?« Sogleich schüttelte ich den Kopf, ich brauchte einen Moment nur für mich allein und sie würde Fragen stellen, auf die ich keine Antwort hätte, und mein Kopf war so gefüllt, dass er drohte, gleich zu platzen. Also machte ich mich auf den Weg ins Haus und ging die Verandastufen zur Haustür hinauf, die ich mit meinem Schlüssel öffnete. Jeder von uns hatte bei der Ankunft einen bekommen, den wir später wieder zurückgeben mussten. Geräuschvoll schloss ich die Haustür wieder und schlenderte nach oben, wo ich mir frische Sachen aus meinem Gepäck nahm und ins angrenzende Badezimmer verschwand. Dort drinnen befanden sich eine Dusche, eine Badewanne und ein ziemlich großer Spiegel neben dem Badezimmerschrank und dem Hängespiegel. Flink schlüpfte ich aus meinem Bikini, legte alles auf einen Hocker neben dem Schrank und stieg unter die Dusche, wo ich sogleich das warme Wasser einschaltete. Wohltuend prasselte es auf mich herab, trommelte auf meinen Kopf und vertrieb alle Sorgen und festgefahrenen Gedanken. Sie schienen sich aufzulösen und weggeschwemmt zu werden.

Eine halbe Ewigkeit blieb ich einfach stehen, schloss die Augenlider. Dann vernahm ich das Schieben der Duschtür, spürte im nächsten Augenblick seinen nackten Oberkörper an meinem Rücken. Ich musste mich nicht umdrehen, um zu wissen, dass Blake hinter mir stand. Dafür erkannte ich zu schnell seinen Duft, der mich direkt umhüllte, während sein Atem über meinen Hals strich. Ruckartig drehte ich mich zu ihm um. Er stand nun verdammt dicht vor mir und lächelte herausfordernd. Sein Blick schien trotzdem noch angepisst. Blake umschlang meine Taille und presste mich fester an sich.

»Wolltest du Scott ärgern oder mich wütend machen?«, fluchte er, ließ seine Hand von der Hüfte aufwärts zu meinem Bauch zwischen meine Brüste zu meinem Hals wandern.

»Keins von beidem!«, keuchte ich, wollte sauer klingen, doch es gelang mir nicht. Blake machte einige Schritte vorwärts, weshalb ich rückwärtsging und an den kalten Fliesen landete. Ich stöhnte, als seine nackte Haut auf meine traf. Meine Brüste pressten sich gegen seinen Oberkörper und ich spürte deutlich seinen Schwanz.

»Was dann?«, knurrte er. Das Wasser prasselte auf uns beide herab, aber ich nahm es kaum noch wahr.

»Ich wollte dich verdammt nochmal aus meinem Kopf bekommen. Wir wissen nichts übereinander. Ich nicht über dich und du nicht über mich«, schrie ich ihm beinahe entgegen. Denn gerade fiel es mir wieder schwer, mich auf etwas anderes zu konzentrieren, als den heißen Schmerz in meiner Mitte. Der sich nichts sehnlicher wünschte, als dass er …

Er lehnte seine Stirn gegen meine und sein Blick wanderte dunkel und verlangend über mich. Seine Hand übte einen leichten Druck an meinem Hals aus, während er mit dem Daumen drüber strich und sein Atem warm über meine Haut glitt.

»Ich will nicht, dass du mich aus dem Kopf bekommst«, raunte er, kam näher und seine Lippen berührten meine Wange, wanderten über meine Kinnpartie, bevor sie an meiner Ohrmuschel ankamen. »Vergiss das schnell wieder. Denn jedes Mal, wenn du das versuchst, werde ich es verhindern. Wenn du spielen willst, bereite dich auf eine Niederlage vor«, gab er mit gedämpfter Stimme von sich und eine Hitzewelle erfasste mich.

Ich hatte schon verloren. Leicht beugte ich mich mehr zu ihm, wollte ihn verlangend küssen, doch er drehte den Kopf, wodurch ich nur seinen Mundwinkel traf. Frustriert verdrehte ich die Augen, stemmte meine Hände gegen seinen Oberkörper und sah ihn herausfordernd an: »Blake, du musst dich entscheiden. Entweder ganz oder gar nicht. Wenn du mich willst, dann hör auf, den Kopf wegzudrehen. Dann möchte ich mehr über dich erfahren. Denn es reicht mir nicht, dass wir nichts übereinander wissen – obwohl da diese verfluchte Anziehung ist. Wenn, dann –«, sprudelte förmlich mein ganzer Gedankenstrudel aus mir heraus. Bevor ich diesen jedoch beenden konnte, neigte Blake den Kopf zu mir. Küsste mich, zog meine Unterlippe zwischen seine Zähne, biss leicht zu und ich keuchte. Seine Lippen trafen wieder auf meine, wir küssten uns leidenschaftlich und er seufzte ergeben. Meine Hände fuhren über seinen muskulösen Oberkörper, über seine heiße Haut, seinen Nacken hinauf und hinein in seine Haare. Mein Körper stand unter Strom, jeder Millimeter kribbelte.

SECHSUNDZWANZIG

BLAKE

Ich presste sie mit dem Rücken hart gegen die Fliesen und drängte mich ihr immer wieder entgegen, bis ich das Gefühl hatte, dass wir beide keine Luft mehr bekamen. Mit ihrer Showeinlage bei der Bar hatte sie mich aus dem Konzept gebracht, denn in ihren Augen hatte die absolute Überzeugung gestanden, einen mit diesem Typen zu trinken. Statt dem keine Aufmerksamkeit zu schenken und müde darüber zu lächeln, war meine Wut ins Unermessliche gestiegen, als sie sich von uns entfernt hatte. Ich konnte das so nicht stehen lassen, es nicht akzeptieren, dass sie mich wegwarf wie ein benutztes Handtuch. Scheiße, so ein Verhalten hatte noch keine Frau bei mir an den Tag gelegt! Und besonders bei Aylin würde ich es nicht einfach so hinnehmen.

Zum Glück war Scott mit diesem Noah beschäftigt gewesen, sodass ich mich unbemerkt entfernen und ihr folgen hatte können. Aylin stöhnte auf, als ich nach ihren Brüsten griff, sie fest massierte und mit den Fingerkuppen ihre harten Knospen stimulierte. Sie machte mich so hart, mein Schwanz presste gegen ihren Bauch und alles, was ich wollte, war, ihre engen und warmen Wände zu spüren. »Blake«, versuchte sie zwischen den Küssen hervorzupressen, doch ich ließ ihr keine Chance, weiterzusprechen, presste meine Lippen energischer auf ihre und glitt mit der Zunge immer wieder in ihren Mund. Das hier war absolutes Neuland für mich, aber es fühlte sich zu gut an, als damit aufzuhören. Ich wollte sie besitzen und konnte nur noch daran denken, wie sie meinen Namen schrie, durch meine harten Stöße in sie explodierte, sich mir völlig hingab und keinem anderen Mann mehr auf dieser Welt Aufmerksamkeit schenkte. Das warme Wasser lief mir über das Gesicht, den Rücken und wurde heißer. Doch anstatt zurückzuweichen, spornte mich dieser Schmerz mehr an, weshalb ich ein Bein zwischen Aylins schob und sie auseinanderzwängte. Sie japste kurz auf, krallte sich erschrocken in meinen Haaren fest und bedachte mich mit einem überraschten Gesichtsausdruck.

Ich fixierte weiterhin ihre Lippen, bekam nicht genug davon und küsste sie stürmischer, fuhr mit der Zunge ihr Schlüsselbein entlang, während sie seufzend den Kopf in den Nacken legte und hörbar nach Luft schnappte. »Blake«, flüsterte sie auf ein Neues, glitt mit ihren Händen zu meinen Schultern und drängte mich von sich. Zumindest versuchte sie es, denn mein Verlangen war viel zu groß, als dass ich jetzt noch aufhören konnte. Kaum saugte ich an ihrem Nippel, stimulierte den anderen weiterhin, stöhnte sie plötzlich frustriert auf: »Stopp!« Seufzend trat ich zurück und musterte sie. »Ich meinte das ernst. Wenn das zwischen uns funktionieren soll, will ich mehr über dich wissen.« Ihre Überzeugung schien zu schwanken, als sie ihren Blick über meinen Körper wandern ließ und meinen Schwanz betrachtete. Erst als sie mir wieder in die Augen schaute, verhärtete sich ihr Gesichtsausdruck wieder. Ich fuhr mir mit den Händen über das Gesicht, um die Wassertropfen loszuwerden. Woher kam plötzlich ihr Drang, mehr über mich zu wissen? Wollte sie etwa, dass ich ihr abends was aus meinem Alltag erzählte, wie ich Männer bedroht oder gekillt hatte?

Mein Herzschlag beschleunigte sich, als sie mich weiterhin grimmig ansah und mich die Situation einfach nur überforderte. Diese Kiste zwischen Mann und Frau kannte ich nicht, sie war mir völlig fremd und bisher hatte es von meiner Seite aus auch nie Interesse daran gegeben. Und obwohl mir diese plötzliche penetrante Art, Dinge über mich zu erfahren, nervte, war Aylins Sturheit auch absolut erregend. Ich liebte diese entschlossenen Funken, die in ihren Augen aufblitzten, und sie ließen keinen Platz, dem entgegensteuern zu können. Entweder so oder gar nicht. Eine andere Option gab es für sie nicht – das war mir klar. Aber was konnte ich über mich erzählen, ohne dass sie schreiend aus der Dusche rannte oder Scott womöglich die Krise bekommen würde? Ich traute ihr absolut zu, dass sie zu ihm rennen würde, um ihn darüber auszuquetschen, kaum dass ein falsches Wort über meine Lippen glitt. *Ich hab Aylin erzählt, wir würden in einer Bank arbeiten*, fielen mir seine Worte ein, über die ich noch heute schmunzeln musste.

Langsam ging ich wieder auf sie zu, wischte ihr die langen, blonden Haare von einer Schulter herunter und küsste mich ihre Halsbeuge entlang. »Ich arbeite größtenteils im Außendienst für die Bank. Besuche Kunden zu Hause und gehe mit ihnen ihre Sparpläne und all den Kram durch«, hauchte ich zwischen den einzelnen Küssen gegen ihre Haut, hielt Aylin an ihrer Hüfte fest und wanderte mit einer Hand ihren Bauch hinunter, ehe ich den Kopf hob und ihr in die Augen schaute. Ihre Iriden waren vor Erregung geweitet, während sie sich mit der Zunge über die Unterlippe fuhr und mich ausgiebig musterte. »Nach Feierabend hänge ich entweder mit den Jungs herum oder genehmige mir zu Hause einige Flaschen Bier, ehe ich irgendwann einschlafe und nur daran denken kann, das zu tun.« Kaum sprach ich die letzten Worte aus, fuhr ich mit den Fingerspitzen über ihren Venushügel, drang zwischen ihre Schamlippen und wollte Aylin schon küssen, als sie keuchend meine Hand packte, die andere auf meine Brust presste und schnaufte.

»Das reicht mir nicht«, antwortete sie ohne jegliche Gefühlsregung in ihrer Stimme.

»Fuck, Aylin, was willst du denn noch? Mehr gibt es nicht über mich zu erzählen.« Zumindest nichts, was noch näher an die Wahrheit herankam als meine vorherige Aussage. Ich konnte nicht mehr sagen, ohne dass sie mich mit anderen Augen sah. Auf diesen gierigen und ebenso intensiv feurigen Blick konnte ich nicht mehr verzichten. Dafür musste man mich schon abknallen.

Entschlossen stellte Aylin das Wasser ab, drängte sich an mir vorbei aus der Dusche heraus und wickelte sich ein Handtuch um den Oberkörper, ehe sie mir eins zuwarf. Aha, okay, das war also das Ende des eben aufkommenden Spaßes. Sie schien zu überlegen, legte sich den Zeigefinger an das Kinn, während ich mir das Handtuch um die Hüften schlang und vor sie trat. Was wollte sie von mir? Dass ich Händchen haltend mit ihr zum Strand lief, vor allen Augen der anderen? Niemals, Scott würde mich jagen, bis ich tot umfiel, oder mich an die Stoßstange seines Autos festbinden und mitziehen, bis keine Haut mehr auf meinen Knochen lag.

»Heute Abend ist doch die Beachparty«, fing sie kurz darauf an und grinste.

»Und?« Wie jedes Jahr fand die Feier auch bei unserem jetzigen Aufenthalt statt und wenn ich so an die letzten Jahre dachte, war der Abend immer feuchtfröhlich vonstattengegangen. Im wahrsten Sinne des Wortes. Aber genug davon, dieses Jahr hatte ich ein ganz anderes Problem.

»Die anderen gehen bestimmt alle hin, sind beschäftigt und würden bei den vielen Gästen nicht mitbekommen, wenn wir beide nicht da sind«, sagte sie und setzte kurz aus, ehe sie weitersprach: »Ich möchte, dass du etwas mit mir unternimmst. Nur wir beide. Heute Abend.« Aylin schien von ihrer Idee überzeugt zu sein und verschränkte entschlossen die Arme vor der Brust. Ich wartete ab, versuchte, den Witz dahinter zu erkennen, und verkniff mir ein Lachen. Doch ihre Miene verzog sich keinen Millimeter. Ihr Gesichtsausdruck blieb hart. Zur Unterstreichung hob sie eine Augenbraue, verlagerte das Gewicht auf ein Bein und biss sich auf die Unterlippe. Dass ich das jemals erlebte: in einem Bad zu stehen, beide nackt, kein Sex. Stattdessen sprachen wir von einem verdammten Date.

»Wie sollen wir es bitte anstellen, dass wir beide verschwinden, ohne dass dein Wachhund etwas mitbekommt? Mit Scott ist das fast unmöglich«, erwiderte ich, trat an das Waschbecken und lehnte mich mit dem unteren Rücken dagegen. Ihre Idee war beschissen. Absolut unmöglich. Eher wäre es sicherer, sie würde sich nachts wieder in mein Zimmer schleichen, damit wir … Nein, die Option gab es anscheinend nicht, weshalb ich nicht einmal denken durfte, sie in den Raum zu werfen.

Jetzt war ich derjenige, der angestrengt anfing, zu überlegen, was für Ausreden ich Scott auftischen konnte, damit es nicht zu auffällig war. Gerade ich, der von all dem keine Ahnung hatte. Bei mir hatte meist alles mit einem Drink angefangen und kurz darauf mit Sex geendet. Nichts davor, dazwischen oder danach. Nur mit Aylin betrat ich Neuland, das mir den letzten Nerv raubte. Sie forderte alles von mir, von dem ich nie in der Lage gewesen war, es irgendjemandem zu geben. Oder überhaupt den Drang dazu haben, es zu wollen. Seit ich wieder aus Atlanta zurück war und sie gesehen hatte, entwickelten sich in mir ganz andere Ansprüche. Ich wollte es ihr gerne geben, aber die Angst, dass sie vor dem, was sie sah, davonrannte, war größer als die Furcht davor, zu sterben. Wenn sie mich mit ihren grünen Iriden anstarrte, entdeckte ich darin immer einen Funken Hoffnung, dass vielleicht doch ein guter Mensch in mir stecken könnte, der allerdings unter tonnenweise Scheiße begraben war. So als würde sie in meine Seele schauen, von der ich dachte, dass sie schon längst das Weite gesucht hatte, bei dem ganzen Blut, das ich schon vergossen hatte.

Eine Berührung an der Brust holte mich zurück in die Gegenwart. Aylin stand direkt vor mir, fuhr mit ihren Händen meine Brust- und Bauchmuskeln entlang, bevor sie am Bund des Handtuches endete und sich zu meinem Ohr beugte.

»Das bekommst du bestimmt hin. Ich glaub an dich«, hauchte sie amüsiert und glitt kurz über den Stoff, der meinen immer noch harten Schwanz bedeckte, und brachte ihn damit zum Zucken. »Und jetzt raus, ich möchte mich umziehen«, sagte sie mit einem neckischen Grinsen auf den Lippen, lief zur Tür und hielt sie mir auf. Widerwillig und zähneknirschend sammelte ich meine

Klamotten vom Boden ein, setzte mich in Bewegung und blieb noch einmal im Türrahmen stehen. Ich drehte mich zu ihr herum und sah ihre Mundwinkel zucken. Diese Spannung zwischen uns machte mich wahnsinnig.

»Heute Abend um sieben an meinem Wagen«, gab ich bestimmend von mir, ehe ich weiterlief und die Tür hinter mir ins Schloss fiel.

SIEBENUNDZWANZIG

BLAKE

Wieso machte ich mir eigentlich den Stress und setzte die Freundschaft mit Scott für eine Frau aufs Spiel? Ich sollte sie in den Wind schießen, mir einige Drinks auf der Beachparty gönnen und irgendwelche Frauen ficken, die nicht auf ein Date oder Informationen über mich aus waren. So, wie ich es bisher gehandhabt hatte. Keine Verpflichtungen, kein Stress und vor allem keine Schlinge, die sich mit jeder Berührung von Aylins zarter Haut mehr um meinen Hals zuzog.

Aber so sehr mir diese Forderungen bei jeder herkömmlichen Frau gegen den Strich gehen würde und mein Desinteresse an ihr nur noch mehr entfachen würde, musste ich mir immer wieder eingestehen, dass mir Aylins Widerstand imponierte. Sie besaß den Stolz und quasi auch die Eier, mir die Stirn zu bieten, ohne Angst, dass ich sie links liegen ließ. So als wüsste sie, was für eine Begierde in mir schlummerte. Wie sehr sich mein Körper nach ihr sehnte, wie sehr ich sie nachts neben mir brauchte, um ruhig und unbeschwert schlafen zu können. Gerade besaß sie die Macht über mich und spielte diese gekonnt aus. Fuck, sofort schwankten meine Gedanken wieder in eine völlig andere Richtung. Nämlich, wie sie auch im Bett den Ton angab. Obwohl ich nicht einmal da die Kontrolle den

Frauen überließ, turnte es mich in dem Moment wahnsinnig an, nur daran zu denken. Mein Schwanz wurde hart, sehnte sich nach ihren Berührungen und meine Eier schienen vor Lust bald zu platzen, wenn ich die Erinnerungen an ihre feuchte Spalte und den salzigen Geschmack auf meinen Lippen nicht bald aus meinem Kopf verbannte.

Vor allem beschäftigte mich eine Frage: Was zur Hölle sollte ich mit ihr anstellen? Mich in irgendein Restaurant zu setzen und bei Kerzenschein zu essen, kam nicht in Frage, genauso wenig, wie durch die Stadt zu schlendern. Fuck, fuck, fuck, ich stellte mit einem Blick auf das Handy fest, dass mir so langsam die Zeit weglief, weshalb ich Google Maps öffnete und schaute, was sich alles in der Nähe befand.

Bei einem Firmennamen blieb ich hängen, lächelte und schaute nach den Öffnungszeiten. Bingo. Gun For Hire at The Woodland Park Range. Ihr Schicksal war besiegelt. Ich steckte das Handy in die Hosentasche, ebenso wie meinen Geldbeutel und Autoschlüssel, verließ mit frischen Klamotten am Körper um halb sieben mein Zimmer und hörte Musik aus ihrem Zimmer kommen. Nur statt die Tür aufzubrechen und mir zu holen, was ich wollte, stand mir eine weit schlimmere Aufgabe bevor: Ich musste Scott noch irgendetwas erzählen. Langsam stieg ich die Treppen hinunter, trat hinaus auf die Veranda und zog dort meine Schuhe und Socken aus, ehe ich in den Sand trat und dem Bass der Party folgte. Etwas entfernt von unserem Haus sah man schon die kleine aufgebaute Bühne, die bunten Lichter und feiernden Gäste, die trotz der frühen Stunden schon angetrunken schienen. Mit meinem Glück hatte Scott schon einiges intus, denn seitdem ich ihn vorhin an der Bar zurückgelassen hatte, war er nicht mehr im Haus aufgekreuzt. Je näher ich kam, desto lauter wurde die Musik. Ich entdeckte Mike in der Menge, Paul, der sich mit einigen Mädels unterhielt, und direkt vor der Bühne standen Craig und Chloe, die miteinander tanzten. So als würde ich die wütende Aura und tödlichen Blicke von Scott spüren, drehte ich mich im Kreis und fühlte mich bestätigt, als ich ihn am Rande mit einem Drink in der Hand stehen sah, wie er die beiden beobachtete. Mit einem Grinsen lief ich auf ihn zu, doch er bemerkte mich erst, als ich ihm auf die Schulter klopfte.

»Wenn du Craig nur die Pest an den Hals wünschst, bringt das absolut nichts«, sagte ich und stellte mich neben ihn, sodass ich ebenfalls eine gute Sicht auf die zwei hatte.

»Fick dich«, murmelte er trotzig und trank einen Schluck aus seinem Glas. »Mir wird übel, wenn ich sie mit ihm sehe. Seit wann hat er eigentlich so ein Interesse an einer Frau?«

»Seit wann hast du es?«, erwiderte ich und wurde für die blöde Frage mit einem pissigen Blick bestraft. Entschuldigend hob ich die Hände und wandte mich ab. Hier schien echt der Bär zu steppen, die Leute drängten sich an die kleine Bar, die schon fast zu kippen drohte.

»Solltest du nur hier sein, um blöde Kommentare von dir zu geben, kannst du dich wieder verpissen.« Scott ließ Chloe dabei keine Sekunde aus den Augen, doch das Interessanteste war, dass sie seinen Blick auffing und im gleichen Moment erstarrte. Ich kannte mich zwar nicht aus, aber auch zwischen ihr und Scott schien es einige unausgesprochene Dinge zu geben. Egal, nicht mein Problem. Ich hatte eine andere Mission.

»Das wollte ich auch, nachdem ich dir Bescheid gegeben hab. Die eine von heute Nacht hat sich bei mir gemeldet und mich zu sich nach Hause eingeladen. Da kann ich natürlich nicht nein sagen, denn die Kleine konnte sich verbiegen wie eine Schlangenfrau.« Lachend gab ich ihm einen Schlag auf den Rücken, wobei Scott nur grinste. »Aylin hat mitbekommen, dass ich in die Stadt fahre und mich gefragt, ob ich sie bei der Bibliothek absetzen kann.« Sofort schoss Scotts Kopf zu mir herum.

»Was?« Ob seine Frage jetzt daher rührte, weil ich sie mitnehmen oder sie in die Bibliothek wollte, konnte ich nicht heraushören oder seinem sowieso genervten Gesichtsausdruck entnehmen. Daher wartete ich ab, bis er weitersprach. »Sie möchte am Wochenende in eine Bibliothek?«

»Ja«, erwiderte ich gleichgültig. »Sie meinte, sie hätte eine Hausarbeit oder sowas vergessen und dürfte sie nächste Woche noch nachreichen, wenn sie sich jetzt reinhängen würde. Was weiß ich, keine Ahnung. Entweder nehme ich sie später wieder mit oder sie ruft dich an, damit du sie abholst. Ist das okay?« Mein Plan geriet ins Wanken, als mein bester Freund nicht antwortete und stumm vor sich auf den Boden schaute. Wenn er die Lunte roch, war es gleich aus. Sogar mit dem Plastikbecher in der Hand würde er es schaffen, mir die Kehle aufzuschlitzen.

»Typisch, wahrscheinlich hatte sie nur noch diesen Ausflug im Kopf. Na, wenigstens lernt sie auch hier … Heißt wohl, Aylin kann sich wirklich auch darauf und Partys konzentrieren, wie mir eine Person beigepflichtet hat …«, murrte er. Meinte er damit Chloe? Scott schien hin und her zu überlegen. »In Ordnung«, antwortete er kurz darauf, was mich schwer ausatmen ließ. Genervt nahm er einen Schluck von seinem Bier. »Fuck, jetzt höre ich auch noch auf sie.« Die Situation mit Chloe schien ihm gerade mehr auf den Sack zu gehen als alles andere, weshalb ich mich schnell verabschiedete und zurück zum Haus ging.

Auf der Veranda schlüpfte ich in die Socken und Schuhe, rannte um die Holzhütte herum und sah Aylin schon neben meinem Wagen stehen. Sie trug eine enge schwarze Lederhose und dazu ein dazu passendes bauchfreies Top mit Spitzenbesatz. So sehr ich mich über die lange Hose freute, desto schwieriger machte es mir das Oberteil. Auto fahren und sowas neben mir sitzen zu haben, kostete jegliche Konzentration.

»Und? Konntest du es mit Scott klären?«, fragte sie mich, als ich auf sie zuschlenderte.

»Natürlich«, antworte ich daraufhin selbstbewusst, zwinkerte ihr zu und entriegelte den Wagen, nachdem ich den Autoschlüssel aus der Hosentasche gezogen hatte. Ich ging auf die Beifahrertür zu und sah, dass Aylin keine Anstalten machte, einzusteigen. »Was ist?«

»Na ja, bei einem richtigen Date würde der Mann seiner Begleitung die Tür öffnen.« Siegessicher blickte sie mich an und reckte das Kinn in die Höhe. Sie machte sich einen Spaß daraus. Wie lustig.

»Vergiss es. Danach erwartest du noch, dass ich dich in weißer Strumpfhose auf einem Pferd reitend abhole.« Wir lieferten uns ein kurzes Blickduell, bei dem keiner den Kürzeren ziehen wollte. Aylin übertrat die Schwelle zum Wahnsinn immer weiter und hatte keine verfluchte Angst davor. Wenigstens eine Eigenschaft, die bezeugte, dass sie und Scott Geschwister waren. Genervt und fassungslos, dass ich wirklich nachgab, stöhnte ich, lief einmal um das Auto herum und öffnete ihr die Beifahrertür. Dabei grinste sie triumphierend und stieg lässig ein, ehe ich die Tür wieder zuschlug und ebenfalls Platz nahm.

Die Fahrt zum Ziel dauerte keine fünfzehn Minuten. Ständig fragte Aylin, wohin es ging, doch ich blieb stumm, lächelte vor mich hin und ließ sie weiter zappeln. Doch als sie zum bestimmt fünften Mal fragte, erwiderte ich gereizt: »Wenn du nicht gleich den Stummmodus aktivierst, fahr ich irgendwo auf einen verlassenen Parkplatz und bring dir Gehorsam bei.« Daraufhin rutschte Aylin etwas im Sitz nach unten und grinste. Ja, das würde uns gerade wohl beiden gefallen.

Als ich den Wagen vor dem Schießstand parkte, schaute sie mit großen Augen durch die Windschutzscheibe und mich danach mit vielen Fragezeichen über dem Kopf an. »War Scott mal mit dir bei einem?«

»Nein«, antwortete sie überrascht.

»Dann wird es Zeit.« Zwar wusste ich, dass Scott ein guter Schütze war, dennoch würde Aylin ein Schießtraining ebenfalls zugutekommen, damit sie sich verteidigen konnte, falls Scott nicht bei ihr war. Es passierte einfach zu viel Scheiße auf der Welt, die ich mit eigenen Augen schon gesehen hatte, und ich könnte es mir nie verzeihen, wenn ihr etwas passierte. Weil ihr Bruder keine Skrupel kannte und man nie wusste, ob jemand Rache an ihr nehmen würde. Er hielt sie zwar gut versteckt, aber das Böse schlief nie. Auch das war etwas, was ich noch nie empfunden hatte. Sorge. Mist. Aylin hatte sich weiter vorgearbeitet, als ich es mir erhofft hatte.

Wir stiegen gleichzeitig aus, liefen in den Laden und ich holte uns beiden jeweils eine Waffe mit Munition. Sie wartete am Rand, während ich zwei Stände für die nächsten anderthalb Stunden mietete, zu denen wir uns anschließend begaben.

»Schon mal eine Waffe in der Hand gehabt?«

»Nein, wann denn auch?« Gott, wenn sie wüsste, was sich in ihrem Zuhause alles befand. Ich dachte an Scotts Schrank und musste ein Lachen unterdrücken.

»Okay, dann fangen wir von vorne an«, sagte ich und zeigte ihr zuerst, wie sie das Magazin mit Patronen füllte, es zurück in die Waffe steckte, und gab ihr ihre, damit Aylin es nachmachte. Ich staunte nicht schlecht, als sie es, ohne zu zögern, beim ersten Versuch schaffte und mich angrinste. Als würde in ihr ein Talent schlummern. Scott wäre vielleicht stolz auf sie. Obwohl, nein, es ihr gezeigt zu haben, wäre nur ein weiterer Grund, mich umzubringen.

»Ist Scott schon mal mit dir hier gewesen?«, kam es neugierig von ihr. »Nein«, gab ich knapp von mir und presste die Lippen aufeinander. Verflucht. »Du weißt doch, wir arbeiten in einer Bank. Da kommt man nicht zu sowas.«

»Natürlich«, hauchte sie amüsiert, verdrehte die Augen und schüttelte den Kopf. Scott hat sich damals echt einen beschissenen Job als Lüge für uns ausgesucht. »Ich dachte nur, weil du mich gefragt hast, ob Scott schon einmal mit mir schießen war …« Fuck, okay, der Fehler ging auf meine Kappe. Ich zuckte mit den Schultern, versuchte, mir nichts anmerken zu lassen. »Nein, wir waren noch nie hier.« Das entsprach wenigstens der Wahrheit.

»Machst du das öfters? Frauen zu Schießständen mitnehmen?«, stichelte Aylin belustigt und trat einen Schritt näher.

»Nein, ich mache mit Frauen eigentlich nur eins und dabei fragen sie mich nicht solche dummen Fragen«, hauchte ich gegen ihre Lippen, während sich auf ihren ein Grinsen breitmachte. »Du bist die Erste, die ich überhaupt ausführe«, fügte ich noch hinzu, entfernte mich und setzte ihr den Gehörschutz auf. Ein Kuss und ich würde sie direkt hier auf dem Tresen ficken. Rasch zeigte ich ihr, wie man die Waffe entsicherte, warnte sie vor dem Rückstoß und gab die Stehposition vor. Als sie so vor mir stand, die Pistole auf das entfernte Ziel richtete, schickte ich ein Stoßgebet in den Himmel. Sie stand da wie die sündhafte Verführung im Garten Eden, der ich nur allzu gerne nachgab und für die ich alle Konsequenzen auf mich nahm. Das war es wert, sie war es wert. Wie konnte ich all die Jahre ohne dieses berauschende Gefühl, welches sie mir gab, leben? Überleben. Lieber legte ich es darauf an, durch Scotts Hand zu verrecken, als meine von ihr zu lassen.

»Ist das richtig so?«, fragte sie mich und schaute mich über die Schulter an. Mit einem Schritt stand ich hinter ihr, kontrollierte ihre Position und fuhr mit meinen Händen über ihren freiliegenden Bauch.

»Wegen deinem Satz heute Mittag in der Dusche … ich weiß mehr, als du erahnst, auch über dich … und ich nehme Dinge viel mehr wahr, als ich preisgebe«, flüsterte ich in ihr Ohr und biss in ihr Ohrläppchen, ehe sie sich anspannte. Sie seufzte, behielt die Knarre weiterhin oben und starrte nach vorne. Ich strich ihr ihren Pferdeschwanz aus dem Nacken, sah, dass sich dort eine Gänsehaut gebildet hatte, und unterstützte ihren ausgestreckten Arm, damit der Rückstoß sie nicht zu sehr mitnahm. Unser Atem ging im gleichen Takt, ich roch ihr süßliches Parfum und vergrub mein Gesicht an ihrer Halsbeuge, während die andere Hand weiterhin auf ihrem Bauch lag und sanft mit dem Daumen darüberstrich. Sie atmete schwer, von ihrem Körper ging eine unheimliche Hitze aus, die auch mich erfasste und überzog. Das zwischen uns war nicht irgendein Geplänkel. Es fühlte sich nach mehr an, Verbundenheit und Vertrautheit, die mir eine Heidenangst verpassten. Nervenkitzel, nackte Haut, ihre wollüstigen Lippen, ihre stechend grünen Augen, die mir die letzte Vernunft nahmen.

»Abdrücken«, raunte ich mit erregter Stimme, hörte im nächsten Moment den lauten Knall und spürte, wie Aylin zusammenzuckte.

Es war wie eine Befreiung, so als hätte sie dadurch alle Zweifel von sich getrieben, denn die Anspannung war aus ihrer Haltung verflogen. Den Hinterkopf ließ sie auf meine Schulter sinken, schaute mich unter gesenkten Lidern an und grinste. Kurz darauf drehte sie sich um, lehnte sich gegen den Tresen und behielt die Waffe dabei in der Hand. »Dieser Knarre in deiner Hand … ich kann dir nicht sagen, wie sehr mich das gerade geil macht.« Mit bedrohlich langsamen Schritten ging ich auf sie zu. Dann nahm ich ihr die Waffe aber ab, bevor ich noch aus Versehen einen Schuss kassierte, und legte sie auf die Theke. Dabei behielt ich sie fest im Blick, als sie den Hintern anhob und sich auf die Kante setzte. »Ich glaube, die nehmen wir mit«, knurrte ich gegen ihre Lippe und erntete einen erstaunten Augenaufschlag von ihr. Doch sie widersprach nicht und spürte hoffentlich ebenfalls diese Hitze und das Prickeln zwischen uns. Fuck, ich wollte sie so sehr wie ein fast Verhungerter ein fettes Festtagsmenü. Bevor ich weitersprechen konnte, hakte Aylin ihren Zeigefinger in den Bund meiner Jeans ein und zog mich mit einem Ruck zu sich.

»Mir gefällt es hier«, flüsterte sie, streckte sich und wollte mir schon einen Kuss aufdrücken, als hinter uns jemand hüstelte. Rasch drehte ich mich um, sah einen älteren Mann, der mit hochgezogenen Augenbrauen dastand und uns kritisch musterte. Ich hatte ganz vergessen, dass die Absperrungen alle aus Plexiglas bestanden, weshalb auch die anderen Schützen herübersahen.

»Genießt ihr die Show?«, fragte ich spaßeshalber und kassierte von Aylin einen Schlag gegen die Brust.

»Wir sollten weitermachen.« Ihre Wangen waren leicht gerötet, wie letzte Nacht, nachdem wir zurück im Haus gewesen waren und sie nach dem Sex bei mir geschlafen hatte. Fuck, woher kamen diese melancholischen Gedanken? Ehe ich etwas erwidern konnte, sprang sie lachend von der Tischkante und suchte wieder die richtige Stehposition.

ACHTUNDZWANZIG

AYLIN

»Wie lief eigentlich die Hausarbeit?«, hörte ich von meinem Bruder und runzelte die Stirn, was er zum Glück nicht sehen konnte, da ich mit ihm auf dem Weg zum Blumenladen telefonierte. »Welche?«, hakte ich erst einmal nach und versuchte, mich daran zu erinnern, was er meinen könnte. »In New Jersey hatte Blake dich doch abends in die Bibliothek gefahren wegen einer.« Seine misstrauische Stimme entlockte mir flink ein: »Ah!«, und ich nickte, obwohl er es nicht sah. »Die habe ich noch nicht wiederbekommen. Wir sind doch erst drei Tage zurück, was denkst du, wie schnell die Professoren sind?«

»Sorry, damit kenne ich mich nicht aus«, lachte er und ich musste amüsiert schmunzeln. »Wird bestimmt gut sein, ich hatte nur ein wenig daran arbeiten müssen. Aber war nett, dass er mich gefahren hat.« Ziemlich nett sogar, wenn ich an den Schießstand zurückdachte. »Er hat so seine Momente«, scherzte Scott und ich biss mir auf die Lippen. Immer wenn ich ihn anlog, überkam mich sofort das schlechte Gewissen. »Scott …«, wisperte ich und vernahm ein Rascheln, wahrscheinlich setzte er sich aufrechter hin. »Was ist? Alles in Ordnung?« Seine direkte Alarmbereitschaft verpasste mir ein leichtes Lächeln ins Gesicht. »Nichts, ich hab dich nur unheimlich lieb, das weißt du, oder?« Ich konnte ihm nicht die Wahrheit sagen. Es ging nicht. »Das schreit danach, dass du einen Anime-Marathon möchtest, hab ich recht?«

»Vielleicht«, gab ich amüsiert von mir und bog in die Straße zum Geschäft ein. »Es tut mir leid. Da nehme ich dich schon mit zu einem Strandwochenende, und dann habe ich kaum etwas mit dir gemacht … oder dich nur angeschrien«, brummte er dann und ich konnte förmlich sehen, wie er mit seinen beiden Fingern seinen Nasenrücken umfasste und seufzte. Dabei fand ich, die Situationen am Strand waren halb so wild ausgegangen. Ich kannte Schlimmeres von ihm. Oder plagte mich einfach nur das schlechte Gewissen, dass ich mit seinem besten Freund geschlafen hatte, und trübte mein Urteilsvermögen?

»Du könntest es wieder gutmachen und heute einen Filmabend mit mir veranstalten.« DVDs und Popcorn waren schon immer unsere Art gewesen, Frieden zu schließen. »Ich kann leider nicht, wahrscheinlich werde ich erst total spät zu Hause sein. Vielleicht erst morgen früh.« Enttäuschung lag in seiner Stimme, sodass ich es nicht einmal wagte, ihn damit aufzuziehen, seit wann in einer Bank Nachtschichten geschoben wurden. »Dann ein anderes Mal?«, versuchte ich ihn aufzumuntern und sofort kam ein: »Worauf du dich verlassen kannst«, von ihm, als ich den Blumenladen schon sah. »Ich muss auflegen«, verkündete ich deshalb. »In Ordnung, schreib mir, wenn du zu Hause bist. Und … Aylin?«

»Ja?«

»Ich hab dich auch verdammt lieb.« Ein Lächeln umspielte meine Lippen, als ich das Telefon von meinem Ohr nahm und auf den roten Knopf drückte und somit das Gespräch beendete. Gerade als ich das Smartphone wegstecken wollte, blinkte eine Nachricht von Blake auf. **Was machst du?**

Mein Herz schlug schneller, obwohl es die einfachste Frage der Welt war. Seit dem Wochenende schrieben wir uns täglich. Wobei er mir manchmal von seinem Job in der Bank berichtete und ich immer wieder schmunzelnd nachhakte, ob sie wirklich dort arbeiteten und ob ich ihn mal von dort abholen könnte. Immerhin hatte ich das Gebäude noch nie gesehen. Daraufhin kam immer nur ein Zwinkersmiley und ich schüttelte den Kopf. Erst gestern hatte er mir spät abends erzählt, er müsste noch einen Vertrag abschließen und darüber verhandeln, wie wichtig jemandem sein Bausparvertrag wäre. Es war beinahe Mitternacht. Die Jungs verkauften mich wirklich für dumm. Und ich wusste nicht, was mich mehr aufregte. Dass mein Bruder mich in der Hinsicht seit einigen Jahren belog, ohne mit der Wimper zu zucken, oder dass ich wegen eines Geheimnisses beinahe vor Schuldgefühlen krepierte. Oder dass Blake mir immer noch so wenig von sich erzählte und mich offensichtlich auch noch anlog. Wobei er das anscheinend für seinen besten Freund tat und ich ihn wohl in Teufelsküche brachte, wenn ich von ihm verlangte, mir die Wahrheit zu erzählen. **Ich bin gerade von der Uni zum Blumenladen gelaufen und fange jetzt an zu arbeiten.**

Nach der Antwort steckte ich das Smartphone weg und betrat den Laden. Lina wandte gleich den Kopf zu mir und betrachtete mich freudig. »Liebes, wie schön, dich zu sehen!« Sie kam zu mir, umfasste meine Schultern und musterte mich. »Wie war dein Urlaub?«, erwiderte ich sogleich und sie strahlte über beide Ohren. »Ach, einfach herrlich. Mein Mann hat sich die ganze Zeit über die pralle Sonne beschwert. Er ist so hitzeempfindlich. Aber ein gutes Buch in der Hand und schon gibt er einige Stunden Ruhe und ich konnte ein schönes Eis essen und ein Nickerchen machen«, erzählte sie freudig und machte sich wieder daran, die neugelieferten Blumen einzusortieren, und ich half ihr. Schließlich hatte sie mir die letzten beide Male gezeigt, wie alles funktionierte, weshalb ich jetzt keine Fragen mehr stellen musste und mich kräftig betätigen wollte. »Und wie war deine Woche?«, stellte sie direkt die Gegenfrage und ich biss mir auf die Lippen, um das anzügliche Lächeln zu verkneifen. Ziemlich intensiv wäre wohl die falsche Antwort.

»Die Uni hat nun wieder voll begonnen, es ist einiges zu tun im zweiten Semester. Aber es macht Spaß, zum Glück studiert meine beste Freundin das Gleiche. So können wir immer zusammen lernen.

Ansonsten war ich am Wochenende mit meinem Bruder am Strand«, erzählte ich ihr dann einfach knapp die einfachsten Sachen. Durch die Uni, wo ich die meisten Sachen eh schon verschweigen musste, hatte ich gelernt, kurz und knackig zu antworten. Seit wann war mein Leben eigentlich so ein Kartenhaus aus Lügen geworden? Oder hatte es schon immer aus einem bestanden?

»Das klingt wunderbar, Liebes! Ich gehe kurz hinten ins Lager. Machst du weiter?«, riss mich Lina aus meinen Gedanken und ich nickte ihr zu. Dann verschwand sie auch schon und ich sortierte weiter die Blumen ein, bis ich die Türglocke vernahm, die immer bimmelte, sobald jemand ins Geschäft kam. Strahlend drehte ich mich zu dem Kunden, um ihn zu bedienen – bis ich sein Gesicht sah. »Wunderschön anzusehen, wie du anderen Männern wohl ein Lächeln schenkst und ich nur eine erstarrte Mimik mit finsterem Blick bekomme«, brummte Blake und kam näher, während er die Hände in der Lederjacke hatte und sich im Laden umsah.

»Was machst du hier?«, fragte ich, anstatt auf seine Worte einzugehen, und musste gestehen, es überforderte mich etwas, ihn zu sehen. Nach der ganzen Sache am Strand waren die Textnachrichten eine schöne Möglichkeit gewesen, meine Gedanken zu ordnen, ohne ihn ständig zu sehen. Auch wenn das Ganze An-die-Decke-Starren nicht wirklich zu einem Ergebnis geführt hatte. »Blumen kaufen?«, gab Blake amüsiert von sich, griff nach einer und sah diese skeptisch an, wie ein Rätsel, welches er nicht lösen konnte, und tat sie wieder zurück. »Versuch es doch eher mit Gänseblümchen. Die halten deiner Kälte eher stand«, preschte ich amüsiert zurück, woraufhin seine Mundwinkel zuckten und er zu mir herantrat, um seine Hände an meine Taille zu legen. Nah presste er mich an sich heran, sein Atem streifte mein Gesicht. »Ich gebe dir einen Hinweis für mein Auftauchen: Es hat etwas mit dir zu tun.« Mein Herz klopfte wie verrückt in meiner Brust. Sein Gesicht kam meinem näher. In der Sekunde, in der ich seinen Atem an meinem Mund spürte, drehte ich meinen Kopf in die andere Richtung. Aus dem Augenwinkel sah ich, wie er seine Lippen aufeinanderpresste. »Findest du nicht, die

Regel sollte für uns beide gelten?«, raunte er in mein Ohr und knabberte leicht daran.

Ein wohliger Seufzer kam über meine Lippen und ich wusste direkt, was er meinte. Nämlich, dass er so oft einen Kuss verhindert hatte. »Es ist nur, ich arbeite gerade und meine Chefin würde es sicher nicht so toll finden, wenn ich hier mit dir herummache. Und sobald deine Lippen auf meinen liegen, verscheuchst du alles andere in meinem Kopf und ich will nur von dir an den Pfeiler da gepresst werden«, wisperte ich und sah neben uns, wo sich die Säule befand. »Das lässt sich einrichten«, flüsterte Blake und fuhr seine Wanderschaft von meinem Ohr zu meinem Hals weiter. Seine Hand wanderte über meinen äußeren Schenkel und ein Keuchen drang aus meiner Kehle. Zwar trug ich eine Hose, aber trotzdem pulsierte meine Mitte. Verflucht. »Aber dann lass ich dich mal in Ruhe arbeiten …«, hauchte er, biss leicht in meinen Hals und ließ dann abrupt von mir ab, während mein Puls raste. »Wann hast du Feierabend?«

»Was?« Mehr brachte ich gerade nicht heraus, da ich zu verwirrt war, dann erst die Frage realisierte und überlegte. »In drei Stunden«, hauchte ich und er nickte. »Dann hol ich dich ab und wir unternehmen was zusammen«, beschloss Blake, worüber ich gleich noch verwirrter war. »Etwas unternehmen?« Leise lachte er über meinen wohl ziemlich irritierten Gesichtsausdruck. »Das wolltest du doch.« Bei den Worten zwinkerte er mir zu, drehte sich herum und verließ das Geschäft. Verdattert sah ich ihm nach, bevor ich mich wieder an die Arbeit machte. »Liebes? War ein Kunde da?«, rief Lina von unten und kam die Treppe herauf.

»Nur ein junger Mann, der sich umsehen wollte«, murmelte ich, versuchte sie nicht anzusehen, aus Angst, sie könnte die Röte in meinem Gesicht bemerken, und erkannte nur aus dem Augenwinkel ihr Nicken. Die nächsten Stunden versuchte ich mich vollkommen auf die Arbeit zu konzentrieren und nicht darüber nachzudenken, was Blake mit mir vorhaben könnte. Außer er meinte mit »unternehmen«, sich in einem Hotel zu verkriechen, doch so schätzte ich ihn nicht ein. Auch wenn ich mir bei dem Gedanken auf die Lippen beißen musste. Ich hatte zwar gesagt, ich wollte ihn richtig kennenlernen, doch gerade kämpfte dieser Wunsch mit meinem Verlangen. Frustriert trat ich leicht gegen die Säule. Das hatte er extra gemacht. Da war ich mir vollkommen sicher.

Ein Räuspern ließ mich aufsehen und ich starrte in das Gesicht eines älteren Kunden. »Ich würde gerne Rosen kaufen«, vernahm ich von ihm und nickte. »Ja, klar! Tut mir leid, ich war für einen Moment abgelenkt. Haben Sie an eine bestimmte Farbe gedacht oder eher an einen gemischten Strauß?«, hakte ich nach und hörte sein Lachen. »Ach ja, die junge Liebe. Daran kann ich mich noch gut erinnern …«, murmelte er verständnisvoll und ich sah ihn perplex an. Liebe? Niemand hatte was von Liebe gesagt! Ich fühlte mich nur ziemlich zu dem besten Freund meines Bruders hingezogen. Hörte ich mir eigentlich selbst zu? Wenn nicht der Kunde vor mir stehen würde, würde ich mir jetzt am liebsten selbst eine Ohrfeige verpassen.

»Dunkelrosa bitte«, erlöste er mich und ich lief zu dem Eimer mit den Rosen.

»Dankbarkeit«, meinte ich lächelnd und zupfte einige Blumen heraus, um einen Strauß binden zu können. Am Anfang hatte mir Lina alle Rosenarten genannt, sie meinte, das wäre sehr wichtig und auch später hatte ich noch im Internet nachgeforscht, um ihr zu zeigen, wie sehr ich den Job wollte. »Die sind für meine Frau. Sie kocht jeden Tag für mich und die Kinder. Da sollte ich ihr etwas Dankbarkeit entgegenbringen.« Über den Gedanken musste ich schmunzeln und es freute mich, zu sehen, dass andere Familien funktionieren konnten – nicht so wie bei mir und Scott. Gleichzeitig machte es mich etwas neidisch. Dad hätte Mom nie Blumen gekauft. Die Freude wäre wohl auch nie so groß gewesen, außer es wäre ein Tütchen Koks drin versteckt gewesen. Es gab Momente, da wünschte ich, meine Kindheit wäre normal verlaufen. Nicht so einsam und voller Drogen und Alkohol. Ohne in die leblosen Augen meiner Mutter sehen zu müssen. Und mit einem Vater, der sich für mich interessierte. Er lebte und trotzdem kümmerte er sich einen Scheiß um mich. Da war immer nur Scott. Ich sollte froh sein, ihn zu haben, und nicht so egoistisch, mehr zu wollen. Aber in solchen Augenblicken war ich es.

»Das ist eine sehr schöne Geste«, wisperte ich deshalb nur und ging mit ihm an die Kasse, wo ich den Strauß band und danach kassierte. Der ältere Mann verließ den Laden schließlich mit einem breiten Grinsen im Gesicht. Ich sah auf die Uhr und bemerkte, dass ich nur noch zehn Minuten hatte, und meine Aufregung wurde wieder größer, weshalb ich mit den Fingern auf dem Tresen herumtippelte. »Du kannst schon gehen, wenn du möchtest«, lachte Lina, woraufhin ich den Kopf schüttelte.

»So sollte es nicht wirken …«, erwiderte ich grinsend und überlegte, was ich ihr sagen konnte. »Ich werde gleich für eine Verabredung abgeholt«, murmelte ich nur und ihre Iriden hellten sich auf. »Ach wirklich? Wie schön! Liebes, ich wusste gar nicht, dass Sie einen Freund haben«, fing Lina gleich an und sah mich aufmerksam an. Anscheinend erwartete sie nun, mehr zu hören. »Na ja, er ist nicht wirklich mein Freund …«

Immerhin hatten wir es nie definiert, was wir da eigentlich tun. Obwohl … musste man das eigentlich? Immerhin war ich an der Universität und da lebte man sich doch eher aus. Den Gedanken, es als »ausleben« zu beschreiben, sollte ich allerdings gleich wieder verscheuchen, außer ich wollte von Blake gevierteilt werden. Mir entfleuchte ein leichtes Lachen. »Auf jeden Fall bedeutet er dir etwas«, kommentierte Lina wohl meine Gestik und ich wollte etwas erwidern, doch in dem Moment hörte ich die Glocke und meine Haut fing an zu kribbeln. Ich wirbelte herum und blickte direkt in seine dunklen Augen, die mich eindringlich ansahen. »Bist du fertig?«, kam es gleich von ihm, wobei sich Lina aber zwischen uns stellte und den Blickkontakt unterbrach. »Junger Mann, so betritt man doch keinen Laden! Ich bin Lina Davis, mir gehört der Laden. Und Sie sind also Aylins Freund«, meinte sie und hielt ihm die Hand hin. Mir klappte leicht der Mund auf, dann drehte ich mich um, nahm schnell meine Tasche und wollte nur noch raus hier. »Kann man wohl sagen«, kam es von Blake und ich erstarrte leicht. Hatte er das wirklich gerade laut gesagt? Oder spielten mir meine Ohren einen Streich?

»Ich heiße Blake, aber behalten Sie es besser für sich, sonst muss ich sie umbringen. Und ihr hübsches Gesicht wäre viel zu schade dafür«, brachte Blake so trocken hervor, was Lina aber als einen Scherz auffasste und lachte. »Nenn mich ruhig Lina.« Dabei lächelte sie ihn an und hauchte noch ein: »Blake«, hinterher und zwinkerte dann. Ich sollte ihn wohl wirklich besser hier rausschaffen, also trat ich neben die beiden und zog an seinem Arm. »Bis morgen, Lina.« Lächelnd winkte ich noch, zog Blake heraus und sah vor dem Laden direkt seinen Wagen.

»Du stehst im Halteverbot«, kommentierte ich, obwohl ich die Antwort schon kannte. Es kümmerte ihn nicht. Tatsächlich ging Blake nicht direkt auf die Fahrerseite, sondern öffnete mir die Tür, wartete, bis ich einstieg, und trat auf die andere Seite, wo er Sekunden später neben mir saß. »Und spannst du mich wieder auf die Folter, wohin es geht?«, fragte ich amüsiert und seine Hand legte sich auf meinen Oberschenkel, wo ich meine Finger direkt auf seine legte und sie miteinander verschränkte. »Wir gehen an einen Ort, an dem du viele flauschige Sachen siehst, aber nichts davon anfassen darfst«, erzählte er mir daraufhin und ich überlegte, während er den Motor startete. »Du meinst jetzt aber keinen SM-Schuppen, oder?« Ein schallendes Lachen kam von ihm, was man selten hörte, dabei fädelte er sich in den Verkehr ein. »Was hast du denn für Fantasien?«

»Keine Ahnung … deine Anspielungen vorhin … und diese ganzen Fesseln und alles weitere haben doch solche komischen flauschigen Sachen dran«, sprudelte es hektisch aus mir heraus.

»Das vorhin war nur der Beweis dafür, dass ich in deiner Nähe verrückt werde und mich kaum zurückhalten kann. Und was die flauschigen Fesselspiele angeht, glaub mir, die sind nicht so weich, wie du denkst. Darüber können wir gerne ein anderes Mal sprechen«, raunte Blake und ich wurde etwas hippelig. *Oh, Himmel … Was hatte ich da nur angesprochen?*

Den Rest der Fahrt schwiegen wir, wobei seine Hand von meinem Oberschenkel immer zu meinem Knie wanderte und wieder zurück, was mich leicht um den Verstand brachte und mich von meiner Neugier ablenkte, zu erfahren, wohin es ging. Dann lenkte er seinen Wagen in eine Parklücke und ich sah mich um. »Der Lincoln Park Zoo?«, kam es begeistert von mir, als ich ausstieg. Eine der besten Attraktionen Chicagos.

Ich spürte Blakes Arme von hinten um meiner Taille. »Ich wollte extra zur Abenddämmerung mit dir hier hin, da leuchtet die Skyline.«

»Das klingt ja fast, als hättest du für zusätzliche Romantik gesorgt«, neckte ich ihn etwas und er verdrehte die Augen. »Komm, sonst überlege ich es mir anders.« Bei den Worten schlug er mir auf den Hintern, weshalb ich grinsend den Kopf schüttelte und ihm zum Eingang folgte, wo Blake zwei Tickets für uns holte. Früher war ich einmal mit meinem Bruder hier gewesen. Zu meinem Geburtstag. Er hatte mir bis heute nie gesagt, wie er es sich damals hatte leisten können. Aber es war der einzige Ausflug, den ich je zu meinem Geburtstag gemacht hatte. Zu meinem zwölften, um genau zu sein. Mittlerweile war das zehn Jahre her. Hier gab es einen Eisbären, Löwen, Tiger, Giraffen und Gorillas. Wir liefen herein und ich sah direkt ein Vogelhaus. Vor dem Käfig bemerkte ich zwei Kinder, die ihre Ellbogen bewegten, als wollten sie die Vögel nachahmen, die sich putzten und posierten. Auf einem Ast saß ein Papagei und kreischte: »Guten Tag!« Das eine Kind machte ihn nach: »Guten Tag!« Woraufhin der Papagei sich herunterbeugte, das Kind betrachtete und wieder kreischte: »Guten Tag!« Und so ging es weiter, während wir daran vorbeiliefen und ich Blake genervt seufzen hörte.

Lachend verschränkte ich meine Hand mit seiner, woraufhin er kurz verwirrt auf unsere Hände starrte, dann aber mit dem Daumen drüber glitt und mich enger an sich heranzog, um die Hand zu heben, sodass seine Schulter um meinen Nacken lag und unsere

Hände auf meiner Schulter verschränkt waren. »Wie kamst du auf die Idee, mit mir hierhin zu gehen?«, konnte ich die Frage nicht mehr unterdrücken. »Scott hat mal erwähnt, dass du Tiere unfassbar magst. Und ihm eine Weile damit in den Ohren lagst, selbst einen Hund haben zu wollen. Ich sagte doch, ich weiß einiges über dich.«

»Es gibt auch Sachen, die Scott nicht über mich weiß«, meinte ich dann herausfordernd und zuckte mit den Schultern. Sofort wurde Blake hellhörig. »Wie zum Beispiel, dass du heimlich auf Partys gehst, ohne ihm davon zu erzählen?«

»Und noch andere Sachen …« Dabei versuchte ich geheimnisvoll zu klingen, nur um ihn etwas aufzuziehen. Blake zog die Augenbrauen in die Höhe. »Und die wären?«

»Erst will ich etwas von dir hören«, verlangte ich. »Denn du hast zufällig keine Geschwister, die ich über dich ausquetschen kann.« Vielleicht wusste Blake wirklich viel über mich, mehr als ich ahnte, aber das änderte nichts an der Tatsache, dass ich nichts über ihn wusste. »Ich habe einen kleinen Bruder, der ist aber zehn und weiß kaum etwas über mich.« Erstaunt sah ich Blake nach dieser Information an und musste kurz rechnen. »Dann ist er sechzehn Jahre jünger als du«, kam es erstaunt von mir. »Meine Mom hat mich schon mit 18 Jahren bekommen, sie haben früh geheiratet, aber glücklich, und irgendwann wollten sie noch ein weiteres Kind. Dann hatte sie eine Fehlgeburt. Schlussendlich hat es doch geklappt. Deshalb ist es ihr kleines Wunderkind.« Dabei schmunzelte er, klang nicht eifersüchtig auf seinen kleinen Bruder, sondern eher, als wäre er froh darüber. »Und ich habe einen Onkel, der leitet einen ziemlich heißen Sexschuppen, deshalb kenne ich mich auch so gut mit dem ganzen flauschigen Zeug aus«, raunte mir Blake dann ins Ohr, zog leicht an meinem Ohrläppchen und drückte mich noch näher an ihn heran, weshalb ich ihm lachend auf die Schulter schlug.

»Blake!« Ich wusste nicht, ob er eben die Wahrheit über den Schuppen gesagt hatte oder nicht. Aber ich war mir ziemlich sicher, dass die Geschichte mit seinen Eltern und seinem Bruder der Wahrheit entsprach. Und dass es ihm schwerfiel, über so etwas zu reden.

»Mein Dad hat früher immer angerufen, wenn er in einer Kneipe war, und wollte von mir abgeholt werden. Ich hab ihn so oft nach Hause geschleppt … Bin nachts aufgestanden und habe gehofft, Scott nicht zu wecken, und wollte ihm auch nichts davon erzählen. Weil er schon so verdammt viel getan hat, dass ich ihn damit nicht auch noch belasten wollte. Dann habe ich Dads Schulden von dem Geld bezahlt, welches Scott mir eigentlich für neue Schulbücher gegeben hat oder für eine Klassenfahrt oder so. Anschließend übernachtete ich dann bei Chloe, damit er nicht herauskriegt, dass ich nicht gefahren bin.«

Blake nickte und presste die Lippen aufeinander. »Euer Vater ist ein Arsch.« Es stimmte, trotzdem war er immer noch mein Dad. Familie konnte man sich nicht aussuchen. »Ich wollte in meinem Leben früher nur eins: dass ich ihm wichtig bin«, hauchte ich dann und konnte nicht glauben, dass ich die Worte gerade ernsthaft laut ausgesprochen hatte. Bei ihm fühlte ich mich sicher, bekam das Gefühl, dass er weder mich noch meine Gefühle verurteilen würde.

»Du bist mir wichtig«, wisperte Blake und drückte mir einen Kuss auf die Stirn, weshalb mein Herz auf der Stelle schneller schlug und ich ihn leicht anlächelte. »Mal schauen, ob ich noch weiß, wo das Eisbären-Gehege ist.« Ein abrupter Themenwechsel von mir, aber genau das, was ich nun brauchte, um nicht über den Herzschmerz zu reden, den mein Dad schon tausendfach in mir ausgelöst hatte.

NEUNUNDZWANZIG

BLAKE

Der Wald lag komplett im Dunkeln, als ich von der Straße abbog und den Weg zu Aylins und Scotts Hütte entlangfuhr, und wurde nur durch die Scheinwerfer meines Wagens beleuchtet. Dieser abgelegene Wohnort hatte schon etwas Düsteres. Ein Vorteil war, dass niemand damit rechnete, dass hier draußen jemand lebte. Zudem wirkte das Haus etwas heruntergekommen und verlassen, vor allem, wenn gerade niemand dort war. Der Nachteil allerdings war die Angst um Aylin, wenn sie sich allein hier aufhielt. Hier draußen würde niemand etwas mitbekommen. Mist. Seit wir das letzte Wochenende so viel Zeit miteinander verbracht hatten, wuchsen die Ängste immer weiter. Und eigentlich völlig ohne Grund, ich musste sie mir aus dem Kopf schlagen, denn das machte alles nicht gerade einfacher. Es reichte schon, dass ich Scott nach Strich und Faden belog.

»Du kommst noch mit rein«, sagte Aylin, als ich den Wagen in einem seitlichen Waldweg parkte, damit Scott, falls er zufällig irgendwann heimkommen sollte, ihn vor dem Haus stehen sah. Ob sie das nun als Frage oder Bestellung meinte, war schwer zu erkennen. Sicherlich würde ich sie jetzt nicht allein lassen. Mit großen Augen sah sie mich an, ehe ich nickte, lächelte und ausstieg. Ich tat es ihr gleich. Gemeinsam liefen wir zum Haus, gingen die wenigen Stufen zur Haustür herauf und traten ein, wie ein ganz normales Pärchen. Nur, dass bei uns eigentlich alles gegen Normalität sprach. »Danke für die Überraschung heute mit dem Zoo. Ich war schon ewig nicht mehr dort.« Sie drehte sich zu mir um, packte mich am Kragen meiner Jacke und zog mich zu sich, bevor ihr Lippen auf meinen landeten. Sofort entglitt mir ein Stöhnen, als ich die Wärme spürte, die durch meinen Körper schoss und die sich an einer Stelle pulsierend sammelte. Aylins Wirkung traf mich jedes Mal aufs Neue, als wäre es das erste Mal, dass wir uns küssten oder berührten. So sehr ich dagegen ankämpfen wollte, diese Verbindung nicht zuzulassen, so sehr näherten wir uns aneinander an.

Die letzten Tage hatten wir uns nicht gesehen und wenn, dann nur kurz, nachdem ich Scott abgeholt oder zu Hause abgesetzt hatte. Dabei fiel es mir unfassbar schwer, ihr gleichgültig gegenüberzutreten, denn gerade in solchen Situationen schrillten bei Scott womöglich sofort die Alarmglocken. Insbesondere dann, wenn ich sie eine Sekunde zu lange ansah oder ein falsches und auffälliges Wort sagte – denn er beobachtete mich in ihrer Nähe sowieso schon mit angelegter Waffe. Aylin drängte sich fester gegen mich, sodass ich nicht anders konnte, ihre Oberschenkel packte und sie hochhob, bis sie ihre Beine um meine Hüften schlang. Mit dem Rücken presste ich sie gegen die Wand, wir küssten uns weiterhin stürmisch und verlangend. Von mir aus konnte jeder Tag so enden.

»Anscheinend erweckst du neue Seiten an mir«, hauchte ich gegen ihre Lippen, nachdem ich mich kurz von ihr gelöst und sie intensiv angestarrt hatte. Aber so kitschig es klang, verdammt nochmal, das tat Aylin wirklich. Früher hatte ich jeden ausgelacht, der solche Ideen nur ausgesprochen hatte, und heute würde ich alles dafür tun, dieses überwältigende Strahlen in ihren grünen Augen zu sehen. Jeden Tag, zu jeder Zeit. Auf meine Aussage hin lächelte sie nur und küsste mich ein weiteres Mal.

»Lass uns nach oben gehen«, kam es ihr bebend über die Lippen, während sie mit ihren Iriden meine Lippen fixierte, und ich tat nichts lieber als das. Nicht mal absetzen wollte ich sie, weshalb ich weiterhin ihre Oberschenkel festhielt und sie mir ihre Arme um den Hals schlang, bis wir in ihrem Zimmer angekommen waren. Die Tür schloss ich hinter mir, während sich Aylin schon ihre Schuhe von den Füßen strampelte und sich aufs Bett legte. So als würde sie nur darauf warten, dass ich über sie herfiel, was ich natürlich – umso mehr ich sie so vor mir betrachtete – tun wollte. Wir ließen den Augenkontakt nicht abreißen, während ich aus meinen Schuhen schlüpfte, mir die Jacke auszog und sie neben das Bett schmiss, und Aylin lasziv die Beine mit gewissem Abstand aufstellte und sich langsam die Hose aufknöpfte. Mein Schwanz war schon längst steif, dieser Anblick fickte meinen Kopf und ließ jegliche Vernunft verpuffen. Sie gehörte mir. Nur mir. Wie nach einer Droge war ich süchtig nach ihr, ihrem Duft und diesem neckischen Grinsen, das sie immer auflegte, wenn sie genau wusste, dass sie mich gerade auf Touren brachte. Langsam hob sie den Hintern an, streifte sich die Hose ab, die ich ihr von den Knöcheln riss und, ohne hinzusehen, ins Eck schmiss.

»Wie oft lagst du schon hier und hast an mich gedacht?«, raunte ich und hörte selbst, dass meine Stimme kehlig klang und vor Erregung nur strotzte.

»Oft genug«, kam die Antwort prompt und ich war kurz davor, ihr diesen verdammten Slip von den Hüften zu reißen und sie gnadenlos durchzuficken. Aber nein, ich hielt mich zurück, atmete schwer und genoss dieses beherrschende Kribbeln in der Luft, was den Raum erfüllte. Wir sahen uns weiterhin in die Augen, Aylin fuhr sich mit den Händen über den Oberkörper, ihre Taille entlang bis über ihren Venushügel, der noch von der Spitzenunterwäsche bedeckt war.

»Und was hast du dann gemacht?« Ich wollte es mit eigenen Augen sehen, was sie bei dem Gedanken an mich getan hatte, und leckte mir über die Lippen. Sie grinste, betrachtete mich kurz, ehe sie sich aufsetzte und sich von ihrem Oberteil und Slip erlöste. O ja, genau nach meinem Geschmack. Langsam sank sie zurück auf die

Matratze, wanderte mit einer Hand über den BH und knetete ihre Brust, während die andere zwischen ihren Beinen verschwand. In vollen Zügen genoss ich dieses Schauspiel, zog mir dabei das Shirt über den Kopf, blieb weiterhin direkt vor ihr stehen und schaute dabei zu, wie sie anfing, ihre Perle zu massieren, um danach mit den Fingern selbst in sich einzudringen. Ihr Stöhnen drang durch meinen ganzen Körper, unser Blickkontakt riss keine Sekunde ab, als sie einen BH-Träger herunterriss und ihre Brust entblößte. Genussvoll bearbeitete sie ihren harten Nippel, kniff hinein und bewegte das Becken schneller unter ihren eigenen Bewegungen. Aylins Atmung ging hektischer und die Beule in meiner Hose wurde immer größer. Diese Frau machte mich fertig, und als ich merkte, dass sie ihrem Höhepunkt näherkam, beugte ich mich nach unten und hielt ihre Hand fest. So durfte sie nicht kommen, erst wenn ich tief in ihr drin war.

Ihre Schamlippen glänzten vor Nässe, weshalb ich mich am Knopf meiner Hose zu schaffen machte und von ihr unterbrochen wurde, indem sie sich aufgesetzt hatte und direkt vor mir saß. Die Beine gespreizt schaute sie anzüglich zu mir hoch, nahm mir das Öffnen der Hose ab und schob sie mir mit der Boxershorts hinunter. Mein Schwanz sprang ihr schon entgegen und Aylin ließ nichts lange anbrennen, packte ihn am Schaft und verteilte mit dem Daumen den Lusttropfen auf der Eichel. »Fuck …«, stöhnte ich, als sie ihre Hand bewegte und mir einen runterholte. Ich legte ihr eine Hand in den Nacken, zog sie weiter zu mir und blickte diese durchtriebene Frau vor mir an, die sich genüsslich die Lippen befeuchtete und kurz darauf meinen Schwanz in ihre warme Mundhöhle schob. »Aylin«, kam es mir mit dunkler Stimme über die Lippen, während sie heftig und immer schneller werdend saugte und dabei noch anfing, meine Eier zu massieren. Noch nie war ich so schnell kurz vor dem Abschuss gewesen, aber zu sehen, wie ihre vollen Lippen über meinen harten Schwanz glitten und sie ihn immer tiefer in sich aufnahm, brachte alles in mir zum Schmelzen, sodass ich ihr meine

Hüften entgegendrängte und das Stöhnen in voller Lautstärke rausließ.

Kurz ließ sie von mir ab, bewegte aber weiterhin ihre Hand, bevor ich einen Schritt zurücktrat und sie mich tatsächlich verblüfft anschaute. Es war eine richtige Qual, für wenige Sekunden, in denen ich komplett aus meiner Hose stieg, von ihr getrennt zu sein, weshalb ich mit einem Satz neben ihr auf der Bettkante saß und sie auf meinen Schoß zog. Als sie meinen pulsierenden Schwanz an ihrer Mitte spürte, stöhnte sie auf, zog sich rasch ihren BH aus und ließ ihn zu Boden gleiten. So sehr ich die Führung übernehmen wollte, hielt ich mich mit holprigem Herzschlag zurück und überließ es ihr, wie es weiterging. Noch nie hatte es mich so sehr angemacht, wenn eine Frau die Macht über mich hatte. Bestimmend packte Aylin deshalb meinen Schwanz, positionierte ihn an ihrem Eingang und ließ sich mit rauem Stöhnen darauf sinken. Wir konnten uns beide nicht zurückhalten, denn ich sah genau zu, wie er in ihrem Schoß verschwand, und sie anfing ihre Hüften zu kreisen. Ihre Brüste hüpften im Takt mit, als sie diesen beschleunigte und mich fickte. Das letzte Mal im Meer war einfach zu lange her und ich vergötterte ihre engen, feuchten Wände, die warm an meinem Schwanz rieben und mich alles um uns herum vergessen ließen. Besitzergreifend packte Aylin meine Hände, legte sie sich um die Brüste und gab mir zu verstehen, was ich zu tun hatte. Kraftvoll knetete ich sie, saugte an ihren Nippeln und entlockte ihr dadurch wollüstige Seufzer, während sie meinen Schwanz ritt und kurz vor dem Orgasmus stand.

»O Gott«, ächzte sie, als ich von ihren Brüsten abließ, sie bei den Hüften packte und ihr mit dem Becken entgegenkam. Lüstern und voller Gier aufeinander hielt sie sich an meinen Schultern fest, blickte mir in die Augen, während ich sie mit groben Stößen hemmungslos fickte, und seufzte schmerzerfüllt auf, als ich die Finger immer tiefer in ihrem Fleisch vergrub. Uns überrollte es gleichzeitig, Aylin zuckte und bebte regelrecht und ich stieß noch einige Male in sie, ehe ich kam und wir beide außer Atem zurück auf das Bett fielen.

Mit lustverhangenem Blick starrte ich an die Decke, Aylin rutschte neben mich auf die Matratze und legte ihren Kopf auf meiner Brust ab, die sich schnell hob und senkte. »Fuck, das war …«, schnaufte ich und musste mir eingestehen, dass ich mit ihr bisher den besten Sex in meinem Leben gehabt hatte.

Sex und Gefühle kann man nicht trennen, schoss es mir in den Kopf. Diesen Spruch hatte ich mal irgendwo gelesen oder gehört und mich noch Tage danach darüber lustig gemacht. Fuck.

»Episch«, lachte sie und beendete damit meinen Satz nachvollziehbar. Wir rutschten beide höher, legten uns richtig ins Bett und breiteten die Decke über unseren Körpern aus, bevor sich Aylin wieder an mich schmiegte und ich nur noch ihrem ruhiger werdenden Atem lauschte. Worte waren gerade zu viel, ich wusste ehrlich gesagt auch nicht, was ich überhaupt sagen sollte. Mein Kopf war leergefegt – von ihr, der Situation, von allem. Niemals hätte ich gedacht, dass ein Mensch einen anderen verändern kann – zumindest hatte ich das Gefühl, dass sie etwas in mir bewirkte. Ich wollte es nicht wahrhaben, versuchte, mir ständig einzureden, dass Aylin keine solche Macht über mich besaß, doch damit log ich mich im Prinzip selbst an. Oder war es vielleicht nur der Reiz, etwas Verbotenes zu tun? Würde es anders verlaufen, wenn sie irgendeine dahergelaufene Frau wäre und nicht die Schwester meines besten Kumpels? Scheiße, dieses beschissene Gedankenkarussell musste endlich mal zum Stillstand kommen.

»Bist du noch wach?«, fragte ich nach einiger Zeit und erhielt keine Antwort. Sanft strich ich ihr über die Schulter, wand mich aus ihrer Umarmung und stand leise und behutsam auf. Bevor ich nach meiner Hose griff, schaute ich nochmal zurück. Gott, sie lag da wie ein Engel. Die blonden, welligen Haare auf dem Kissen ausgebreitet und nur eine feine weiße Decke über ihrem Körper. Widerwillig kramte ich mein Handy aus der Hosentasche, entsperrte es und bekam einen Schreck, da ein Haufen Anrufe in Abwesenheit und Nachrichten aufblinkten. Shit, Mino.

Ich versuche dich seit Stunden zu erreichen. Wo zur Hölle bist du?, schrieb er in einer davon, welche mich auf den Boden der Tatsachen zurückholte. Ach ja, da war auch noch der dunkle Part in meinem Leben, den ich den ganzen Nachmittag und Abend völlig ausgeblendet hatte. Wegen ihr. Ich schrieb ihm schnell zurück, dass ich bald bei ihm wäre, steckte das Handy zurück und zog mich leise an. Aylin würde es gar nicht gefallen, wenn sie aufwachte und ich nicht mehr da war. Aber was sein musste, musste sein. Mino ließ man nicht warten. Vor allem nach der Scheiße mit Pablo nicht, der sein Unwesen in Chicago trieb. Wir hatten gehofft, dass nach dem verschwundenen Koks und der Erkenntnis, dass wir es nicht gestohlen hatten, Ruhe wäre. Doch genau das Gegenteil war der Fall. Seit Tagen wurden Dealer von uns überfallen, angeschossen oder der Stoff geklaut, weswegen es keine gute Idee war, meinen eh schon verärgerten Onkel weiterhin auf die Folter zu spannen.

Ich schlich mich aus dem Haus, wie ein Verbrecher, rannte zum Wagen und fuhr, so schnell es ging, nach Hause, wo auch schon Mino in seinem Büro wartete. Eddy und zwei andere Typen, Thomas und Malik, beide Dealer meines Onkels, waren ebenfalls vertreten und standen mit verschränkten Armen vor der Brust gegen die Schrankwand gelehnt.

»Oh, beehrt uns der feine Herr auch mal«, fing mein Onkel an und sein Gesichtsausdruck konnte mir gegenüber verärgerter nicht sein.

»Sorry. Hatte zu tun.« Am besten war es bei ihm, klein beizugeben, denn sonst endete es in einem Massaker.

»Hast du dich um die Lieferung gekümmert?« Seine Stimme klang bissig, wie eine Kobra, die kurz davor war, dir an die Gurgel zu springen. Shit, die Lieferung.

»Ja«, log ich und hoffte nur, dass es irgendjemand anders übernommen hatte. Mein Blick glitt zu Eddy, der mich ebenfalls anstarrte und leicht den Kopf schüttelte.

»Ah okay, sehr komisch … denn die Lieferanten standen vor der Halle, unsere Männer wussten von nichts, worauf der Fahrer mit dem ganzen Stoff wieder umgedreht ist«, schrie Mino, stand auf und knallte die Fäuste auf den Schreibtisch. Aus der Nummer kam ich nicht mehr raus. Fuck! Heute Mittag hatte ich noch daran gedacht, aber dann Aylin im Laden besucht und mit ihr den Rest des Tages verbracht.

»Es tut mir leid, ich hab die Zeit vergessen, als ich mich wegen Pablo umgehört habe. Außerdem … halt den Ball flach, dein Sohn hier hat schon größeren Mist gebaut und wird hier nicht vor versammelter Mannschaft bloßgestellt.«

»Tja, das liegt einfach daran, dass ich von ihm nichts anderes mehr erwarte, von dir aber schon!« Minos Gesicht wurde dunkelrot und von Eddy kam ein leises: ‚Na, danke', während die anderen lachen mussten. »Was ist in letzter Zeit überhaupt los mit dir? Du scheinst neben der Kappe zu sein, so als hättest Gott weiß was Besseres zu tun.« Ja, nämlich Scotts kleine Schwester zu ficken. So sehr ich mich auch über seinen Anfall aufregen wollte, wusste ich, dass er recht hatte. Aylin lenkte mich ab. Erheblich, wodurch mein Job an Minos Seite kürzertrat und darunter litt. Ich senkte nur den Blick, gab somit klein bei, bevor er in meinem Gesichtsausdruck noch irgendeine Angriffsfläche erkannte, und setzte mich in einen der zwei Sessel. Stille kehrte ein, Mino fing an zu erzählen, dass wir heute nur in der kleinsten Runde hier waren, weil alle anderen auf Patrouille in Chicago rumfuhren. Er schlug vor, dass jeder ab sofort mit Partner unterwegs sein sollte, falls der Fall der Fälle eintrat und Pablos Männer auf uns losgingen, und dass sein Haus fortan von einer doppelten Wache gesichert wurde. Ob das half, keine Ahnung. Etwas anderes blieb uns momentan nicht übrig, außer uns vollkommen zurückzuziehen und die Geschäfte einzustellen.

»Was ist eigentlich sein scheiß Problem? Er weiß doch, dass wir sein Dreckszeug nicht angefasst haben, wieso macht er also immer noch Beef?«, reagierte Thomas und schnaufte wie ein Stier. Mino schaute ihn währenddessen gleichgültig an und zuckte mit den Schultern. Wie die Unschuld vom Lande.

»Wahrscheinlich lassen ihn die Weiber nicht mehr ran. Was weiß ich. Außerdem ist er sowieso nicht im Land und die Villa verlassen, also frag jemand anderen, du Trottel. Denn wenn ich es wüsste, würden sie uns nicht ständig drangsalieren!« Er versuchte, sich zu beruhigen, setzte sich wieder hin und atmete tief ein und aus. »Gebt die Neuigkeit an alle weiter. Geht jetzt.« Alle gingen schon hinaus und ich folgte ihnen kommentarlos, als mich mein Onkel zurückhielt. »Blake, warte.« Da ich ihm noch den Rücken zugewandt hatte, verdrehte ich die Augen und wartete auf eine weitere Rede. »Ab sofort sollte es in deiner Birne wieder rundlaufen, denn bei der Sache mit Pablo kann ich keinen verträumten Hurensohn gebrauchen. Schließlich sollst du das hier irgendwann übernehmen. Sonst sehe ich mich in der Pflicht, Eddy in alles einzuweisen, damit du deine Eier schaukeln lassen kannst«, sagte er in hartem Ton, und statt etwas zu erwidern, verließ ich sein Büro und ging in mein Zimmer.

Dort trat ich außer mir vor Wut den Nachttisch um, der scheppernd über den Boden glitt und gegen die Wand prallte. Ich wollte Mino für seine dummen Kommentare verfluchen, aber konnte es nicht. Weil er recht hatte. Die letzten Tage war ich nicht bei der Sache gewesen, weil ich gedanklich immer bei Aylin war und nur noch mit dem Schwanz dachte. Deshalb konnten Männer in unserem Beruf keine Beziehung führen, weil sie einem das Hirn aufweichten. Wäre es besser, das mit ihr zu beenden? Einen Strich drunter zu ziehen und so zu tun, als wäre nie etwas gewesen? Fuck, keine Ahnung was mit mir nicht stimmte, denn genau bei dem Gedanken wurde mein Schwanz hart. Mich von ihr fernzuhalten, war keine Option, nur über meine Leiche. Vor allem machte ich schon immer das, was ich wollte, besonders, wenn es falsch war, und damit würde ich gerade bei ihr sicherlich nicht aufhören.

DREISSIG

AYLIN

Sauer blickte ich zum wiederholten Male auf mein Smartphone. Blake verhielt sich seit einigen Tagen vollkommen merkwürdig. Während er mir vorher ständig geschrieben hatte, schien es seit unserem Zoobesuch und den heißen Sachen danach nun vollkommen anders. Er brauchte Stunden, um auf meine Nachrichten zu antworten, dabei waren die meist einsilbig und voller Desinteresse. Hatte ich ihn wirklich zu viel gedrängt, etwas von sich zu erzählen? Aber war es nicht normal, dass ich mehr über ihn wissen wollte? Und nicht nur die oberflächliche Scheiße, welches Sternzeichen er hatte oder was er gerne zum Frühstück aß. Obwohl ich die zweite Frage nicht einmal beantworten könnte. Wütend stopfte ich mein Handy zurück in die Hosentasche. Es war eh schon ziemlich kompliziert durch Scott, und Blake machte es mit seiner heimlichen Art nicht gerade besser. Ich entschied mich dafür, mir den weiteren Tag über keine Gedanken darum zu machen und eher mit Chloe einen Kaffee trinken zu gehen. Denn auf seine wortkargen Nachrichten musste ich jetzt wirklich nicht warten. Und wenn er mir mit irgendwelchen Bankgeschäften kommen würde, die schiefgelaufen waren, würde ich ihn verdammt nochmal für diese Lüge eine Ohrfeige verpassen. Denn langsam reichte es mir mit dieser verfluchten Ausrede.

Chloe und ich wollten uns am Eingang der Universität treffen, die letzten Tage hatte ich nach der Uni im Blumenladen verbracht. Doch heute brauchte Lina mich nicht, weshalb sie mich gleich für einen Starbucks-Kaffee gebucht hatte. Von weitem sah ich schon ihre blonde Mähne, die sie zwischen ihren Fingern herumwirbelte und mit einem Kerl redete. Würde Craig etwa unsere Pläne durchkreuzen? Als ich näherkam, erkannte ich aber die Gestalt neben ihr sehr wohl und kniff leicht die Augen zusammen. Was machte denn Scott bitte hier? Ich räusperte mich, als ich auf die beiden zutrat und mein Bruder sich flink zu mir umdrehte. »Hey, ich hab dich gesucht und bin dabei Chloe über den Weg gelaufen«, berichtete er und ich neigte den Kopf leicht zur Seite. »Wozu gibt es Handys?«, fragte ich ihn direkt.

»Sie meinte, ihr würdet euch hier treffen, da hielt ich es für unnötig, dich anzurufen und dich in deiner Vorlesung zu stören.« Auf die ich mich eh kaum hatte konzentrieren können. »Scott hat mich auf charmante Art und Weise gebeten, unser Kaffee-Date heute sausen zu lassen, damit er etwas mit dir unternehmen kann«, mischte sich Chloe ein und grinste dabei. Auf charmante Art und Weise also … Skeptisch blickte ich meinen Bruder an, er zuckte aber nur breit grinsend mit den Schultern und legte den Arm um mich. »Ich hab mir heute freigenommen, um mit dir ins Kino zu gehen. Sword Art Online: Ordinal Scale wird nochmal im Kino gezeigt.«

»Wirklich?«, hauchte ich begeistert und war sofort hin und weg. Einer meiner Lieblingsanimes. »Was ist das?«, lachte Chloe und wusste, wie verrückt ich nach solchen Serien war. Sie hatte damit erst nicht so viel anfangen können, doch nach einigen Folgen von Naruto hatte ich sie bekommen. Und es hatte nicht lange gedauert, bis einige Tränen geflossen waren und sie einen Lieblingscharakter gehabt hatte: Kakashi. Doch weiter waren wir bei Animes noch nicht gekommen. »In dem Anime wird ein Spiel herausgebracht, welches Sword Art Online heißt. Anhand eines Gerätes tauchst du vollkommen in die Fantasie-Welt ein, sodass sich alles richtig echt anfühlt. Dann bemerken die Spieler, dass sie die Welt nicht mehr verlassen können. Und dass ein Tod in der Fantasie-Welt automatisch auch zu einem Tod in der realen Welt führt. In dem Spiel geht es darum, Monster zu besiegen, um weitere Level aufzusteigen, und es ist nicht gerade unwahrscheinlich, dabei draufzugehen«, erklärte ich ihr die Kurzfassung. »Und davon gibt es nun einen Film?«, fragte sie sogleich interessiert und Scott nickte. »Den gibt es schon seit zwei Jahren, aber im Kino werden zwischendurch mal Anime-Filme ausgestrahlt und heute ist dieser dran«, fügte er zu meiner Erzählung hinzu und Chloe nickte. »Die Serie müssen wir uns auch mal anschauen«, kam es direkt von ihr, wobei ich ein: »Sicher«, aussprach, es aber nicht nur von mir hörte, sondern auch von meinem Bruder. Verwirrt sah ich ihn an und auch Chloe blickte etwas irritiert zu ihm. Scott räusperte sich, packte mich sanft am Handgelenk und meinte: »Komm gehen wir«, weshalb ich meiner besten Freundin nur noch zuwinkte und Scott mit mir nach draußen lief.

»Was war das denn gerade?« Wir liefen über den Schulparkplatz, wo wir direkt auf seinen Wagen zusteuerten und einstiegen. »Was meinst du?« Bei seinen Worten schlug er die Autotür zu und ich lachte auf. »Seit wann willst du dir bitte mit mir und Chloe einen Anime anschauen?«, hakte ich nach und sah ihm dabei zu, wie er den Motor startete und stumpf zur Frontscheibe sah. »Du wolltest doch gerne mehr Zeit mit mir verbringen«, brachte er hervor, doch ich kaufte ihm das Ganze nicht so ab. Dass er mich abholte, um was mit mir zu unternehmen – ja. Aber nicht, dass er wirklich einen Netflix-Marathon mit mir und Chloe ertragen wollte. Ich überlegte und mir fiel ein, wie ruhig er auf einmal beim Strand geworden war. »Sag mir bitte nicht …« Zwar konnte ich ihn wirklich nicht verurteilen, nicht mehr … Seit ich ihm gesagt hatte, er sollte die Finger von Chloe lassen, war viel zu viel passiert, um das sagen zu können. Aber Chloe hatte schließlich etwas mit Craig. Und anscheinend mochte er sie und mein Bruder war dafür bekannt, den Mädchen das Herz zu brechen. Wie Chloe selbst gesagt hatte, er zählte als Casanova. Außerdem widersprach Chloe all dem, was er mir immer predigte, wie eine Frau zu sein hatte. Das passte so gar nicht in meinen Kopf.

»Himmel, nein. Ich hab nichts mit ihr!«, brummte er.

»Und das soll ich dir glauben? Soll ich Chloe fragen?« Sie war nämlich eine ziemlich schlechte Lügnerin. Jedenfalls, wenn man sie mit einer Frage überfiel und sie keine Zeit hatte, sich eine Ausrede einfallen zu lassen. »Okay, vielleicht gab es da einen Moment. Das war's«, knurrte Scott und umgriff sein Lenkrad mehr.

»Aha!«, rief ich und zeigte mit dem Finger auf ihn, bevor ich die Arme vor der Brust verschränkte. »Ich schwöre dir, wenn du sie verletzt, dann …«, brachte ich hervor, doch wurde mit einem bösen Blick von ihm angesehen, weshalb ich die Klappe hielt und die Lippen aufeinanderpresste. Scott starrte wieder auf den Verkehr. »Da wird nichts passieren.« Mit diesen Worten herrschte Stille im Wagen, bis ich es nicht mehr ertrug und das Radio einschaltete. Ich konnte wirklich nichts dagegen sagen, wenn die beiden zusammenfinden würden, auch wenn es für mich merkwürdig sein würde. Aber Chloe passte nicht zum Wesen von ihm, nicht zu dem, was er sonst eigentlich wollte, und der arme Craig …

»Wann fängt unser Film an?«, fragte ich dann, um unsere Situation wieder zu lockern. Immerhin wollte er etwas mit mir unternehmen, hatte sich extra freigenommen und dann saßen wir hier schweigend herum. »In dreißig Minuten. Du hast also noch genug Zeit, auf die Toilette zu verschwinden, um danach deine 1,5 Liter Cola wegzuhauen«, lachte er und schüttelte bei der Vorstellung jetzt schon den Kopf. Im Kino trank ich unnormal viel, deshalb lief ich vorher immer schon auf die Toilette, um dem entgegenzuwirken. Scott und ich waren eine Weile ständig ins Kino gegangen, wenn zu Hause nur gestritten wurde. Damals hatte noch die Mom eines Klassenkameraden von Scott dort gearbeitet und uns immer hereingeschmuggelt. Auf die Plätze, die noch verfügbar waren. Auch wenn es die Sitze ganz vorne waren, hatten wir uns immer bedankt und es war ein einmaliges Erlebnis gewesen. Jedes verdammte Mal.

Als wir beim Kino ankamen, parkte Scott in einer Seitenstraße, wir stiegen aus und ich nahm seine Hand. »Komm schon, nicht trödeln«, meinte ich, denn er ging ein wenig zu langsam und lachte, als ich anfing, ihn zu ziehen. Ich schnaubte frustriert, als er seine Schritte dennoch nicht schneller werden ließ, sondern ich das Gefühl hatte, er lief extra im Schneckentempo. »So aufgeregt?«

»Nein, überhaupt nicht!«, erwiderte ich, verdrehte belustigt die Augen und endlich kamen wir beim Kino an. Die Schlange war lang, weshalb Scott mich schon auf die Toilette schickte und allein die Karten holte. Danach trafen wir uns beide beim Verkauf und holten uns eine Jumbopackung Popcorn, seine Sprite und meine 1,5 Liter Cola. Er nahm den Rest, während ich versuchte, unfallfrei mein Getränk zum Sitz zu transportieren. Wir liefen in Kino 4 herein und nahmen in der Reihe A Platz. Dort packte ich den Strohhalm aus und wollte ihn schon in der Cola versenken, als mir der Mund offen stehen blieb. »Die hat kein Loch in der Mitte«, verkündete ich schockiert, Scott sah skeptisch zu mir herüber und musste lachen. »Anscheinend haben sie das Modell geändert, schau mal an den Seiten«, meinte er dann und zeigte drauf, wo sich zwei Löcher befanden. »Das Kino denkt wohl so wie ich, dass es unmöglich ist, dass jemand allein so viel bei einem Film trinkt«, neckte Scott mich und ich gab ein amüsiertes Geräusch von mir. »Ha, ha«, machte ich dazu und steckte dann meinen Strohhalm in eins der Löcher, bevor ich den Becher auf das Tablett stellte, welches sich neben meiner Sitzlehne befand. Einige anderen Menschen füllten nach und nach den Kinosaal und dann wurden die Lichter ausgemacht, die Leinwand leuchtete hell und die Werbung fing an. Über andere Filme, über die Stadt und bestimmte Läden in Chicago. »War die Werbung schon immer so lang?« Ich blickte auf mein Handy, um mir die Uhrzeit anzusehen. »Wir sitzen hier mittlerweile ’ne halbe Stunde«, murmelte ich und sah gerade, als ich das Smartphone wieder wegstecken wollte, wie eine Nachricht von Blake aufblinkte. Flink steckte ich es in die Tasche. Jetzt konnte er ruhig auf mich warten. »Na endlich!«, stöhnte Scott, als das Logo des Films angezeigt wurde und das Erlebnis beginnen konnte.

Nach dem Film konnten wir im Wagen gar nicht mehr aufhören, uns darüber zu unterhalten. »Ich hab zuerst gedacht, der Film wird nach der Serie nur so lala. Aber da waren meine Vorstellungen total falsch«, kam es vollkommen beeindruckt von mir. »Ich find's gut, dass sie die Animation nicht geändert haben. Das generelle Design ist einfach unfassbar genial. Die Charaktere, Städte und Orte. Sie haben so zum ganzen Setting gepasst«, meinte Scott daraufhin und ich musste wieder schmunzeln. So war er auch oft bei Videospielen, die er manchmal bis mitten in der Nacht zockte, wenn er Zeit hatte. Aus ihm wäre ein genialer Gamedesigner geworden, wenn er studiert hätte. Jedenfalls war das auch sein Traum mit 16 Jahren gewesen, bevor alles den Bach heruntergegangen war und er sich entschieden hatte, sein Leben zu meinem Wohl anders zu gestalten. Auch wenn ich immer noch nicht wusste, wie das aussah. Aber ich wollte den Moment nicht ruinieren, indem ich ihm sagte, er solle es sich vielleicht nochmal mit seinem Bankgeschäft überlegen. Selbst in meinem Kopf bekam das Wort Bank einen sarkastischen Unterton, was mich kurz lachen ließ.

»Was ist los?«

»Ach nichts. Musste nur kurz wieder an die spannende, lustige Story denken. Sie war zwischendurch so ernst und dann wieder boom. Die perfekte Mischung!«

»Und ich dachte schon, ich habe etwas im Gesicht oder so«, gab er scherzhaft von sich, doch ich schüttelte grinsend den Kopf und wir parkten bei uns zu Hause. Scott stieg aus, lief herüber und hielt mir die Tür auf. »Madame …« Ich lachte lauter, als er eine verbeugende Gestik machte und mir beim Aussteigen eine Hand reichte. Dann liefen wir zusammen zu unserem Haus mitten im Wald, und gerade als Scott die Tür aufschließen wollte, hörten wir ein Geräusch, was mich innehalten ließ. »Bleib hier«, flüsterte mein Bruder, wollte die Tür öffnen, doch ich hielt ihn zurück. »Ich lass dich doch nicht allein darein!«, wisperte ich sauer und presste dann die Lippen aufeinander. Was, wenn dort irgendjemand drin war, der ihm etwas antun wollte?!

Vor einigen Jahren war hier nur mal ein älteres Ehepaar, was sich beim Wandern verirrt hatte, eingestiegen. Weil das Haus von draußen einfach wie ein vermodertes altes Gebäude an einem See aussah, hatten sie es für einen Lost Place gehalten und sich dann aber über die gut in Schuss gehaltene Inneneinrichtung gewundert. Es war ihnen sichtlich peinlich gewesen und sie hatten sich mehrmals entschuldigt.

Eventuell war es wieder ein Wanderer oder ein paar Jugendliche, die dachten, es wäre eine coole Partylocation, die sie gefunden hatten. Aber wenn nicht …

»Aylin, bleib hier. Tu bitte, was ich sage.« Also wie ich es immer tun sollte. Ich nickte, doch es behagte mir ganz und gar nicht. Scott schloss verdammt leise die Tür auf, bevor er sie lautlos aufmachte und hineinging. Mein Herz klopfte unangenehm hart in meiner Brust und ich drückte die Faust an die Stelle, gegen die es hämmerte. Was, wenn es jemand war, der uns ausrauben wollte? Unwahrscheinlich mitten im Wald, aber nicht unmöglich. Meine Paranoia wuchs. Und wenn derjenige ein Messer zückte und Scott verletzte? Ich handelte, ohne nachzudenken, mein Körper schien die Kontrolle zu übernehmen und ich stürmte ins Haus rein, wo mich der Anblick erstarren ließ. Dort stand kein Einbrecher …

»Dad?«, hauchte ich. Vor sechs Jahren hatte er uns verlassen. In den letzten Jahren war er zwei Mal aufgetaucht, hatte neues Geld gebraucht und war wieder verschwunden. Sein Erscheinungsbild hatte sich deutlich verschlechtert. Mit seinen grauen Haaren, seinem dicken Bauch unter einem schmuddeligen Shirt wirkte er ungepflegt und stank selbst aus der Ferne nach Alkohol. Als hätte er mehrere Nächte gesoffen. »Hey, meine Schöne«, erklang es lallend von ihm und er wollte mit ausgestreckten Armen auf mich zugehen, doch Scott legte ihm seine flache Hand auf die Brust. »Fass sie einmal an und ich ramm dir meine Faust in die Fresse«, presste er hervor und unser Dad blieb stehen.

»Was machst du hier?«, hauchte ich stattdessen und achtete nicht auf meinen Bruder.

»Darf ich meine Kinder nicht besuchen?« Er klang verwirrt, dabei hatte er seit Moms Tod nichts als Hass für uns übrig. Schon vorher hatte er keine Liebe für uns in seinem Herzen getragen, doch danach war es immer schlimmer geworden. Unvorstellbar, wenn man bedachte, dass sich Mom durch die Gegend gefickt hatte, um ihre Drogen und seinen Alkohol zu finanzieren. Und sie sich andauernd gestritten hatten und mehrere Flaschen an die Wand geflogen waren. Aber vielleicht fand er es auch einfach nur scheiße, sich seinen Alkohol danach selbst beschaffen zu müssen. »Aylin, geh bitte in dein Zimmer«, knurrte Scott und ich sah unschlüssig zwischen ihm und Dad hin und her. Ich verspürte den Drang, mich mit ihm zu unterhalten, auch wenn ich wusste, dass er vollkommen betrunken war und mich das Gespräch am Ende wohl mehr verletzen würde, als ich es ohnehin schon war. »Aylin«, hörte ich wieder mahnend von Scott und biss mir auf die Unterlippe. Rückwärts ging ich zurück, drehte mich um und lief die Treppe hinauf in mein Zimmer. Das Auftauchen von Dad verwirrte mich mehr, als ich gedacht hätte. Mein Herz zog sich wieder schmerzhaft zusammen und der Kloß in meinem Hals drückte unangenehm gegen meine Kehle.

Anstatt mich auf diese Empfindungen zu konzentrieren, zog ich mich um, tapste zu meinem Bett und legte mich schnell unter die Decke. Aus meiner auf dem Boden liegenden Hosentasche zog ich das Smartphone heraus und sah auf Blakes Nachricht.

Hey, soll ich heute vorbeikommen?

Ich verdrehte die Augen. Auf einmal wollte er wieder vorbeikommen? Genau jetzt? Mit der flachen Hand fuhr ich mir übers Gesicht. Einerseits wollte ich ihn unbedingt sehen, andererseits schwirrte in meinem Kopf so viel herum, dass ich nicht wusste, wie ich jetzt noch eine Unterhaltung darüber verkraften sollte, warum er sich in den letzten Tagen so wenig gemeldet hatte. Und dann noch die Sache mit Dad. Ich wusste nicht, ob Scott noch herüberkommen würde, und wollte auch nicht darüber reden. Allerdings wollte ich auch kein Nein tippen, weil es nicht vollkommen der Wahrheit entsprach und ich jetzt schon ahnte, dass ein: Warum?, folgen würde. Verflucht! Frustriert legte ich das Handy beiseite und schloss meine Augen.

Als ich mitten in der Nacht zur Toilette musste und im Dunkeln über den Flur schlich, hörte ich, wie Mom weinte. Ich zögerte und wusste nicht, was ich tun sollte. Manchmal konnte sie es nicht leiden, angesprochen zu werden, und ließ sehr schnell die flache Hand gegen meine Wange klatschen, wenn ich mit ihr sprach. Dabei mussten es nicht einmal schlimme Worte sein. Schon ein: »Hey«, konnte sie in diesem Zustand aufregen. Aber nichts zu tun, fühlte sich verdammt falsch an. Gestern hatten wir meinen 16. Geburtstag gefeiert und sie war wütend geworden, weil ich die ganze Zeit Scott wegen dem Kuchen genervt hatte. Dabei war ich nur so neugierig gewesen, welcher Geschmack die Torte haben würde.

Und das hatte ihr wohl Kopfschmerzen verursacht. Schneller als mein Bruder reagieren hatte können, hatte sie mir eine schallende Ohrfeige verpasst. Unwillkürlich fuhr ich mir bei der Erinnerung über die rechte Wange. Aber hier saß Mom, am Fenster, die Knie angezogen und fest umklammert. Ihr dünner, zerschundener Körper erinnerte mich immer an einen geschlagenen Hund. Sie nahm immer mehr ab, aß kaum und nahm immer mehr von diesem Zeug. Ich kniete mich neben sie, strich eine Haarsträhne aus ihrem Gesicht und sah die Tränen auf ihrer Haut. Ihre Wange war mit Blessuren übersäht und erschrocken hielt ich mir die Hand vor den Mund, als ich das Blut an ihrer Stirn sah. »Was … Was ist passiert?«, stockte ich und überlegte. Sollte ich Scott holen? Oder einfach nur Sachen aus dem Verbandskasten? »Dieser Arsch dachte, ich hätte seinen Alkohol unter der Spüle ausgesoffen. Dabei war er das gestern selbst, hat es einfach nur vergessen«, lachte Mom zornig und schüttelte fassungslos den Kopf. Ja, ich konnte mich erinnern, wie betrunken Dad am Ende des Abends gewesen war und wie Scott mich ins Bett gebracht hatte. Er war bei mir geblieben, die gesamte Nacht, und wollte nicht allein sein. Zum Glück, denn ich hatte es auch nicht gewollt.

»Mom, lass uns ins Badezimmer«, flüsterte ich, griff nach ihrem Ellbogen und versuchte, ihr aufzuhelfen, sie fiel aber sofort wieder zurück. Wieder half ich ihr, es klappte und wir gingen gemeinsam ins Bad. Dort schaltete ich das Licht an und musste ein Fluchen unterdrücken. Ihr Gesicht war zugeschwollen, die klaffende Wunde unter der Augenbraue sah fürchterlich aus. Ihr rechtes Auge war blau. Die Oberlippe blutete. »Setz dich auf die Klobrille«, wisperte ich. Tatsächlich tat Mom, was ich sagte. Ich nahm einen Waschlappen und befeuchtete diesen. Dabei bemerkte ich, wie meine Hände zitterten. Vorsichtig tupfte ich dann über ihr Gesicht, hatte Angst, ihr weh zu tun, und biss mir auf die Lippen.

»Schau mich nicht so an, Mädchen. So ist es in einer Ehe. Wenn du heiratest, bist du verflucht, unterschreibst direkt den Vertrag für die Hölle«, lachte sie und am liebsten würde ich sie schütteln. Sie musste nicht so leben. »Im Schrank sind Schmerztabletten, gib mir welche«, befahl sie und ich traute mich nicht, ihr zu widersprechen, also löste ich mich von ihr und ging zum Badezimmerschrank, um nach dem Döschen zu greifen. Ich wusste nicht, ob es eine gute Kombination war, denn ihr Atem stank nach Alkohol. Und ich konnte mir vorstellen, dass sie wieder etwas eingeworfen hatte. War eine Schmerztablette dazu wirklich ein guter Cocktail? Mühsam richtete sich Mom auf, nahm den Becher neben dem Waschbecken und füllte sich diesen mit Wasser.

»Wird's bald?!«, zischte sie und ich holte schnell eine heraus. »Willst du mich verarschen, Aylin? Was will ich mit einer Tablette? Gib mir vier, sonst brauch das Stunden, bis es wirkt!«

»Bist du sicher …? Ich denke –«, warf ich ein, doch sie unterbrach mich mit einem amüsierten Grunzen. »Du denkst? Bist du die Erwachsene oder ich? Hör auf, nachzudenken, und tu, was ich dir sage. Bevor ich dir die Dose aus der Hand prügle, du undankbares Miststück«, brüllte sie mir nun entgegen und fuhr sich durch die Haare. Ich schluckte, merkte, wie meine Hand mehr zitterte und dadurch beinahe eine Tablette auf den Boden fiel. Schnell reichte ich ihr die vier Tablet-

ten. »Geht doch«, brummte sie und nahm eine nach der anderen in den Mund, spülte diese mit Wasser herunter. Schwerfällig stand sie auf, stützte sich am Waschbeckenrand ab und starrte in den Spiegel. »Dieser Bastard«, murrte sie, schaltete den Wasserhahn ein und beugte ihren Kopf, um sich wohl das geschundene Gesicht zu waschen. Dann passierte alles sehr schnell.

Ein grunzendes Geräusch, ein Poltern. Ihr Schädel knallte gegen das Waschbecken und sie sackte zusammen.

»Mom …«, flüsterte ich, ging langsam einen Schritt auf sie zu, während sie auf dem Boden lag. Sich nicht rührte. Warum war sie umgefallen? Ich griff nach ihrer Hand, ihre Augenlider waren geschlossen. »Mom«, schrie ich jetzt nochmal, hoffte, dass sie gleich ihr Gesicht wutverzerrt gegen mich richtete, doch nichts passierte. Hastig ließ ich ihre Hand los, tastete nach ihrem Puls, überprüfte ihre Atmung.

Da war nichts mehr.

»Mom, du darfst nicht sterben. Ich hole Hilfe …«, kam es mit gedämpfter Stimme von mir, während ich die Nässe auf meinen Wangen spürte. »Du darfst mich nicht verlassen …«, flüsterte ich weinend. Sie durfte nicht sterben. Bitte … Sie hatte doch gerade noch mit mir gesprochen. Ich legte den Kopf an ihre Schulter und weinte. Mom hatte nie etwas für mich getan, vielleicht ein paar einzelne warme Worte und einige schöne Erinnerungen. Doch sonst nichts. Eigentlich konnte rein gar nichts die tiefe Trauer über den Verlust, den ich in diesem Moment spürte, erklären. Trotzdem weinte ich. Schrie. Brüllte. Und weinte noch mehr.

»Aylin, was ist passiert?«, hörte ich von der Tür aus, die aufgerissen wurde. Ich wusste nicht, wie viel Zeit vergangen war. Aber Scott hatte Nachtschicht gehabt, also musste der nächste Tag schon angebrochen sein und Moms Haut war schon kalt und starr. »Ich … ich hab eben noch mit ihr gesprochen und da …«, brachte ich heraus. Trocken kam es aus meiner Kehle, meine Tränen längst versiegt, da ich keine mehr übrig hatte.

»Hey, alles wird gut«, meinte er, kam direkt zu mir und nahm mich in die Arme. Half mir, aufzustehen, und drückte mich fest an sich. »Sie

ist tot…«, sprach ich das Offensichtliche aus. »Alles wird gut, Aylin, ich bin da …«, murmelte Scott und strich mir über den Rücken.

Ich schreckte auf. Das war ein Anblick, den ich nie vergessen würde. Aber ich hatte lange nicht mehr davon geträumt. »Aylin, was ist los?«, hörte ich sofort, sah, wie Scott von meinem Sessel am Ende des Raumes aufstand. Hatte er etwa darin geschlafen? Ich lächelte leicht darüber. Anscheinend hatte ich ihn geweckt, denn er rieb sich die Augen. »Ja, ich hab nur schlecht geträumt«, murmelte ich und strich mir durch die Haare. Anscheinend hatte Dads Anwesenheit diese furchtbare Erinnerung wachgerüttelt. Aber damit wollte ich Scott nicht belasten, also erzählte ich ihm nichts von meinem Traum. »Bleibt er länger?«, fragte ich trotzdem nach und Scott zuckte mit den Schultern. »Ich denke, ein paar Tage. Dann ist er wieder weg«, erwiderte mein Bruder und lehnte sich im Sessel zurück. »Warum hast du hier geschlafen?«, hakte ich neugierig nach. »Gewohnheit, glaube ich«, erwiderte er mit einem knappen Lächeln. Und meine Mundwinkel mussten auch zucken. Egal, was in der Vergangenheit passiert war, ich war froh, Scott immer bei mir zu haben.

EINUNDDREISSIG

BLAKE

Gestern hatten wir von sicheren Quellen mitbekommen, dass Pablo wieder in Chicago war. Nur hielt er sich nicht in seiner Villa auf, sondern hatte sich in der Presidential-Suite des noblen Walldorf Astoria verbarrikadiert. Keine Ahnung, wer Minos Informant inmitten von Pablos Männern war, aber solange er recht behielt, war es mir auch egal.

»Und hier soll er sich also aufhalten?«, fragte Scott, der mit mir neben dem Hoteleingang stand und ebenfalls das imposante Gebäude bestaunte.

»Jep, ganz oben, und so, wie es hieß, hat er wirklich nur ein oder zwei Bodyguards, damit niemand aufmerksam wird.« Natürlich konnten die Informationen auch völliger Schwachsinn sein. Aber ich liebte bekanntlich brenzlige Situationen.

»Willst du da jetzt reinstürmen und ihm eine Kugel in den Kopf jagen?«

»Vielleicht. Verdient hätte er sie«, gab ich gleichgültig von mir und wurde von Scott in der nächsten Sekunde um die Ecke gezogen. »Fuck, was ist dein Problem?«, schnauzte ich ihn an und befreite mich aus seinem festen Griff um meinen Oberarm.

Er nickte nur zur Straße, wo im gleichen Moment eine Limousine hielt und mehrere Männer in schwarzen Anzügen das Hotel verließen. Mittendrin lief abgeschirmt von der Außenwelt Pablo, auf den ich einen kleinen Blick erhaschte. Ich sprang auf, zückte schon die Waffe und wollte auf die Menge zulaufen, als mich mein bester Freund ein zweites Mal zurückhielt. »Bist du lebensmüde?«

»Gib mir Rückendeckung! Ein paar niete ich auf jeden Fall um«, gab ich entschlossen von mir und wurde sogleich mit einem erzürnten Blick bestraft, den ich erwiderte. Scott war offenbar wütend über meinen Leichtsinn und ich darüber, dass er den Schwanz einzog.

»Vergiss es«, vertrat er seinen Standpunkt und schüttelte energisch den Kopf. Im Hintergrund hörte man das Davonbrausen eines Wagens, weshalb ich über die Schulter schaute und nur sah, wie sich die Limousine entfernte.

»Bist du jetzt glücklich?«, pflaumte ich Scott an und lief zurück zum Hotel.

»Ja, bin ich, denn im Gegensatz zu dir hab ich noch keine Lust, zu sterben.« Seine Worte klangen harsch und eventuell hatte er auch ein wenig recht damit. Aber Pablo sollte nicht ungeschoren davonkommen. Das eben war die beste Möglichkeit gewesen, ihn zu kriegen. Für die Genugtuung, sein Leben auf dem Gewissen zu haben, würde ich mir auch eine Kugel einfangen. Außerdem hing mir Mino unheimlich im Nacken, stresste jeden Tag, dass ich einen Zahn zulegen sollte. Fuck, mehr als arbeiten konnte ich nicht. Seinen Tod verkünden zu können, hätte mir wieder einige Sympathiepunkte bei meinem Onkel eingeheimst. Seitdem er mich so angeschnauzt hatte, hatte ich auch Aylin nicht mehr gesehen. Mich von ihr ferngehalten und nur mit ihr geschrieben. Obwohl sie dabei auch komisch rüberkam und nur sporadisch antwortete. War sie vielleicht sauer, weil ich letztens einfach abgehauen war? Fuck, dass ich mir über sowas überhaupt Gedanken machte. Was sie nicht wusste: Ich war ab und zu heimlich an dem Blumenladen vorbeigefahren, nur um sie zumindest kurz zu sehen. Auch wenn es meist nur wenige Sekunde waren. Denn mich mit ihr zu treffen, war heikel. Ich traute Mino alles zu und sollte er rausbekommen, dass eine Frau an meiner Abwesenheit schuld war … puh, dann ginge mein Arsch auf Grundeis.

»Scheiße, was hast du jetzt vor?«, rief mir Scott hinterher, während ich die Lobby stürmte und zur Rezeption ging. Hinter ihr stand eine junge Frau, höchstens 20 Jahre alt und blickte mich, vor allem meine Klamotten, mit überraschtem Gesichtsausdruck an.

»Wie kann ich ihnen helfen?« Ihre Stimme war hoch und ein britischer Akzent war darin zu erkennen. Doch ihr abschätziger Blick, den sie mit einem breiten Lächeln versuchte zu überspielen, blieb mir dennoch nicht erspart.

»Mein Boss ist gerade los und hat etwas Wichtiges vergessen«, fing ich direkt an, draufloszureden, schenkte ihr einen eindringlichen Blick und beugte mich über den Tresen. »Mein Partner und ich sollen es für ihn holen. Könnten Sie uns deshalb freundlicherweise in seine Suite reinlassen?« Sie schluckte, schaute mich und Scott, der mittlerweile mit grimmigem Gesichtsausdruck neben mir stand, nacheinander an und schien unsicher zu sein.

»Ich weiß nicht … da muss ich eben nachfragen, weil –«

»Jetzt hör mir mal zu. Wenn unser Chef aus der Limousine steigt, die ihn eben abgeholt hat, und wir nicht da sind, haben nicht wir ein Problem, sondern Sie. Und zwar alle«, drohte ich ihr, indem ich auch auf ihre herumlaufenden Kollegen zeigte, die bei meiner lauten Aussprache den Kopf zu uns wandten. Die Frau, die laut ihrem Namensschild Victoria hieß, verlagerte ihr Gewicht von einem Bein auf das andere, entschuldigte sich für einen Moment und verschwand im Hinterzimmer.

»Was ist, wenn sie ihn jetzt anrufen?«, schnauzte Scott auf ein Neues los und sein Kopf wurde vor Aufregung rot. Okay, ich verstand seinen Missmut, aber sich ein bisschen umzuschauen, würde sicherlich nicht falsch sein. Vielleicht hinterließ ich ihm auch eine kleine Nachricht, damit er genau wusste, dass wir an ihm dran waren.

»Das werden sie nicht. Ich glaube, die haben viel zu viel Angst davor, was dann passiert«, vermutete ich und hoffte, richtig zu liegen. Die Hotels wussten meist ganz genau, wer so eine riesige Suite bewohnte, vor allem würde Pablo alles in die Wege leiten, dass man ihn hier nicht fand, und auch die Leiter unter Druck setzen. Nur brachte das alles nichts, wenn man unter seinen Handlangern 'ne miese fette Ratte besaß.

Keine zwei Minuten später kam Victoria zurück, hielt eine Zimmerkarte in der Hand und bat uns zu den Fahrstühlen. Siegessicher lächelte ich Scott an, ehe wir kurz darauf in den Lift stiegen und in die oberste Etage fuhren. Dort stiegen wir aus, liefen über den Flur und schauten der Mitarbeiterin zu, wie sie uns, ohne zu zögern, die Tür öffnete und uns diese aufhielt. »Danke. Wir sind gleich wieder weg«, wandte ich mich an sie, woraufhin sie den Blick auf den Boden richtete und bei offener Tür im Flur stehen blieb. »Du links, ich rechts«, kommandierte ich Scott herum, der die Augen verdrehte und dem nachkam.

Glücklicherweise landete ich in seinem Schlafzimmer. Die Bettlaken waren noch verwüstet und im kleinen Eimer neben der Kommode lag obendrauf sogar ein benutztes Kondom. »Ekelhaft«, murmelte ich vor mich hin, verzog angewidert das Gesicht und ging auf Streifzug. Ich zog alle Schubladen auf, durchsuchte den Inhalt und wurde neben dem Nachttisch fündig, als mir etwas Goldenes ins Auge blitzte. Schnell hob ich es auf, inspizierte den Ring und grinste hämisch. Nein, so dumm konnte der Typ wirklich nicht sein. Es war ein geprägter Goldring mit Pablos Familienwappen. Ich kannte es deshalb so gut, weil Kids, die ihm imponieren und seine Aufmerksamkeit wollten, dieses eine Zeit lang an Hauswände in Chicago gesprüht hatten. Das war viel besser als eine läppische Nachricht, weshalb ich ihn flink in die Hosentasche schob, das Zimmer verließ und nach Scott rief, der mir sogleich folgte. »Wir haben alles. Danke«, sagte ich zu Victoria, lief zum Aufzug und drückte den Knopf. Die Türen glitten direkt zur Seite, Scott und ich traten ein und warteten, bis sich die junge Frau zu uns gesellte, ehe ich das Erdgeschoss auswählte und der Lift herunterfuhr.

»So, was sollte die Kacke jetzt?«, fing Scott wieder an, als wir in meinen Wagen gestiegen und losgefahren waren.

»Ich wollt ihm eigentlich nur eine Nachricht hinterlassen, aber der Wichser hatte es nach dem Vögeln anscheinend zu eilig gehabt und hat das hier verloren«, antwortete ich, hob das Becken etwas an, damit ich besser in die Tasche greifen konnte, und holte den Ring heraus, ehe ich mich wieder senkte. »Das ist Pablos Goldring mit seinem Familienwappen. Lag neben dem Nachttisch auf dem Boden.« Das überaus glückliche Lachen konnte ich mir nicht mehr verkneifen, weshalb es das ganze Cockpit einnahm und Scott mir den Ring entriss.

»Wenn er das bemerkt, wird er die Füße ganz bestimmt nicht stillhalten. Das weißt du schon, oder?«

»Ja, und? Er soll wissen, dass wir den Mumm haben, uns ihm entgegenzustellen. Oder denkst du, er kann hier einfach tun und lassen, was er will, während wir seelenruhig dabei zuschauen, wie er unsere Männer beklaut und tötet?«

»Natürlich nicht. Aber darauf muss ich jetzt erstmal einen trinken. Ich hab die ganze Zeit darauf gewartet, dass einer seiner richtigen Bodyguards kommt und das Feuer eröffnet. Hast du Lust?«, sagte Scott daraufhin, holte sein Handy heraus und tippte, wie die Stunden davor, darauf herum. Zu gern würde ich ihn fragen, ob er mit Chloe schrieb, aber damit würde ich die nächste Bombe zünden, und gerade wollte ich nur noch ein kaltes Bier mit ihm trinken. Ich fuhr zu unserer Stammkneipe, in der wir mehrere Male in der Woche einen runterkippten, was in letzter Zeit aber viel zu kurz gekommen war. Direkt vor dem Laden parkte ich den Wagen, wir stiegen aus und betraten den Schuppen, der heute Abend sichtlich gut besucht war. Wenn ich Mino später erzählen würde, dass ich Pablos Ring hatte, würde er hoffentlich Jubelschreie von sich geben und seine dummen Bemerkungen in meine Richtung endlich lassen.

Ich würde nie behaupten, dass mir der Job keinen Spaß mehr machte. Doch die Priorität dafür war einfach um einige Prozent gefallen und auch das würde mich in Zukunft hoffentlich nicht hindern, Aufträge zu seiner Zufriedenheit zu erledigen. Es war nur wichtig, dass ich mich nicht allzu sehr auf Aylin versteifte und die anderen Dinge dadurch schleifen ließ. Irgendwie witzig, dass ich einen Ausgleich finden musste, obwohl ich so etwas nie fühlen und erleben wollte.

»Übrigens, was ich dir noch erzählen wollte … du glaubst nicht, wer vor einigen Tagen bei uns zu Hause aufgetaucht ist«, sagte Scott und lehnte sich in seinem Stuhl zurück, nachdem wir uns an einen Tisch gesetzt und per Handzeichen zwei Bier beim Barkeeper bestellt hatten. Ahnungslos schaute ich ihn an und wartete darauf, dass er weitersprach. »Unser Dad«, fuhr er im abschätzigen Ton fort und schnalzte mit der Zunge.

»Und was wollte er?«, fragte ich neugierig und überlegte, ob das eventuell an Aylins wenigen Nachrichten und ihrer merkwürdigen Art lag.

»Na, was wohl? Sich betrinken und Ärger machen. Der Typ ist blank, da kommt er immer angekrochen.« Sofort machte ich mir Sorgen, wollte sie anrufen, um sicherzugehen, dass alles okay bei ihr war. Unsicher biss ich mir auf der Unterlippe herum, während Scott wieder auf seinem Handy herumtippte und noch ein: »Er wird hoffentlich bald wieder verschwinden«, vor sich hinmurmelte und darin keinen Grund zur Sorge sah. Nein, ich rief sie lieber nicht an. Scott sollte am besten wissen, wie sein Dad einzustufen war. Vor allem, wenn er schon den ganzen Tag mit mir unterwegs war und es erst jetzt zum Thema machte.

Als uns die Biere gebracht wurden, stießen wir an, tranken jeweils einen Schluck und stellten die Flaschen auf den Tisch. Scotts Telefon fing im gleichen Moment an zu klingeln, er schaute auf das blinkende Display und stand auf. »Da muss ich kurz rangehen«, merkte er an, schnappte sich das Smartphone und lief aus der Kneipe. Statt Trübsal zu blasen, rief ich ebenfalls kurz bei Mino an, erzählte ihm von Pablo und dessen Ring, den ich mitgehen lassen hatte, woraufhin er nur lachte und sich freute.

»Das wird schlafende Hunde wecken, Blake«, sagte er mit einem kehligen Lachen, denn er wusste genauso wie ich, dass Pablo nichts über seine Familie kommen ließ. Und wenn dann auch noch jemand in seinen Sachen herumgeschnüffelt und ihm etwas entwendet hatte, glich es für ihn einer Morddrohung.

»Ich bin bereit«, erwiderte ich und meinte es so. Er hatte die Scheiße angefangen, weshalb er den Widerstand ertragen musste, obwohl es einer kindischen Schnitzeljagd Konkurrenz machte. Nur eben mit viel Blut.

Daraufhin verabschiedeten wir uns und ich wollte das Handy schon wegstecken, als ich wieder an Aylin denken musste. Scott war sowieso noch nicht zurück und schaden konnte es auch nicht, wenn ich ihr schrieb. Zumindest bemerkte sie dann, dass ich an sie dachte. Gott sei Dank hörte niemand meine Gedanken. Besonders nicht mein bester Kumpel. Rasch öffnete ich unser Chatfenster, ehe er wieder an den Tisch kam, und tippte eine Nachricht:

Hey, was machst du?

Kaum hatte ich den Text abgeschickt, kam Aylin online und tippte ebenfalls etwas.

Ich mach mich jetzt auf den Weg zum Blinders, um Dad abzuholen. Falls Scott noch bei dir ist, sag ihm bitte nichts.

Das Blinders … eine stadtbekannte Kneipe. Zähneknirschend las ich ihre Nachricht und verkniff mir einen dummen Kommentar a lá: ‚Lass den Saufkopf sich doch die Birne wegschießen', als auch schon das *online* unter ihrem Namen wieder verschwand. Mir gefiel der Gedanke überhaupt nicht, dass Aylin in irgendeine Kneipe ging, in der es nur so von besoffenen Männern wimmelte. Wütend ließ ich das Handy auf die Tischplatte fallen und ballte die Hände zu Fäusten. Aber was sollte ich schon dagegen tun? Scott konnte ich nichts sagen, wenn ich nicht wollte, dass er mich an Ort und Stelle einen Kopf kürzer machte.

»Hey, alles klar?«, riss mich dieser aus den Gedanken, worauf ich nur nickte und mein Bier schnappte.

ZWEIUNDDREISSIG

AYLIN

Vollkommen außer Atem kam ich wieder beim Haus an, lief nach oben und streifte die Sportklamotten von meinem Körper. Seit Tagen fühlte ich mich aufgekratzt und spürte eine innere Unruhe. Es lag an Dad. Ihn so plötzlich wieder in unserem Leben zu haben, machte mich nervös. Ich wollte mit ihm reden, hören, was er die letzten Jahre so getrieben hatte, und ein vernünftiges Gespräch mit ihm führen. Doch das waren Fantasiewünsche, die unwahrscheinlicher waren als ein fliegendes Einhorn am See zu finden. Das Auspowern hatte gutgetan. Die letzten Tage hatte ich mich etwas isoliert, weder Chloe, die ja ohnehin völlig im Dunkeln tappte, noch Blake wussten etwas von der Situation.

Und alles in mir schrie zwar, mein Handy zu greifen, Blake anzurufen und ihn davon zu erzählen, aber die Distanz, die sich zwischen uns aufgebaut hatte, hielt mich zurück. Außerdem hatte ich das Gefühl, er würde sonst direkt versuchen, das Problem zu lösen – dabei wusste ich noch nicht einmal, wie ich mich überhaupt fühlen sollte. Wollte ich, dass er blieb oder verschwand? Nachdem meine Klamotten verteilt auf dem Boden lagen, wollte ich ins Badezimmer, um unter die Dusche zu springen, als mein Smartphone anfing zu klingeln und ich überrascht auf die unbekannte Nummer starrte.

»Hallo?«, ging ich irritiert ran. Versuchte mich Blake jetzt anonym zu erreichen, damit ich ihm nicht nur wieder eine Nachricht zurückschrieb?

»Bist du die Tochter von Marcos?«, brummte ein Kerl und ich nickte, bis ich kapierte, dass er es gar nicht sehen konnte. Doch ich war einen Moment so versteinert, dass ich nicht mehr herausbekam als ein kratzendes: »Ja.«

»Marcos meint, du würdest ihn abholen und für ihn zahlen.« Die Stimme klang nicht gerade freundlich, weshalb ich schluckte, aber anders kannte ich es nicht. Beinahe war es wie früher, er soff und wollte dann, dass ich zahlte. Ich könnte mich glücklich schätzen, dass er überhaupt noch meine Nummer auswendig kannte. »Wo ist er denn?«, murmelte ich.

»Blinders. Ich warte.« Nach den Worten vernahm ich das Tuten, starrte einen Moment auf das schwarze Display und steckte mein Handy weg. »Scheiße«, fluchte ich und zog mir flink andere Sachen an, bevor ich mich hinkniete und die lose Diele von meinem Boden entfernte, unter der sich Blakes Messer befand und das Geld, welches ich in dem Blumenladen verdient hatte. Vielleicht sollte ich es mitnehmen? Direkt schüttelte ich den Kopf. Ich würde nur meinen Dad abholen, so wie früher, und nicht einmal die Sorge haben, Scott anlügen zu müssen, weil er nicht wusste, wie viel ich im Blumenladen verdiente. Oder ob ich das Geld schon ausgegeben hatte oder nicht.

Bis jetzt war es mein erstes Gehalt gewesen, weshalb ich noch nichts davon ausgegeben hatte. Ich wollte sparen, um einen ordentlichen Shoppingtrip mit Chloe zu unternehmen oder in einen Club zu gehen. Ihr auch mal etwas auszugeben und nicht die Ausrede zu verwenden, dass ich meine Kreditkarte nicht benutzen konnte, damit meine Eltern und Scott nicht sahen, wo ich mich herumtrieb. Chloe meinte immer, es tat ihrer Karte nicht weh und ihre Eltern interessierte es null, wofür sie ihr Vermögen ausgab. Trotzdem wollte ich ihr auch mal etwas ausgeben und ihr nicht immer auf der Tasche liegen. Das musste dann wohl noch etwas warten. Natürlich könnte ich Dad auch einfach sich selbst überlassen, nicht dort auftauchen und er konnte sehen, wo er blieb. Doch etwas hinderte mich daran, ihn einfach da versauern zu lassen. Scott würde wohl jetzt meinen, es wäre mein gutmütiges Herz. Womöglich hatte er sogar recht. Ich nahm das Geld aus der Diele, schloss sie wieder und stand auf, um das Geld in meine Jacke zu stopfen. Es waren 200 Dollar. Mehr konnte Dad den Abend über unmöglich gesoffen haben.

Mit dem Geld in der Jackentasche machte ich mich auf den Weg nach unten, verließ das Haus und nahm mein Fahrrad, was um die Ecke stand. Bei Google Maps fand ich die Bar direkt und befestigte mein Handy an dem Lenkrad, bevor ich aufstieg und losfuhr. Scott hatte direkt mit 18 seinen Führerschein gemacht. Er hatte wenige Monate zuvor einen Nebenjob in einer Werkstatt gefunden. So hatte er seinen Führerschein bezahlt und die Familie unterstützt, bis Mom gestorben war, Dad sich vollkommen dem Alkohol verschrieben und er selbst seinen Job in der Bank angefangen hatte, damit ich zur Uni gehen konnte.

Jetzt gerade bereute ich es, selbst keinen Führerschein gemacht zu haben, denn mittlerweile brach die Dunkelheit herein und ich würde mindestens 30 Minuten bis dorthin brauchen. Mit dem Wagen wären es nur zehn Minuten gewesen. Seufzend fuhr ich weiter, versuchte, nicht darüber nachzudenken, und steckte mir lieber die Kopfhörer rein, um beim Fahren Musik zu hören. Als ich vom Rad abstieg, sah ich zum Himmel, der sternenklar war, und musste kurz lächeln, bevor ich es abstellte. Mein Handy vibrierte, ich holte es heraus und sah eine Nachricht von Blake. Sollte ich ihm antworten? Immerhin hatte ich ihm noch nichts von Dad erzählt. Aber womöglich hatte er es eh schon von Scott erfahren. Und irgendwie fühlte ich mich sicherer, wenn jemand Bescheid wusste, wo ich mich befand.

Also tippte ich flink eine Antwort, steckte das Smartphone wieder weg und trat in die stickige Bar hinein. Ohne mich wirklich umzusehen, ging ich zum Tresen, an dem Dad saß. Der Kerl dahinter redete wütend auf ihn ein. »Wenn sie nicht gleich kommt, dann –«, knurrte er und ich beschleunigte meinen Schritt. »Hier bin ich!«, kam es etwas zu laut von mir, weshalb sich einige Gäste genervt umdrehten. Ich verdrehte die Augen. »Sorry, ich wollte die Toten-Stimmung hier nicht stören«, brummte ich und wandte mich nun zum Kerl hinter der Bar. »Ich hab das Geld für meinen Dad parat, wie viel schuldet er Ihnen?« Dabei kramte ich schon mal in meiner Jackentasche, um das Geld herauszuholen, und stockte, als er: »400 Dollar«, meinte.

»Was?«, stotterte ich und schaute Dad verdattert an. »Wie konntest du an einem Abend so viel trinken?« Das war gar nicht möglich. Außer, er läge nun auf dem Boden und würde an seiner eigenen Kotze ersticken. »Die ganzen letzten Tage hockt er hier und nimmt alles auf den Bierdeckel. Hat noch Frauen Getränke ausgegeben, um einen wegzustecken, und das Zimmer hier unten auch noch dafür gebucht«, erklärte der Kerl sauer und Dad lächelte nur verschmitzt, während ich das Gesicht verzog. Widerlich. »So viel habe ich aber nicht …«, nuschelte ich und streckte ihm die 200 Dollar entgegen, die ich mitgebracht hatte.

Der Wirt knallte mit der flachen Hand auf die Tischplatte. »Hast du nicht gesagt, sie könnte zahlen?!«, brüllte er nun Dad an.

»Hey, Spatz, wieso hast du nur so wenig mit?«, murmelte Dad und strich über meinen Rücken. Bei dem Spitznamen *Spatz* blieb mir ein Kloß im Hals stecken. So hatte er mich als Kind genannt, als er noch nicht gesoffen und mir abends eine Geschichte vorgelesen hatte. Das war schon so lange her.

»Wir könnten helfen«, hörte ich hinter mir von einer tiefen Stimme und drehte mich um.

»Wirklich?« Mein Dad klang richtig hoffnungsvoll, aber alles hatte seinen Preis. Ich war nicht dumm, zu glauben, die Kerle würden das aus Nettigkeit tun. »Wir bezahlen deine Schulden und kriegen dafür deine Tochter, für diesen Abend.« Anscheinend hatte ich wirklich vorhin die Aufmerksamkeit auf mich gezogen oder der Barmann mit seinem lauten Knall. Eine unangenehme Gänsehaut schlich über meinen Körper und ich schluckte. Ich versuchte, mich zu beruhigen. Dad würde das niemals zulassen, da war ich mir sicher. Scott würde ihn umbringen.

»Öhm, ja, okay … Aber ihr zahlt vorher!« Geschockt drehte ich mich wieder zu Dad, der sich nur am Hinterkopf kratzte, mit der anderen Hand sein Bier nahm und den letzten Schluck trank. »Und ein neues davon. Ich finde, das ist meine Tochter schon wert. Seht sie euch doch an, sie ist wunderschön«, versuchte er auch noch mehr auszuhandeln, wodurch die anderen lachten und nickten. »Wenn ihr glaubt, dass ich da mitmache …«, zischte ich und entfernte mich von ihnen. Ich würde jetzt einfach verschwinden. Sollte Dad doch unter einer Brücke schlafen oder sich selbst anbieten. Ich wusste nicht, was mehr schmerzte: die Erkenntnis, dass ich ihm wirklich einen Dreck bedeutete, oder dass ich so dumm war, zu glauben, es würde noch ein Funken Liebe für mich in ihm existieren.

»Schön hierbleiben«, raunte der eine, während er mich am Ellbogen an seinen Körper zog, sodass ich gegen ihn prallte und sein Atem mein Ohr traf. Ich stemmte mich gegen ihn, unterdrückte den Würgereiz und wollte ihn wegstoßen. Der andere griff nach seinem Portmonee und legte das Geld auf den Tisch. »Und noch ein Bier für den guten Mann.« Bei den Worten klopfte er meinem Vater auf die Schulter. »Dad …«, wisperte ich flehend, doch er drehte sich von mir weg, sah zur Bar und bestellte sich ein neues Bier. Als würde ich gar nicht mehr existieren. »Dad!«, schrie ich nun lauter, damit er mich doch endlich hörte – vielleicht war ich auch zu leise gewesen. Doch er ignorierte mich weiterhin.

»Zier dich nicht so«, knurrte mir der andere zu und beide packten mich an den Armen. Ich wehrte mich, aber gegen die zwei kam ich nicht an und wurde somit ins Nebenzimmer geschleift. »Lasst mich, bitte«, versuchte ich es weiter, auch wenn die Situation aussichtslos erschien. Als Antwort presste der Kerl seine Lippen auf meine. Seine Lippen waren glitschig, sein Duft brannte in meiner Nase und ich drehte den Kopf weg. »Ach, komm schon. Du willst es doch auch«, war seine schlichte Antwort. Auf meinem Oberkörper spürte ich Hände, die tatschend zu meinen Brüsten wanderten.

Nein, ich wollte das nicht! Ich trat nach ihm. »Lass mich verdammt nochmal los, Arschloch!« Die Antwort folgte direkt, indem er mich grob an den Oberarmen packte. »Jetzt hör zu, du kleine Schlampe. Du machst, was wir sagen«, schrie er mich an.

»Warte, ich halt sie fest, bis du fertig bist, und dann … bin ich dran«, hörte ich die dreckige Lache des anderen. Auf einmal hatte ich das Gefühl, dass er zehn Hände hatte, die gleichzeitig und überall waren. Von dem anderen spürte ich die Hitze des Körpers von hinten an mir, während er meine Handgelenke hinter meinem Rücken verschränkt hielt. Und seinen Schwanz, der an meinem Hintern rieb. Er stöhnte in mein Ohr. Ich versuchte trotzdem, mich zu wehren, wand mich, so gut es ging, strampelte. Ich wollte nicht, dass sie mich berührten, und mir wurde so übel. »Dir wird es gefallen …«, redete der eine weiter auf mich ein und zog mich zu einer Seitentür.

DREIUNDDREISSIG

BLAKE

Ich konnte mich absolut nicht mehr auf die Unterhaltung mit Scott konzentrieren. Immer wieder linste ich eher unauffällig auf mein Handy gelinst und hoffte, dass Aylin mir eine Nachricht geschrieben hatte. Doch es kam nichts. Weder auf meine Nachricht, ob alles okay bei ihr war, noch auf die, ob sie schon wieder zu Hause war. Und auf meine Anrufe reagierte sie auch nicht.

Ich entschuldigte mich ein weiteres Mal bei Scott, lief den Gang zur Männertoilette mit schnellen Schritten entlang und sperrte mich dort in einer der Kabinen ein. Ungeduldig zückte ich das Handy, wählte nun schon zum dritten Mal ihre Nummer und wurde nach mehrmaligem Freizeichen mal wieder auf die Mailbox weitergeleitet. Fuck! Aber hey, ich bewahrte die Ruhe. Es würde schon nichts Schlimmes passieren. Nur weil ich schon so viel Kacke erlebt hatte, hieß das nicht, dass ihr Dad ebenfalls zu den absoluten Hurensöhnen gehörte. Ich atmete tief ein und aus, befahl mir selbst, mich nicht zu sehr da reinzusteigern, und schlug mir auf die Wange, um die Fassung zu bewahren. Wegen einer Frau sollte ich nicht so durchdrehen. Scheiße, aber es war Aylin. So durfte ich nicht denken. Alles war bestimmt gut und sie hatte sich daheim vielleicht direkt ins Bett gelegt. Ja, genau, das musste es sein.

Etwas ruhiger ging ich zurück zu Scott, der mich belustigt anstarrte. »Sag mal, hast du bei den Toiletten Koks versteckt oder nur eine schwache Blase? Du bist doch von dem Alter, in dem man Inkontinenz erst bekommen sollte, weit entfernt.« *Ha, ha, sehr witzig.* Grimmig starrte ich ihn an und setzte mich wieder.

»Das Bier treibt eben«, antwortete ich schulterzuckend und trank einen Schluck von dem neuen Bier, welches Scott in meiner Abwesenheit bestellt haben musste. Er schaute derweilen auf seine Uhr und stöhnte auf.

»Fuck, ich muss auch gleich wieder los. Ich muss noch in einen Club und was für Mino klären. Und danach steht erstmal der Spaß im Vordergrund«, grinste er schelmisch. Aha, also ein Fickdate. Dann würde er bestimmt die ganze Nacht nicht nach Hause kommen. Super, jetzt machte ich mir noch mehr Sorgen um seine Schwester. Dann musste ich eben später hinfahren, wenn sie sich bis dahin nicht meldete. »Eigentlich würde ich Aylin ungern mit Dad allein lassen, aber da er letzte Nacht schon nicht aufgekreuzt ist, hat er sich vielleicht schon wieder aus dem Staub gemacht. Sonst hätte sie bestimmt längst geschrieben. Ich hab ihr nämlich gesagt, wenn er auftaucht, soll sie sich bei mir melden«, lachte Scott, legte seine Bierflasche an die Lippen und nahm einen großen Schluck. Ich versuchte, zuerst nicht zu viel in das Gesagte hineinzuinterpretieren. Bis ich es dann doch nicht mehr aushielt und ihn in einem gespielt gleichgültigen Ton fragte: »Wieso willst du deine Schwester nicht mit ihm allein lassen?«

Scotts Gesichtsausdruck veränderte sich augenblicklich in eine blasse Maske. Wahrscheinlich war das nicht gerade die beste Frage, um den Abend ausklingen zu lassen. Er stieß seinen Atem ruckartig aus, fuhr sich mit der Hand durch die Haare und blickte mich um hundert Jahre gealtert an. »Du weißt ja noch, was ich dir für Geschichten über ihn erzählt habe«, fing er an und ich verharrte in Gedanken. Und wie ich das wusste. Alkohol, Drogen, Raub und Schlägereien hatten bei ihrem Vater Marcos immer an der Tagesordnung gestanden. »Auf jeden Fall hat er Aylin früher auch immer mit so einem komischen Blick bedacht, wenn er sie mal nicht für irgendetwas fertig gemacht hat. Ich kann nicht einmal genau definieren, was er in diesem Moment gedacht haben könnte – ich weiß nur, dass mir sein Gesichtsausdruck immer eine Heidenangst um sie verpasst hat. Etwas Gutes konnte ihm definitiv nicht durch den Kopf gegangen sein, denn seine Augen hatten dabei immer so einen trüben und bedrohlichen Glanz. Deshalb hab ich sogar nachts bei ihr geschlafen, um sie zu beschützen, wobei sie bis heute denkt, dass ich nur wegen Mom nicht allein sein wollte«, fuhr er fort und friemelte an dem Emblem auf der Bierflasche herum. Meine Herzschläge pro Minute vervierfachten sich mit Sicherheit und ich spannte meinen ganzen Körper an. Lange hielt ich es nicht mehr aus, die Fassade vor Scott zu bewahren, weshalb ich mein Handy aus der Hosentasche zückte und Aylin nebenbei eine weitere Nachricht schrieb: **Melde dich bei mir!**

»Aber das liegt weit zurück. Bevor er damals abgehauen war, hab ich ihm eine Ansage gemacht, die gesessen haben muss, sonst wäre er nicht so lange verschollen gewesen.« Ziemlich leichtsinnig, so zu denken, wenn man bedachte, dass Scott in die gleichen beschissenen Geschäfte wie ich verwickelt war und die dunkeln Seiten der Menschen kannte. Aber okay, er vertraute Aylin, dass sie sich bei ihm meldete, was seine Gelassenheit verständlicher machte. Trotzdem beruhigte mich das keinesfalls, denn im Gegensatz zu ihm wusste ich, dass sein Dad in einer Kneipe lungerte und von seiner Tochter abgeholt wurde, die sich verdammt nochmal seitdem nicht mehr gemeldet hatte! Innerlich brodelte es in mir, weshalb ich mit dem rechten Bein hektisch auf den Boden tippte. Meine Besorgnis wuchs ins Unermessliche, als ich immer wieder darüber nachdachte, was Scott gerade gesagt hatte. Das und die Tatsache, dass Marcos einfach ein widerliches Arschloch war, ließen mich fast platzen. Es ging nicht mehr. Ich konnte hier nicht seelenruhig sitzen, mir Sorgen machen und genüsslich ein Bier trinken, während Aylin keine Anstalten machte, sich zu melden.

»Boah, mir fällt gerade ein, dass ich noch dringend was für Mino erledigen muss«, sagte ich und stand ruckartig vom Stuhl auf, während Scott von meiner plötzlichen Bewegung zusammenzuckte. »Das geht heute auf mich.« Dabei schmiss ich einige Geldscheine auf den Tisch und wollte schon lossprinten, als er mich zurückhielt.

»Seit wir hier sind, bist du irgendwie total neben der Kappe. Bist du sicher, dass alles okay ist?«

»Ja, wenn ich das heute nur nicht mehr erledige, hat mich Mino wieder bei den Eiern. Trink mein Bier noch mit aus und tue später nichts, was ich nicht auch tun würde.« Vielleicht hätte ich noch fragen sollen, mit wem er sich später treffen würde. Wenn ich raten müsste, würde ich auf Chloe tippen. Durchtriebener Kerl, aber wenn bei Aylin alles in trockenen Tüchern war, konnte ich ihn das auch noch morgen fragen. Wir verabschiedeten uns, wobei Scott mich immer noch komisch anschaute und versuchte, etwas in meinem Blick zu lesen. Doch die Scheiße zog bei mir nicht, weshalb ich eilig die Kneipe verließ und zu meinem Auto ging. Kaum eingestiegen startete ich den Motor, parkte aus und raste mit quietschenden Reifen über die Straße. Im besten Fall kam ich gleich im Blinders an und sah Aylin mit ihrem Dad an der Bar sitzen und etwas trinken. Nur die Geschichte von Scott ließ diese Hoffnung schneller schwinden, als dass ich sie richtig glauben konnte.

VIERUNDDREISSIG

BLAKE

Während der Fahrt zur Kneipe verwandelte ich mich in ein wahres Nervenbündel, und da ich die Seite an mir noch gar nicht kannte, machte es mich noch verrückter. Ich schätzte Aylin so ein, dass sie selbst merken sollte, wann eine Situation zu brenzlig wurde, und dann das Weite suchte. Aber wieso zur Hölle hatte mein Handy dann noch nicht geklingelt? Es blieb weiterhin stumm, keine Reaktion auf meine Nachrichten und kein Anruf. Ich bog in die Straße und parkte den Wagen direkt vor dem Blinders. Halb auf dem Bordstein und halb auf der Straße. Mir scheißegal, aber noch einen Parkplatz zu suchen, schien mir überflüssig. So lange hatte ich sowieso nicht vor, zu bleiben. Schnell stieg ich aus, sah dabei auf der anderen Straßenseite Aylins Fahrrad und schluckte. Also war sie wirklich noch da. Gott bewahre, wenn sie jetzt nicht gleich an der Bar saß und einfach nur ihren Spaß hatte. Die Knarre hatte ich immer noch im Hosenbund am Rücken stecken und behielt sie dort auch, als ich auf den Eingang zulief und die Tür aufstieß.

Sofort stieg mir der muffige Geruch von nicht gewaschenen alten Säcken, Alkohol und abgestandenem Rauch in die Nase, den ich eigentlich nur zu gut kannte. Aber darin Scotts Schwester zu wissen, ließ das Ganze wie einen Horrorfilm wirken. An den Tischen in der

Ecke saßen einige Gäste, die sicherlich schon bessere Tage gesehen und zu tief ins Glas geschaut hatten. Um die Bar herum hatten sich ebenfalls einige Männer versammelt, die keine Regung zeigten und auf ihre Gläser schauten. So, als wären sie überrascht und gleichzeitig traurig, dass nach jedem Schluck weniger drin war. Bitter, bitter, aber mit diesem Schicksal hatten alle zu kämpfen. Ich schaute sie mir genauer an, bis ich den Kerl mit den zerzausten Haaren am Rande der Bar im gedämmten Licht sitzend erkannte. Marcos. Zwar hatte ich noch nicht oft das Vergnügen mit ihm gehabt und kannte seine Vergangenheit nur durch Scott, aber ab und zu hatte ich ihn gesehen, als ich meinen besten Freund abgeholt oder zu Hause abgeliefert hatte. Doch von Aylin war weit und breit nichts zu sehen.

Ich rannte förmlich zu ihm, sodass sich die anderen Gäste zu mir umdrehten, komisch dreinschauten und sich bestimmt fragten, was ich hier für eine Hektik verbreitete. Fuck, wenn die wüssten. »Wo ist sie?«, knurrte ich, als ich mich neben ihrem Dad an den Tresen lehnte und ihn mit heftig pochendem Herzschlag musterte. Eine Hand hatte ich unter die Jacke geschoben und die Waffe bereit zum Abdrücken. Statt mir jedoch zu antworten, zuckte Marcos nur mit den Schultern, hob sein Glas und nahm einen Schluck daraus.

»Gibt es hier ein Problem?«, mischte sich der Barmann ein, hielt sich mit beiden Händen an der Bar fest und reckte das Kinn in die Höhe. Zuerst schaute ich nochmal Marcos an, der weiterhin den Blick gesenkt hielt und keine Anstalten machte, auf meine Frage zu antworten.

»Ja, und zwar ein ziemlich großes«, wandte ich mich an den Typen, zog die Waffe und richtete sie erst auf ihn und dann auf Marcos. Dieser fing am ganzen Körper an zu zittern, traute sich nicht, mich anzuschauen, während der Kerl hinter der Bar unbeeindruckt schien und mir weiterhin eiskalt in die Augen schaute. Anscheinend hatte ich den richtigen Gesprächspartner gefunden. »Seine Tochter wollte ihn abholen, nur leider meldet sie sich seitdem nicht mehr. Also entweder einer von euch fängt jetzt an zu reden oder ich prügel jeden einzelnen in diesem Dreckschuppen windelweich, bis euch die Lichter ausgehen.« Der Kerl mir gegenüber lachte und erwiderte trocken: »Hier war niemand, der diesen Suffkopf abholen wollte. Also steck deine Knarre weg und verpiss dich.«

Meine Intuition sagte mir, dass der Penner nicht die Wahrheit sagte. Vor allem, da Marcos neben mir unaufhörlich zitterte und beim Trinken mehr von der Flüssigkeit verschüttete, als dass sie wirklich in seinen Magen gelangte.

»Und was sagst du dazu? Ich schwöre dir bei Gott, wenn ihr irgendetwas passiert ist und du nicht endlich deine Fresse aufreißt, zieh ich dir die Haut bei lebendigem Leib ab«, flüsterte ich ihm zu, woraufhin er wimmerte und zurückschreckte. Aber da drückte ich ihm schon den Lauf gegen die Schläfe und beugte mich bedrohlich zu ihm.

»Blake …« Respekt, er kannte noch meinen Namen.

»Sprich.« Mir ging seine Angst komplett am Arsch vorbei, denn es dauerte schon wieder viel zu lange, bis er mit der Sprache rausrückte. Er konnte von Glück sprechen, dass ich genug Geduld aufbrachte, denn andere Opfer hätten schon längst eine Kugel im Kopf. Abwehrend hob er die Hände hoch, drehte sich leicht zur Seite und zeigte auf eine Tür, die sicherlich in einen Nebenraum führte.

»Mist«, hörte ich hinter mir noch den Barmann fluchen, als ich schon darauf zustürmte und sie aufriss. Ein kleiner Flur erstreckte sich vor mir, doch Aylins Wimmern und Betteln hörte ich hier schon. Das war wie ein rotes Tuch für mich, weshalb ich auf die nächste Tür zulief und am Knauf drehte. Sie war abgesperrt. Ich überlegte keine Sekunde, nahm etwas Anlauf und stemmte mich dagegen, bis sie aus den Angeln flog und ich in den Raum platzte. Erschrocken drehten sich zwei Männer zu mir um, der eine hatte ein Messer in der Hand und gleichzeitig stand seine Hose weit offen, sodass er nur noch kurz dran ziehen musste, bis sein Schwanz herausschauen würde. Der andere beugte sich über Aylin, deren Hose und Unterhose schon auf dem Boden lagen, und hatte eins seiner Knie zwischen ihren gespreizten Beinen auf der Matratze aufgestellt und zerrte an ihrem Oberteil.

Ein Schalter legte sich in meinem Kopf um, weshalb ich die Waffe entsicherte, auf ihn zielte und ihm direkt eine Kugel in die Brust verpasste. Aylin schrie auf, als er auf ihr zusammensackte, leblos liegen blieb und sie ihn von sich herunterschob. Ich wollte zu ihr, wissen, ob es ihr gut ging und schauen, ob ihr diese Wichser etwas angetan hatten, nur kam sein Komplize mit der gezückten Klinge auf mich zu und grinste hämisch. Ich zielte, drückte ab und sah dabei zu, wie die Kugel direkt in seiner Stirn einschlug und die Hirnmasse hinter ihm an die Wand spritzte. So etwas passierte, wenn man sich an etwas vergriff, was zu mir gehörte.

»Blake«, wimmerte Aylin, stand zitternd und blutbespritzt von dem Bett auf, zog sich rasch ihre Klamotten an und kam mir mit wackligen Schritten entgegen. Mehr als erleichtert drückte ich sie gegen mich, spürte ihre Arme, die sich um meine Taille schlangen, und atmete kurz auf, ehe hinter uns ein Knacken erklang. Mit ihr drehte ich mich schnell herum, sah den Barmann mit erhobenem Baseballschläger im Türrahmen stehen, wie er das Blutbad überblickte.

»Was zur Hölle?!«, sagte er geschockt und blieb regungslos stehen. Trotz allem richtete ich die Waffe auf ihn, schnaufte schwer und konnte nur für ihn beten, dass er nicht den gleichen Fehler machte und auf mich losging. Ich kannte keine Gnade für Leute, die sich jetzt noch trauten, sich mir und Aylin in den Weg zu stellen. »Du hast sie umgebracht«, stellte er fest und starrte mich an, als wäre ich der König aller Dämonen. Tja, so etwas passierte nun mal, wenn man meinem Mädchen wehtun wollte.

»Geh aus dem Weg, oder du endest genauso«, antwortete ich daraufhin und ging gar nicht weiter darauf ein. Sollte ich etwa Mitleid haben und mich entschuldigen? Er hatte bestimmt gewusst, was hier hinten vor sich ging und nichts daran geändert oder Aylin geholfen. Nur warum? Scheiße, auch wenn es mich brennend interessierte, musste ich Scotts Schwester hier rausbringen. Sie zitterte am ganzen Körper und presste sich immer fester gegen mich. Wir machten kleine Schritte auf den Typen zu, der zurückwich und genau wusste, dass er mit seinem behämmerten Schläger nichts ausrichten konnte. Ich drängte ihn im Flur zur Seite, schnappte mir Aylins Hand, zog sie hinter mir in den Vorderraum der Kneipe und bedachte ihren Vater beim Vorbeigehen mit einem diabolischen Blick, der weiterhin am Tresen saß und seinen nicht einmal hob. Ein kleiner Penner, nichts weiter, der nicht einmal die Eier in der Hose hatte, seiner Tochter Hilfe zu leisten. Fuck, wenn das Scott wissen würde. Aber das war ein anderes Thema, in das ich mich nicht einmischen wollte. Einzig und allein zählte, Aylin so weit wie möglich von hier wegzuschaffen.

FÜNFUNDDREISSIG

AYLIN

Ich spürte einen übernatürlichen Würgereflex und konnte mich gerade noch so über die Toilette beugen, bevor ich mich übergab. Nachdem sich mein Magen entleert hatte, lehnte ich mich stöhnend gegen die Wand und fuhr durch meine Haare. Dabei versuchte ich die Angst zu unterdrücken. Immer noch zitterte ich wie Espenlaub, das hatte sich nicht geändert, nicht in Blakes Wagen und nicht, als wir bei mir ankamen und ich sofort ins Badezimmer rannte. Er kam mir nicht hinterher und dafür war ich ihm dankbar. Ich wollte einen Moment für mich sein, die aufkeimende Panik wegspülen und mich auf die Wut konzentrieren, die ich meinem Dad gegenüber hegte. Immer hatte ich versucht, irgendwie unsere Beziehung zum Besseren zu wandeln. Mir einzureden, dass er nichts für sein Suchtproblem konnte. Dass er zu tief drinsteckte, um das zu ändern, und es wahrscheinlich nicht anders aus seiner Kindheit kannte. Das war's mit dem Verständnis. Die schmerzliche Erkenntnis, dass er zugelassen hätte, wie die Kerle … Meine Hände legten sich auf meinen Mund, um das Schluchzen zu unterdrücken, das über meine Lippen kam. Sonst würde er reinkommen, ich wusste es. Stumme Tränen liefen über mein Gesicht, liefen über meine Hände und bei jedem Schluchzen traf mein Atem auf meine Haut.

Langsam streifte ich meine Klamotten ab, ließ die Jeans zu Boden fallen und mein Top folgte. Ich stieg unter die Dusche, hörte die abgenutzten Angeln der Glastür. Dann drehte ich den Wasserhahn auf, das Wasser rann mir über das Gesicht. Allein der Gedanke, wie ihre Hände über meinen Körper gefahren waren, brachte mich zum Würgen. Ich sollte mehr Panik haben vor den Schüssen, die gefallen waren, vor dem Blut, was auf mein Gesicht gespritzt war, und dem leblosen Körper auf meinem. Aber das hatte ich nicht. Ein brennender Schmerz durchfuhr meinen Körper bei der Vorstellung, was sonst passiert wäre. Ich wusch mich lange. Aber egal, wie sehr ich mich einseifte und abspülte, der Schmutz an mir wollte einfach nicht abgehen. Kein sichtbarer, sondern den, den ich fühlte. Es war nichts passiert, sie hatten es nicht geschafft, weil Blake ihnen vorher das Leben ausgehaucht hatte, und trotzdem fühlte ich mich dreckig und jede Bewegung aus der Dusche war eine Tortur.

Ich schlang mir das Handtuch um den Körper, hob die Klamotten hoch und warf sie in den Wäschekorb und trat aus dem Badezimmer. Leise ging ich in mein Zimmer, wo Blake auf dem Bett saß, und zum ersten Mal erschauderte ich bei dem Gedanken, dass er mich ansah, weshalb ich nicht direkt zu ihm blickte. Eilig lief ich zum Schrank, öffnete ihn mit zittrigen Händen und suchte mir einfach willkürlich zwei Sachen heraus.

»Ich schau nicht«, hörte ich von ihm, warf meinen Blick auf ihn und er legte sich mit dem Rücken auf mein Bett und starrte an die Decke. Ein Lächeln schlich sich wegen der Geste auf meine Lippen. Flink zog ich mich um, trat zum Bett, legte mich hin und kuschelte mich an Blakes Brust, wobei ich mein Gesicht vergrub und er mir sachte über den Rücken strich. »Bleibst du bei mir?«, flüsterte ich die typische Frage.

»Immer, Kleines«, wisperte er zurück und hauchte mir einen Kuss auf die Stirn. Eine zarte Berührung, die mein Herz zum Flattern brachte und durch die ich beruhigt die Augenlider schloss.

»Möchtest du darüber reden, was passiert ist?«, hauchte er nach einer Weile. Ich presste die Lippen aufeinander, schüttelte den Kopf.

Mehr brachte ich nicht heraus über den Vorfall. »Ich werde dich nicht zwingen, darüber zu reden. Aber nicht der Schmerz über das Geschehene wird dich zerreißen. Sondern die Wunde, die versucht, zu heilen, es aber nicht kann und immer wieder aufreißt.« Ich schluckte bei seinen Worten und wahrscheinlich hatte er recht, aber gerade konnte ich noch nicht drüber reden. »Jetzt nicht …«, murmelte ich und spürte seine Finger, die durch mein Haar zu meiner Schulter strichen und mir ein angenehmes Kribbeln über meine Haut jagten. Ich mochte es, nachdem ich so viel Übelkeit empfunden hatte. »Kannst du mir irgendetwas Schönes erzählen? Ich will nur einen Moment an etwas anderes denken«, fügte ich dann hauchend hinzu.

»Über was soll ich denn sprechen?«

Ich überlegte, den nächsten Gedanken auszusprechen, und wagte es dann. »Wie wäre es mit einer Erinnerung aus deiner Kindheit?«

»Da gibt es kaum etwas Schönes, Kleines«, brummte er und schwieg. Ich hatte die Hoffnung schon aufgegeben, als ich ein Seufzen von ihm vernahm.

»Wir hatten nie viel Geld, Dad arbeitete meist den ganzen Tag und kam meist immer spät abends nach Hause, wenn ich schon im Bett lag, sodass ich ihn kaum zu Gesicht bekam. Es reichte immer so, um über die Runden zu kommen. Das Auto blieb meistens stehen, weil der Sprit zu teuer war, aber eines Morgens sagten sie, sie hätten eine Überraschung für mich. Mom packte unsere Taschen und letztendlich fuhren wir an einen See, verbrachten dort den ganzen Tag und gingen danach noch Burger essen, wie wir es sonst nie getan hatten. Ich kann mich noch gut an ihr herzliches Lachen erinnern, als ich von einem Steg aus Arschbomben ins Wasser gemacht habe und wir einfach alle drei glücklich an dem Tag waren«, erzählte er mir. Am Ende ertönte ein heiseres Lachen, wobei seine Brust unter mir vibrierte und ein Lächeln über meine Lippen kam. Dabei hielt ich die Augen geschlossen und er strich immer wieder über mein Haar. Auch nach seiner kleinen Erzählung behielt er das bei, bis ich einschlief.

SECHSUNDDREISSIG

BLAKE

Für mich war nicht ansatzweise an Schlaf zu denken, während Aylin in meinem Arm schon längst weggedämmert war. Immer noch viel zu aufgekratzt starrte ich an die Decke, malte mir in Gedanken aus, was passiert wäre, wenn ich nicht rechtzeitig gekommen wäre. Erstens hätte ich mir es selbst nicht verzeihen können, dass ich so lange gewartet hatte, bis ich hingefahren war, und zweitens hätte mich Scott bestimmt gequält und mir das Herz aus der Brust gerissen, weil ich ihn nicht darüber informiert hatte. Am liebsten hätte ich alle in dem Schuppen nacheinander hingerichtet. Die, die ganz genau wussten, was dort neben dem Saufen noch abging, und die, die dabei zugesehen und nichts unternommen hatten. Denn ich konnte mir absolut nicht vorstellen, dass Aylin von selbst mit in dieses Zimmer gegangen war. Nein, das hätte sie niemals getan.

Dieser Abend hatte mir gezeigt, wie schmal der Grat zwischen ihrem und meinem Leben war. Klar, einen versoffenen und asozialen Vater hatten viele Menschen auf dieser Welt. Aber hatten die auch einen Mann an ihrer Seite, der eiskalt die Waffe zog und für sie tötete? Wohl kaum. Doch ich hatte es getan, ohne mit der Wimper zu zucken, und absolut keine Gewissensbisse. Besaß keine Skrupel, diesen Schritt zu gehen, und würde es immer wieder tun, wenn es notwendig erschein. Ebenso musste ich einsehen, dass sie mir mehr bedeutete, als ich es mir eingestehen wollte. Mit nichts war das zwischen uns rückgängig zu machen und einen Teufel würde ich tun, mich von ihr fernzuhalten. Auch wenn es der größte Fehler sein würde, den ich je gemacht hatte. Sie in so einer Lage zu sehen, hätte mich eigentlich so weit wie möglich rennen lassen sollen. Weg von ihr, weg von der Angst, die meinen Herzschlag zum Stoppen gebracht hatte.

Ich wusste immer noch nicht genau, wie es zu dieser Situation in der Kneipe hatte kommen können, Aylin schwieg weiterhin und gleichzeitig konnte ich nicht glauben, ihr wirklich von der einzig wahren Erinnerung aus meinem Leben erzählt zu haben. Aber dank Mino war das das Einzige, was mir auf ihre Bitte hin eingefallen war. Etwas anderes gab es nicht – oder eher wurde alles andere von seinen grauenhaften Erziehungstaktiken überschattet. Deshalb klammerte ich mich daran fest, wie Mom und Dad den einen Tag mit mir am See gewesen waren. An das Glück, dass mich an diesem Tag nur so durchflutet und mein kleines, noch unversehrtes Kinderherz heftig zum Schlagen gebracht hatte. Keinen Tag war ich je glücklicher gewesen – wobei die, die ich mit Aylin verbracht hatte, dem verfickt nochmal sehr nahekamen. Mir für einen kurzen Moment die Unbeschwertheit gaben, die ich damals gefühlt und genossen hatte. Mit der es an meinem 11. Geburtstag komplett zu Ende gegangen war und die erst jetzt in ihrer Nähe wieder aufflammte.

Wie viel konnte ein Kind aushalten, bis es zerbrach? Wie oft versuchte es, einen Ausweg zu finden, bettelte und weinte sich die Seele aus dem Leib? Daran dachte ich immer, wenn mir Minos Bestrafungen in den Kopf kamen. Denn für mich war es ganz normal gewesen, den Schmerz, das Leid und die grauenhaften Taten meines Onkels jahrelang zu ertragen.

• • •

Keine einzige Träne rann mir jemals über die Wange, während er mit einem Ledergürtel auf mich einschlug, mich mit einem Halsband wie einen Hund im Keller ankettete und mir das Essen und Trinken verweigerte, weil ich ihm widersprochen hatte. In meinen Augen hatte ich es verdient, für das, was ich meinen Eltern angetan hatte, und dafür, dass ich meinem kleinen Bruder in Zukunft kein besseres Vorbild sein konnte. Deshalb kam kein einziges Wimmern über meine Lippen, ich nahm die Strafen mit offenen Armen an. Kamen Tränen auf, schluckte ich sie schnell herunter, denn ich wusste: Sollte es Mino mitbekommen, würde er eine Schippe drauflegen und das, was er sich jetzt schon ausdachte, war grenzwertig.

Er testete mich, ließ mich im Dunkeln zurück und nahm mir die Hoffnung, nie wieder Tageslicht zu sehen. Kam er zurück, spuckte ich mit letzter Kraft wütend auf den Boden und kassierte dafür eine Tracht Prügel, dass ich mich einige Wochen lang nicht mehr auf die Seite legen konnte, weil meine Rippen gebrochen waren. Woher dieser Zorn und der Hass in mir kamen, konnte ich nicht sagen. Vielleicht wollte ich einfach nicht, dass er Leben in meinen Augen sah oder dass in ihnen manchmal kurz der Wunsch aufflackerte, mit meiner Familie abends auf der Couch zu liegen und einen Film zu schauen. Vielleicht rührte es auch daher, dass ich in meinem Onkel jemandem sah, der genau die gleiche Wut und diese dunkle Aura in sich trug. Die ersten Jahre bei ihm waren die absolute Hölle und trieben letztendlich sogar die wenigen Erinnerungen an meine Familie in den Hintergrund. Was blieb, war nur eine Fleischhülle, die atmete und Befehle ausführte. Genau das, von dem ich dann dachte, es schon immer gewollt zu haben. Emotionen machten einen nur fertig, waren überflüssig und schränkten einen nur im Handeln ein. Auch Mino erkannte meine neue Seite, bewunderte mich, dass ich nicht einmal mit der Wimper zuckte, als vor mir einem Mann die Kehle durchgeschnitten wurde und das Blut in alle Richtungen spritzte. Ich zeigte keinen Zorn mehr, ließ alles an mir abprallen und gab nur Antworten, wenn er mich dazu aufforderte.

Sogar, als zwei Frauen von seinen Männern vergewaltigt wurden und ich mit fünfzehn regungslos in einem Sessel saß und dem Ganzen zuschaute, wandte ich mich nicht ab und trank genüsslich mein Bier, während die anderen Männer in der Runde ihre Zigarren rauchten und sich teilweise sogar einen runterholten. Als Belohnung bekam ich von Mino danach meine erste eigene Nutte, die mir zuerst den Schwanz gelutscht und dann für mich die Beine breitgemacht hatte. Was wollte ich auch mehr? Ich war abgestumpft, fühlte nichts, erbrachte hervorragende Arbeit für meinen Onkel, wurde mit Alkohol und Nutten bezahlt und wohnte in einem Palast, in dem es Drogen ohne Ende gab.

Doch die Zeiten, in denen ich nichts fühlte, waren seit Wochen vorbei. Und ich konnte nicht einmal sagen, dass sie mir fehlten. Klar, seit meinem 15. Geburtstag lebte ich wie ein wahrer König, fickte mich nur so durch die Tage, brachte nebenbei Typen um und vertickte Koks. Ich hatte alles, was man sich als junger Mann nur wünschen konnte: keine Verpflichtungen, was Freundinnen anging, und genug Geld, das ich ums Verrecken nicht ausgeben konnte. Aber hier mit Aylin zu liegen, ihren warmen Körper neben mir zu spüren und zu wissen, dass wenn sie bei mir war, die Sonne aufging, machte das alles wett. Wie konnte ich all die Jahre mit dieser Leere und Dunkelheit in mir leben, ohne durchzudrehen? Darauf scheißen, dass am Ende meines Daseins die Hölle auf mich wartete, ohne einmal richtig Glück verspürt zu haben? Ohne Bedenken, dass es niemals eine Frau geben würde, die gerne bei einem war – und zwar nicht wegen des Geldes. Die abends auf einen wartete und einen glücklich anstrahlte, weil du endlich zu Hause warst. Da konnte der Tag noch so beschissen gewesen sein. Doch von Mino löste ich mich nicht so einfach. Dafür saß ich zu tief in der Scheiße drin, als lebendig rauszukommen. Für viel zu viele Leute war ich ein Dorn im Auge. Besonders für andere Clans, die schon unter mir leiden mussten. Ich wollte ebenso wenig wie Scott, dass Aylin darein geriet. Nur was sollte ich machen, wenn mein Herz mit ihr an meiner Seite seit langer Zeit endlich wieder richtig schlug?

Ein Knarzen im Untergeschoss bekam meine volle Aufmerksamkeit. Ich schreckte auf, wobei Aylin zurück ins Kissen flog und sich im Schlaf murmelnd auf die andere Seite drehte. Aufmerksam lauschte ich in die Stille. Für ein altes Haus war es normal, dass das Holz mal knackte, doch dann hörte ich ein Stuhlscharren. Fuck, Scott war wieder zu Hause. Hastig sprang ich auf, schlüpfte in meine Schuhe und schnappte meine Jacke. Wie sollte ich erklären, hier zu sein? Scheiße! Glaubte er es mir, wenn ich ihm erzählte, dass ich sie irgendwo in der Stadt aufgelesen hatte und geblieben war, falls ihr Dad zurückkam? Oder auf ihn warten wollte? Niemals. Er würde die Lunte riechen. Damit ich Aylin nicht weckte, schlich ich mich aus dem Zimmer, schloss die Tür wieder leise und lief bedacht die Treppen hinunter, während in der Küche das Licht angeschaltet wurde.

Ich ballte die Hände zu Fäusten, ehe ich in die Küche eintrat, doch entspannte sie sofort wieder, als ich nicht Scott am Tisch sitzen sah, sondern Marcos.

»Du traust dich wirklich noch hierher?«, blaffte ich ihn an und ging auf den Tisch zu, um mich ihm gegenüber mit den Händen auf einer Stuhllehne abzustützen.

»Wo sollte ich sonst hin? Ich wohne hier.« Seine Stimme klang kratzig und er hatte die letzten Stunden noch viel tiefer ins Glas geschaut, als er es schon vor meiner Ankunft im Blinders getan hatte.

»Öhm, vielleicht kriechst du in das Rattenloch zurück, aus dem du vor ein paar Tagen gekommen bist?!«, spuckte ich ihm entgegen und würde ihm so gerne die Fresse polieren. Was ich in der Kneipe gesehen hatte, reichte mir. Das war kein Vater, sondern ein dummer und nichtsnutziger Penner, den man höchstenfalls Erzeuger nennen konnte. Was hatte er für Scott und Aylin schon getan? Nichts. Nur Leid beschert.

»Blake, du hast keine Ahnung. Mir blieb nichts –«, bevor er auf die Idee kam, bei mir nach Mitleid zu betteln, unterbrach ich ihn.

»Rede weiter und ich kotze direkt auf den Tisch. Ich will keins deiner hohlen Worte, keine verfickten Ausreden für heute Abend hören. Für mich zählt einzig und allein nur eine Tatsache: Du hast dir an der Bar einen reingekippt, während deine Tochter im Hinterzimmer fast von diesen ekelhaften Wichsern gefickt wurde, und hast nichts unternommen! Fuck, am liebsten würde ich dich irgendwo mit hochgestrecktem Arsch anketten, damit sich jeder an dir vergehen kann.« Erschrocken hob er den Kopf, bedachte mich mit einem ungläubigen Blick, bevor er es wirklich wagte, noch einmal den Mund zu öffnen.

»Seit wann interessiert es dich, was mit Aylin geschieht?« Von seinem Alkoholpegel war nichts mehr zu merken, aber den besorgten Vater konnte er sich sonst wohin stecken. In dieser Position war er schon lange nicht mehr. Statt zu antworten, zückte ich mein Portemonnaie aus der hinteren Hosentasche, öffnete es und holte ein Bündel Geldscheine heraus. Vor Marcos schmiss ich es auf die Tischplatte, woraufhin er den Blick darauf legte und ich wahrhaftig ein Funkeln darin erkennen konnte.

»Du nimmst jetzt dieses Geld, bewegst deinen Arsch raus und tauchst hier nie wieder auf, haben wir uns verstanden?«, sagte ich bedrohlich mit tiefer Stimme zu ihm und zog die Augenbrauen zusammen. Aylins Dad überlegte tatsächlich kurz, ehe er mich ansah und herausfordernd wirken wollte.

»Und was, wenn nicht?«

Ich lachte kurz auf und war erstaunt über seinen Sturkopf. Zumindest wusste ich jetzt, von wem Aylin ihn hatte. Lässig zog ich einen Stuhl zurück und setzte mich. »Willst du das wirklich wissen?« Marcos schluckte, Schweiß stand ihm auf der Stirn, als er mir anscheinend ansah, dass ich keine Scherze machte. Es war mein bitterer Ernst. Entweder er verpisste sich und kam nie wieder oder ich garantierte für nichts. Für einige Minuten lieferten wir uns ein Blickduell, jedoch knickte er immer weiter ein, ließ die Schultern hängen und sammelte letztendlich die Geldscheine auf dem Tisch ein. Für manche Leute zählte meist nur eins: Geld. Um ihren Konsum nicht einschränken zu müssen und die Gedanken an ihr beschissenes Leben einzudämmen. Nichts anderes tat Marcos, ich sah es ihm an, dass er zu der Sparte von Mensch gehörte. Er war nicht hier, weil er seine Kinder vermisst hatte, nein, bloß weil er keine Kohle mehr hatte, um sich etwas zu leisten. Letztendlich stand er auf, lief zögerlich in den Flur, bevor ich kurz darauf die Haustür ins Schloss fallen hörte.

SIEBENUNDDREISSIG

AYLIN

Erschrocken riss ich die Augen auf, doch befand mich in meinem Zimmer. Erleichterung durchflutete mich, denn für einen Augenblick hatte ich mich zurückversetzt gefühlt. Sein Schweißgeruch, der Duft nach Alkohol und die geraunten Worte. *Jetzt hör mir mal zu, du Schlampe.* Kurz bevor Blake hereingekommen war und er schon seinen Reißverschluss geöffnet hatte. Der Schmerz der Erinnerung trieb mir Tränen in die Augen, direkt schüttelte ich den Kopf. »Verflucht, es ist doch eigentlich gar nichts passiert …«, murmelte ich zu mir selbst.

Als wäre der Teufel persönlich hinter mir her, stand ich auf und rannte ins Badezimmer, befreite mich aus meinen Klamotten und trat unter die Dusche. Flink drehte ich das Wasser auf, wusch mich und lehnte mich gegen die kalten Fliesen und versuchte wieder eine ruhige Atmung zu bekommen. Wieder vernahm ich das Ächzen der Tür. »Alles in Ordnung?«, hörte ich von Blake, der hereinkam. Mein Blick streifte über ihn und blieb an seinen dunklen Iriden hängen. »Man könnte fast meinen, du machst dir Sorgen«, scherzte ich, doch bemerkte selbst, wie trocken meine Kehle war.

»Das tue ich«, antwortete er, ohne zu zögern, und trat näher an mich heran, bis seine Hand auf meiner Wange lag. »Jede fucking

Sekunde, ob du bei mir bist oder nicht, drehen sich meine Gedanken um dich. Und ich würde am liebsten die Männer nochmal zurück ins Leben holen, nur um sie wieder ins Jenseits zu schicken, dafür dass sie mein Mädchen verletzt haben. Ich bin immer noch am überlegen, die ganze Bar abzubrennen, darein zu stürmen und den Kerl an der Bar so zu verletzen, dass er sich nicht mehr bewegen kann, aber jede einzelne Flamme auf seinem Körper spürt.«

»Blake …«, hauchte ich und die Worte sollten mich nicht so berühren. Ich sollte Panik verspüren und wegrennen.

»Vertusch nicht vor mir, wie du dich fühlst. Denn durch sowas kann deine Seele brechen. Ich weiß, dass Schweigen manchmal der lauteste Schrei ist«, raunte er dicht bei mir und mein Blick huschte einen Moment zu seinen Lippen. Ich hauchte ihm einen kleinen Kuss darauf und er ließ es zu, strich mit dem Daumen über meine Wange. »Ist deine Seele gebrochen?« Er schwieg, doch das war Antwort genug. »Ich wünschte, dir wäre so etwas nicht passiert«, kam es nach einer Weile barsch von ihm und meine Mundwinkel zuckten.

»Meine Seele war schon längst gebrochen. Manchmal wünsche ich mir eine Löschtaste für all die schlechten Erfahrungen, Probleme, Sorgen, Gedanken und Gefühle.«

»Solange du deine Gefühle für mich nicht löschst …«

»Niemals«, wisperte ich und legte meine flache Hand auf seinen Oberkörper, um sie über seinen Brustkorb wandern zu lassen. Mein Herz, jede Faser meines Körpers sehnte sich nach ihm. Blake sagte nichts, aber sein feuriger Blick sprach Bände. Mein Hals wurde noch trockener. Ich konnte kaum atmen. Der Gedanke, seine Hände könnten über meinen Körper streichen, machte mich völlig verrückt. Aber er tat nichts – verständlich, nach dem, was gestern geschehen war. Er ließ mich entscheiden. Und wahrscheinlich war es vollkommen irrational, ihn jetzt zu wollen. »Vielleicht wissen unsere Seelen, dass sie einander brauchen, um zu heilen«, hauchte ich gegen seine Lippen und zog an seiner Unterlippe. Ich wollte mit meinen

Gedanken nicht allein sein und Blakes Mund und Hände waren die perfekte Ablenkung. Und die Art von Heilung, die ich brauchte. Blake beugte sich mehr zu mir und ich neigte den Kopf zur Seite, damit er Zugang zu meinem Hals hatte. Seine Lippen hinterließen ein Brennen auf meiner Haut, während sie herab zu meinem Schlüsselbein wanderten. Mit einem bestimmten Ruck drückte er mich enger an sich, brachte mich zum Keuchen.

Er hob mich hoch, umfasste mit beiden Händen meinen Hintern und schlang sich meine Beine um die Taille. Sein Schwanz drückte gegen meine Mitte. Seinen Blick hatte er dabei auf mich gerichtet, schaute hypnotisierend in seine Augen. Von einer Sekunde auf die andere baute sich eine unglaubliche Spannung zwischen uns auf. Er zog mich magisch an und ließ mich alle schlechten Gedanken vergessen. »Wir können auch noch etwas warten, wenn du willst …«, wisperte er und ich schüttelte energisch den Kopf. »Ich will es. Weil *ich* die Entscheidung treffe. Für mich. Nur für mich.« Blake küsste mich, besitzergreifend und fordernd, als sei er am Ersticken und ich sein Sauerstoff. Ich glitt mit meiner Zunge in seine Mundhöhle, streichelte seine und vergrub die Hände in seinen pechschwarzen Haaren. Mein Körper prallte gegen die Fliesen. Lustvoll keuchte ich, als sich seine Faust um meinen Schopf wickelte und er meinen Kopf zurückzog und einen Pfad meine Kehle hinab bis zu meiner Halsbeuge leckte und knabberte. »Sag mir, wenn ich aufhören soll«, raunte er und ich glaubte, er wäre verrückt. »Nein«, gab ich zurück. Spürte er denn nicht mein verzweifeltes Verlangen nach mehr? Sekunden verstrichen, in denen er sich meinem Körper widmete, mich zum Wimmern brachte und ich ihn einfach nur spüren wollte. Mit einer Hand hielt er mich, die andere glitt über meine Brüste. Sein Verlangen nach mir war unübersehbar. Seine Finger wanderten weiter bis herunter zu meiner Spalte, in die er dank meiner Feuchtigkeit einen hineingleiten ließ. Ganz langsam schob er ihn immer wieder hinein und hinaus, sein Mund wanderte liebkosend zwischen meinem Gesicht und meinen Brüsten hin und her. Fuck. »Blake …«, flehte ich.

Statt mich aber zu erhören, sah ich nur, wie sich ein Grinsen auf seinem Gesicht bildete. Sein Finger bewegte sich schneller, mit sanftem Druck, während mein Keuchen immer unregelmäßiger folgte. Ich wand mich und auf einmal hörte er auf, drückte seinen Schwanz gegen meine Öffnung und wir stöhnten beide, als er in mich hineinglitt. Seine Hände legten sich auf meine Hüfte ab, während lange, harte Stöße folgten. Immer wieder zog er ihn fast ganz heraus, nur um seine Eichel wieder durch meine Nässe zu ziehen und ihn erneut in mich zu versenken. Blake stöhnte meinen Namen, mein Gesicht lag auf seiner Schulter und ich biss leicht hinein. Mein Becken bewegte sich rhythmisch mit, meine Fingernägel kratzten über seine Haut, wobei sich seine Muskeln anspannten. Mit einem leisen Knurren wurde er schneller, stieß immer wieder in mich hinein. Meine Muskeln zogen sich um ihn herum, während er zum Höhepunkt kam und ich gleich nach ihm spürte, wie mich der Orgasmus überrollte. Dabei rief ich zitternd, stöhnend seinen Namen und spürte seine Hand auf meiner Wirbelsäule, die so verdammt zärtlich darüberstrich. Ich konnte nicht in Worte fassen, wie ich mich fühlte, darum sagte ich es mit meinem Körper, legte die Finger in seinen Nacken und küsste ihn leidenschaftlich und verdammt intensiv.

ACHTUNDDREISSIG

BLAKE

Eine Woche nachdem der Vorfall mit Aylins Dad gewesen war, setzte ich mich gerade zurück in Scotts Wagen, schnappte mir von hinten ein Handtuch und trocknete meine blutbenetzten Hände daran ab. Mein Kumpel machte es mir nach, griff nach dem zweiten Tuch und schmiss es danach wieder nach hinten in den Fußraum der Rückbank. Mein Leben verlief gerade irgendwie merkwürdig, was mir immer ein kleines schelmisches Lächeln auf die Lippen zauberte. Morgens war ich meist mit Scott unterwegs, klärte Dinge mit Lieferanten oder Kunden und abends schlich ich mich in Aylins Zimmer, vögelte ihr das Hirn raus oder kuschelte nur mit ihr. Kam immer drauf an, ob Scott zu Hause war oder nicht. Wobei ich ihr vor zwei Tagen einfach den Mund zugehalten hatte, ehe ich immer wieder in sie eingedrungen war und sie leise zum Wimmern gebracht hatte. Irgendwie gab es dem Ganzen einen gewissen Kick, wenn man bedachte, dass Scott im Zimmer nebenan lag, nichts Schlimmes vermutete und ich Aylin keine fünf Meter von ihm entfernt um den Verstand fickte. Aber nichtsdestotrotz genoss ich es auch, wenn ich abends durch das Fenster reinkam und wir einfach nur auf dem Bett lagen, uns Dinge erzählten und sie wenig später in meinen Armen einschlief. Fuck, aus mir wurde langsam, aber sicher ein richtiger Softie. Um diesen Gedanken gleich wieder von mir zu stoßen, schüttelte ich energisch den Kopf, schmiss das Handtuch auf die Rückbank und legte den Sicherheitsgurt an. Sonst motzte Scott wieder herum, wenn das piepende Warnsignal während der Fahrt nicht aufhörte.

Überrascht, dass er noch nicht losgefahren war, linste ich zu ihm rüber und bemerkte, dass er mich finster anstarrte. »Was ist? Seh ich heute so gut aus, dass du die Augen nicht von mir lassen kannst?«, scherzte ich und wartete auf sein Lachen. Doch das steckte ihm wohl im Hals fest.

»Oh, dumme Sprüche kannst du also noch klopfen. Wenigstens etwas«, schnaubte er und startete den Wagen. »Dann kannst du mir ja vielleicht auch erklären, was das gerade eben da drin war?« Seine Stimme wurde mit jedem Wort lauter, zerschnitt die Ruhe im Cockpit, weshalb ich ihn überrascht von der Seite anschaute. »Du warst einfach nicht bei der Sache, Blake. Der Typ wäre dir beinahe entwischt und abgehauen. Außerdem hast du teilweise gezögert und wirktest wie abwesend. Was ist los mit dir?«

Darauf reagierte ich zuerst nicht, blickte durch die Frontscheibe auf die Straße, als Scott losfuhr und sich in den Verkehr einordnete. Ich hatte gehofft, er hätte es nicht bemerkt. Wir waren heute unterwegs, um überfälliges Geld einzusammeln, und der Typ eben war etwas zäh gewesen, weshalb wir unsere Fäuste hatten sprechen lassen. Doch dabei musste ich ständig an Aylin denken. Was sie gerade machte, ob es ihr gut ging, und hatte Angst, dass sich ihr Vater wieder bei ihr meldete und sie einknickte. Für Scott war das Verschwinden von Marcos keine große Sache gewesen, er kannte ihn ja nicht anders. Und seiner Schwester hatte ich nicht erzählt, dass ich ihm Geld gegeben hatte, damit er das Weite suchte.

Ja, ich bemerkte selbst meine Fehler, dass ich teilweise mit den Gedanken abdriftete und momentan den Job schleifen ließ. Aber die Abende und Nächte mit ihr retteten meine Tage, sodass ich über die ganze Scheiße, das Blut und die Gewalt wegschauen konnte. Nicht nur Scott motzte mich heute an. Auch die anderen Jungs bemängelten meine Abwesenheit beim Feiern. Von Mino musste ich gar nicht erst anfangen, denn der rieb es mir fast täglich unter die Nase. Zwar hatte ich für das Entwenden von Pablos Familienring noch ein Lob bekommen, aber seitdem herrschte wieder Eiszeit zwischen uns, die mehr von seiner Seite ausging als von meiner. Fuck. Wäre ich noch ein Kind, hätte er mich wohl längst wieder in den Keller gesperrt, aber jetzt hatte er keine Chancen mehr gegen mich.

»Scheiße, ist das dein Ernst?«, schrie Scott los und schlug mir gegen die Schulter. »Ich rede mit dir und du hast nichts Besseres zu tun, als wieder komplett abzudriften«, lachte er fassungslos auf und schüttelte den Kopf. »Die Drogen, die du nimmst, hätte ich auch gerne.« Der Witz war: Momentan nahm ich nicht wirklich viel zu mir. Klar, das Kokain strich ich nicht von heute auf morgen, aber der Konsum hatte sich erheblich eingeschränkt. Manchmal nahm ich alle zwei Tage eine Line, jedoch kam es bisher meist beim Feiern dazu, was ich gerade mied wie die Schweinepest.

»Alter, beruhig dich. Ich hab einfach 'nen dicken Schädel. Mach ich dir etwa 'ne Szene, wenn du mal Scheiße drauf oder nicht bei der Sache bist, weil deine Schwester dich wieder wegen irgendetwas abfuckt? Nein. Also halt jetzt die Fresse und fahr«, antwortete ich pampig und lehnte den Kopf gegen die Karosserie, als ich sah, wie Scott mit den Kiefern mahlte. Ein weiteres Wort und er würde explodieren. Aber mir reichte es schon, dass mein Onkel Stress machte. Da konnte ich es von ihm nicht auch noch gebrauchen. Außerdem war es für mich schon Strafe genug, dass mich Mino mit Eddy auf Tour schickte. Die Lage mit Pablo spitzte sich immer weiter zu, es war sogar ein richtiger Bandenkrieg ausgebrochen. Doch von dem Mistkerl war weit und breit nichts zu sehen. Nur seine Handlanger attackierten unsere Männer und keiner wusste, wieso überhaupt. Wir verteidigten nur unser Revier, in welches diese Penner eindrangen und in dem sie Clubs auseinandernahmen oder

Frauen entführten. Wo sollte man da also anpacken? Die Suite im Hotel hatte Pablo natürlich geräumt, und eventuell wurden die Übergriffe seit unserem Einbruch dort etwas ekliger. Aber was konnte ich machen, außer die Lauscher aufzuhalten, ob er irgendwo gesehen wurde? Genau: nichts. Jedoch warf mir Mino genau das vor. Ich würde nicht alles dafür geben, ihn zu finden. Immer wieder dieselbe Leier.

Deshalb hatte ich seit zwei Tagen das große Vergnügen, seinen Sohn in meine Geschäfte einzubringen. Damit er Bescheid wusste, wie der Hase lief, falls ich komplett den Verstand verlieren sollte und Eddy alles übernehmen musste. Sein dummes Gelaber ging mir sowas von gegen den Strich, aber ich durfte nichts sagen. Fraß alles in mich hinein und dachte mir meinen Teil. Schließlich war er der Sohn vom Boss. Auch wenn ich diese Dummheit auf zwei Beinen, dafür, dass er mir den Verstand raubte, gerne um die nächste Ecke bringen würde.

Bis zu Mino verlief die Fahrt schweigend. Wie ein zerstrittenes Ehepaar saßen wir da, schauten beide nur stur nach vorne und gaben keinen Ton von uns. Scott bog in die lange Einfahrt ein, fuhr bis zum Haus und stoppte den Wagen. »Ich hoffe, deine Einstellung ändert sich demnächst wieder. Wenn wir gemeinsam auf Tour sind, hab ich keinen Bock, Angst haben zu müssen, dass du dir 'ne Kugel einfängst«, gab er angepisst von sich und umklammerte das Lenkrad. Dabei schenkte er mir einen abschätzigen Blick und ich wollte ihn schon fragen, ob seine Eier blau waren, denn diese Seite kannte ich von ihm ebenfalls nicht. Wir verließen uns immer aufeinander und machten dem jeweils anderen nie Vorwürfe. War ich etwa so schlimm? Das Folgende kam mir nur widerwillig über die Lippen und ich selbst hatte mich diese Worte noch nie aussprechen hören: »Tut mir leid. So schnell wirst du mich nicht los.« Scott nickte nur, weiter mussten wir nicht darüber sprechen und wollten es auch beide nicht. Gefühlsduseleien standen bei uns nicht auf der Tagesordnung. Meist stand jeder seinen Albtraum durch, ehe man mal darüber sprach. Nur war es dieses Mal so, dass ich mir wohl eher die Zunge herausschneiden würde, als ihm zu sagen, wo das Problem lag. Wobei … ein Problem würde ich es nicht nennen. Aylin zeigte mir einfach eine andere Seite vom Leben. Bevor wir uns noch weiter anschwiegen, verabschiedete ich mich von ihm und stieg aus.

NEUNUNDDREISSIG

AYLIN

Die Party war schon voll im Gange. Dreißig Studenten drängten sich durch die Räumlichkeiten und zappelten zur beschissenen Musik herum. Chloe und ich schoben uns durchs Gedränge, auf der Suche nach Bier. Zumindest ich suchte danach. Irgendwie war mir nach der Sache von letztens nicht nach Körperkontakt zu anderen Menschen – außer Blake – und sei es bloß eine Berührung am Arm durch das Getanze. Gelächter dröhnte in mein Ohr, es roch nach Pizza und wir folgten diesem Geruch, denn dort würde sich sicher auch der Alkohol befinden. »Ist ja ziemlich was los«, bemerkte Chloe, als wir in der Küche ankamen und uns dort jeweils etwas zu trinken in rote Pappbecher eingossen.

»Als hätte Zayn die halbe Stadt eingeladen«, fügte sie belustigt hinzu und ich zuckte mit den Schultern. »Hätte es nicht anders von ihm erwartet, zu seinem Geburtstag«, erwiderte ich darauf und nahm einen größeren Schluck. Ich hatte auf diese Party mitgehen wollen. Scott meinte, er wäre den ganzen Abend nicht zu Hause und trotzdem fühlte ich mich unwohl. »Alles okay? Du wirkst schon die letzten Tage in der Uni so abgelenkt. Ist was passiert?«, hakte nun meine beste abermals Freundin nach. Vor ihr konnte ich meine Emotionen so schnell nicht geheim halten, dafür kannten wir uns zu lange. Aber ich konnte ihr nicht sagen, was passiert war, ohne auch die anderen Sachen zu erzählen. Zum Beispiel, dass mein Dad ein beschissener Säufer war, der seine Tochter für ein paar Bierchen verkaufte. Oder dass mein Freund Kerle erschossen hatte, um mich zu schützen, und dass mein Gesicht mit Blut bespritzt war. Dass mir diese Tatsache recht wenig ausmachte, weil die Kerle es verdient hatten, nach dem, was sie mir hatten antun wollen, und die Frage mich mehr kümmerte, warum Blake verdammt nochmal eine Waffe griffbereit bei sich trug.

Ich fuhr mir mit der flachen Hand durchs Gesicht. »Es ist nichts«, murmelte ich und Chloe verdrehte die Augen. »Klar, natürlich«, zischte sie. Verdattert sah ich sie an. War sie nun etwa beleidigt? »Chloe …« Ich strich mit meinen Fingern über ihren Oberarm und sah sie bedrückt an, was sofort ihre angepisste Mimik änderte. »Verdammt, ich mach mir einfach nur Sorgen um dich und du behandelst mich wie eine beschissene Fremde«, platzte sie heraus und sorgte dafür, dass sich etwas in mir schmerzlich zusammenzog. Ich wollte nicht, dass sie sich so fühlte. Seit der High School log ich sie und die anderen an. Es war zu einer Art Leben geworden, in das ich vor dem ganzen Mist, der mich umgab, fliehen konnte. Und wirklich ein normales Dasein führen konnte, ohne die verkorkste Seite. Aber Chloe gehörte zu beiden meiner Welten. Ich kannte sie schon so lange und sie verdiente die Wahrheit, aber es fiel mir so schwer, dass Kartenhaus, welches ich errichtet hatte, einbrechen zu lassen.

»Mein Dad war letzte Woche da und hat etwas getan …« Ich schluckte, Chloe hörte gespannt zu und ich trank noch einen Schluck, da sich meine Kehle verflucht trocken anfühlte. »Ich kann ihm das nicht verzeihen. Scott darf es auch nicht wissen. Deshalb hab ich noch mehr Geheimnisse vor ihm … und er hat auch welche vor mir, das ist mir jetzt klar«, murmelte ich und stieß einen frustrierten Seufzer heraus.

»Hat es wieder mit der Bank zu tun?«, hauchte sie und ich nickte. »Es könnte mir eigentlich egal sein, wie Scott sein Geld verdient. Ist seine Sache, aber er lügt mich deshalb schon seit Jahren an. Und ich habe noch nie geglaubt, dass er und Blake dort arbeiten. Vor allem jetzt, nachdem ich Blake nun auch noch besser kennengelernt habe …«

»Sehr nette Untertreibung«, unterbrach sie mich mit einem Lachen. Ich schlug ihr grinsend auf die Schulter. »Ist ja gut! Nachdem er mir das Hirn weggevögelt hat …«, brachte ich hervor und sie nickte.

»Schon besser!«

»Auf jeden Fall glaube ich seitdem noch weniger, dass sie dort wirklich arbeiten. Und jetzt hab ich das Problem, dass mich nicht nur mein Bruder anlügt, sondern auch der Kerl, den ich …«

»Den du …«, flötete Chloe und ich spürte, wie meine Wangen warm wurden. Fuck, ich hatte mich echt in Blake verliebt. Bevor ich etwas erwidern konnte, wurde ich am Arm herumgerissen und gegen eine Brust geschleudert. Augenblicklich kehrte die Erinnerung zurück … an die Kerle, die … Sofort stieß ich die Person, die mich angefasst hatte, von mir. »Verdammt, was soll das?«, fluchte ich und sah in Zayns grüne Iriden. Seine lockigen, blonden Haare waren frisch gestylt und er trug ein schwarzes Hemd. Mit seinem schiefen Grinsen sah er aus wie ein Sunnyboy und verschränkte seine Arme vor der Brust. »Ich wollte dich nur etwas näher bei mir haben. Ist schließlich mein Geburtstag«, erklärte er sich, auch wenn es ihm trotzdem kein Recht gab. Wieder kam er näher. Dieses Mal blieb ich stehen und verschränkte ebenfalls die Arme vor der Brust. »Und wir sind nicht mehr zusammen, erinnerst du dich?«

»Was ist, wenn ich vorhabe, das zu ändern?«, wisperte Zayn, als er mir ziemlich nah kam und ich ein belustigtes Schnauben von mir gab. Da kommt er jetzt zu spät. Sein Atem traf auf mich. Übelkeit überkam mich.

Dann wurde er plötzlich herumgewirbelt und mit dem Rücken gegen den Tresen geknallt. »Scheiße, Alter«, zischte er dabei und richtete sich wieder auf, wollte dem Kerl wohl direkt eine reinhauen, bis ich Panik in seinen Iriden erkannte und nun auch wieder geradeaus sah. Verdammt! Scott starrte mich aus seinen tiefblauen Augen wütend an und fluchte, bevor er meine Hand nahm und ich mich bereitwillig nach draußen schleifen ließ. »Was zum Teufel machst du hier?«

»Nein, Aylin, die Frage sollte eher lauten: Willst du mich komplett verarschen?!«, brüllte er mich an und ließ meine Hand los. »Ich sage dir, ich gehe die ganze Nacht arbeiten. Damit du weiterhin auf die Universität gehen kannst. Und das ist der Dank? Dass du dich sofort auf eine Party schleichst? Und ich dich mit diesem Volltrottel sehe?«, redete sich Scott in Rage. Schuldgefühle überrollten mich, doch auch Wut spürte ich in meinem Inneren und ließ diesem Gefühl Luft.

»Du könntest mir genauso gut erklären, weshalb du bis mitten in der Nacht in einer Bank arbeiten musst. Wenn du nicht gerade eine ausraubst, kann ich mir das nicht erklären. Genauso wenig, wieso Blake eine Waffe in eurem Job trägt!« Die letzten Worte rutschten mir aus Versehen heraus, ich presste die Lippen aufeinander und wünschte, ich könnte sie zurücknehmen, denn ich sah so viel Zorn in seinen Augen funkeln.

»Was hast du mit Blake zu tun?«, knurrte Scott und kam mir gefährlich nahe.

»Nichts … ich hab nur bei ihm hinten eine Knarre gesehen, als er bei uns durchs Haus spaziert ist«, murmelte ich, wirkte auf einmal nicht mehr so vorlaut und hoffte, er würde es mir abkaufen, während mein Herz wild gegen meine Brust klopfte. »Scott …«, hörte ich von weitem, drehte meinen Kopf zur Seite und sah, wie Chloe aus dem Haus stürmte und zu uns herüberlief. »Es war meine Idee, Aylin kann nichts dafür. Ich wollte auf die Party«, versuchte sie mich zu verteidigen.

»Dann solltest du es verdammt nochmal lassen«, zischte er sie an und drehte sich etwas zu ihr. »Und am besten auch nicht hingehen, sondern lernen«, fügte er hinzu, was Chloe so null gefiel, denn sie kam noch etwas näher und stellte sich vor ihm auf. »Ich lass mir bestimmt nichts von dir sagen«, raunte sie ihm zu und die beiden standen verflucht nahe beieinander. »Dabei würde ich dich nur allzu gerne dazu bringen. Oder hast du Angst, es könnte dir gefallen?«, kam es mit gedämpfter Stimme von meinem Bruder. Okay, was hier auch immer lief, ich wollte doch lieber wieder angeschrien werden. »Wie hast du mich überhaupt gefunden?«, funkte ich dazwischen und Scott brach den Augenkontakt mit Chloe ab und richtete seinen Fokus wieder auf mich. »Ich wollte dich überraschen, indem ich früher Schluss gemacht habe, und musste zu Hause feststellen, dass du gar nicht am Lernen warst. Also hab ich mir Sorgen gemacht und bei deiner iPhone-Suche nachgeschaut.«

»Du hast was?!«, kam es gleichzeitig von mir und Chloe. Jetzt war er vollkommen durchgedreht.

»Ich habe schon immer Dinge getan, die ich verabscheue, um das zu schützen, was ich am meisten wertschätze.« Damit meinte er mich, unsere kleine Familie. Er und ich. Und solche Worte weckten immer die altbekannte Reue in mir, weil er alles für mich tun würde und ich nur Lügen und Verrat übrighatte. Aber dieses Mal war Scott wirklich zu weit gegangen, trotzdem schluckte ich die Wut nun herunter. Chloe hatte schon zu viel mitbekommen und die anderen, die schon versammelt im Garten standen, auch.

VIERZIG

BLAKE

»Wie macht sich Eddy?«, fragte Mino, als ich ihm die Einnahmen übergab, und schaute lustig drein, als ich mich seufzend in den Ledersessel fallen ließ. Was sollte ich schon sagen? Dass sein Sohn eine Vollpfeife war, wusste er, und ich hatte es ihm schon oft genug unter die Nase gerieben. Über Eddys Talent, nichts auf die Reihe zu bekommen, bedurfte es deshalb keine Worte mehr, weshalb ich nur mit den Augen rollte und mit den Schultern zuckte. Ich durfte gar nicht darüber nachdenken, was er für eine Scheiße bauen würde, wenn er meinen Platz übernahm. Gestern hatte er tatsächlich zu einem Dealer gesagt, er könne den Preis für den Stoff in Raten abzahlen und heute traute ich meinen Ohren ebenfalls nicht, als er zu einem, der seit Wochen mit dem Zahlen fällig war, sagte: »Dann bring uns die Kohle einfach, wenn du es zusammen hast.« Fassungslos hatte ich neben ihm gestanden, hatte ihn mit offenem Mund angestarrt und mir dann den Typen vorgeknöpft. Dank Eddy würden Mino die Leute auf der Nase herumtanzen, und als ich ihn dann auch noch darauf hingewiesen und angemotzt hatte, hatte er nur gelacht und angemerkt, ich sollte den Stock aus meinem Arsch holen. Mino lachte, während ich ihm das erzählte, und schien gleichzeitig verstört darüber zu sein, wie verblödet sein Sohn war. Aber aussprechen tat er es nicht.

»Wirklich, mir fällt dazu nichts mehr ein, Mino. Ich gebe mein Bestes, verinnerliche es ihm jeden Tag, aber er schnallt es nicht. Am liebsten würde er alle zu sich einladen und mit ihnen einen Kaffeeklatsch veranstalten.« Mir Eddy auf die Nase zu binden, war absolut indiskutabel. Mit ihm hielt ich es keinen weiteren Tag mehr aus. »Ohne Witz, das muss ein Ende haben. Ich hab's kapiert, dass ich neben der Spur war, und akzeptiere die Strafe des Babysittens. Aber wenn ich nur noch einmal irgendwo mit ihm hinmuss, bring ich mich selbst um.« Mein Onkel lachte auf, schlug mit der Faust auf die Tischplatte seines Schreibtisches und stützte sich mit den Ellenbogen darauf ab.

»Hast du also kapiert, was passiert, wenn du nicht Herr deiner Sinne bist? Es geht alles den Bach runter. Also lass dir das eine Lektion sein«, erwiderte er und zündete sich eine Zigarre an. Ich machte es ihm gleich, zog die Zigarettenschachtel aus der Jackentasche, nahm mir eine heraus und zündete sie mit Minos Feuerzeug an.

»Gibts was Neues wegen Pablo?«, fragte ich, nachdem ich einen tiefen Zug genommen und den Rauch in den Raum gepustet hatte.

»Nichts. Niemand weiß, wo er sich aufhält. Nicht einmal mein Informant. Wenn er die Eier in der Hose hätte, würde er mich kontaktieren, damit wir mal unter vier Augen sprechen. Doch das scheint nicht in seinem Interesse zu sein.« Was viele nicht wussten: Pablo und Mino hatten vor bestimmt dreißig Jahren noch zusammengearbeitet. Waren Handlanger für meinen Großvater Stefano gewesen und hatten sich relativ gut verstanden, wenn ich den Geschichten meines Onkels glauben durfte. Zuerst hatte jeder sein Viertel zugewiesen bekommen, Männer angestellt und Deals gemacht. Bloß war irgendwann die Habgier bei beiden durchgekommen, sodass sie sich bekriegt hatten, Männer gestorben und Frauen und Kinder entführt worden waren, damit der andere klein beigab und den Schwanz einzog. Sie hatten sich nichts geschenkt, versucht, sich gegenseitig auszuspielen, bis Chicago fast vor dem Untergang gestanden und die Cops nicht mehr weitergewusst hatten. Dank Stefano hatten sie Frieden geschlossen, doch nach seinem Tod war alles wieder von vorne losgegangen. Die Beweggründe wusste meist keiner. Ob sich Pablo überhaupt selbst über diese im Klaren war, fragte ich mich auch. Ich hatte immer gedacht, dass Neid eine große Rolle zwischen den beiden spielen musste. Irgendwie bekam der eine mit, wie es bei dem anderen lief, wodurch man in Zugzwang geriet und die Geschäfte stören wollte. Außerdem war Mino bestimmt auch kein Unschuldslamm. Er offenbarte nicht all seine Pläne, davon war ich überzeugt, aber aus ihm herausprügeln konnte ich sie auch nicht. Zumindest vermutete ich das, wenn ich seinen schelmisch zuckenden Mundwinkel sah, sobald er von Pablo sprach.

»Morgen kommt eine Großlieferung aus Mexiko. Ich hab übrigens angefordert, dass zwei LKWs losgeschickt werden. Der leere wird zu dem üblichen Treffpunkt fahren, den anderen Fahrer rufe ich in letzter Sekunde an und gebe ihm meinen Standpunkt durch. Nicht, dass Pablos Männer irgendwie Wind von der Lieferung bekommen haben und am bisherigen Ort auf uns warten.«

»Sehr gut … Vergiss aber nicht, Eddy mitzunehmen.« Er warf mir einen siegessicheren Blick zu und grinste, bevor er an der Zigarre zog. Währenddessen biss ich mir auf die Zunge, klemmte mir den Glimmstängel zwischen die Lippen und stand auf. Ohne ein Wort darauf zu sagen, verließ ich sein Zimmer und stieg kurz darauf die Treppen in den Keller hinunter. Dort unten gab es zwei Türen. Die eine führte nach links und war mit einem fetten Vorhängeschloss gesichert. Minos Privaträume, die ich leider nur allzu gut kannte. Durch die rechte kam man mit Schlüssel wie in eine Art Schleuse, an deren Ende eine weitere Tür prangte, die man ebenfalls aufschließen musste. Durch die gelangte man letztendlich in den persönlichen, kleinen Club meines Onkels. Als er vor Jahren auf die Idee gekommen war, die Räume zu errichten, hatten ihm alle den Vogel gezeigt. Direkt angrenzend an seine Privaträume war das ziemlich waghalsig. Doch Mino hatte sich nicht abbringen lassen, fand die

Lösung mit der Schleuse perfekt, und bisher war auch noch nichts vorgefallen. Er wollte eben seine Geschäfte und Gäste im Auge behalten und keine großen Strecken dafür zurücklegen. Das hieß: Wenn er mit einer Nutte fertig war, für zehn Minuten verschnaufen und einfach kurz runtergehen wollte, um sich einen Überblick zu verschaffen, konnte er sich sofort danach der nächsten Hure widmen. Außerdem hatten nur er, Eddy, Scott und ich Schlüssel für die Türen, die anderen benutzten den öffentlichen Eingang, der von der Straße aus zu erreichen war. Denn hinter dem Haus hatte er einen schmalen Weg pflastern und einzäunen lassen, damit niemand das restliche Anwesen betrat.

Ich öffnete beide Türen, wurde sofort von der Musik umhüllt und schmiss die Eisentür hinter mir ins Schloss. Sogar eine Bar hatte er hier einbauen lassen, einen Barkeeper eingestellt, der jeden Abend hier unten stand und Cocktails servierte. Zu Anfang hatten sich hier nur viele seiner prominenten Freunde herumgetrieben, die eine Villa bei Mino gekauft hatten und sich gern am Koks und den Nutten hier unten bedienten. Soweit ich wusste, handelte Pablo im Gegensatz zu Mino vorne herum nicht mit Häusern, sondern mit Oldtimern. Ich hatte keine Ahnung, wie die beiden es anstellten, dass sie so gut mit der Geldwäsche wegkamen. Wahrscheinlich lag es daran, dass auch korrupte Bullen von dem Ganzen profitierten und niemand auch nur im Traum daran dachte, sein Maul aufzureißen.

Mittlerweile kamen aber auch einfach nur feierwütige Leute her, die über einige Ecken von dem Schuppen erfahren hatten und einen guten Abend verbringen wollten. Statt stutzig zu werden, amüsierte es Mino, wie leichtgläubig die Gäste über manches hinwegsahen. Hauptsache, der Alkohol floss und die Preise stimmten.

Ich schaute mich in dem weitgeschnittenen Club um, in den Sitznischen saßen mir unbekannte Typen und während der eine gerade eine Line zog, saß bei seinem Kumpel eine Nutte auf dem Schoß und wichste ihm einen. Ein ganz normaler Abend im Hause Kingston. Auf der Tanzfläche gab es nebenbei noch drei Podeste, auf denen sich schon ebenso viele Frauen räkelten und an der Stange rieben, als gäbe es kein Morgen mehr. »Hi, Blake«, rief mir eine zu, als ich an ihr vorbeilief, doch ich schenkte ihr keine Beachtung. Sie war eine der Frauen, die ich einmal gehabt hatte und die mich nicht mehr interessierten.

An der Seite sah ich Mike, Paul und Craig stehen, die sich unterhielten und jeweils ein Bier in der Hand hielten. Komisch, eigentlich wollte Scott heute auch noch vorbeikommen. »Jo! Auch endlich da?«, wandte sich mir Mike zu und schlug mir zur Begrüßung auf den Rücken.

»Ich musste noch kurz was mit Mino besprechen. Ist Scott nicht da?« Auf die Frage hin wechselten die Jungs einen merkwürdigen Blick aus, ehe sie sich wieder auf mich konzentrierten und alle drei anfingen, zu grinsen.

»Doch, ist er«, sagte Craig, zeigte nach links von mir, woraufhin ich mich umdrehte und ihn in einer dunklen Ecke mit einer Blondine auf dem Schoß und einem Bier in der Hand sitzen sah. »Nehm dich aber in Acht, der hat heute verdammt schlechte Laune.« Paul lachte los und kassierte von mir gleich einen bösen Blick. Waren wir hier etwa im Kindergarten, oder was?

»Und wieso hat er schlechte Laune?«, fragte ich neugierig, bevor ich mich auf den Weg zu ihm machen würde, nahm einen letzten Zug von der Zigarette und drückte sie im Aschenbecher aus.

»Stress mit Aylin«, kam es von Mike und sofort wurde ich hellhörig. Das war nicht gut, absolut nicht. Was war jetzt wieder zwischen den beiden losgewesen? Aylin hatte ihm doch nicht … nein, das konnte nicht sein. Dann würde Scott nicht besoffen in der Ecke sitzen, sondern mich durch Chicago jagen. Rasch setzte ich mich in Bewegung, lief über die Tanzfläche auf ihn zu und sah schon aus der Entfernung, dass er sturzbesoffen war. Ich betete ebenfalls, dass es nichts mit seinem Dad zu tun hatte und sie ihm von dem Abend vor einer Woche erzählt hatte. Da wäre ich genauso tot.

»Hey, Alter!« Begrüßend klopfte ich ihm auf die Schulter und ließ mich gegenüber von ihm in die Sitznische fallen. »Was ist denn los?« Doch er gab mir keine Antwort, trank nur von seinem Bier, wobei ich das nur erahnen konnte, denn der nackte Oberkörper der Blondine versperrte mir die Sicht. Ich sah nur, wie er die Flasche hob und sie wenig später wieder sinken ließ. Als sich die Nutte herunterbeugte und an seinem Ohrläppchen knabberte, stieß er sie plötzlich von sich, sodass sie mit dem Rücken gegen die Tischkante knallte, und knurrte ihr ein bedrohliches: »Verpiss dich«, zu.

Kaum war sie außer Sichtweite, richtete er seinen Blick auf mich, trank einen weiteren Schluck, ehe er die anscheinend leere Flasche von sich schmiss und diese wenige Meter weiter scheppernd auf den Boden knallte.

»Meine Schwester ist los! Ich hab sie heute Abend erwischt, wie sie sich auf eine Party geschlichen hat. Und da macht sie mir wirklich eine Szene, weil ich sie abgeholt und heimgebracht hab.« Scott schnalzte mit der Zunge, schien von Aylins Verhalten absolut enttäuscht zu sein und das Einzige, das ich machte, war, die Hände unter dem Tisch zu Fäusten zu ballen. In dem Bezug fand ich, übertrieb er schon immer. Er konnte sie nicht ihr ganzes Leben lang zu Hause einsperren und dafür sorgen, dass ihr niemand zu nahe kam. Irgendwann brachen solche Menschen auf, entwickelten einen Drang, sich allem entgegenzustellen. So, wie seine Schwester momentan. Mir gefiel es zwar selbst nicht, dass sie sich dort mit anderen Typen um sich herum aufhielt, aber die sollten ruhig alle sehen, was ihnen entging. Meine Meinung dazu, dass sie sich bestimmt auf der Tanzfläche geräkelt hatte, würde ich ihr zu einem späteren Zeitpunkt geigen. Sofort musste ich wieder an die Hausparty denken, an ihr Tanzen. O Mann … mein Schwanz wurde direkt hart.

»Was spricht denn dagegen, dass sie auf eine Party geht? Scott, sie ist 22. Lass ihr doch die Freiheit.« *Mit so einem Freund und Bruder hat sie schon genug Ballast,* dachte ich und musste darüber schmunzeln. Arme Aylin.

»Fuck, nein. Am Arsch! Bisher hat es immer funktioniert, dass sie mir sagte, wo sie hingeht. Wann kam denn der Moment, dass sie einfach macht, was sie will? Zum Glück hab ich die iPhone-Suche auf ihrem Handy aktiviert.« Er ortete seine Schwester? Gut zu wissen. »Und dann redete sie auch noch mit diesem Vollidioten Zayn. Dieser Typ war mir schon immer ein Dorn im Auge.« Seine weiteren Worte hörte ich nur noch als ein leises Rauschen, denn alles in mir fixierte sich auf den einen Namen. Zayn. Aylin hatte also anscheinend noch Kontakt zu ihrem Ex-Freund. In mir kochte der Zorn auf. Außer Kontrolle und voller Eifersucht knallte ich die Faust auf die Tischplatte und verkrampfte mich am ganzen Körper, weshalb Scott einen überraschten Gesichtsausdruck auflegte. Zuerst hielt er inne und lachte dann spöttisch auf.

»Sollte ich etwa nachhaken, wieso dich das so aufregt?«, fragte er und beugte sich schon bedrohlich über den Tisch zu mir herüber. Unfähig zu antworten, starrte ich ihn an, legte die Stirn in Falten und presste meine Lippen aufeinander. Scott hingegen las meine Mimik wie ein beschissener Magier. Sein Lachen verblasste nach und nach, als er wohl verstand, was für ein Sturm gerade in mir wütete. Ein Moment, in dem ich sehr bereute, wie gut wir uns kannten.

»Fuck, du kleiner, dreckiger Bastard!«, schrie er plötzlich los, sprang auf und stand mit einem Schritt vor mir. »Lass deine dreckigen Finger von meiner Schwester.« Scott schrie sich in Rage, packte mich am Kragen und zog mich von der Sitzbank hoch. Mir fiel es echt schwer, mich zusammenzureißen und ihm für den Move nicht die Fresse zu polieren. Aber ich behielt lustigerweise die Ruhe, dachte an Aylins grüne Augen und daran, dass ich mir von ihm diesen Anblick bestimmt nicht ruinieren lassen würde.

»Spinnst du? Lass mich los!« Wütend stieß ich ihn von mir, sodass er rückwärts taumelte und gegen einen anderen Tisch stieß. Ich atmete schneller, stieß die Luft hektisch aus und hörte das Blut in den Ohren rauschen. Eine Sekunde hatte ich mich nicht unter Kontrolle gehabt und schon allein die hatte gereicht, dass Scott den richtigen Riecher bekam. »Mir ist es scheißegal, mit wem deine Schwester redet, fickt oder sonst was macht. Also geh mir mit deiner Paranoia nicht auf die Eier! Such dir ’ne Alte zum Vögeln und gut ist«, knallte ich ihm gegen den Kopf, als er wieder auf mich zukam und regungslos stehen blieb. Scott überlegte und es war schonmal gut, dass er nicht mehr auf mich losging.

»Scheiße, es tut mir leid, Blake«, sagte er kurze Zeit später und fuhr sich mit den Händen durch die Haare. »Vielleicht sollte ich einfach heim und mich aufs Ohr hauen«, nuschelte er noch, als er sich umdrehte und davon torkelte. Erleichtert sank ich zurück auf den Sitz und legte den Kopf in den Nacken. Das war knapp, aber sowas von. Hätte er nicht schon genug intus gehabt, wäre die Sache jetzt wohl anders ausgegangen. Morgen wusste er hoffentlich nichts mehr davon.

Als ich sah, wie er durch die Tür verschwand, zog ich im selben Moment mein Handy aus der Tasche, entsperrte es und öffnete Aylins Chatfenster.

Was zur Hölle war heute Abend los?

Ich wartete, ob sie gleich online kommen würde, aber auch der zweite Haken blieb aus, weshalb ich mir die Haare raufte und nach einem der freistehenden Stühle trat. Am liebsten würde ich zu ihr fahren, aber wenn ich das tat, eskalierte die ganze Situation noch mehr. Denn wenn ich sie sah, würde ich ihr den Arsch dafür versohlen, dass sie mit Zayn Kontakt hatte. Fuck. Mir blieb also nur übrig, zu warten, ob sie mir antwortete. Und dabei musste ich die Füße stillhalten. Das aus mir einmal die Vernunft sprach, übertrumpfte alles. Oh, Aylin, was hast du nur angestellt?

EINUNDVIERZIG

AYLIN

Die Uni zog sich heute wie Kaugummi und ich bekam es einfach nicht auf die Reihe, den Professoren länger als wenige Minuten zuzuhören, ehe meine Gedanken wieder abschweiften. Zwischen mir und Scott herrschte weiterhin dicke Luft. Wir gingen uns so gut wie möglich aus dem Weg, wobei ich immer daran denken musste, dass er im Notfall wieder seine iPhone-Suche aktivieren würde. Es verletzte mich einfach zutiefst. Dieses Misstrauen und die ständige Angst, mir könnte etwas passieren. Mein Gott, ich war 22 Jahre alt, wie lange wollte er noch meinen Aufpasser spielen? Vor allem machte sein Verhalten auch seine These, dass er und Blake in einer Bank arbeiten würden, immer unglaubwürdiger. Doch dem Ganzen würde ich irgendwann auch noch auf die Schliche kommen.

»Hey, kommst du?«, richtete sich Chloe an mich und packte neben mir schon ihre Sachen zusammen. Erst jetzt nahm ich das Bimmeln wahr, welches das Ende der Vorlesung bedeutete, stand auf und packte die Bücher in meine Tasche. »Du bist heute so nachdenklich.« Meine beste Freundin sah es mir immer sofort an, wenn es mir nicht gut ging oder mich etwas beschäftigte. Weshalb ein Spruch, der das Gegenteil beweisen sollte, meist nicht funktionierte. Statt zu antworten, seufzte ich nur, schulterte die Tasche, ging schonmal die Reihe entlang und trat wenig später hinaus in den Flur. Chloe folgte mir direkt, blieb neben mir stehen und hängte sich mit dem Arm bei mir ein. »Hat sich Scott immer noch nicht beruhigt?«

»Nein, nicht wirklich.« Ich schüttelte energisch den Kopf. »Ich glaube zwar, dass ihm der peinliche Auftritt auf der Party leidtut, aber er sieht sich weiterhin im Recht, dass es völlig legitim ist, mir hinterherzuspionieren. Die Stimmung zu Hause ist deshalb nicht gerade rosig«, antwortete ich frustriert und zog sie mit mir aus dem Gebäude. Zum Glück war das eben unsere letzte Stunde für heute gewesen und ich konnte gleich weiter zum Blumenladen. Irgendwie beruhigte mich die Arbeit dort, vor allem der Duft der frischen Blumen erfreute mich jedes Mal aufs Neue und half mir dabei, abzuschalten.

»O Mann, ich hoffe, ihr bekommt das bald wieder in den Griff. Das Problem bei deinem Bruder ist, dass er ein Sturkopf ist. Vielleicht sieht er es, doch er würde wohl nie den Schritt wagen und: ‚Es tut mir leid', aussprechen, wenn ich so an deine vielen Erzählungen denke«, erwiderte Chloe und entriegelte ihren Wagen, kaum dass wir hinaus auf den Parkplatz vor der Uni traten.

»Ja, vorher wächst mir wahrscheinlich ein zweiter Kopf«, lachte ich, obwohl es alles andere als witzig war. Mittlerweile fühlte ich mich schon beim Joggen überwacht, wenn ich das Handy zum Musikhören dabeihatte, weshalb ich es jetzt schon einige Male zu Hause gelassen hatte. Irgendwo war Schluss, aber dennoch war ich heilfroh, dass er die Suche nicht schon bei dem Wochenende am Strand angewandt hatte, als ich mit Blake auf dem Schießstand gewesen war. Das hätte ich ihm nämlich nicht erklären können. Absolut nicht.

»So schlimm wird er dann aber doch nicht sein, oder?«, lachte Chloe, während ich zur Beifahrerseite lief und ihr über das Autodach hinweg einen abschätzigen Blick zuwarf. Sofort verstummte ihr Lachen und änderte sich in ein Schmunzeln. »Okay …«, kam es belustigt von ihr, ehe wir beide einstiegen und sie den Motor startete.

»Ich denke, ich muss da jetzt einfach durch. Klar, ich hätte ihm natürlich sagen können, dass ich auf die Party gehe. Aber warum? Ich bin ihm doch keine Rechenschaft schuldig. Es ist doch völlig normal, dorthin zu gehen und seinen Spaß zu haben. Mich ständig bei ihm abzumelden, hab ich sicherlich nicht vor.«

»Wahrscheinlich ist er noch nicht bereit zu akzeptieren, dass du jetzt erwachsen bist«, kam es von Chloe, wobei sie mich von der Seite anstarrte und mit den Augenbrauen wackelte. »Wenn er nur wüsste, zu was du alles schon fähig bist.« Sie war ein wahrhaftiges Biest. Doch von ihrer Aussage musste ich lachen, sie stimmte ein und fuhr vom Parkplatz herunter. Dabei spielte sie nur auf eine Sache an. Nämlich Blake. Wenn Scott es herausfinden würden, würde unsere Hütte wohl nicht mehr lange stehen und daran wollte ich gar nicht denken. Dieses Hintergehen würde ihn zutiefst verletzen und ich konnte mir nicht ausmalen, wie sehr er von uns enttäuscht sein würde.

»Na ja, egal. Lass uns lieber nicht mehr darüber reden, sonst zerschneide ich später aus Wut alle Blumen im Laden«, erwiderte ich seufzend und stellte die Musik lauter. »Wollen wir uns vielleicht noch einen Kaffee holen, bevor du mich absetzt? Sonst schlaf ich womöglich gleich noch ein.« Und das stimmte. Am Tag drehte sich mein Gedankenkarussell unaufhörlich und auch in der Nacht stoppte es nicht. Zu viel ging mir durch den Kopf: Scott, seine Suche und Kontrolle, Blake. Ich hatte ihn die letzten Tage ignoriert, weil es in mir immer die Angst schürte, Scott würde es herausfinden. Und auf dieses Drama konnte ich gerade verzichten, so sehr mich der Abstand zu Blake auch fertigmachte, denn der momentane Streit mit meinem Bruder reichte vollkommen aus. Es wunderte mich eh, dass Chloe noch mit mir sprechen durfte und nicht schon längst von ihm verbannt worden war. Schließlich war sie mit mir auf der Party gewesen.

»Klar, gerne.« Chloe lenkte den Wagen durch die Straßen und hielt kurz bei Starbucks, damit ich uns schnell zwei Eiskaffee holte und wieder einstieg. Die restliche Fahrt zum Blumenladen unterhielten wir uns über belangloses Zeug, wodurch die Zeit auch viel schneller vorbeiging. Als meine beste Freundin dann vor dem Laden hielt, entglitt mir ein leiser Seufzer. So gern ich die Arbeit hier mochte, so gern würde ich jetzt auch mit Chloe den restlichen Mittag verbringen und auf andere Gedanken kommen. Bevor ich das Aussteigen noch weiter herauszögerte, stieg ich aus, nahm auf dem Weg in den Laden einige Schlucke von meinem Kaffee und warf den leeren Becher im Personalraum letztendlich weg. Meine Jacke und Tasche legte ich in den Spind und ging nach vorne in den Verkaufsraum, wo ich auch direkt anfing, einen Strauß zu binden, der laut Liste heute Nachmittag noch abgeholt werden würde. Linda schaute mir dabei zu und lobte die Ruhe, die ich während der Arbeit ausstrahlte. Sie geriet schier in Panik, wenn die Liste der Bestellungen aus den Nähten platzte und ich freute mich hingegen über jede. Beim Binden verstummten immer meine Gedanken und gerade konnte ich das wirklich gebrauchen.

Eine halbe Stunde vor Feierabend bat mich Linda, den Laden heute abzuschließen, da sie noch einen wichtigen Termin hätte. Für mich war das absolut kein Problem, denn somit konnte ich hier noch in Ruhe aufräumen, den Dreck wegbringen und die Kasse leeren. Irgendwie machte es mich auch stolz, dass sie mir nach so kurzer Zeit schon diese Verantwortung übergab und mir vertraute. Wobei es sich zwischen uns einfach harmonisch abspielte. Wir hatten uns von Anfang an verstanden und genossen beide die Atmosphäre im Laden. Kaum war sie verschwunden, fing ich an, meinen Arbeitsplatz aufzuräumen und den Müll rauszubringen.

Als ich wieder zurück in den Laden kam, erstarrte ich, denn vor der Ladentheke stand Blake und stützte sich mit beiden Händen darauf ab. »Oh, eine Fremde«, scherzte er und schaute mich grimmig an. Für diesen Spruch würde ich ihm am liebsten eine Ohrfeige geben, denn er hatte keine Ahnung, was bei mir zu Hause abging. Was auch daran lag, dass ich ihn ignorierte, weil die Angst, dass Scott Wind davon bekam, viel zu groß war. Genervt atmete ich aus, verdrehte die Augen und lief zur Kasse, die gegenüber von ihm stand. Doch im nächsten Moment tat es mir schon wieder leid, mich ihm gegenüber so zu verhalten.

»Hi«, begrüßte ich ihn, öffnete die Kassenschublade und nahm das Geld heraus, um es zu zählen. »Tut mir leid für eben«, sagte ich dabei und schenkte ihm ein zögerliches Lächeln. Seine ohnehin schon braunen Augen sahen heute irgendwie noch dunkler aus. Düsterer. Und mir bescherte dieser Ausdruck eine Gänsehaut. Sicherlich war Blake über meine Ignoranz der letzten Tage absolut nicht begeistert, so oft wie er mir geschrieben hatte.

»Ach, passt schon. Solange du mich nicht wie einen Geist behandelst wie die letzten Tage«, fing er kurz darauf an zu reden, kam um den Tresen herum und blieb neben mir stehen. Bevor ich mich komplett von ihm und seiner anziehenden Aura ablenken ließ, behielt ich die Geldscheine fest im Blick, schrieb den hochgerechneten Betrag auf und verfrachtete das ganze Geld in einen Umschlag, den ich in den Safe im Personalraum legte. »Schade, ich dachte, wir breiten das Geld jetzt auf dem Boden aus und treiben es darauf«, witzelte Blake, als ich zurückkam, und verschränkte mit zuckenden Mundwinkeln die Arme vor der Brust.

»Natürlich, damit ich mir gleich morgen einen neuen Job suchen kann«, gab ich in etwas bissigem Ton von mir und erstarrte. Das hatte er nicht verdient, doch ehe ich weiter darüber nachdenken konnte, packte er nach meinem Handgelenk und zog mich zu sich.

»Was zur Hölle ist los? Hat Scott etwa wieder eine seiner Reden geschwungen, dass du dich von allen Männern auf dieser Welt fernhalten sollst? Er hat mir von eurem Streit erzählt und ich kann nur hoffen, dass du nicht einknickst, denn dieses Ignorieren geht mir heftig auf die Eier«, sprudelte es aus ihm heraus und überraschte mich. So kannte ich ihn keinesfalls.

»Er kontrolliert mich momentan nach Strich und Faden und wird dir sicherlich erzählt haben, wie er mich ausfindig gemacht hat. Also wieso kann es nicht auch möglich sein, dass er meine Nachrichten liest? Ich traue ihm gerade alles zu und will einfach kein Risiko eingehen. Ist das so schwer zu verstehen?« Mir wurde in dem

Moment alles zu viel. Der Streit mit Scott, sein unangebrachtes Verhalten und die heftige Sehnsucht nach Blake. Ihn hier vor mir stehen zu haben, machte es nicht besser und zeigte mir nur, was ich die letzten Tage verpasst hatte. Vielleicht hatte ich nachts deshalb so schlecht geschlafen. Weil ich mich selbst sabotiert und er nicht neben mir gelegen hatte. Blake schnaufte und starrte zu Boden.

»Wenn er das tun würde, würde ich es wissen, Kleines. Dann hätte ich dir auch nicht die ganzen Nachrichten geschrieben, auch die hätte er in dem Zug nämlich lesen können«, widersprach er mir und hatte recht. So paranoid und dumm war ich also schon. Mein Gott, Scott schaffte es irgendwann wirklich noch, dass ich mich selbst in eine Klapse einweisen ließ.

»Du hast recht …«, sagte ich daraufhin, löste mich von ihm und brachte etwas Abstand zwischen uns, indem ich auf die Werkbank zuging. Eventuell fuhr Scott zur Kontrolle am Laden vorbei, um zu schauen, ob ich mit einem männlichen Kunden sprach, weshalb es reichlich dumm wäre, hier so nahe bei Blake zu stehen. Allein dass er hier war, war ein zu großes Risiko. Zwar hatte mir Scott gesagt, dass er heute nicht heimkäme, aber sicher war sicher. Auf der Werkbank sah ich nochmal die Liste aller Bestellungen liegen und bemerkte, dass ich eine völlig vergessen hatte, die morgen früh abgeholt werden sollte. Mist!

»Ich bin eigentlich nur hier, um dir persönlich zu sagen, dass ich später zu dir komme. Schließlich wusste ich nicht, wie lang meine Nachrichten noch zugestellt werden würden«, hauchte er mir plötzlich von hinten in den Nacken, sodass ich erstarrte und herumwirbelte. »Scott wird heute Nacht definitiv nicht nach Hause kommen, das heißt also …« Blake wackelte mit den Augenbrauen und fuhr mir mit seinem Daumen über die Unterlippe. Meine Beine fingen schon an zu zittern, wenn ich nur daran dachte, was passieren könnte, jedoch schaltete sich sofort meine Vernunft wieder ein und wollte ihm widersprechen.

»So ungern ich das sage, aber ich denke, es ist keine gute Idee. Wenn er doch heimko–« Weiter kam ich nicht, denn Blake drückte seine Lippen auf meine und küsste mich intensiv. Sofort fingen die Schmetterlinge in meinem Bauch an mit ihren Flügeln zu schlagen und drohten abzuheben, als er mit seiner Zunge in meinen Mund eindrang. Wir stöhnten beide auf und ich wollte nichts anderes, als mehr von ihm zu bekommen. Nur widerwillig ließ ich zu, dass er sich von mir löste und mich intensiv betrachtete.

»Schluss mit Ausreden. Er wird nicht kommen, ich aber schon. Ende der Diskussion, Aylin.« Er grinste bei seiner zweideutigen Aussage. Was sollte ich darauf noch erwidern?

»Okay«, hauchte ich leise, weil ich gerade nicht zu mehr fähig war. Nach diesem Kuss nach so vielen Tagen. »Ich muss noch einen Strauß machen. Dann sehen wir uns später.« Er nickte nur, ließ mich los und warf mir, ehe er den Laden verließ, nochmal einen verschmitzten Blick über die Schulter zu.

ZWEIUNDVIERZIG

BLAKE

Ich verließ den Blumenladen nur widerwillig, denn der Kuss hatte mir erst gezeigt, wie sehr ich sie die letzten Tage überhaupt vermisst hatte. Aber bei einem konnte sie sich sicher sein: dass ich sie heute Nacht besuchte. Nachdem mir Scott heute Vormittag gesagt hatte, dass er über Nacht wegmusste, stand der Plan fest. Die Situation in Minos Club war zwar ziemlich heikel gewesen und der Boden, den Aylin und ich gemeinsam betraten, bestand nur aus sehr dünnem Eis, doch wie ich schon viel zu oft gesagt hatte, war das Fernhalten von ihr nicht verhandelbar. An der Straße schaute ich kurz nach rechts und links, überquerte sie und blieb abrupt stehen, als neben meinem Wagen ein weiterer stand, an dessen Motorhaube ein Mann mit südamerikanischem Aussehen lehnte. Erst schaute er mich an, grinste wie ein Bescheuerter, ehe sein Blick hinter mir zum Laden wanderte. Ich drehte mich ebenfalls um, sah durch die Fensterscheibe Aylin hinter dem Tresen stehen, wie sie einen Blumenstrauß band, und drehte mich zu ihm um. Während mir das Blut in den Adern gefror, wurde das Grinsen des Typen immer breiter, und hätte mich ein hupendes Auto nicht aus der Trance gerissen, würde ich weiterhin mitten auf der Fahrbahn stehen und mir nur eine Frage stellen: Wer, verdammte Scheiße, war das?

Hastig wich ich den entgegenkommenden Autos aus, die es sich natürlich nicht nehmen ließen, ebenfalls ein Hupkonzert zu starten, und trat neben diesen kleinen Bastard. »Macht es dich geil, wenn du deine Dreckskarre so nah an anderen Autos parkst oder willst du einfach nur eine auf die Fresse?«, sagte ich mit erbostem Ton und würde ihm allein schon gerne eine reinhauen, weil er weiterhin zum Laden starrte und sich über die Unterlippe leckte. Antworten tat er auch nicht, knetete sich stattdessen die Hände und kam irgendwann dann doch mal auf die Idee, sich mir zu widmen.

»Ist die heiße Blondine da drin etwa deine Freundin?«, fragte er und ich knurrte leise auf, sodass er es zum Glück nicht wahrnahm. Ich musterte ihn. Tiefsitzende Jeans, die auch von einem minderwertigen Rapper getragen werden konnten, ein viel zu weites, schwarzes Shirt und eine protzige Goldkette um dem Hals. Seine Haut war übersät von Tattoos und an seinem Hals entdeckte ich den kleinen Hinweis darauf, woher er kam und wieso sein Wagen an meinem klebte wie eine notgeile Schlampe an ihrem Freier. Das Familienwappen von Pablo. War es nur Zufall oder ließ der Wichser mich wirklich beschatten? Nein, bei uns gab es keine Zufälle, wahrscheinlich hatte er jetzt mal kapiert, wer genau seinen Ring entwendet hatte.

»Nein, ist sie nicht. Nur irgendeine Braut, die ich gefickt habe. Wieso interessiert dich das?«, antwortete ich in gelassenem Ton, obwohl alles in mir auf Angriff stand. Sollte er nur einen Schritt in Richtung des Ladens wagen, schlug ich ihm den Schädel ein, so wahr ich hier stand. Aber diese Wut durfte ich ihm nicht zeigen, sonst wurde Aylin umso interessanter für ihn und das wollte ich keinesfalls riskieren. Zu viel hatte ich schon mitbekommen, was den Frauen unter Pablos Männern angetan wurde. Was mich aber gerade noch viel stärker beschäftigte, war, dass ich nicht mitbekommen hatte, ausspioniert zu werden. Normalweise spürte ich es immer, wie bei einem siebten Sinn, wenn mir einer auflauerte, und so hatte ich schon einige in flagranti erwischt und erledigt. Scott und Mino hatten recht, egal wie sehr ich mich bei den Aufträgen bemühte, ich war einfach nicht bei der Sache. Da konnte ich sagen, was ich wollte. Das hier war der lebendige Beweis.

»Vielleicht sollte dann auch mal mein Glück probieren«, kam es ihm ekelhaft angeturnt über die Lippen, während er den Blick nicht von Aylin lassen konnte, die sich gerade frei durch den Laden bewegte und verschiedene Blumen einsammelte. Innerlich schrie ich mir den ganzen Ärger vom Leib, hatte die Waffe in Gedanken schon entsichert und hob sie ihm an den Kopf. Doch sollte ich dem Drang wirklich nachgeben, wusste er, dass sie keine Dahergelaufene ist, sondern mir wirklich etwas bedeutete. Das gefundene Fressen für diese widerlichen Bastarde. Mir wurde schlecht, die Galle stieg langsam in meiner Kehle hoch und im letzten Moment, ehe ich würgte, unterdrückte ich den Wunsch, zu kotzen, und schluckte es herunter. Mit dem Rücken lehnte ich mich gegen meinen Wagen, beobachtete jede seiner Regung und ballte die Hände zu Fäusten, die nur allzu gerne Bekanntschaft mit seiner Hackfresse machen würden. Ruhe bewahren war allerdings oberste Priorität, weshalb ich auflachte und angewidert zu Aylin schaute.

»Das würde ich mir nochmal überlegen. Ich hab erst danach rausgefunden, was für ’ne billige Hure sie eigentlich ist und sich schon für ein Glas Champagner in jedes Loch ficken lässt. Und dann auch noch ohne Gummi. Wäh, ekelhaft. Wer weiß, was die Kleine mir als Gastgeschenk mitgegeben hat.« Ich schüttelte kurz den ganzen Körper, versuchte, die Scharade aufrecht zu halten und angewidert zu wirken, obwohl mir jedes einzelne Wort auf der Zunge gebrannt hatte. Der Typ schaute zu mir herüber, sein Gesichtsausdruck schien betrübt und gleichzeitig überrascht.

»Und wieso hast du sie dann geküsst?« Fuck, das stimmte. Da hatte ich mir selbst ein Ei gelegt.

»Warum? Damit sie da drin keine Szene macht. Die hat ’ne Schraube locker und hätte den ganzen Laden zusammengeschrien, wenn ich ihr nicht meine Zunge in den Hals geschoben hätte. Widerlich, ich sag’s dir. Wenn du eine gescheite Nutte willst, geh in den Puff und lass dich nicht von ihrem Aussehen blenden. So ausgeleiert wie sie ist, kannst du auf ein fünf Meter großes Loch in die Wand hauen. Hat den gleichen Effekt.« Und jetzt sollte sich dieser Hurensohn endlich verpissen oder hatte er noch nicht genug? Schon allein, dass ich hier mit ihm stand und mir nichts anmerken ließ, während ich wusste, zu wem er gehörte, war ein Rekord. Normalerweise hätte ich schon längst meine Knarre gezückt und einer von uns beiden würde tot am Boden liegen. Stattdessen trieb ich es immer weiter, damit er endlich wieder seine Glubschaugen von Aylin nahm und abzwitscherte. Was er wenige Minuten später auch tat, mir einen angewiderten Blick zuwarf und zu seiner Fahrertür lief.

»Okay, na dann …« Ja, genau, na dann. Und jetzt sollte er einsteigen, damit er so viele Meilen zwischen uns schaffte, dass ich ihn nicht mehr sah. Er öffnete die Autotür, klopfte noch einmal auf das Dach, ehe er sein blödes Grinsen wieder aufsetzte und mir zuzwinkerte. »Übrigens: schöne Grüße von Pablo«, spuckte er die Worte förmlich aus, stieg ein und fuhr davon. Als er den Namen Pablo ausgesprochen hatte, war meine Hand schon an den Rücken zum Hosenbund gewandert, damit ich meine Waffe endlich einsetzen konnte, aber die Bedrohung schien nicht der Rede wert gewesen zu sein. Es sollte nur eine Warnung sein, über die ich mich allerdings auch nicht gerade freute. Sie bedeutete: Pablo hatte seine Augen überall. Was für mich den Beigeschmack mit sich zog, dreifach zu checken, wer sich in meiner Umgebung aufhielt – oder ich ließ mir am besten Augen am Hinterkopf wachsen. Fuck … ich hätte dem kleinen Schmierlappen 'ne Kugel verpassen sollen, damit er den Gruß ebenfalls hätte ausrichten können. Aber hier vor Aylins Arbeit, mitten auf der Straße? No way. Das brachte ich nicht über mein abgefucktes und schwarze Schmiere blutendes Herz.

Mit meinem Glück würde ihre Chefin gleich herausgerannt kommen, mich erkennen und ihre Schlüsse ziehen. Und Aylin ebenso. Es reichte, dass ich die zwei Wichser vor ihren Augen in der Kneipe umgelegt hatte, womit sie relativ gut umging. Erstaunlicherweise. Wobei wir über das Thema nie wirklich geredet hatten, denn den Abend und die Ereignisse blendete sie weiterhin aus.

Außerdem wollte ich ihren Job nicht gefährden und sie schon tausendfach nicht. Das würde ich mir nie verzeihen, dass sie leiden musste, weil ich mich nicht beherrscht hatte. Aber dennoch musste ich ab sofort aufpassen. Er hatte sie gesehen und wenn sie nochmal irgendwo in meiner Gesellschaft auftauchen sollte, zählten diese Vollidioten eins und eins zusammen. Na super. Es war ja auch nicht so, als würde ich mir nicht schon die ganze Zeit Sorgen um sie machen. Nein, diese wurde jetzt auch noch bestärkt und dazu musste ich auch meinen Arsch in Sicherheit bringen. Das Wichtigste sollte jetzt sein, den Wagen loszuwerden. Wobei mir die Schrottkiste sowieso nichts bedeutete und ich nur allzu gerne wieder auf Minos Maserati umstieg. Zu gegebener Zeit zumindest. Denn fürs Erste musste ich anders von A nach B kommen. Nicht, dass der Typ oder ein anderer mir noch zum Haus folgten, mich mit dem Wagen das Gelände verlassen sah und mir bis zu Aylin hinterherkam. Eher warf ich mich selbst den Hunden zum Fraß vor, als das zuzulassen.

Zähneknirschend stieg ich in mein Auto, startete den Motor, fuhr nur ungern los und ließ Aylin hier zurück. Doch wenn ich nun vor dem Laden Wache stand, war das ebenfalls auffällig. Also egal für was ich mich entschied, einer musste danach leiden. Entweder ich oder sie. Und bevor ich ihren Schmerz in Kauf nahm, ertrug ich es stillschweigend, schluckte den Groll und die Sorge herunter und entfernte mich immer weiter von dem Blumenladen.

DREIUNDVIERZIG

BLAKE

»Halten sie einfach hier«, sagte ich zum Taxifahrer, der mich misstrauisch durch den Rückspiegel ansah und an den Straßenrand fuhr. Für ihn sah es wohl merkwürdig aus, dass ich genau hier in der Pampa aussteigen wollte. Aber von hier aus gelangte ich auch zu Scotts und Aylins Hütte und ich wollte unbedingt vermeiden, dass der Taxifahrer genau wusste, wo er mich abgesetzt hatte. Nur für den Fall der Fälle. Die Paranoia war einfach aktiviert und ich rechnete mit allem. Wer wusste schon, ob Pablos Männer nicht die Taxistände kontrollierten und mein Bild herumzeigten? Okay, das war womöglich etwas überzogen, aber hey, Vorsicht war besser als Nachsicht. Ich zog hastig das Portemonnaie aus der Hosentasche, bezahlte den Fahrer und stieg aus. Zuerst blieb ich noch am Straßenrand stehen, wartete, bis er außer Sichtweite war, und prüfte, ob ihm doch jemand gefolgt war. Nichts. Gott sei Dank.

Mit schnellen Schritten überquerte ich die Straße, stieg über die Leitplanke und lief wenige Meter dahinter auf den Wanderweg, der in den Wald führte. Bevor ich mich vorhin auf den Weg gemacht hatte, hatte mich Scott noch angerufen und gesagt, dass er den neuen Kunden hatte überzeugen können, seinen Stoff bei uns zu kaufen, und dass er von dem auch noch zum Feiern eingeladen worden war. Mino würde sich über das neue Territorium Indianapolis freuen und Scott kreuzte vor morgen Mittag ebenfalls nicht auf. Es hatte mir schon einen leichten Stich versetzt, als ich ihn schamlos die Lüge aufgetischt hatte, mich in Minos Club zu vergnügen und vielleicht noch um die Häuser zu ziehen. Zum einen, weil ich meinen besten Freund schamlos anlog, und zum anderen empfand ich es Aylin gegenüber schon fast unfair, so eine Scheiße zu labern. War das normal, so eine Grütze zu denken? Jetzt bekam ich schon ein schlechtes Gewissen, wenn ich hinter ihrem Rücken über sie redete und alles frei erfunden war, nur um unsere Treffen zu verheimlichen. Gott, so weit war es mit mir schon gekommen. Ich hatte einen an der Meise. Aber 'ne verdammte heiße.

Als meine Gedanken wieder zu ihren perfekten Rundungen abdrifteten, schüttelte ich energisch den Kopf, lief schneller und dachte an den Tag zurück, an dem ich Scott kennengelernt hatte.

8 Jahre zuvor …

»Blake, das ist Scott. Er wird ab heute für mich und mit dir arbeiten«, stellte mir Mino mein Gegenüber vor, der mir viel mehr nach einem Vorstadtkind aussah, der einen Range Rover mit Chromfelgen fuhr, weil es hipp war, als dass er Drogen verticken und Deals abschließen konnte. Kritisch zog ich die Augenbrauen zusammen, begutachtete ihn von oben bis unten und wartete auf die Pointe. »Du wirst dich in der Anfangszeit um ihn kümmern. Zeigst ihm, wie alles bei uns abläuft und auf was wir sehr viel Wert legen, okay?«, fuhr mein Onkel fort, klopfte uns nacheinander auf die Schulter und verschwand in seinem Büro. Wie zwei Deppen standen wir uns im Flur gegenüber, schauten uns dumm an.

»Ich sag dir eins: Wenn du nur hier bist, um zu Hause ein bisschen zu rebellieren, kannst du gleich wieder gehen«, fing ich direkt an und verschränkte die Arme vor der Brust. Doch statt den Schwanz einzuzie-

hen, lachte dieser Scott missbilligend, so als würde er mir gleich vor die Füße spucken.

»Träum weiter. Ich mein das hier ernst, also lass diese Einschüchterungsversuche und leg los«, antwortete er, wobei sich unsere stahlharten Blicke begegneten. Okay, 1 zu 0 für dich, du Penner. Überrascht darüber, dass ich aus seinem Mund eine sanfte Piepsstimme erwartet hatte, klang sie eher kräftig und ließ keinen Platz für Bedenken. Statt zu antworten, dirigierte ich ihn hinter mir her, wir stiegen die Treppen ins Obergeschoss von Minos Haus hoch, passierten einige Zimmer, unter anderem meins, und gelangten letztendlich in das Herzstück des Hauses. Die Waffenkammer. Den Aufpasser begrüßte ich mit einem Handschlag, stellte ihm Scott vor und bat ihn, uns eine Knarre auszuhändigen. Kein einziges Mal zuckte Scott mit den Lidern, er schien sich der Sache ziemlich sicher zu sein und griff direkt nach der Pistole, nachdem sie ihm entgegengestreckt worden war.

Mit einer Bewegung löste er das Magazin, schob die Patronen rein und befestigte es wieder, um die Waffe dann zu entsichern und anzulegen. Fuck, der Typ sah plötzlich aus wie einer vom FBI. Selbstsicher und bereit zum Schuss. Normalweise waren die Jungs, die hier zum ersten Mal aufschlugen, kleine Pisser, die bei der ersten Bedrohung anfingen zu jammern und nicht einmal eine Dose treffen würden, wenn sie direkt vor ihrer Nase stehen würde. »Da scheint sich jemand auszukennen«, kommentierte ich Scotts Verhalten, während er die Sicherungshalterung wieder aktivierte. Er lachte spöttisch auf, warf mir einen belustigten Blick zu.

»Ich nenne es einfach Selbstschutz«, erwiderte er, als sich ein trauriger Gesichtsausdruck bei ihm breitmachte. Okay, dahinter steckte wohl noch mehr als die reine Angst, selbst abgeknallt zu werden.

Für mich stand heute noch ein Treffen mit einem Lieferanten auf der Tagesordnung, weshalb wir schnell alles zusammenpackten und Scott die Knarre in den Bund seiner Hose steckte. Wie ein Profi. Ich grinste und erhoffte mir von ihm, endlich einen gescheiten Partner an meiner Seite zu haben. Zuletzt musste ich es mit meinem Cousin aushalten, der sich als Nullnummer herausstellte und jetzt eher Kleinigkeiten über-

nahm. Sowas wie Kondompackungen kaufen oder so. Sogar Mino musste bei dem fehlenden IQ seines Sohnes fast heulen. Zumindest fasste ich seinen Gesichtsausdruck immer so auf. Wir stiegen die Treppen wieder hinunter ins Erdgeschoss, passierten die Haustür und stiegen einige Minuten später in meinen Wagen.

Während der Fahrt sprachen wir nicht viel, schließlich waren wir keine Klatschweiber, die sich über ihren neuen Schwarm unterhalten wollten. Nein. Wir mussten gleich eine Lieferung annehmen und kontrollieren, dass auch alles stimmte.

Im Hafen angekommen wartete am Treffpunkt schon ein kleiner schwarzer Van. Der Fahrer, wie ich vermutete, stand an den Wagen angelehnt und rauchte eine Zigarette, ehe wir neben ihm parkten und ausstiegen. Nach den ewigen Begrüßungsfloskeln wies ich Scott an, die Packungen voller Kokain, die hinten in dem Van verstaut waren, nachzuzählen und sie dann in meinen Wagen zu legen. Nebenbei quatschte ich mit dem Typen, holte das Geld aus dem Auto, als Scott sagte, dass alles passte, und überreichte es dem Lieferanten. Ich wollte mich schon umdrehen, ins Auto steigen und die Lieferung gedanklich mit einem Häkchen markieren. Doch stattdessen hörte ich das Entsichern einer Waffe und einen Schuss, der sich direkt an mir vorbei seinen Weg bahnte. Der Lieferant fing an zu schreien, drehte sich um und rannte zu seinem Wagen, ehe Scott ihm entgegentrat und ihm die Waffe an die Stirn hielt.

»Was zur Hölle machst du?«, schrie ich ebenfalls drauflos, blickte hinter mich und sah einen Typen in einer Blutlache am Boden liegen. In der Hand eine Waffe.

»Der Typ kam aus dem Nichts und hätte dich abgeknallt. Hätte ich da einfach zuschauen sollen?« Scott war außer sich, beäugte den Lieferanten vor sich, der um sein Leben wimmerte. Mein Puls raste und ich wusste nicht, wohin mit den Gedanken. Wäre ich hier allein hergefahren, hätten mich die Kerle knallhart umgelegt, das Koks und das Geld eingesackt. Schnell riss ich mich wieder zusammen, trat zu den beiden und packte den Kerl am Kragen.

»Was sollte das?«, knurrte ich ihn an und kam ihm so nah, dass ich die roten Äderchen in seinen Augäpfeln sah.

»Das … das war alles die Idee von Oliver.« Der Typ stotterte vor sich hin, schaute zu seinem Freund, der tot am Boden lag, und kniff die Augen zusammen.

»Ihr Wichser wolltet also besonders schlau sein. Alles für euch behalten … Sorry, Junge. So läuft das hier nicht.« Ich griff nach hinten in den Hosenbund, zog das Messer und schnitt ihm die Kehle durch, ehe er röchelnd zusammenbrach und nach wenigen Minuten das Leben aus seinen Augen verschwunden war. Scott stand derweil neben mir, sagte keinen Ton und bückte sich nur, um das Geld an sich zu nehmen. Wortlos stiegen wir in den Wagen, ich gab Gas und fuhr mit heftigem Herzschlag aus dem Hafen. »Danke«, sagte ich nach einiger Fahrtzeit, was sich eher wie ein Flüstern anhörte.

»Kein Problem. Wir sind Partner«, grinste er, so als wäre das hier ein beschissener Cop-Film.

»Für deinen ersten Schuss war das astrein«, kam es mir schon fast stolz über die Lippen und ich versprach mir vieles von ihm. Das konnte nur gut werden. Er hatte ein Gespür für Situationen und keine Skrupel. Besser konnte es mich mit einem Partner gar nicht erwischen.

»Wer sagt, dass es mein erster war?« Sein Blick verfinsterte sich und statt einen Spruch hinterherzuschieben, sah ich ihn kurz an und bemerkte, dass vieles in seinen Augen aufleuchtete, aber sicherlich nicht die heile Familie, die ich zuerst vermutet hatte.

Damals hatte ich nicht gewusst, was für eine Scheiße Scott schon hinter sich hatte, für wen er das alles tat und warum. Aber wir lernten uns mit jedem Tag besser kennen, doch das Wichtigste war, dass wir uns ab dem Moment vertrauten, beste Freunde wurden, und alles miteinander teilten. Vor allem Frauen. Trotz der ganzen Loyalität kletterte ich gerade die Außenfassade seiner Hütte hoch, um in das Zimmer seiner Schwester zu gelangen. Und fiel ihm damit in den

Rücken. Jedoch wusste ich auch, dass ich mich nicht von Aylin lösen konnte, dafür steckte ich schon viel zu sehr in der Sache drin. Es wäre zwar ein Leichtes, sie abzuschießen … aber das wollte ich nicht. Obwohl der Vorfall vor dem Blumenladen ein Warnhinweis für mich sein sollte, damit ich sie endlich von mir stieß. Jedoch entschied ich mich eher dazu, sie zu beschützen, wenn es hart auf hart kommen sollte. Das konnte ich, auch wenn es das Letzte sein würde, was ich tat.

Das Zimmer lag im Dunkeln, als ich durch das kleine Fenster hineintrat. Aylin sollte allerdings in den nächsten zehn Minuten nach Hause kommen. Hoffte ich zumindest. Links neben mir stand ihr Nachttisch, daneben ihr großes Bett. Ich trat einige Schritt nach vorne, passierte ihren Schreibtisch und die Zimmertür, umrundete quasi das Bett und setzte mich in den Sessel, der direkt neben ihrem großen Spiegel im Eck stand. Wenn sie das Zimmer betreten würde, würde sie mich bestimmt nicht gleich sehen, und doch hatte ich von hier einen perfekten Blick auf ihr Bett. Konnte mir vorstellen, wie sie sich darin wand und räkelte, wenn ich nicht bei ihr war. Sah die zarte Decke, die ihren Körper umspielte, und die Spitzenunterwäsche, die sie so oft trug. Ich griff mir gerade in den Schritt, als ich im Untergeschoss die Haustür quietschen hörte. Schritte erklangen, kamen über die Treppe näher, ehe die Zimmertür aufschwang, Aylin eintrat und das Licht anmachte. Zuerst steuerte sie ihren Schreibtischstuhl auf der anderen Seite des Zimmers an, legte ihre Handtasche darauf ab, bevor sie sich umdrehte und erschrocken zusammenfuhr, als sie mich sah.

»Blake … was erschreckst du mich so?«, fragte sie überrascht und starrte mich an wie ein Alien.

»Ich hab doch gesagt, dass ich heute vorbeikomme.« Hatte sie gehofft, ich hielt mich nicht daran, um den Abend doch allein oder mit jemand anderem zu verbringen? Doch statt weiterhin unbehaglich zu wirken, lachte sie auf und faltete die Hände über dem Kopf.

»Na ja, ich dachte eher daran, dass du wie ein normaler Mensch an der Tür klingelst und ich sie dir dann öffne. Kennst du, oder?« Oh, da war heute wohl jemand zu Späßen aufgelegt. In dem

Moment dachte ich an meinen eigentlichen Plan, den ich heute durchziehen wollte, ehe ich Pablos Schmierlappen vor dem Blumenladen getroffen und mir den Kopf über die ganze Scheiße zerbrochen hatte. Nämlich Aylins Bestrafung für das Ignorieren der letzten Tage. Aber wenn ich sie so vor mir stehen sah, in der engen Hose, den Sneakern und dem hauchdünnen Oberteil, drängte alles danach, endlich damit anzufangen. Ich hatte genug Trübsal geblasen, erkannte mich selbst nicht mehr wieder. Und deshalb war es Zeit, endlich ein kleines bisschen Spaß zu haben und den Schalter im Kopf umzustellen.

Hastig stand ich auf, als sie mir den Rücken zudrehte, lief zu ihr und legte ihr von hinten eine Hand auf den Bauch. Sofort erstarrte sie, ließ sich gegen mich fallen und leistete keinen Widerstand. So liebte ich es.

»Soweit ich weiß, hast du noch mein Messer. Stimmt's?«, hauchte ich gegen ihre Halsbeuge, küsste sie dort sanft, woraufhin sie herumschnellte und mich verwirrt ansah. »Ich hätte es gerne wieder und hoffe sehr für dich, dass dieser Gesichtsausdruck nicht bedeutet, nicht mehr zu wissen, wo du es hingetan hast.« Aylin bewegte sich nicht, sah mich nur mit ihren großen, grünen Augen an. Langsam fand meine Geduld ihr Ende. »Aylin.« Kaum ausgesprochen, fing sie ernsthaft an zu lachen, schlug mir gegen die Brust und lief an mir vorbei in die Mitte des Raumes.

»Ist ja gut«, sagte sie grinsend, ehe sie sich hinkniete, eine der Dielen löste und anhob. Darunter zog sie mein Messer hervor, positionierte rasch das Brett wieder und kam auf mich zu. »Bitteschön. Bist du etwa nur deswegen hier?« Die Worte kamen kaltherzig und gleichzeitig traurig über die Lippen, weshalb ich einen Schritt auf sie zumachte und sie enger an mich zog, bis sie gegen meine Brust stolperte.

»Nein, ich hab was viel Besseres vor, beziehungsweise mir eher ein kleines Rachespiel ausgedacht«, flüsterte ich ihr ins Ohr. Unter meiner Berührung am Oberarm zuckte sie zusammen und spannte sich am ganzen Körper an. »Ich werde dich, dafür, dass du mich die letzten Tage ignoriert hast, durch den beschissenen Wald jagen«, fuhr ich fort, als sie zurücktrat und lachte.

»Das soll ein Scherz sein, oder?« In ihrem Gesicht spiegelte sich Unsicherheit, kaschiert mit einem Lachen. Doch ich blickte sie nur böse an, fuhr mit dem Daumen vorsichtig die scharfe Klinge nach und beäugte sie durchtriebener denn je. Jetzt war keine Zeit, um Witze zu machen. Denn so sollte sich besonders Aylin mir gegenüber nicht verhalten. Wusste sie eigentlich, was sie mir damit angetan hatte?

»Du hast zehn Sekunden Vorsprung. Zehn«, fing ich an, während sie mich weiter anblinzelte und darauf wartete, dass ich lachte. Darauf konnte sie allerdings noch lange warten. »Neun … Acht … Sieben.« Sie schien langsam zu realisieren, dass es für sie keinen Ausweg gab, denn ihr Blick klärte sich. Fassungslos fixierte sie mich, ehe sie sich umdrehte und aus dem Zimmer rannte. Allein kurz die Angst in ihren Iriden aufblitzen gesehen zu haben, machte mich sowas von an, dass mein Schwanz bedrohlich zuckte. Hier draußen konnte ich endlich mal tun und lassen, was ich wollte. Niemand störte uns, wusste, dass hier überhaupt jemand lebte. Um uns herum existierte zumindest für heute Nacht nichts mehr, weshalb es mir umso viel mehr den Kick verschaffte, den ich nach so langer Zeit mal wieder brauchte.

»Zwei … Eins …« Aylin musste schon längst im Wald sein, hektisch durch die Büsche und Bäume springen, oder sie verdarb mir den Spaß und stand unten am Treppenabsatz. Ich setzte mich in Bewegung, lief in den Flur, die Treppen hinunter und verließ das Haus. Hinter der Hütte hörte ich im Wald das Rascheln, welches von ihren Schritten ausgehen konnte. Deshalb ging ich darauf zu, stieg über einen dicken Baumstamm und grinste. »Lauf so schnell du kannst, Kleines«, schrie ich in die Dunkelheit und konnte mir ein Lachen nicht mehr verkneifen. Es war fast so, als würde ich ihre Angst riechen können, wobei es nur ihr Parfüm war, das mir den richtigen Weg wies. Weit konnte sie nicht entfernt sein, denn zu ihrem Nachteil hatte sie die Tasche mitsamt dem Handy in ihrem

Zimmer gelassen und sah somit nicht besonders viel in der Nacht. Eher gar nichts. »Irgendwann werde ich dich aber finden, denn die Dunkelheit ist mein auserkorener Spielplatz.« Vor mir erklang ein Japsen, weshalb ich schneller lief und Aylin vor mir hertrieb. Nur schemenhaft erkannte ich sie durch das Mondlicht in naher Entfernung. Wie sie Sträucher zur Seite schob und über Baumwurzeln stieg. Adrenalin schoss mir durch die Adern, nahm Besitz von meinem Körper, wodurch ich knurrte und schneller wurde.

Irgendwann wurde das Blätterdach karger, weshalb das Mondlicht ungehindert zur kleinen Lichtung durchdrang, auf die ich gerade getreten war. Um mich herum war alles mucksmäuschenstill. Nichts knackte unter schweren Schritten oder gab mir einen Hinweis darauf, wo sie sich versteckte. Langsam setzte ich einen Fuß vor den anderen, lief von Baum zu Baum, als ich intuitiv bei einem stehen blieb, in die Stille lauschte, um den Stamm herumsauste und Aylin mit dem Rücken dagegen stieß. Ihr entwich ein Aufschrei, ehe ich ihr eine Hand an die Kehle legte und ihren Kopf so fixierte, dass sie mich anschauen musste. Unsere Blicke begegneten sich, etwas Angst schwang in ihrem mit, aber vor allem Erregung. Wir sahen uns zuerst nur an, sagten beide nichts, ehe sie ihre Hände auf meine Brust legte und sie zu meinen Schultern wandern ließ. Schon die Berührung durch den Stoff reichte mir aus, um einen Stromstoß durch meinen Körper zu jagen, der bei ihren Händen wieder endete. Langsam beugte ich mich zu ihr herunter, bis wir uns fast küssten und ich ihren schnellergehenden heißen Atem auf meiner Haut spürte. »Wag es nie wieder, mich zu ignorieren. Verstehst du?«, hauchte ich dagegen und bemerkte, wie sie nickte. Anstatt sie zu küssen, fuhr ich mit den Lippen ihre Kinnpartie nach und biss ihr letztendlich ins Ohrläppchen, wodurch Aylin wohlig aufstöhnte und sich enger an mich presste. Nie würde sie sich so weit von mir entfernen können, dass ich sie nicht mehr zu fassen bekam. Nie wieder durfte sie auf die Idee kommen, mich zu ignorieren, denn ohne sie war ich nichts.

VIERUNDVIERZIG

AYLIN

Ich presste mich enger an Blake, fasste an seinen Hosenbund und zog ihn zu mir. Sofort spürte ich seine Härte an meinem Bauch, keuchte auf und schlang ihm die Arme um den Hals. Sein herrischer Tonfall brachte mich um den Verstand, wobei auch seine schmerzliche Seite hindurchblitzte. Ihm erging es die letzten Tage wohl genauso beschissen wie mir, was mir unheimlich leidtat, doch gerade brauchte ich etwas ganz Besonderes. Nämlich ihn. Auch wenn wir hier im absoluten Nichts standen und nur der Mond sein sanftes Licht auf uns warf, sodass ich ihn gerade noch vor mir sehen konnte.

Seine Hände wanderten meine Taille hinab, bis er unter mein Oberteil schlupfte und ich seine rauen Handflächen auf mir spürte. Sie hinterließen eine Spur aus sprühenden Funken der Lust, die mich packte und aufstöhnen ließ, während er unter meinen BH griff und meine Nippel neckte. Stürmisch packte ich ihn im Nacken, zog ihn zu mir herunter und presste meine Lippen auf seine. Wenn er mich nicht gleich fickte, verlor ich den Verstand. Zwischen meinen Beinen kribbelte es und alles in mir sehnte sich danach, Blake in mir zu spüren. Er war ebenfalls sichtlich erstaunt über meine Offensive, knurrte und wurde bestimmender. »Du machst mich wahnsinnig …«, hauchte er zwischen zwei Küssen an meine Lippen und entlockte mir ein Grinsen. Zwar hatte er mich eben noch durch den Wald gejagt und mir damit auch Angst gemacht, aber nichts ging über diesen Adrenalinstoß, zu wissen, dass er hinter mir her war und danach machte, was er wollte. Blake durfte mich besitzen, in jeglicher Form, aber gerade wollte ich es nur auf eine Weise.

Wir küssten uns weiter, stöhnten und schnappten nach Luft, als wären wir kurz davor, zu ersticken. Ich zog mir das Oberteil über den Kopf, machte mich sofort an seinem Gürtel und der Hose zu schaffen und wurde direkt wieder von ihm mit dem Rücken gegen den Baumstamm gepresst. Mit der Hand packte er mich erneut an der Kehle, pinnte mich fest und arbeitete sich mit seinem Mund bis zu meinen Brüsten vor. Flink griff er an meinen Rücken, öffnete den Verschluss, ließ die Träger über meine Schultern gleiten und entblößte mich so. Die raue Baumrinde kratzte an meiner Haut, doch die Lust stand gerade im Vordergrund, weshalb mich der sanfte Schmerz eher mehr erregte und mir im Einklang mit seinen Berührungen ein Keuchen entlockte. Blake massierte meine Brust, liebkoste mit der Zunge abwechselnd meine Lippen und biss zu, sodass ich mich ihm entgegendrängte und zischte. Meine empfindliche Stelle pochte mittlerweile immer stärker, flehte schon fast danach, erlöst zu werden, sodass ich Blake von mir drängte und ihn an den Schultern hinunterdrückte. Überraschenderweise ließ er sich das nur einmal sagen, grinste teuflisch und zog, während er in die Knie ging, meine Hose herunter. Drängend fuhr mit einem Finger durch meine Spalte, spürte sicherlich meine Nässe und wie bereit ich für ihn war, ehe er mir zu verstehen gab, die Beine etwas zu spreizen. Ich atmete schwer, schaute ihm dabei zu, wie er anfing an meiner Perle zu saugen und mit zwei Fingern in mich einzudringen. Dabei hielt er seinen Blick nach oben gerichtet, wir schauten uns an und ich stöhnte bei jeder seiner groben Bewegungen auf und knickte fast ein, als der Höhepunkt immer näherkam. Er triezte mich, leckte und saugte an meiner Klit und wurde mit den Fingern immer fordernder, trieb mich an die Klippe, von der aus ich gleich in die Tiefe springen würde. »Blake, stopp«, flehte ich ihn an, als das Zucken in meinen

Beinen stärker wurde, doch er hörte nicht auf, trieb mich immer weiter, bis er mit heißem Atem gegen meinen Venushügel hauchte: »Komm für mich.« Seine befehlende und dunkle Stimme gab mir den Rest. Er zog seine Finger zurück, drang noch einmal grob in mich ein, wodurch in mir ein Feuerwerk der Ekstase ausbrach. Ich stöhnte laut auf, scheißegal, ob es irgendjemand hören konnte, und gab mich der Hitzewelle, die über meinen Körper sauste, vollkommen hin.

Blake richtete sich währenddessen auf, und sein Blick sprach Bände. Voller Begierde schaute er mich an und wir waren uns beide einig, dass das hier noch nicht beendet war. Laszivleckte er sich über die Lippen und in mir spürte ich, dass ich ihn weiterhin richtig fühlen musste, und stieg deshalb komplett aus meiner Hose raus. Er beobachtete mich dabei, drückte mich danach wieder direkt gegen den Baumstamm, ehe ich ihm die Hose runterzog und seinen harten Schwanz zu fassen bekam. »O ja«, keuchte er und legte den Kopf in den Nacken, während ich meine Hand auf und ab bewegte und ihm einen runterholte. Mit einer Hand stützte er sich am Baumstamm über meinem Kopf ab, schaute zwischen uns und bewegte seine Hüften im Rhythmus mit. Blakes Schwanz wurde immer härter, sein Stöhnen lauter und ich genoss, wie er seine Ketten jedes Mal sprengte, wenn er in meiner Nähe war. Er übergab mir die Führung, ließ sich fallen und genoss es. »Ich will dich so sehr, dass ich mich kaum beherrschen kann, wenn du in meiner Nähe bist.« Ich blickte in seine dunklen Augen, mein Herz pochte in meiner Brust und ich ließ meinen Gefühlen freien Lauf. »Blake, ich liebe dich«, hauchte ich. Seine Berührungen wurden intimer und intensiver. Er musste es nicht auch sagen. Ich spürte es.

Gleichzeitig fing er an, meine Brüste zu kneten, wodurch mir die Hitze direkt wieder zwischen die Beine schoss. Seine Berührungen lösten in mir einen weiteren Sturm aus, nur konnte ich mich jetzt gar nicht mehr beherrschen und schlang ihm rasch die Arme um den Hals. »Fick mich endlich«, raunte ich und japste überrascht auf, als mich Blake direkt an den Oberschenkeln packte und hochhob. Mit einem heftigen Stoß drang er in mich ein, presste mich schmerzhaft gegen den Baumstamm, sodass sich kleine Unebenheiten in meinem Rücken vergruben und mich aufschreien ließen. Seine komplette Länge in mir zu spüren, nahm mir die Luft zum Atmen und trieb mich ein weiteres Mal an den Rand des Wahnsinns. Stetig drang er in mich ein, traf meinen empfindlichen Punkt und küsste mich bestimmend. Er fickte mich um den Verstand, wir keuchten im gleichen Takt, und ich liebte dieses tiefe Grollen, das seine Kehle hinaufwanderte, wenn er sich zurückzog und hart in mich stieß. Wir blickten uns in die Augen, während sich meine Wände um seinen Schwanz immer enger zusammenzogen und ich den nächsten Anflug eines Orgasmus spürte. Auch Blakes Bewegungen wurden stürmischer, animalischer und fordernder. Er vergrub seine Finger in meinen Hüften, hielt mich an Ort und Stelle, während ich mich in seine Schultern krallte und mein Gesicht an seiner Halsbeuge vergrub. »Blake, ich –«, stöhnte ich, als mich die Welle schon überfiel und ich nur noch ein hingebungsvolles Seufzen von mir geben konnte. Alles in mir zog sich zusammen, ich spürte seine rhythmischen Stöße intensiver und auch er folgte mir kurz darauf mit einem Knurren.

Wir kamen nur schwer wieder zu Atem, als mich Blake wenige Sekunden später herunterließ, seine Hose hochzog und meinen Rücken begutachten wollte. »Es geht schon«, hielt ich ihn davon ab, lächelte und zuckte mit den Schultern. Zumindest erinnerte mich das Prickeln auf der Haut an diesen Moment von eben. Schelmisch grinste auch er, als könnte er meine Gedanken lesen, reichte mir meine Klamotten, in die ich flink schlüpfte.

»Das war die Jagd durch den Wald definitiv wert«, flüsterte er mir noch ins Ohr, bevor wir zurück zur Hütte liefen, und küsste mich. Niemals hätte ich gedacht, dass es zwischen uns so eine Vertrautheit geben konnte. Aber mittlerweile konnte ich mit Überzeugung sagen, dass ich Blake alles anvertrauen würde und meine Vorurteile von früher absolut keinen Wert mehr hatten. In ihm steckte ein guter Funken, auch wenn er ihn selbst nicht sehen konnte.

»Dem kann ich nur zustimmen«, antwortete ich mit breitem Grinsen, ehe er mir einen Arm über die Schulter legte und wir zurückgingen. Kaum zu Hause, überkam mich eine Müdigkeit, die nicht in Worte zu fassen war. Heute würde ich bestimmt besser schlafen, wenn Blake hier war. Doch ich wollte den Abend auch noch nicht enden lassen, weshalb ich zur Couch ging, mir die Fernbedienung des Fernsehers griff und einen Online-Streamingdienst startete. Seine schweren Schritte hörte ich näherkommen, als ich mich auf das Sofa setzte, und kaum klopfte ich auf den Sitzplatz neben mir, setzte sich Blake auch schon und legte seine Arme auf die Rückenlehne.

»Shrek?! Aylin, du willst mich verarschen«, lachte er, als er sah, welchen Film ich auswählte.

»Nein, tu ich nicht. Hast du den schon gesehen?«, fragte ich und kuschelte mich an ihn, sog seinen Duft ein und schloss für einen Moment die Augen. Es konnte so einfach und schön sein. Wenn alles doch nur nicht so kompliziert wäre.

»Ne.«

Schockiert richtete ich mich auf und starrte ihn an. »Da hast du aber eine riesige Bildungslücke«, scherzte ich und schüttelte spielerisch entsetzt den Kopf. Seine Augen fixierten mich und ich konnte nicht einmal deuten, was sein Blick mir sagen wollte. Er starrte mich einfach nur nachdenklich an, verzog keine Miene, ehe er anfing zu lächeln und mir einen Arm um die Schultern legte.

»Dann let's go«, kam es als Antwort von ihm. Kein blöder Spruch, keine Ablehnung. Sicherlich wollte er den Film nicht sehen, aber tat es für mich. Und schon allein diese Geste sagte über ihn viel mehr aus als jede Berührung oder Bemerkung.

FÜNFUNDVIERZIG

BLAKE

»Hey«, begrüßte ich Scott, klopfte ihm auf die Schulter und ließ mich neben ihm auf einen der Barstühle sinken. Seit einer Woche hatten wir uns nur sporadisch gesehen, ab und zu mal geschrieben oder telefoniert. Bis er mir heute Mittag geschrieben hatte, ob wir uns treffen könnten. Natürlich sagte ich dazu nicht nein, schließlich war er mein bester Kumpel, aber seitdem wir in Minos Club kurz aneinandergeraten waren, hatte zwischen uns eine komische Stimmung geherrscht. Was ich nicht unbedingt am Telefon ansprechen wollte, denn meistens kamen die Worte falsch herüber, wenn man sich nicht gegenüberstand.

»Ja, ich hab uns schon zwei Bier bestellt«, erwiderte er und als hätte der Kellner ihn gehört, stand dieser keine zwei Sekunden später vor uns und stellte die Flaschen auf die Theke. »Blake, ich wollte mich nochmal für letzte Woche entschuldigen. An dem Abend hat mich das mit Aylin einfach so heruntergezogen, und ich hatte nichts Besseres zu tun, als die schlechte Laune an dir auszulassen.« Er zog die Augenbrauen zusammen, so als wäre ihm das alles unendlich peinlich. Vor allem kannte ich Scott so nicht. Besonders, wenn es eigentlich geklärt war, gab es für mich keinen Redebedarf mehr. Das machte es mir nicht gerade einfacher, ihm gegenüber kein schlechtes

Gewissen zu haben. Denn er hatte die Lunte gerochen, die richtigen Schlüsse gezogen und ich ihm weiterhin dreist ins Gesicht gelogen, um seine Schwester kurz darauf durch den Wald zu jagen und zu ficken.

Der Award für den beschissensten besten Kumpel ging eindeutig an mich.

»Hey, ist doch alles Schnee von gestern«, beschwichtigte ich ihn, grinste ihn von der Seite an und hob ihm mein Bier hin, damit er anstieß. »Solange zwischen euch alles wieder in Ordnung ist?« Ich ließ es wie eine Frage klingen, obwohl ich von seiner Schwester schon längst wusste, dass sich die Wogen zu Hause längst geglättet hatten. Er nickte, statt zu antworten, stieß mit mir an und gleichzeitig tranken wir beide einen großen Schluck aus der Flasche. Besser konnte es nicht laufen. Wir waren im Reinen und nichts brannte ihm auf der Seele. Das war nämlich meine größte Befürchtung gewesen: sein penetrantes Nachhaken. Denn da wäre es nur eine Frage der Zeit, dass ich mich verplapperte und alles aufflog.

»Vielleicht hast du ja demnächst mal wieder Bock auf –«, fing ich an, das Thema zu wechseln, als Scott mir gegen den Oberarm schlug und ich ihn perplex anstarrte. Sein Gesicht wurde kreidebleich, als er an mir vorbei Richtung Eingang sah und die Nase rümpfte.

»Wir haben Besuch«, nuschelte er und widmete sich schnell wieder seinem Bier. »Nicht umdrehen, er kommt her.« Keine Ahnung, von wem er sprach, ich fixierte ihn weiterhin und überlegte, wer diese Reaktion bei Scott auslösen konnte.

»Blake … wie schön, dich hier zu sehen.« Bei Pablos Stimme entglitten mir alle Gesichtszüge, was er zum Glück nicht mitbekam, denn er stand hinter mir und hatte eine Hand auf meine Schulter gelegt. Leicht drückte er zu, als wäre es wirklich eine wahre Freude und der absolute Zufall, dass wir uns hier trafen. Was es ganz bestimmt nicht war, das musste alles mit dem Typen vor dem Blumenladen zusammenhängen. Die Wichser beobachteten mich also weiterhin, obwohl ich alles Mögliche getan hatte, um von ihrem

Radar zu verschwinden. Sogar Minos Haus hatte ich immer durch den Hintereingang verlassen und war durch den Garten, den kleinen Wald, bis zur nächsten Siedlung gelaufen, um mir dort ein Taxi zu rufen. Anscheinend waren die Bemühungen alle umsonst gewesen.

Während ich nur ein lässiges Brummen von mir gab und weiter von meinem Bier trank, friemelte Scott am Etikett seiner Flasche herum. Für andere schien es, dass ihm langweilig war, aber ich wusste genau, dass ihn Pablos Anwesenheit ebenfalls so nervös machte wie mich. Aber das Schlimmste, was man bei so einem Hurensohn machen konnte, war, ihm das zu zeigen. »Was für eine schöne Überraschung, dass du gerade diese Kneipe hier ausgewählt hast, um wieder unter den Lebenden aufzutauchen.« Pablo sollte ruhig wissen, dass wir ebenfalls nicht die Füße stillhalten konnten und alles genau im Auge behalten hatten. Er lachte nur auf, setzte sich neben mich auf den Barhocker und legte den Unterarm auf der Theke ab, ehe er sich zu mir herüberbeugte und den anderen Arm proletenhaft auf dem Oberschenkel abstützte.

»Ich würde sagen, wir lassen diese höflichen Floskeln gleich bleiben, denn anders verstehst du glaube ich nicht, in welcher Lage du dich befindest«, kam es in nüchterner Tonlage von ihm. »Soweit ich weiß, hast du etwas, was mir gehört.« Wegen eines beschissenen Rings betrat er wirklich so eine Spelunke? All die Wochen sah und hörte man kaum etwas von ihm und plötzlich stand Pablo himself vor mir. Mein Herz schlug mir bis zum Hals. Er dachte doch wohl nicht wirklich, dass ich ihn immer mit mir trug? Doch so leicht würde ich es ihm sowieso nicht machen.

»Keine Ahnung, was du meinst«, reagierte ich verwirrt und legte die Stirn in Falten. Ich blickte ihm entgegen und erschrak kurz vor diesen zwei Gefrierpunkten in seinem Gesicht, die seine Augen sein sollten. Keine Regung, kein Leben war von nahem in ihnen zu erkennen und so langsam verstand ich, wieso er neben Mino so viel Angst unter den Leuten verbreitete. Man hatte das Gefühl, keinen Menschen vor sich sitzen zu haben, sondern eher einen Formwandler, dessen Augen sicherlich leuchteten, wenn man ihn durch eine Überwachungskamera beobachtete.

Pablo lachte spöttisch auf, bevor seine Faust auf die Bar knallte und die Leute um uns herum erschraken. Mittlerweile hatte sich hinter mir und Scott schon einer seiner Männer positioniert und ich könnte schwören, dass dessen Finger bereits versteckt am Abzug seiner Waffe lag. »Ich gebe, dir eine weitere Chance, mir den Ring auszuhändigen. Machen wir einen Deal.«

»Du kannst ihn gerne wieder haben, wenn du deine Lakaien dazu bringst, dass sie aufhören, unsere Männer grundlos abzuschlachten. Das ist meine Vorstellung eines Deals«, erwiderte ich trotzig, führte die Bierflasche zu meinen Lippen und trank, wobei mir bei Pablos Blick nicht wirklich danach zumute war. Scott räusperte sich nur, warf unserem Feind ab und zu einen kritischen Blick zu. Sicherlich behielt er seine Hände unter Beobachtung, damit er selbst reagieren konnte, sollte Pablo seinem Handlanger ein Zeichen geben.

»Das ist nicht verhandelbar und etwas völlig anderes. Überlass das mal den Erwachsenen. Wieso schätzt du es nicht, dass ich überhaupt mit dir verhandele, anstatt dir für den Raub nicht gleich eine Kugel zu verpassen? Sieh es als ein Entgegenkommen. Gib mir also den Ring und ich lass euch beide dafür am Leben, obwohl ihr in meine Suite eingebrochen seid.« Die Erwachsenen regeln lassen? Was laberte er eigentlich für eine Scheiße?

»Hm, lass mich überlegen«, sagte ich im gleichen abschätzigen Ton, den auch Pablo aufgelegt hatte, und blickte nachdenklich zur Decke. »Das. Ist. Nicht. Verhandelbar. Entweder das Gemetzel hört auf oder der Ring wandert in die Kanalisation.« Außer sich vor Wut sprang er von seinem Stuhl auf, schmiss ihn um und funkelte mich zornerfüllt an. Sein Gesicht verwandelte sich dabei in eine Fratze, die einer dämonischen Maske am besten glich, und ich wartete darauf, dass sich vor seinem Mund noch Schaum bildete. Natürlich ging mir der Arsch auf Grundeis, doch das zeigte ich ihm nicht. Überrascht von seiner Aktion belächelte ich

Pablo, der mir auf einmal bedrohlich nahekam und mich im Nacken packte.

»Vielleicht sollte ich mir dann die Blondine aus dem Blumenladen vornehmen, die José vor kurzem gesehen hat«, spie er mir bedrohlich entgegen. »Womöglich verstehst du dann, wie sehr ich diesen Ring zurückhaben möchte, du kleiner Bastard.« Abrupt stieß ich ihn von mir, sodass er rückwärts gegen die nächste Tischgruppe stolperte, an der gerade keiner saß. Mit einem Griff hatte ich meine Bierflasche in der Hand, die ich ihm entgegenschleuderte und die hinter Pablo an der Wand zerschellte.

»Fass sie an und ich breche dir jeden einzelnen deiner Knochen«, schrie ich und wollte schon auf Pablo losgehen, doch sein Handlanger hielt mich zurück. Die Wut entfesselte sich in mir, brannte unter der Haut wie Feuer und ich hatte das Gefühl, bei lebendigem Leib zu verrecken. Wenn sich nur einer seiner widerlichen Gefolgschaft Aylin näherte, würde ich eine Atombombe zünden, und Gott bewahre, die würde keiner überleben. Pablo lächelte nur ermüdend, wenig beeindruckt von meiner Drohung, richtete sein Sakko und schenkte mir einen triumphierenden Blick.

»Du hast zwei Tage Zeit, ihn mir zu bringen«, kam es kurz und knapp von ihm, ehe er sich umdrehte und die Kneipe verließ. Sein Schoßhündchen folgte sogleich, nachdem er mich gegen Scott geschubst hatte. Kaum waren beide verschwunden, herrschte in der Bar eine unheimliche Stille. Bis von meinem besten Freund ein erzürntes Zischen ausging. Fuck, er hatte alles gehört.

»Scott«, richtete ich mich sofort an ihn, als ich mich herumgedreht hatte, und sah, wie er mit seinen Kiefern mahlte. Wie sollte ich mich da wieder herausreden? Dieses Mal gab es kein Entkommen. Scott sah mich an und in seinen Augen spiegelte sich die pure Enttäuschung wider, was durch seine zusammengezogenen Augenbrauen und die schmerzerfüllte Mimik bekräftigt wurde.

»Ich wusste es«, spuckte er mir die Worte förmlich vor die Füße und stand auf. »Wie lang geht das schon? Scheiße, du hast mir die ganze Zeit schamlos ins Gesicht gelogen, du verdammter Penner!

Was denkst du dir eigentlich dabei?« Seine Stimme wurde immer lauter, während er mich vor sich herschubste, Barstühle dadurch umfielen und die Leute spätestens jetzt das Weite suchten.

»Jetzt beruhig dich mal!«, grätschte ich dazwischen und hielt dagegen, indem ich ihn ebenfalls schubste und er einige Schritte zurückwich.

»Hey, Jungs!«, mischte sich nun auch der Barkeeper ein, doch wir schenkten ihm beide keine Aufmerksamkeit. Das hier musste jetzt ausgetragen werden. Scotts Gesichtsausdruck nach zu urteilen, würde er mich sowieso nicht so schnell entkommen lassen. Verdammt, das hier roch nach großem Ärger, dank Pablo. Obwohl ich einfach nur ein beschissenes Bier mit ihm hatte trinken wollen!

»Ist dir unsere Freundschaft egal, wenn du so sehr auf die mir wichtigste Regel scheißt?«, entfuhr es Scott wutentbrannt und ich verstand, dass er aufgebracht war. Wenn es irgendwann hätte aufgedeckt werden sollen, hätte ich es ihm gerne selbst gesagt. Mit 500 Metern Abstand. Über Handy. Und nicht zwischen Tür und Angel in der Kneipe.

»Nein, ist sie natürlich nicht. Aber Aylin ist mir auch wichtig, verfluchte Scheiße!« Wir hielten beide kurz inne. Jeweils, weil wir nicht glaubten, was mir gerade über die Lippen gekommen war. Erstaunt darüber, so etwas überhaupt mal laut auszusprechen, beugte ich mich vornüber und stützte die Hände auf den Knien ab. Es war offiziell: Scott würde mich umbringen. Dieser lachte jedoch kurz darauf laut auf, klatschte und lief im Kreis.

»Dass ich nicht lache. Das Einzige, was dir bei einer Frau überhaupt wichtig ist, ist das, was zwischen ihren Beinen ist«, antwortete er belustigt und fuhr sich mit den Händen durch die Haare. Ich richtete mich auf, presste die Lippen aufeinander und dachte an die vielen Male, bei denen ich Aylin gevögelt und es auch noch als amüsant empfunden hatte, dass Scott teilweise im Nebenzimmer gewesen war. Mein bester Kumpel schien meinen Gesichtsausdruck richtig zu deuten, denn ich hörte ihn nur noch fluchen: »Du elendiger Wichser«, und spürte seine Faust keine Sekunde später auf meiner Wange. Die Wucht des Hiebs schlug mich gegen die Bar, an der ich mich mit letzter Kraft festhielt, ehe es komplett schwarz vor meinen Augen wurde und ich auf den Boden sackte. »Du hast sie gefickt?«, brüllte er und packte mich am Kragen. Okay, den ersten Schlag hatte ich definitiv verdient, da sprach absolut nichts dagegen. Aber sollte er jetzt nicht damit aufhören, musste ich Gegenwehr leisten, so ungern ich das hier zwischen uns auf diese Art enden lassen wollte.

»Verdammt, so war das nicht«, antwortete ich und schob seine Hände von mir. Scott leistete zum Glück keine Gegenwehr und schnaufte nur wie ein Bulle auf Crack. Er unterstellte mir, nur den Sex zu wollen. Und so war es schon lange nicht mehr. Doch wie machte ich ihm das erklärlich, ohne gleich ein Messer im Rücken stecken zu haben? »Das zwischen uns ist was Ernstes. Wir wussten genau, wie du reagierst, und haben deshalb nichts gesagt. Fuck, wir haben selbst noch nicht einmal direkt darüber gesprochen und es ist gerade sehr weird, mit dir darüber zu philosophieren.« Kraftlos stellte ich den Barhocker wieder in die richtige Position und setzte mich. Scott tat es mir gleich und beugte sich über die Theke.

»Und hinter dem Rücken macht es dann besser, oder was? Fühlt sie auch so? Oder spielst du ihr irgendwas vor, um deinen beschissenen Spaß zu haben? Blake, ich schwöre dir, du bist mein bester Freund, aber das geht zu –«

»Jetzt halt den Ball flach! Ich zwinge sie zu gar nichts, Aylin will es genauso. Vielleicht war es am Anfang etwas aufregend, weil sie tabu war. Ja, gebe ich zu.« Mein Körper kribbelte überall, da ich solche Worte noch nie vor jemandem ausgesprochen hatte und ich jede Sekunde mit dem nächsten Schlag rechnete. Scott ballte die Hände zu Fäusten und schien kurz davor zu sein, mir wieder eine reinzuhauen. »Aber das hat sich schnell geändert und ich würde niemals zulassen, dass ihr etwas passiert.«

Mit seinem einsetzenden spöttischen Lachen verhöhnte er mich und es kam mir vor, als würde er meine Aussage nicht ernst nehmen. Doch wie sollte er auch? Ich hatte ihm die letzten acht Jahre genug

Beweise geliefert, dass ich nicht in der Lage war, eine Beziehung zu führen. Wieso sollte er jetzt damit anfangen, es zu glauben? Weil es seine Schwester war? Das brachte ihn eher noch mehr in Rage. Er griff nach seiner Bierflasche, die den ganzen Tumult überstanden hatte, und trank sie leer, ehe er sich mir zuwandte.

»Weißt du eigentlich, was du mit deiner Gier nach dem nächsten Fick angestellt hast? Jetzt hat sie Pablo im Visier und wie ich hörte, wissen sie auch schon, wo sie arbeitet. Du weißt genau, zu was diese ganzen Hurensöhne in der Lage sind, und nicht einmal das schreckt dich davor ab, meine Schwester in die Scheiße mitreinzuziehen?« Er knurrte jedes Wort drohend und hörte nicht damit auf. »Weißt du, was sie mit ihr anstellen, wenn er seine Drohung wahrmacht? Weißt du, was mit den Frauen passiert, die bei Pablos Männern landen? Sie werden –«

»Ich hab's kapiert!!!«, schrie ich ihm entgegen und unterbrach ihn dabei, mir weiterhin ins Gewissen zu reden. Kein weiteres Wort wollte ich darüber hören, denn schon der Gedanke daran brach mir das Herz. Ich wollte nie der Grund sein, weshalb Aylin so etwas widerfuhr, denn ich könnte danach weder Scott noch meinem eigenen Spiegelbild in die Augen schauen.

»Du zerstörst dann nicht nur ihr Leben, sondern vor allem auch meins und deins. Nur weil du deine Finger nicht von ihr lassen konntest! Fuck …« Scott legte den Kopf in den Nacken. »Nicht nur, dass mir das absolut nicht in den Kram passt, wenn sich zwischen euch etwas anbahnt … das lasse ich jetzt mal außen vor, sonst lege ich den ganzen Schuppen hier in Schutt und Asche. Mir geht es gerade darum, meine Schwester aus der Schusslinie zu halten, so wie ich es seit Jahren tue! Ich schwöre dir, wenn ihr irgendetwas passiert, dann bring ich dich um.«

»Was soll ich deiner Meinung nach tun? Soll ich sie etwa verlassen?« Mir widerstrebte der Gedanke absolut, ein unangenehmes Ziehen machte sich in meinem Magen breit und drohte, alles in mir explodieren zu lassen. Scott sah mich mit hartem und undurchdringlichem Blick an und nickte. Vor Zorn knallte ich die Faust auf die

Bar und verstand die Welt nicht mehr. Woher kam plötzlich dieser Umschwung? Hatte ich etwa geglaubt, er würde mir sagen: Nein, bleibt bitte euer Leben lang zusammen? Im Unterbewusstsein hatte ich es immer gewusst: dass dieser Tag kommen würde, an dem alles über mir einstürzen würde. Noch nie hatte es auf lange Sicht etwas Gutes in meinem Leben gegeben. Wieso also jetzt? Wie sollte ich das überhaupt schaffen? Mich von dem zu trennen, was mich in letzter Zeit am Leben gehalten hatte? Aber Scott hatte recht, so sehr es mir gegen den Strich ging. Wenn Pablo jetzt offiziell von ihr wusste und meine Lüge durchschaut hatte, war es nicht mehr weit entfernt, dass Aylin etwas passierte. Das würde ich mir nie verzeihen, so oft, wie ich mir auch immer eingeredet hatte, keine Skrupel und Mitleid zu haben. Alles hatte sich mit einem Schlag geändert. Alles, was ich zum Leben brauchte, wurde mir gerade entrissen.

SECHSUNDVIERZIG

AYLIN

Die letzten Tage hatte ich absolut nichts von Blake gehört. Weder schrieb er auf meine Nachrichten zurück, noch nahm er ab, wenn ich ihn anrief. Nur einmal hatte er mir eine kurze SMS geschrieben, dass er viel beschäftigt sei und nicht in der Stadt wäre. Das war es. Umso mehr freute ich mich deshalb, heute auf Craigs Party mitzudürfen, wobei ich immer noch skeptisch war, weil Scott es selbst vorgeschlagen hatte. Wahrscheinlich lag seine positive Einstellung daran, dass Chloe ebenfalls vor Ort sein würde und ich somit meine beste Freundin noch an der Seite hatte, die auf mich aufpasste. Dennoch konnte mir die etwas seltsam anmutende Entscheidung meines Bruders nicht die Vorfreude nehmen, Blake wieder zu sehen. Auch wenn wir es eher so aussehen lassen mussten, als würden wir nichts miteinander zu tun haben.

Scott hielt den Wagen vor Craigs Haus, das ich sofort vom letzten Mal erkannte und durch dessen große Fenster ich auch schon die Gäste im Inneren erblickte. Die Stimmung schien ausgelassen zu sein, denn die basslastige Musik drang sogar durch die Hauswände und die Autokarosserie bis zu uns hindurch. »Dann mal auf ins Getümmel«, sagte mein Bruder und stieg aus, weshalb ich mich schnell abschnallte und es ihm gleichtat. Meinen Rock zupfte ich nochmal zurecht, während wir die Treppen zur Veranda hochgingen, und fuhr mir mit den Fingern durch die Haare, die ich heute offen und glatt trug. Scott stieß die Haustür auf, trat zuerst ein und ich folgte ihm wie sein Schatten. Direkt wanderte mein Blick durch die Menge und ich sah allen und jeden. Außer Blake.

»Heeeey«, hörte ich Chloes Stimme unter dem ganzen Gewirr von Gelächter und Grölen, wie sie immer näherkam, bis mir meine beste Freundin letztendlich die Arme um den Hals schlang. »Na? Lust auf Party?« Sie schien schon reichlich angetrunken zu sein, ehe sie Scott einen flüchtigen Blick zuwarf und mich mit in die Küche zog.

»Ich kann noch gar nicht glauben, dass ich überhaupt hier bin. Kneif mich mal«, flüsterte ich ihr zu, weshalb sie ihre langen Nägel in meinen Oberarm pikste und ich zusammenzuckte. Chloe plapperte auch gleich wild drauflos, dass sich schon zwei im Vorgarten geprügelt hatten und dass Craig gerade noch so einen Dreier in seinem Zimmer hatte verhindern können. Ich lachte, genoss es, wie ausgelassen sie war, und spürte dabei weiterhin Scotts Präsenz hinter mir. Womöglich musste er selbst erstmal einige Drinks kippen, damit er die Aufpasserrolle ablegte und die Party genoss.

Meine beste Freundin mixte mir eine Wodkamischung, reichte sie mir und ich zog sogleich an dem Strohhalm. Nebenbei sah ich Scott dabei zu, wie er sich mehrere Kurze einschenkte und mindestens drei nacheinander wieder auf ex trank. Argwöhnisch beobachtete ich ihn dabei, hob eine Augenbraue an, ehe er mich ansah und die Stirn runzelte. »Was?«, fragte er und grinste. »Das ist die beste Methode, am schnellsten besoffen zu sein«, kam die Antwort auf meinen überraschten Blick, woraufhin wir beide lachten und ich ebenfalls einen weiteren Schluck nahm.

»Mein Gott, Chloe. Bei dem Mischverhältnis hast du es aber gut gemeint«, kam es mir über die Lippen, als ich bei zwei Schlucken hintereinander das Gesicht verzog.

»Ach komm, stell dich doch nicht so an«, erwiderte sie und stupste mich mit der Schulter an. »Lust, zu tanzen?«, riss sie mich aus den Gedanken, als ich meinen Blick auch durch die große Küche schweifen ließ. Wo war er denn nur? Er musste doch hier sein. Heute Mittag hatte ich Scott beiläufig während des Essens gefragt, wer alles da sein würde, und er hatte definitiv Blake am Ende gesagt. Darauf könnte ich schwören. An den Ohren hatte ich es nämlich noch nicht.

»Ja, gerne«, entgegnete ich, trank noch einen Schluck von meinem Drink und stellte das Glas gedankenverloren auf den Tisch.

»Scheiße, Aylin. Nimm das Getränk mit, du kannst es hier nicht einfach stehen lassen!«, rief mir Scott fassungslos entgegen, als wir schon aus der Küche liefen. Im Laufen drehte ich mich zu ihm um und schenkte ihm ein liebevolles Grinsen.

»Dann pass bitte drauf auf!« Dankbar zwinkerte ich ihm zu, wobei er nur die Augen verdrehte und das Glas an sich nahm. Beim Tanzen das Glas in der Hand zu halten, war der Horror. Ich hatte es früher zur Genüge getan und meist die Hälfte verschüttet. Es konnte eben auch gut sein, wenn der Bruder einen auf die Party mitschleifte. Da ich mir ziemlich sicher war, dass er mich den ganzen Abend im Visier haben würde, konnte er sich ebenso gut auch um mein Getränk kümmern. Ich drehte mich mit Schwung wieder herum und wollte Chloe einholen, als ich gegen eine harte Brust stolperte. Mein Blick wanderte nach oben, kurz nachdem ich sein markantes Parfum gerochen hatte, und ich starrte in Blakes braune Augen, die auf keinen Funken Geborgenheit, die ich eigentlich sonst bei ihm verspürte, hinwies. Doch Zeit, um etwas zu sagen, blieb mir keine, denn er setzte sich sofort wieder in Bewegung, nachdem er mich ausgiebig betrachtet hatte, und ließ mich wie einen begossenen Pudel im Flur stehen. Ich blickte ihm – fassungslos über seine Ignoranz – hinterher und entdeckte ihn sogleich bei meinem Bruder. Ah, deswegen also. Gut gespielt, Mister Kingston.

Mit zuckenden Mundwinkeln lief ich zur provisorischen Tanzfläche und gesellte mich zu Chloe, die schon völlig dem Beat verfallen war. Wir lachten, tanzten ausgiebig und genossen den Abend in vollen Zügen. Immer wieder erwischte ich mich selbst dabei, wie ich zu ihm hinüberstarrte und hoffte, er würde den Kopf in meine Richtung wenden. Jedoch vergeblich. Er ignorierte mich, so als würden wir uns gar nicht kennen, und trank mit seinen Kumpels einen nach dem anderen. Am liebsten würde ich zu ihm gehen, ihm sagen, wie sehr es wehtat, dass er nicht für eine Millisekunde zu mir schauen konnte. Wenigstens einen kurzen Augenkontakt erhoffte ich mir. Aber das ging nicht. Weil Scott neben ihm stand und sich angeregt mit ihm unterhielt. Ich verstand es ja, sah ein, dass wir uns nicht gerade an den Hals springen konnten. Doch war es abwegig, sich mehr zu wünschen? Zu hoffen, dass es irgendwann vielleicht anders sein würde und wir kein großes Geheimnis mehr daraus machen mussten?

Ein Gedanke kam auf, bei dem ich sofort grinsen musste. Für seine Ignoranz der letzten Tage und heute sollte ich ihn eventuell mal durch den Wald jagen. Sofort schoss pure Lust durch mich hindurch und sammelte sich zwischen meinen Beinen. Gott, dieser Mann machte mich verrückt. Auf jede nur erdenkliche Weise.

»Hey, nicht einschlafen!« Chloe holte mich ein weiteres Mal an diesem Abend mit den Gedanken aus der Versenkung und riss meine Hände in die Höhe. Es brachte nichts, mir weiterhin den Kopf darüber zu zerbrechen, weshalb ich mich von meiner besten Freundin wieder zum Tanzen anstacheln ließ und lächelte. Nach einer gefühlten Ewigkeit und tausend Songs gingen wir von der Tanzfläche und stellten uns völlig aus der Puste an die Seite. »Mein Gott, tat das gut!«, sagte Chloe und wischte sich einzelne Haarsträhnen aus dem Gesicht. Ihre Wangen waren von der Hitze zwischen den Menschen rot gefärbt und meine sahen bestimmt nicht anders aus.

»Ja, das war seit langem mal wieder überfällig«, antwortete ich und strich mir über das Oberteil, das etwas verrutscht war.

»Hast du heute eigentlich schon Blake gesehen?« Chloe stellte sich eng an mich und flüsterte mir die Worte fast ins Ohr, damit sie bloß niemand um uns herum hören konnte. Nicht, dass Scott plötzlich wie eine Fata Morgana neben mir auftauchte.

»Vorhin kurz, als wir zur Tanzfläche gegangen sind. Aber mehr als einen nichtsbedeutenden Blick gab es da nicht. Scott stand ja in der Küche.« Sie verdrehte genervt die Augen, als ich es aussprach. Irgendwie fand ich diese Unterschiede zwischen Chloe und Scott amüsierend, auch wenn es alles andere als zum Lachen war. Während sie dafür brannte, dass ich etwas mit Blake am Laufen hatte, würde mein Bruder mich wohl für den Rest meines Lebens im Haus anketten und nie wieder ans Tageslicht lassen. Aber auch da würde Blake wohl immer wieder einen Weg finden, um zu mir zu gelangen und –

»Ahnt er immer noch nichts?«, drang Chloes Stimme zu mir, woraufhin ich lachte.

»Um Himmels willen, nein. Das wäre für ihn, glaube ich, das Undenkbarste auf dieser Welt. Deshalb würde er damit wohl nie rechnen, solange wir gut genug aufpassen.« Natürlich hatte ich ein schlechtes Gewissen dabei, meinen Bruder anzulügen. Aber auch von ihm wollte ich mir in solchen Dingen nicht reinreden lassen. Er bestimmte schon zu viel in meinem Leben, bei dem ich selbstverständlich wusste, dass er es nur gutmeinte. Chloe stimmte ebenfalls in mein Lachen ein, malte sich die skurrilsten Szenarien aus, als mein Herz von einer Sekunde auf die andere stehenblieb.

Alles in mir zog sich zusammen, fügte mir Schmerzen zu, die kaum auszuhalten waren und mir die Kehle zuschnürten. Wie arg wollte Blake Scott noch zeigen, dass alles beim Alten war? Reichte es nicht, dass er mich komplett ignorierte und mir damit schon fast die Tränen in die Augen trieb?

Ich schnappte nach Luft, als ich seine Hand mit der einer anderen Frau verschlungen sah, und fasste an den Kragen meines Oberteils, weil es sich anfühlte, als würde er sich immer weiter zuziehen.

»O Mann, Blake lässt echt nichts anbrennen«, stöhnte wie aus dem Nichts Scott neben mir auf und reichte mir meinen Drink. Chloe hielt die Augen ebenfalls auf Blake und die Fremde gerichtet, nahm mich bei der Hand, drückte zu und strich mir unbemerkt über den Rücken. *Ich bin bei dir*, wollte sie sicherlich damit ausdrücken und gerade war ich dankbar über ihren Halt. Denn ohne ihn würde ich wohl unter diesen unsäglichen Schmerzen, die mein Herz wild zum Schlagen brachten, einbrechen. »Aber so läuft es ja meist immer ab«, winkte Scott ab und trank von seinem Getränk, wie ich es im Blickwinkel wahrnahm. Ich nippte ebenfalls kurz am Strohhalm, obwohl mir alles andere als nach Trinken zumute war. Übelkeit kroch in meiner Kehle hoch, als die Fremde auflachte, nachdem Blake ihr auf den Hintern geschlagen hatte, und er sie in einen Nebenraum führte. Die Tür schlug zu und am Knauf erkannte ich, wie der Riegel umgelegt wurde. Einem Dröhnen gleich hörte ich Scotts und Chloes Stimmen neben mir, ließ die Tür keine Sekunde aus den Augen, als meine beste Freundin an meinem Arm rüttelte und ich sie mit gläsernen Iriden ansah.

»Hast du auch so einen Mordshunger?«, grinste sie, auch wenn ich ihr den Schock ebenfalls ansah. Mit diesem Anblick hatte weder sie noch ich gerechnet.

»O ja, und wie«, antwortete ich gespielt mit guter Laune, weil ich bemerkte, wie Scott mich anstarrte und ebenfalls auf eine Antwort wartete. Wir liefen in die Küche, während sich mein Bruder zu seinen Freunden gesellte.

»Willst du –?«, fing Chloe an, doch ich hob schnell die Hand und hielt sie vom Weiterreden ab.

»Nein, will ich nicht«, kam es mir bissig über die Lippen. Aber es stimmte. Jetzt noch darüber zu sprechen, was Blake einfiel, so einen Scheiß abzuziehen, brachte rein gar nichts. Nur mich dazu, den Tränen der Enttäuschung freie Bahn zu lassen. Und danach musste ich Scott erstmal erklären, weshalb mich das so beschäftigte. Mitleid um die junge Frau zählte da womöglich nicht. »Erzähl mir irgendetwas«, bat ich Chloe, weil ich die Stille zwischen uns nicht aushielt, als wir uns von dem Riesensandwich zwei Stücke abschnitten. Nur widerwillig setzte meine beste Freundin eine gute Miene auf, obwohl alles an mir auf Gegenwehr ausgerichtet war. Sie erzählte davon, dass sie vor einigen Tagen shoppen war und tatsächlich eine Frau dabei entdeckt hatte, die ein Oberteil hatte klauen wollen. In dem Laden hatte es anscheinend einen Riesenaufstand gegeben, weil es auch die Verkäuferin bemerkt und die Beklagte es vehement abgestritten hatte.

»Okay …«, sagte ich unbeeindruckt, zupfte am Sandwich herum und behielt den Blick stur auf das Wohnzimmer gerichtet. Doch etwas verlangte kurz darauf meine vollkommene Aufmerksamkeit, weshalb ich Chloe ein Handzeichen gab, aufzuhören zu sprechen, und zu einer Salzsäule erstarrte. Die Tür des Nebenzimmers wurde aufgestoßen und die unbekannte Frau kam mit zerrissenen Klamotten hinausgestürmt. Was zur Hölle? Es erschütterte mich und ich konnte mir nicht ansatzweise vorstellen, was da drin gerade abgelaufen war. Und ich wollte es auch nicht, denn die Wahrheit würde mir wahrscheinlich den Rest geben. Ich war der festen Überzeugung, dass das zwischen Blake und mir etwas Ernstes wäre und kein Hirngespinst von meiner Seite aus. Wut löste die zutiefst verletzende Ernüchterung ab und kochte über. Überhäufte meinen Körper mit Hitzewallungen, die ich nicht steuern konnte. Ich bekam das Gefühl, gleich wie ein Feuerball dieses Haus in seinen Grundmauern zu zerstören. Aber am meisten hörte ich die Naivität in mir auflachen, wie dumm ich eigentlich gewesen sein konnte, zu glauben, so einen Mann wie Blake bekehren zu können.

SIEBENUNDVIERZIG

BLAKE

Seit dem Gespräch mit Scott verstärkte sich meine Angst um Aylin immer mehr. Eigentlich hatte ich ja gedacht, dass ihr Bruder vollkommen ausrasten würde, wenn er von uns erfuhr, aber wahrscheinlich stand bei ihm ebenfalls das Unbehagen durch Pablo im Vordergrund, sodass er das Große und Ganze nicht realisierte. Ich wollte sie keinesfalls verlieren, ihr das Herz brechen, doch mittlerweile wusste ich auch, dass es unausweichlich war. Würde ich nur zu ihr sagen, dass ich es beende, war die Gefahr, wieder zu ihr zurückzugehen, immer noch immens groß. So sehr wollte und brauchte ich sie. Es musste sie von innen heraus zerstören und einen Schaden hinterlassen, durch den sie mir nie wieder in die Augen schauen konnte. Das war meine einzige Chance, mich von ihr fernhalten zu können. Wenn ich den Hass und die Verabscheuung in ihren smaragdgrünen Augen aufflackern sehen würde.

Deshalb stand ich nun hier im Gästezimmer von Craigs Haus, hatte Frauenarme um meinen Hals geschlungen und drückte ihr meine Fingerkuppen so fest in die Hüften, dass sie schmerzerfüllt zischte. »Da steht wohl jemand auf die gröbere Art, zu ficken«, neckte sie mich und machte sich währenddessen an meiner Hose zu schaffen. Kaum hatte sie den Gürtel und den Knopf geöffnet, packte ich sie abrupt am Hals und drängte sie gegen die Wand. Sie schnappte überrascht nach Luft, betrachtete mich mit geweiteten Iriden und leckte sich mit der Zunge über die Lippen. Verdammt, es musste echt aussehen, nachvollziehbar für Aylin sein, die draußen mit Chloe und Scott gestanden und gesehen hatte, wie ich mit ihr hier drin verschwunden war. Alles war perfekt geplant gewesen und sogar Scott machte dabei mit, dass ich seiner Schwester das verdammte Herz aus der Brust riss. Und meins gleich mit. Nur wenn ich die Augen zumachte, sah ich nicht diese schwarzhaarige, betrunkene Frau vor mir, die mich abturnte, sondern nur sie. Ihre großen Augen, die immer funkelten, wenn ich sie böse anblickte, und keine Angst zeigten. Die mich um den Verstand brachten, jedes Mal, wenn ich sie in meinen Träumen oder vor mir sah.

»Was ist jetzt?«, fragte dieses willige Stück und brachte mein Herz zum Pochen. Ich musste sie flachlegen, daran führte kein Weg vorbei. Sonst würde ich noch auf die Idee kommen, zu sagen, dass alles gestellt war. Aber Sex mit einer anderen konnte ich nicht zurücknehmen.

»Halt die Schnauze«, antwortete ich bissig, beugte mich zu ihr herunter und legte meine Lippen an ihre Halsbeuge, leckte darüber und gelang zu ihrer Schulter, in die ich hineinbiss. Doch statt das pure Verlangen zu spüren, indem ich meinen Schwanz so oft wie möglich in sie rammen wollte, kam mir fast die Galle hoch, als ich ihr billiges Parfum auf der Zunge schmeckte. Hatte sie etwa darin gebadet? Scheiße. Knurrend löste ich mich von ihr, sah ihren überraschten Gesichtsausdruck und spürte innerlich, wie mein Plan in tausend Scherben zersprang. Ich konnte das nicht, eher kotzte ich ihr vor lauter Abneigung vor die Füße. Jedoch durfte ich sie nicht einfach so gehen lassen. Aylin stand sicherlich noch draußen, zumindest meinte Scott, er würde dafür sorgen.

Kurzentschlossen zog ich mein Messer aus der hinteren Hosentasche und schlitzte meiner Begleitung das Top auf. Erschrocken japste sie nach Luft, als ihr der Stoff in Fetzen vom Körper hing. An ihrem Rock machte ich mich ebenfalls zu schaffen, schnitt ihn vorne an ihrer linken Hüfte auf, sodass sie ihre Klamotten mit den Händen festhalten musste, damit sie nicht gleich nackt durch das Haus rannte.

»Und jetzt lauf, bevor ich es mir anders überlege«, flüsterte ich ihr bedrohlich ins Ohr, woraufhin sie kurz wimmerte, zur Tür rannte, sie entriegelte und das Weite suchte. Ich blieb zuerst wie erstarrt stehen, schnappte schwer nach Luft und würde mir am liebsten selbst die Kehle aufschlitzen, für das, was ich tun musste. Aber Aylin war an meiner Seite nicht mehr sicher. Ich schaute der Wahrheit ins Gesicht und musste mich dazu bringen, sie in meinen Gedanken verblassen zu lassen.

Nach wenigen Minuten stampfte ich selbst aus dem Zimmer, lief durch das Wohnzimmer hinaus in den Garten, wo sich momentan keiner aufhielt. Ich wusste, dass sie mir folgen würde, zumindest hatte ich ihre wütenden Blicke im Rücken gespürt, aber auch sonst war Aylin kein klassisches Mauerblümchen, die so etwas mit sich machen ließ und die Klappe hielt. Sie würde mir Kontra geben wollen – auf jede erdenkliche Weise.

Es musste einfach alles reibungslos verlaufen, damit ich diesen schweren Schritt endlich hinter mir hatte. An der frischen Luft atmete ich einmal tief ein und aus, steckte das Messer zurück in die Tasche und hörte keine Sekunde später, wie die Gartentür hinter mir aufknallte. Rasch drehte ich mich um, sah, wie sie außer sich vor Wut und mit zusammengepressten Lippen dastand und mich anfunkelte. Ich konnte mir gerade noch verkneifen, zu lachen, weil es genau diese Seite an ihr war, die mich so faszinierte. Die ungestüme, angstlose und taffe Art, vor der man sogar als Mann ehrfürchtig zurückzuckte und hoffte, diese geballte Ladung selbst niemals abzubekommen. Aber es waren die letzten Sekunden, in denen ich sie von so nahem sehen konnte, weshalb ich sie wie ein Lebenselixier aufsaugte, egal was gleich passierte. Scott hatte einfach recht. Ich musste sie gehen lassen, damit zumindest einer von uns ein normales Leben führen konnte.

Wir standen nur da, sahen uns an und gaben keinen Ton von

uns. Mein Herzschlag rauschte in meinen Ohren, drohte, mir das Trommelfell zu zerreißen, weil ich kein Wort über die Lippen brachte, die mir gleich das ganze Glück entrissen. Plötzlich setzte sich Aylin in Bewegung, kam auf mich und knallte mir eine. Meine Wange brannte wie Feuer, der Schlag riss meinen Kopf zur Seite und ich wehrte mich nicht dagegen. Wenn ihr das half, über meinen Verrat hinwegzukommen, bitte. Ich hatte es verdammt nochmal verdient.

»Hast du mich die ganze Zeit also nur verarscht? War das zwischen uns alles nur ein Witz?«, spie sie mir die Worte nur so entgegen, ihr Gesicht verzog sie dabei zu einer traurigen Fassade und Aylins Augen strahlen absolute Enttäuschung aus. »Hat es dir einfach nur den gewissen Kick gegeben, die kleine Schwester deines besten Freundes zu ficken?«, schrie sie weiter und schlug mir stetig mit den Fäusten gegen die Brust. Ich konnte nichts sagen, sah sie nur mit verhärteter Miene an und schluckte die Antworten herunter. Tränen stiegen ihr in die Augen, rannen ihre Wange herunter, während sie nicht aufhörte, mich zu verfluchen und zu schreien, während ich sie nur in meine Arme ziehen und nie mehr loslassen wollte. Ihr die Tränen aus dem Gesicht wischen und sagen wollte, dass es mir leidtat. Doch das ging nicht. Ich musste ihrer Hasstirade standhalten und unbeeindruckt von ihrem Aufstand wirken. »Hab wenigstens die Eier in der Hose, es mir ins Gesicht zu sagen, du widerliches Arschloch, und zieh nicht den Schwanz ein!« Kurz hielt sie inne, so, als würde sie Kraft sammeln. Wie viel Schmerz konnte in einem Blick stecken? Der Ausdruck in Aylins Augen riss mir den Boden unter den Füßen weg und ich wusste jetzt schon, dass ich ihn immer sehen würde, wenn ich meine Augen schloss.

Nichts würde je wieder so sein wie vorher. Nie wieder würde ich ihr Lachen hören, das mir immer eine Gänsehaut bereitete, oder ihre warme und sanfte Haut unter meinen Fingern spüren. Ich musste sie loslassen, ihr etwas entgegenschmettern, damit sie sich endlich von mir abwandte und das Weite suchte. »Steh dazu oder hat es dir etwa die Sprache verschlagen? Du bist so erbärmlich … fahr zur Hölle.«

Oh, das Ticket hatte ich schon längst eingelöst. Aylin holte ein weiteres Mal aus, doch ich griff reflexartig nach ihrem Handgelenk und verdrängte alle Gefühle für sie in die hinterste Ecke meines Verstandes. Eiskalt blickte ich sie an, sodass sie verstummte und ihre Augen aufriss, als ich mir zu ihr herunterbeugte und ihr bedrohlich nahe kam.

»Was machst du hier so einen beschissenen Aufstand? Siehst du nicht, dass es mich nicht interessiert, was du fühlst oder sagst? Das zwischen uns war keine große Nummer, also komm endlich von deinem hohen Ross runter, Kleines. Ich kann jede Frau haben, die ich will, wieso sollte ich also ausgerechnet bei dir bleiben?«, brüllte ich sie an, doch statt noch mehr zu heulen, veränderte sich ihr Gesichtsausdruck. Die Tränen versiegten und ihre ganze Haltung spiegelte nur noch eins wider: Verachtung. Aylin straffte ihre Schulter, entriss sich meinem Griff und wischte sich über die Wangen, ehe sie mich abwertend ansah.

»Ich hasse dich«, hauchte sie mit bebender Stimme und ich kostete den letzten Moment aus, in dem ich ihr in die Augen blickte und mir wünschte, dass das alles nur ein schlechter Traum war. Doch ich erwachte nicht aus diesem Albtraum, spürte, wie meine Handfläche, die gerade eben noch ihre Haut berührt hatte, kribbelte. Aylin starrte zu Boden, drehte mir den Rücken zu und rannte in Richtung Gartentür, um kurz darauf im Haus zu verschwinden.

»Und ich liebe dich …«, flüsterte ich in die Stille und starrte zu Boden. Der Schmerz war kaum auszuhalten, mein Körper verkrampfte sich und ich biss die Zähne kräftig aufeinander, sodass es in den Kiefern schmerzte. Kurz schloss ich die Augen und fragte mich, wie mein Leben so verlaufen konnte. Doch für nichts auf der Welt würde ich die Zeit zurückdrehen und Aylin aus meinem Leben streichen wollen. Sie hatte aus mir einen besseren Menschen gemacht, mir gezeigt, dass es für jeden etwas auf der Welt gab, für das man leben und kämpfen wollte. Auch wenn sie es mir wohl nie glauben würde, aber mir ging es immer nur um sie. Wer hätte gedacht, dass ich mal an einen Punkt kommen würde, an dem sich alles nur um eine Frau drehte? Hier hatten wir ihn. Der Moment, an dem sich mein Leben wieder in das gefühllose und zerstörerische Sein veränderte, das ich nur allzu gut kannte, aber keinesfalls vermisst hatte, um ihres zu retten. Wie konnte an meiner Seite auch so etwas Wunderschönes wie Aylin bestehen? Sie hatte etwas Besseres verdient, jemand Besseren als einen skrupellosen Bastard, der Menschen ermordete. Und dafür musste ich sie ziehen lassen, auch wenn alles in mir danach drängte, ihr hinterherzurennen und die Wahrheit zu sagen. Mein Herz sehnte sich nach ihr, obwohl wir gerade mal nur wenige Minuten getrennt voneinander waren. Für mich gab es nur die Dunkelheit, die mich langsam wieder umgab, denn mein Leben hatte eben seinen Sinn verloren. Für immer.

Fortsetzung folgt

DANKSAGUNG

Mit Broken Souls wagen wir uns als Autorinnen an ein völlig neues Genre: Dark Romance. Der Verlag unterstützt uns in jeglicher Hinsicht und glaubt an unsere Geschichten. Dafür können wir abermals nur Danke sagen und schätzen das Vertrauen, das uns damit entgegengebracht wird, immens! Wir hoffen auf viele Jahre mehr.

Außerdem wagten sich wunderbare Mädels (Anna, Julia und Laura) auf den von uns noch nicht beschrittenen Weg und standen uns mit konstruktiver Kritik zur Seite, damit Aylin und Blake die Anerkennung bekommen, die sie verdienen. Danke dafür!

Ebenso möchten wir unserem Bloggerteam (Anja, Celina, Laura, Marissa, Marie, Christina, Vanessa, Melli und Vicky) danken, die trotz Genrewechsel an unsere Seite geblieben oder neu dazugestoßen sind und uns tatkräftig dabei unterstützen, unsere Storys in die Welt hinauszutragen. Danke euch!

Aber auch DIR möchten wir von ganzem Herzen danken! Dass du zu unserem Buch gegriffen hast und hoffentlich eine, wie man es nehmen möchte, angenehme und unterhaltsame Lesezeit hattest!

Wer in der Kindheit zu wenig Zuneigung erfahren hat, tut sich oft ein Leben lang schwer, Nähe zuzulassen. Wir sind alle unterschiedlich und werden von vielen Faktoren und Einflüssen geprägt. Aber eine Sache brauchen wir alle: Liebe und Wertschätzung. Und besonders als Kinder! Denn wer sich schon als Kind nicht geliebt fühlt, hat oft mit der Selbstliebe zu kämpfen. Dadurch suchen sie Bestätigung bei anderen, denken, sie können nicht geliebt werden, wenn sie nicht tun, was der andere von einem erwartet. Tun sich schwer damit, nein zu sagen und deutlich zu machen, dass sie etwas quält, sie etwas anderes möchten. Und fühlen sich schuldig, wenn sie ihren eigenen Bedürfnissen und Interessen folgen wollen. Wie in Aylins Fall. Oder in Blakes Fall, der sich nicht in die Karten schauen lassen möchte, geschweige denn in seine Seele. Hier haben sich zwei gebrochene Seelen gefunden. Werden sie es noch schaffen, sich gegenseitig zu heilen, oder vollkommen brechen?

ÜBER YULE TYREN

Das Autorenduo Yule Tyren möchte die Leser mit ihren verführerischen, leidenschaftlichen und sinnlichen Geschichten verzaubern. In ihren Büchern trifft man auf dunkle Vergangenheiten, Intrigen, Machenschaften und den ein oder anderen Bad Hero. Die Liebe spielt ebenfalls eine große Rolle, auch wenn dieser einige Steine in den Weg gelegt werden.

Hinter dem Pseudonym stecken Yumi und Eule, die sich durch ihre Leidenschaft für das Lesen kennengelernt haben und mittlerweile als dynamisches Duo funktionieren. Beide sind bekennende Nachteulen und bekommen ihre kreative Phase erst, wenn die Dunkelheit anbricht, weshalb die Nacht oft zum Tag gemacht wird. Obwohl einige hundert Kilometer zwischen den beiden liegen, agieren sie größtenteils als eine Person. Stundenlanges Reden und Suchten von Serien sind nur zwei Vorlieben von erschreckend vielen, die sie sich teilen.

MEHR VON DEN AUTORINNEN

Celia

Immer wieder hast du mich ins Licht gezerrt, um mich am Ende doch nur in eine noch tiefere Dunkelheit zu stürzen. Warum hast du mich verlassen? Ich kann den Weg zu dir nicht mehr finden. Er wird es nicht akzeptieren, dass ich mich ihm widersetze. Mein Verstand kämpft gegen mein Herz und langsam wandelt sich der Schmerz in Wut. Ich möchte nicht weiter zerbrechen, sondern aus dem Schatten treten. Kann ich mich ihm entgegenstellen?

Theo

Ein Tanz. Ein Blick. Und fuck – seit dem Tag, an dem ich deine Hand losgelassen hatte, redete ich mir ein, dass es nichts mehr zu verlieren gab, und belog mich damit selbst.

Ich darf mich dir nicht nähern und mit Freude werde ich diese verdammte Regel brechen. Dem Monster aus der Hölle bin ich entkommen, doch zu welchem Preis? Ich bringe deine schön geordnete Welt durcheinander. Wollen wir den Fall in die Dunkelheit riskieren? Kämpfe mit mir, Babe. Es wird Zeit, dass wir nach meinen Regeln spielen.

ISBN: 978-3-96698-903-9 - 15,99€

HEARTCRAFT